STREET DIRECTORY.

The streets of New Orleans can be located by taking the letter and numbers opposite each name, and following from the borders of the map their lines to intersection. The name of the street will there be found, and it can be readily traced to its termini.

The shaded portion lying between J and M and 14 and 17 is the site of the original city of New Orleans, and was laid out as it now exists by its founder, Bienville.

Aline	U 9	Commerce	P 15	Gravier	M 12	Poeyfare	P 14
Amelia	U 9	Common	M 13			Plaquemine	U 8
Ann	R 11	Constance	V 9	Hagan Avenue	J 9	Poydras	N 13
Annunciation	T 12	Constantinople	U 8	Hampton	Y 3	Polymnia	R 12
Antonine	V 9	Cypress	N 12	Harmony	V 11	Port	G 20
Apollo	T U 9			Henry Clay	V 7	Press	G 20
Arabella	U 9	Dauphine	L 15	Hospital	J 18	Pricur	J 18
Austerlitz	U U 8	De Armas	R 7	Howard	P 11	Prytania	T 7
		Delery	L 25	Hurst	V 11	Preston	W 3
Bacchus	T 8	Decatur	J 16				
Bank	J 11	Delta	P 15	Independence	K 20	Rampart	P 12
Barracks	H 13	Delachaise	U 10			Race	S 14
Baronne	S 11	Delord	P 15	Jackson	S 12	Rendon	K 8
Basin	P 12	Derbigny	K 19	Jena	T 9	Richard	S 14
Belle Castle	W 5	Deslonde	P 15	Jennet	T 8	Robin	V 7
Benjamin	T 7	Dorgenois	J 8	Jersey	V 7	Rocheblave	J 12
Berlin	U 9	Dryades	T 8	Johnson	J 8	Robert	V 6
		Dufossat	U 9	Joseph	V 4	Rousseau	J 12
Bordeaux	R 6	Dumaine	J 15	Josephine, 4th dis	R 12	Robertson	J 13
Bourbon	L 15	Dupre	K 10	Josephine, 3d dis	N 11	Roman	K 18
Broad	L 8			Julia	P 13	Royal	L 15
Burgundy	L 14	Eighth	V 12				
		Elizabeth	S 1	Kerlerec	H 14	Salcedo	K 8
Cadiz	I 6	Elysian Fields	B 17			Second, 7th dis.	V 12
Calhoun	V 2	Elenore	U 4	Laurel	W 7	Second, 4th dis.	V 12
Calliope	Q 13	Erato	Q 14	Lafayette	N 13	Seventh	V 12
Camp	V 7	Esther	S 1	Lafayette Av.	G 19	Sixth	U 12
Carondelet	Q 12	Euphrosine	M 10	LaHarpe	G 14	Spain	J 18
Carondelet Walk	R 11	Euterpe	R 12	Leontine	U 8	Soniat	U 5
Celeste	T 7	Exchange Alley	M 13	Lesseps	E 23	State Av.	U 5
Chestnut	V 7			Liberty	P 12	St. Andrew	S 12
Chartres	L 15	Ferdinand	S 11	Lopez	J 9	St. Ann	J 13
Chippewa	N 13	Felicity	Q 12	Locust	O 11	St. Bernard	E 14
Clara	O 11	First	S 11	Louisiana Av.	R 9	St. Charles	O 13
Claiborne	J 13	Fourth	S 12	Loudon	A 15	St. Charles Av.	S 11
Clouet	J 18	Foucher	U 9	Lyons	W 6	St. Claude	I 21
Commercial	Q 1	Front	T 1			St. Denis	U 8
		Franklin	P 12	Macarty	Q 1	St. James	W 13
Gasquet	I 11	Frenchmen	E 18	Marais	J 13	St. Joseph	P 15
Galennie	Q 14	Freret	O 11	Magazine	V 2	St. Louis	K 18
Galvez	J 12			Magnolia	N 11	St. Patrick	Q 11
Gayoso	J 9	Gen. Taylor	W 9	Marengo	U 8	St. Mary	R 12
Gen. Taylor	W 9	G rod	O 15	Market, 1st dis	S 14	St. Philip	J 16
G rod	O 15			Market, 6th dis	W 12	St. Peter	H 11
				Market, 7th dis	T 13		
				Mandeville	J 18	Tchoupitoulas	W 2
				Melpomene	R 14	Terpsichore	Q 12
				Milan	V 8	Thalia	R 13
				Montegut	G 20	Thomas	U 1
						Third, 7th dis.	P 2
		Napoleon Av.	S 7	Third, 4th dis.	T 12
		Nashville Av.	T 7	Toledano	V 11
		Ninth	V 12	Tonti	J 12
				Toulouse	H 10
		Octavia	W 2	Tremo	L 13
		Order	S 3		
		Orange	S 14	Upper Line	V 6
		Orleans	R 13	Union	E 18
				Urania	R 12
		Palmyra	J 11	Ursulines	J 13
		Pearl	Q 1		
		Peniston	U 9	Valenco	S 6
		Perdido	M 12	Valmont	W 5
		Perrier	T 3	Villere	V 13
		Peters Av.	V 4		
		Philip	S 12	Wall	S 1
		Ploy	J 20	Water	T 1
		Pitt	U 3	Washing'n, 7th d	Q 2
		Pleasant	V 11	Washing'n, 4th d	S 8
				Washington, 3d d	J 13
				Webster	V 5
				White	K 9

A B C D E F G H I J K L M N O P Q R S T U V W

CHALMETTE

SHELL BEACH R.R.

LOUISVILLE & NASHVILLE R.R.

LOWER PROTECTION LEVEE

NORTH BASIN R.R.

METAIRE RIDGE ROAD

ABUNDANCE
AGRICULTURE
INDUSTRY

UPPER PROTECTION LEVEE

ALGIERS

DEPOT

CHALMETTE CEMETERY

20. BATTLE GROUNDS JAN. 8TH 1815.

STAR & CRESCENT ROUTE

STREET R.R.

K.P.R.R.

MORGAN'S LINE

Prominent parts and objects of interest will be found on the map, located by numbers, as follows:

1. Audubon Park.

2. City Park.
3. Jockey Club buildings and Race Course.
4. Oakland Riding Park.
5. Delachaise Grounds.

PUBLIC SQUARES.

6. Annunciation.
7. Beauregard.
8. Clay.
9. Congo.
10. Jackson.
11. Lafayette.
12. Washington.
13. Lee Circle.
14. City Hall.
15. Custom House.
16. United States Mint.

CEMETERIES.

17. Metairie.
18. Greenwood.
19. Lafayette.
20. Chalmette.

PUBLIC MARKETS.

21. French.
22. Poydras.
23. Magazine.
24. Offices Information and Accommodation.

RAILROAD DEPOTS.

25. Queen and Crescent.
26. Morgan Line.
28. Louisville & Nashville
29. Texas Pacific.
30. Mississippi Valley.
31. Illinois Central (G Jackson Route.)

HOTELS.

A. Royal.
B. St. Charles.
C. City.
D. Vonderbanck.
E. Cassidy.
F. Hotel Windsor.
G. Waverly.
H. Centennial.

Street Railway Lines are indicated by heavy lines as ———

6 17 18 19 20 21 22 23 24 25

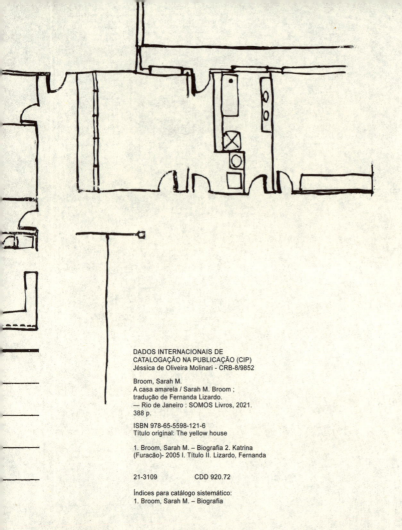

DADOS INTERNACIONAIS DE
CATALOGAÇÃO NA PUBLICAÇÃO (CIP)
Jéssica de Oliveira Molinari - CRB-8/9852

Broom, Sarah M.
A casa amarela / Sarah M. Broom ;
tradução de Fernanda Lizardo.
— Rio de Janeiro : SOMOS Livros, 2021.
388 p.

ISBN 978-65-5598-121-6
Título original: The yellow house

1. Broom, Sarah M. – Biografia 2. Katrina
(Furacão)- 2005 I. Título II. Lizardo, Fernanda

21-3109   CDD 920.72

Índices para catálogo sistemático:
1. Broom, Sarah M. – Biografia

A CASA AMARELA
Copyright © 2019 by Sarah M. Broom
Tradução para a língua portuguesa
© Fernanda Lizardo, 2021
Ilustração de capa: Iain Macarthur
Arte da guarda: Paul Klee

Os personagens e as situações desta obra
são muito reais e se referem a pessoas,
fatos e pensamentos transformadores
que ainda podem nos ajudar a reconstruir
um novo olhar sobre o mundo de hoje.

SOMOS O QUE SONHAMOS

SOMOS Conselheiros
Christiano Menezes,
Chico de Assis, Raquel
Moritz, Marcel Souto
Maior, Daniella Zupo

SOMOS Criativos
Design: Retina78, Arthur
Moraes, Sergio Chaves
Texto: Lorrane Fortunato,
Maximo Ribera

SOMOS Propagadores
Mike Ribera, Giselle Leitão
SOMOS Família
Admiração e Gratidão
SOMOS impressos por Geográfica

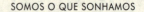

Todos os direitos desta edição reservados à
Somos Livros® Entretenimento Ltda.
Coffee HouseXP® Entertainment and Media group

© 2021 SOMOS LIVROS/ COFFEE HOUSE.XP

A CASA AMARELA

Sarah M. Broom

TRADUÇÃO
FERNANDA
LIZARDO

SOMOS

Índice de memórias

MAPA .08

MOVIMENTO I
O MUNDO
DIANTE DE MIM

01. AMELIA "LOLO" .19
02. JOSEPH, ELAINE E IVORY .26
03. WEBB .41
04. SIMON BROOM .49
05. RUA LONGA .55
06. BETSY .73
07. PUXADINHO .80

MOVIMENTO II
A CASA
ENLUTADA

01. ESCONDERIJOS .103
02. ORIGENS .105
03. A CASA ENLUTADA .112
04. MAPA DO MEU MUNDO .118
05. QUATRO OLHOS .133
06. OUTROS LUGARES .138
07. INTERIORES .148
08. LÍNGUAS .170
09. DISTÂNCIAS .178
10. 1999 .189

MOVIMENTO III
ENCHENTE

01. CORRER .197
02. SOBREVIVER .199
03. ASSENTAR .210
04. ENTERRAR .216
05. TRILHAR .223
06. APAGAR .228
07. ESQUECER .233
08. PERDIDO .262

MOVIMENTO IV
VOCÊ SABE
O QUE SIGNIFICA?
INVESTIGAÇÕES

01. HÓSPEDE .291
02. SAINT ROSE .298
03. SAINT PETER .302
04. McCOY .316
05. FOTÓGRAFO .323
06. INVESTIGAÇÕES .335
07. FANTASMAS .341
08. NOITE ESCURA .358
09. APARANDO A GRAMA .365

LAR DE LEMBRANÇAS .372
AGRADECIMENTOS .382

MAPA

desenhe-me um mapa do que você vê
então desenharei um mapa
do que você nunca vê
e adivinhe qual mapa será maior?

Kei Miller

Aprender a interpretar qualquer mapa
é ser doutrinado na cultura do cartógrafo.

Peter Turchi

A CASA AMARELA
Sarah M. Broom

De lá do alto, a 15 mil pés, onde são tiradas as fotos aéreas, o número 4121 da Wilson Avenue, o endereço que melhor conheço, é um ponto minúsculo, uma singela crosta esverdeada. Nas imagens de satélite tiradas de um ponto ainda mais alto, minha antiga rua se dissolve na ponta da bota da Louisiana. Desse ponto de vista, nosso endereço, agora do tamanho de um ácaro, parece situado no Golfo do México. A distância confere perspectiva, mas também pode obscurecer, causar equívocos. Daqui dessa altura imensa, meu irmão Carl não seria visto.

Carl, que também é meu mano Rabbit, passa dias e noites no número 4121 da Wilson Avenue, pelo menos cinco vezes por semana depois de cumprir seu turno no emprego de zelador na NASA, isso quando não está pescando ou perto da água, onde adora estar. Quatro mil e quinze dias depois da Enchente, muito depois de toda a cobertura jornalística de que o homem é capaz, está sentado ali um homem magro usando shorts, meias brancas puxadas até os joelhos, uma jaqueta de ouro cobrindo um dente da frente.

Às vezes é possível encontrar Carl sozinho em nosso terreno, equilibrado sobre uma caixa térmica, examinando a vista, como se em busca de um sinal, como se em busca de uma surpresa. Ou então, sentado a uma mesa de jantar da cor de noz-pecã e com pernas intrincadamente esculpidas, sendo o centro das atenções. A mesa onde Carl às vezes se senta fica no lugar onde costumava ser nossa sala de estar, mas agora, em vez de piso, há uma grama verde se esforçando para crescer.

Vejo Carl gesticulando um braço comprido, se assim ele quiser, usando óculos escuros mesmo à noite. Vejo Rabbit com as pernas cruzadas na altura do tornozelo, um homem pernalta, todo embecado.

Consigo enxergá-lo direitinho agora, na minha imaginação, calado e segurando uma cerveja. Cuidando de um monte de destroços. Mas essa não é a linguagem ou o sentimento dele; ele jamais trairia a Casa Amarela assim.

Carl sempre encontra companhia na Wilson Avenue, onde fica de guarda. Amigos vão chegar e abrir seus porta-malas, revelando isopores cheios de destilados no gelo. "Sirva-se, baby," dirão. Se alguém tiver que mijar, vão fazê-lo no que costumava ser nosso covil. Ou usar a privada química azulona no fundo do quintal, onde ficava o galpão. Agora, o banheiro vertical de plástico é a única estrutura no terreno. Na porta dele, em letras maiúsculas brancas sobre fundo preto: CIDADE DE NOVA ORLEANS.

Empilhei uns doze ou treze livros com histórias sobre Nova Orleans. *Beautiful Crescent; New Orleans, Yesterday and Today; New Orleans as It Was; New Orleans: The Place and the People; Fabulous New Orleans; New Orleans: A Guide to America's Most Interesting City.* E outros semelhantes. Folheei cada um deles, passei por cada capítulo volumoso sobre o French Quarter, o Garden District e a St. Charles Avenue em busca da região da cidade onde cresci, New Orleans East. As menções são raras e vagas, diga-se de passagem. Não há visitas guiadas àquela parte da cidade, exceto as excursões turísticas de tragédia que se tornaram um bom negócio após o furacão Katrina, transportando visitantes pelos arredores, mostrando a grande destruição de bairros antes ignorados ou jamais pisados antes da Enchente, a não ser pelos próprios moradores.

Imagine que as ruas estejam fatalmente silenciosas, e que você morasse nessas ruas mortas e quietas, e que não tivesse sobrado nada de qualquer um de seus pertences. Os raros sobreviventes que ainda estão em cena, trabalhando para abrir atalhos esqueléticos, vestem macacões azuis descartáveis e usam máscaras faciais para evitar a contaminação pelo bolor negro que está por toda parte em suas casas, subindo pelas paredes, formando desenhos abstratos escorregadios sob os pés. E enquanto tudo isso acontece, e você se pergunta se vai conseguir encontrar vestígios de qualquer um de seus amados pertences, turistas passam num ônibus com ar-condicionado, fotografando sua ruína pessoal. Há um certo apoio emocional ali, dá para perceber, no reconhecimento dos turistas ao desastre horroroso, mas ainda soa como uma invasão. E de qualquer modo, não creio que os ônibus de turismo sequer tenham passado na rua onde cresci.

Em um desses livros empilhados que descrevem os subúrbios, o New Orleans East não está incluído, mas o Jefferson Parish, que fica fora dos limites da cidade, e muitos cemitérios estão. Cemitérios, até onde sei, não são considerados bairros de fato, muito embora as tradições locais descrevam tumbas acima do solo como as moradias dos mortos.

Em um mapa detalhado da cidade, que me foi dado certa vez pela locadora de carros Avis Rent a Car, o French Quarter estava marcado por um contorno turquesa-claro e ampliado em um box no pé da página. O New Orleans East está cortado da imagem, um ponto além, um espaço em branco no mapa mental de alguém. Talvez essa seja uma questão prática. O New Orleans East tem cinquenta vezes o tamanho do French Quarter, um quarto da área desenvolvida da cidade. Se devidamente mapeado, seria capaz de engolir toda a página.

O que o mapa da Avis não informa é que, para viajar os onze quilômetros do French Quarter até a Casa Amarela onde cresci, você teria de pegar a Interestadual 10 rumo a leste. Quando esse trecho da interestadual foi inaugurado, em 1968, centenas de grandes carvalhos ao longo da Claiborne Avenue, o distrito comercial negro para minha mãe e avó, foram derrubados, suas raízes despejadas. Cento e cinquenta e cinco casas foram demolidas para abrir caminho.

Ao dirigir pela interestadual, você vai perceber que está no caminho certo quando vir as placas escrito última saída da VIEUX CARRÉ, mas não saia da sua faixa. Continue aí.

Depois de mais seis quilômetros, você chegará à ponte que chamamos de High Rise por causa do arco dramático que ela forma sobre o Canal Industrial que liga o rio Mississippi ao lago Pontchartrain, mas que isola o leste de Nova Orleans do restante da cidade. Estar no topo da High Rise é como a placidez à beira da revelação, mas a descida é cruel e íngreme.

Vire de repente na Chef Menteur Highway, uma rodovia de quatro faixas construída num antigo cume outrora cruzado pelos povos nativos norte-americanos, mas que agora leva os carros até a Flórida ou o Texas. A Chef Menteur bifurca a ponta curta e industrializada da Wilson Avenue, onde cresci, partindo da ponta mais longa e residencial formada principalmente por casas de tijolos e minha antiga escola primária, originalmente chamada Jefferson Davis em homenagem ao presidente dos Confederados, antes de trocarem para Ernest Morial em homenagem ao primeiro prefeito negro de Nova Orleans. Agora não tem nome — é um campo de grama verde delimitado por um alambrado.

Mesmo enquanto escrevo isto, sinto-me mais uma vez aflita com o que significava para nós — eu e meus onze irmãos — ter de cruzar a Chef Menteur Highway, que era e ainda é um mar de prostituição com carros encostando o tempo todo, às vezes a meio caminho da calçada, desacelerando de um jeito meio nojento mesmo que você fosse só uma criança cumprindo alguma incumbência dos adultos; na maioria dos carros havia homens, sempre tentando negociar.

Na Chef Menteur, carros podem sair arrastando você sem se dar conta disso, como já aconteceu com minha irmã Karen quando ela contava 8 anos. Muitos motoristas em alta velocidade se autodestruíram nessa rodovia. Alvin, meu amigo de infância, viria a morrer desse jeito. E você pode ser agarrado e sequestrado enquanto estiver parado no terreno neutro da Chef Menteur, ou como chamamos, a intermediária. Ou você pode ser flagrado plantado ali quando não gostaria de ser visto, assim como eu odiei por muitos anos ao longo da minha juventude, quando evitava mostrar às pessoas o local onde eu morava. Quando penso na Chef Menteur e em como ela isola o East — do outro lado da rua, do centro da cidade, totalmente cortado da imagem —, são essas coisas que me vêm à cabeça.

A Chef Menteur foi batizada por causa de um chefe indígena Choctaw ou um comandante que mentia demais. O nome, se traduzido do francês, significa "chefe mentiroso". Eis a poesia dos nomes de Nova Orleans. A prefeitura fica numa rua que remete a perda. *Perdido.*

Uma vez que você sair para pegar a Chef Menteur, dirija por 1,6 quilômetro na pista da extrema direita. Ao longo do caminho, você vai passar por um posto de gasolina Chevron, uma loja de autopeças e outdoors em branco, sem propaganda nenhuma.

Aí você vai se flagrar na região que nas décadas de 1980 e 1990 foi descrita em artigos e livros como a "verdadeira terra sem saída", afligida por "quintais invadidos pela vegetação, outdoors desatualizados", onde a "desgastada arquitetura comercial dos anos 1960 se mistura aos terrenos cercados por alambrados... e uma mundana arquitetura residencial dos anos 1970". Onde "paira um sentimento generalizado de declínio moral e social".

Você vai passar por complexos de apartamentos degradados à sua esquerda e à sua direita, as regiões que costumavam ser chamadas de Grove, Goose e Gap, onde ao longo da infância e adolescência meus irmãos fizeram alianças e inimigos, e onde meu irmão Darryl levou um tiro de raspão no rosto no meio de um baile da escola. Você vai passar também por um prédio abandonado que costumava ser uma agência bancária onde mamãe e eu usávamos os serviços de drive-thru e o caixa nos dava pirulitos junto ao comprovante de depósito. Você vai passar também pelo Causey's Country Kitchen, o restaurante de soul food[1] onde, após a Enchente, um ônibus de luxo do estacionamento ficou empoleirado no balcão.

Mais perto da nossa rua, você vai ver o Natal's Supermarket, que na verdade é só uma lojinha de esquina, aonde mamãe me mandava quando criança para comprar embutidos fatiados por 2 dólares o quilo. Anos depois, já como estudante de graduação em Berkeley, eu viria a descobrir que o embutido pelo qual a gente pagava praticamente nada era chique, chamava-se patê, e custava 18 dólares o quilo.

No semáforo onde a Wilson Avenue faz esquina com a Chef, vire à direita nos alicerces que um dia já abrigaram uma loja de pneus, que também já foi uma lavanderia onde meus irmãos mais velhos se esconderam para sobreviver ao furacão Betsy, em 1965.

Depois de virar à direita no final da Wilson Avenue, olhe para a esquerda e você verá um terreno baldio onde ficava o posto de gasolina e onde o sr. Spanata, da Itália, construiu seu complexo familiar. Não existe mais. Ao lado, fica o chalé onde a sra. Schmidt,

---

1   Soul food: culinária étnica tradicionalmente preparada e consumida pelos afro-americanos, originária do sul dos Estados Unidos. [NT]

da parte alta da cidade, morava antes de meus irmãos Michael, Karen e Byron alugarem o lugar, cada um numa época diferente, mas onde não tem ninguém morando agora.

Na porta ao lado (todas as casas na ponta curta, exceto uma, ficavam do lado esquerdo da rua), há uma laje de concreto que representa a casa onde a família Davis morava antes de se fartar dos Wilson e se mudar para outro lugar.

E logo depois você vai encontrar a casa bege ao estilo *shotgun*[2] da sra. Octavia, e que agora pertence a sua neta Rachelle — a única moradora legalizada remanescente na rua —, até finalmente chegar ao que costumava ser a nossa Casa Amarela.

Minha mãe, Ivory Mae, comprou a casa em 1961, quando tinha 19 anos. Foi sua primeira e única casa. Ali, entre aquelas paredes, minha mãe construiu seu mundo. Doze crianças passaram por suas portas: descendentes de Ivory Mae Broom e seu primeiro marido, Edward Webb; de Ivory Mae Broom e Simon Broom; e de Simon Broom e sua primeira esposa, Carrie Broom. Somos Simon Jr., Deborah, Valeria, Eddie, Michael, Darryl, Carl, Karen, Troy, Byron, Lynette e Sarah. Avançamos gerações, com nascimentos em todas as décadas, começando nos anos 1940. Cheguei dez horas antes dos anos 1980.

Quando você é a caçulinha numa família com onze pontos de vista mais velhos, onze gritos de guerra diferentes, onze vozes exigentes pedindo presta-atenção-em-mim — todas variações das crônicas populares —, desenvolver a própria voz se torna uma questão de sobrevivência. Não pode haver, nesse cenário, nenhum terreno neutro.

---

2   *Shotgun*: Foi o estilo de casa mais popular no sul dos Estados Unidos desde o final da Guerra Civil Norte-americana até a década de 1920. Tem formato retangular e estreito, com geralmente não mais do que 3,5 metros de largura. Os cômodos são dispostos enfileirados, e as portas ficam em cada extremidade da casa. O nome faz referência à palavra em inglês para "espingarda" — e provavelmente veio da anedota que dizia que, devido ao alinhamento dos cômodos, se você desse um tiro de espingarda junto à porta da frente, a bala passaria pela casa e sairia pela porta dos fundos sem atingir nada. [NT]

Ainda assim, os sentimentos de transgressão perduram, a convicção de que ao escrever a história das pessoas que vieram antes de mim — que, de certa forma, me compõem —, eu alterei a ordem natural das coisas.

Quando telefono para meu irmão mais velho, Simon, em sua casa na Carolina do Norte, para explicar todas as coisas que quero saber e por quê, ele expressa preocupação de que, ao relatar tudo isto aqui, eu acabe causando uma ruptura, revele segredos e destrua tudo o que a família Broom já construiu. O desejo dele agora é viver no futuro e esquecer o passado. "Há muitas coisas com as quais anuímos inconscientemente e sobre as quais não queremos saber", ele me diz. Quando ele pergunta sobre meu projeto, não dou muitos detalhes, eu me imponho, dizendo que estou escrevendo sobre "arquitetura e pertencimento e espaço".

"Isso é um problema quando você fala demais", diz ele. Anoto a frase no meu caderno assim que ele a profere, exatamente do mesmo jeito. Não acrescentei uma única palavra. Nem tirei nada.

Em Nova Orleans, costumamos usar o rio Mississippi como referencial de localização, em relação à água. Nossa casa era cercada por água. O Mississippi serpenteava cinco quilômetros atrás da gente. A menos de dois quilômetros de distância, a oeste e ao sul, ficava o Canal Industrial e sua interligação, a Intracoastal Waterway. O lago Pontchartrain ficava três quilômetros ao norte. No extremo leste, ficava o Rigolets, um estreito que liga o lago Pontchartrain ao lago Borgne, uma lagoa salobra que desagua no Golfo do México. Estávamos cercados por barcos, barcas e trens; ingressos e egressos — a poucos passos da Old Road, que era como chamávamos a Old Gentilly Road. Meu pai, Simon Broom, tomava a Old Road para chegar ao trabalho na NASA. Mais tarde, meu irmão Carl também passaria a tomar a Old Road para chegar ao trabalho na NASA. Mesma estrada, mesmo emprego na manutenção, homens diferentes. Mas a estrada está intransitável agora porque, em determinado trecho, tem um monte de entulho ilegal lá, como pneus e lixo, que bloqueia o caminho. Os trilhos do trem empoleirados acima da Old Road foram assentados na década de 1870 para a Louisville and Nashville Railroad, trens que passaram por ali em quase todas as noites da minha infância.

Seus estalos e rugidos eram os sons à minha janela enquanto eu tentava dormir. A Old Road, se estivesse desobstruída, levaria ao bairro Michoud, onde os imigrantes vietnamitas se estabeleceram após a Guerra do Vietnã; ou ao cemitério de Resthaven, onde meu melhor amigo de infância, Alvin, está enterrado; ou à planta industrial da NASA, onde propulsores de foguetes foram construídos para a missão espacial Apollo, mas onde agora são conjuradas as fantasias de Hollywood, seus hectares abandonados frequentemente alugados como set de filmagem.

Ao trazer você aqui, à Casa Amarela, fui de encontro a tudo o que aprendi. *Você sabe que esta casa não é tão boa assim para as outras pessoas*, minha mãe sempre dizia.

Antes de ser a Casa Amarela, a única casa que eu conhecia era uma casa verde, a casa que meus onze irmãos conheciam. Os fatos do mundo diante de mim informam, dão forma e contexto à minha vida. A Casa Amarela foi testemunha de nossas vidas. Quando desabou, algo explodiu dentro de mim. Minha mãe está sempre dizendo: *Comece do jeito que você quer terminar*. Mas meu começo me precede. As ausências nos permitem um poder sobre elas: elas não falam uma palavra. Falamos delas o que queremos. Mesmo assim, elas ficam pairando, apontando o dedo para nossas costas. Não há lugar algum ao qual se ir agora senão às profundezas do solo.

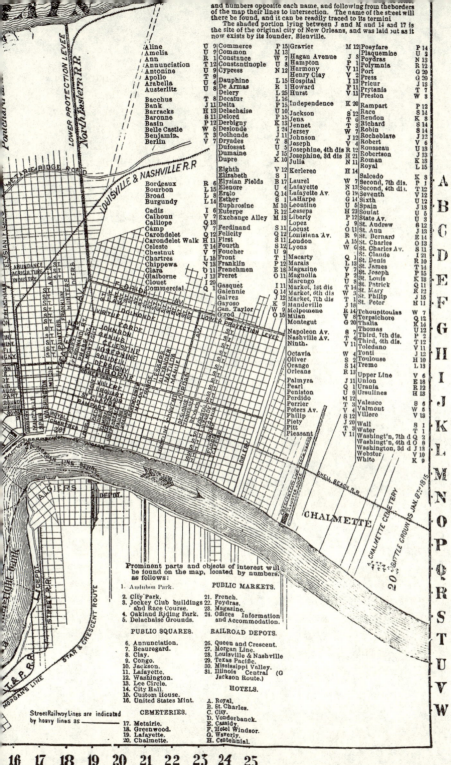

MOVIMENTO I

O mundo diante de mim

*As coisas que esquecemos
estão abrigadas.
Nossa alma é uma morada,
e ao nos lembrarmos de casas
e quartos, aprendemos a
habitar dentro de nós mesmos.*
Gaston Bachelard

01

AMELIA "LOLO"

No mundo antes de mim, o mundo em que nasci e o mundo ao qual pertenço, Amelia, minha avó, a mãe da minha mãe, nasceu em 1915 ou 1916, filha de John Gant e Rosanna Perry, um traço de uma mulher sobre a qual são conhecidos apenas rabiscos. Até mesmo a grafia do nome de Rosanna é incerta. Ela aparece brevemente nos registros do censo da paróquia de Lafourche de 1910 e 1920. Esses documentos nos informam que minha bisavó morava em Raceland, Louisiana, não sabia ler nem escrever e ficara viúva. Ao lado do nome de minha bisavó Rosanna, não consta nenhuma profissão. Esses são os fatos tal como foram registrados, mas eis aqui a história tal como as gerações a contam.

Rosanna Perry teve cinco filhos: Edna, Joseph, Freddie, minha avó Amelia, e Lillie Mae. Os médicos advertiram Rosanna de que ela não resistiria a outra gestação; ainda assim, Lillie Mae nasceu em agosto de 1921, quando Amelia tinha 5 ou 6 anos de idade. O que sempre disseram é que minha bisavó Rosanna Perry morreu no parto aos 34 anos, mas aqueles que poderiam saber a respeito não mais estão vivos para afirmar, negar ou oferecer teorias alternativas, e os registros funerários não foram encontrados. Quaisquer que sejam os fatos, Rosanna desapareceu.

Dos filhos de Rosanna, o único que morou sob o mesmo teto com ela foi Joseph. Não se sabe para onde foram seus outros quatro filhos depois de nascerem, ou por que foram e com quem moraram. E assim, ainda que Rosanna não tivesse morrido ao dar à luz Lillie Mae, minha avó Amelia não teria tido uma mãe, de um jeito ou de outro.

Vovó nasceu em Ormond Plantation, cujo nome se deve a um castelo irlandês, local que faria as réplicas da Louisiana colonial das Índias Ocidentais parecerem enlameadas e turvas. Mesmo assim, Ormond não se incomoda e está postada altivamente ao longo da River Road de Louisiana, a pouco mais de cem quilômetros de duas pistas coladas às curvas do rio Mississippi, suas águas escondidas atrás de diques que parecem montículos feitos por toupeiras. A "lendária Great Mississippi River Road", como é chamada pelos panfletos modernos. Suas "casas vistosas, praças alegres, jardins bem-cuidados e numerosas vilas de escravizados, todas limpas e arrumadas", dizia a descrição durante seu auge pré-Guerra Civil, quando toneladas de cana-de-açúcar, o "ouro branco", eram cultivadas e processadas na Louisiana, rendendo muita riqueza e poder a muitas gerações dos senhorios brancos das plantações.

O que os comerciantes modernos nunca apregoam é o modo como, em 1811, a maior revolta de escravizados da história norte-americana, um exército de mais ou menos quinhentas pessoas, abriu caminho ao longo da River Road por dois dias, estrategicamente rumo a Nova Orleans para assumir o controle da cidade, parando apenas para incendiar plantações depois que se abasteciam com armamento. Eles conseguiram chegar longe, se pensarmos bem — 32 dos 65 quilômetros —, antes de uma milícia branca local conseguir detê-los. Alguns escravizados escaparam; outros foram baleados. Dos desafortunados levados a julgamento, a maioria foi executada por decapitação, e suas cabeças foram exibidas em postes no topo dos diques da River Road — 64 quilômetros de cabeças, os troféus macabros dos brancos apavorados.

Hoje, o "esplendor de pilares" (tal como descrito por um panfleto recente) das plantações da River Road é flanqueado e superado por refinarias petroquímicas, suas narinas prateadas soprando fumaça tóxica.

Muito antes do perto-do-fim, quando minha avó esqueceria a história de sua vida, ela declarou julho de 1916 como sua data de nascimento, embora tenha sido registrada somente um ou dois anos depois do fato. Datas fixas eram importantes para as histórias, Amelia sabia, mesmo que você não pudesse comprová-las.

O nome dela foi uma homenagem à mãe do seu pai, John Gant, Emelia, que ela jamais chegaria a conhecer. A xará da minha avó administrava uma família grande, que passara toda a vida na paróquia St. Charles, onde fica Ormond Plantation, numa cidade agora chamada St. Rose, mas que àquela época se chamava Elkinsville, em homenagem ao escravizado libertado Palmer Elkins, que na década de 1880 construiu para si e para a família uma comunidade autossuficiente composta por quatro ruas de terra, cujos nomes remetiam à ordem com que foram construídas: Primeira, Segunda, Terceira e Quarta. Os Gant eram homens altos e taciturnos, muito conhecidos na comunidade. Samuel Gant, tio paterno de Amelia, foi pastor da Mount Zion Baptist, a igreja frequentada por vovó em seus últimos anos, onde também seria realizado seu funeral, e onde seu filho Joseph ainda serve como diácono.

Em algum momento da infância de Amelia, ninguém sabe exatamente quando, ela foi embora de St. Rose, onde nascera, para viver em Nova Orleans, a uma distância de trinta minutos de carro, indo morar com sua irmã mais velha. Edna tinha se casado com Henry Carter, a quem todos chamavam de tio Goody. Edna era testemunha de Jeová, e a jovem Amélia era seu braço direito, carregando as revistinhas da *Torre de Vigia* pelas ruas da cidade em longas maratonas salvadoras de almas que renderam pouco retorno. Amelia nunca se converteu; era cabeça feita.

Edna e o tio Goody moravam na parte alta da Philip Street, em uma comunidade de mulheres onde todas se chamavam por nomes diferentes daqueles do batismo, ao que parecia, onde os relacionamentos familiares frequentemente eram baseados na necessidade, e não no vínculo sanguíneo. Seja lá como você decidisse se apresentar, aquelas mulheres pareciam dizer, também era genealogia e pronto.

A desaparecida Rosanna Perry tinha duas irmãs que faziam parte dessa comunidade. As pessoas chamavam sua irmã mais velha de Mama. Mama também atendia por tia Shugah (Shew-gah), uma versão supostamente creolizada[1] de Sugar, sendo que, na verdade, é só uma corruptela da palavra em inglês para "açúcar", com a sílaba tônica deslocada. O verdadeiro nome da tia Shugah era Bertha Riens. Ela também era irmã de Tontie Swede, abreviado para Sweetie. Tia Shugah era mãe biológica de uma mulher que sempre chamava a si mesma de TeTe, com quem Amelia tinha uma relação de irmandade, embora fossem primas.

---

1   Creolização: é o processo por meio do qual as línguas e culturas creole emergem. Uma língua creole é uma linguagem natural estável que se desenvolve a partir da simplificação e mistura de diferentes línguas em uma nova, normalmente dentro de um período curto de tempo. [NT]

Essas mulheres, que moravam muito perto uma das outras, compunham um lar. E ali era o lugar — mais do que a cidade de Nova Orleans — onde Amelia de fato residia. Nesse mundo, Amelia se transformou em Lolo, outra versão totalmente diferente de seu nome, cujas origens ninguém é capaz de identificar. Todos a chamavam de Lolo, e ninguém jamais voltou a pronunciar seu nome de batismo, nem mesmo os filhos que ela viera a ter, o que sob determinado aspecto especificava certa distância entre filho e genitor e, por outro lado, revelava uma intimidade e conhecimento pessoal fora do comum.

A vida de Lolo contém saltos silenciosos com poucas evidências palpáveis para consultarmos. Mas daí surgem fragmentos da história aqui e ali: vovó era uma menina que morava com a irmã Edna, então de repente tinha 14 anos e morava em uma pensão na Tchoupitoulas Street, no bairro Irish Channel em Nova Orleans.

Na pensão, juntamente à adolescente Lolo, moravam John Vaughan e sua esposa, Sarah McCutcheon, a mulher que Lolo viria a chamar de Nanan e que passaria a considerar sua mãe, e a quem os filhos de Lolo — Joseph, Elaine e Ivory — chamariam de avó. Ela era Sarah Randolph de batismo e Sarah McCutcheon pós-casamento; não era a mãe biológica de Lolo, mas agia com os direitos e liberdades de uma. Às vezes, quando Sarah McCutcheon estava chateada, dizia: "Eu sou filha da tia Carolina", mas ninguém fazia ideia de quem seria a tal tia Carolina. E ninguém jamais ousou perguntar. Era um enigma notável.

Duas histórias são contadas a respeito de Sarah McCutcheon: que ela criou Lolo e que havia sido proprietária de um restaurante, o qual fechou depois que um homem com quem ela se envolveu amorosamente fugiu com todo o seu dinheiro. Mas antes disso, Sarah Randolph se casara com Emile McCutcheon, e eles moraram juntos por um breve período na paróquia de St. Charles. Deve ter sido assim que Sarah McCutcheon conheceu o pai de Lolo, John Gant; ou como conheceu a mãe de Lolo, Rosanna Perry.

Lolo aprendeu com Sarah McCutcheon a encontrar a deidade em seu cotidiano. Foi com ela que minha avó aprendeu a vestir o corpo, e a vestir a casa como se vestisse o corpo. E com ela viu em primeira mão que cozinhar era um ritual sagrado, uma sessão espírita praticamente. *Vovó McCutcheon tinha um fogão-barril grande, de ferro fundido preto. Foi a melhor comida que já comi, ponto. Almôndegas com molho de tomate, frango ensopado, guisado de carne com batatas. Ela fazia os biscoitos do zero. Fazia* root beer[2] *e engarrafava. Ela pegava os tomates, e você nem ligava se não tinha alface. Ela fatiava os tomates bem fininhos, colocava numa tigela com vinagre e açúcar. Dava para beber aquele sumo.* Essa é minha mãe, Ivory Mae, dando sua opinião.

Cozinhar tinha que ser feito do jeito *certo*, porque a comida carregava consigo todos os tipos de mal e todos os tipos de bem, que sempre estavam no aguardo para serem lavrados. Era por isso que, por exemplo, antes de comer um pepino, você precisava cortar as pontas e esfregá-las *para tirar a febre*. E por isso que você sempre cozinhava o quiabo até perder a baba antes de servi-lo. Por quê? Você não perguntava, porque questionamentos de crianças ou jovens a alguém mais velho não eram permitidos. Você também não fazia contato visual com adultos. Se você era uma criança, você falava com outras crianças. Essas eram salvaguardas.

Mas mesmo que você pudesse perguntar o porquê, Sarah McCutcheon provavelmente responderia: "Porque eles disseram". "Eles" eram onicientes e onipresentes, e isso não exigia nenhuma explicação.

Todas as refeições eram uma criação artística, feita do zero, o cheiro e o sabor igualmente bons. Sarah McCutcheon ensinou isso meticulosamente a Lolo. Lolo ensinaria a seus três filhos também. Qualquer tempero que minha mãe, seu irmão e sua irmã picassem para botar na comida, tinha que ser tão fininho a ponto de não ficar visível no prato finalizado. Robusto era sinônimo de pouco refinamento, de desleixo, sinal de que a coisa tinha sido feita às pressas. Se não parecesse apetitoso, Sarah McCutcheon ensinara a Lolo — e Lolo ensinara aos próprios filhos —, não estaria bom para comer, e esse pequeno embrião da ideia de que a aparência determina o sabor ficou profundamente arraigado, especialmente na minha mãe, Ivory Mae, que até hoje não come o que não tem a aparência *certa*.

---

2   *Root beer*: é uma bebida doce e gaseificada tradicionalmente feita usando a casca da raiz da árvore canela-de-sassafrás (*Sassafras albidum*) como base. Pode ser alcoólica ou não. [NT]

Nos documentos do censo de 1930 havia um registro de que aos 14 anos minha avó já estava sem frequentar a escola há um ano. Ela abandonara os estudos depois da quinta série, mas sabia ler e escrever. E ela sabia, acima de tudo, trabalhar, que é sempre o começo da formação de uma pessoa.

Lolo trabalhava no que estivesse a fim, mas o foco dela era sempre trocar de emprego. Ela era prática, conhecida por ser uma pessoa ambiciosa, mas não muito sã, "Você bebe champanhe pelo preço de cerveja". A matriarca de uma família para quem ela fazia faxina sempre lhe dava sua porcelana velha, suas cortinas pesadas e elaboradas. Essas coisas lindas, às vezes frágeis, tinham de ser tratadas com certo cuidado. Era o tipo de objeto que fazia você ficar mais delicado, desbastava um pouco a sua grosseria. Essa família nutriu o amor de Lolo por coisas bonitas, porém não que o tenha acendido. Isso, na verdade, veio de Sarah McCutcheon, muito antes.

Lolo gostava de colocar os homens na categoria das coisas bonitas. Lionel Soule era um deles. Casado, católico devoto cuja esposa era estéril, ele concebeu os três filhos de Lolo — Joseph, Elaine e Ivory —, mas se fez presente só no nome, concedendo a Elaine e Ivory um sobrenome, Soule, que na frente das pessoas certas fornecia as devidas informações a respeito delas. Lionel Soule descendia de pessoas negras livres; seus antecedentes incluíam um senhor de escravizados francês, Valentin Saulet, que serviu como tenente na administração colonial francesa à época da fundação da cidade. Ter um ancestral francês ou espanhol confirmava seu nascimento em uma cidade colonizada pelos franceses durante 45 anos, governada pelos espanhóis por mais quarenta, e então novamente empossada pelos franceses por vinte dias antes de ser vendida aos Estados Unidos em 1803, uma cidade onde já em 1722 havia uma classe intermediária, nem africana e escravizada, nem branca e livre, e sim pessoas negras que muitas vezes eram donas de propriedades — imóveis, sim, mas às vezes também escravizados, numa época nos Estados Unidos em que a combinação "livre" e "pessoa negra" era um conceito abaixo do raro. Este grupo — que muitas vezes se identificava como Creole; alegando uma mistura de ancestrais franceses, espanhóis e nativos norte-americanos; se passando por brancos, se pudessem e se quisessem — tinha acesso aos tipos de trabalho feito apenas por brancos: nas artes (pintura, ópera, escultura), ou como metalúrgicos, carpinteiros, médicos e advogados.

Em parte, foi por isso que o meu tio Joe, embora filho de Lionel, ficou confuso e decepcionado por ter recebido o sobrenome de solteira da mãe, Gant. Ele diz que pensava ser Joseph Soule até a vida adulta, quando entrou na Marinha e o sargento chamou Joseph Gant, o nome em sua certidão de nascimento, fazendo-o olhar ao redor "como um apatetado", conta ele agora. Quando ele perguntou à mãe por que carregava o sobrenome do avô, ela disse: "Cê tem sorte de ter um nome".

Lolo era retinta, dona de pernas longas e grossas que os homens adoravam agarrar. Só existe uma única fotografia da jovem Lolo — com o cabelo penteado para trás e a franja escovada sobre a testa —, tirada no Magnolia Studio, o único estúdio fotográfico administrado por negros na cidade. A sala de espera era a mais decorada de todas. Para fazer propaganda do lugar, eles penduravam nas paredes externas e internas do estúdio as fotos dos "pequenos notáveis". Se você quisesse saber se uma pessoa que conheceu na rua era alguém, era só ver se a foto dela estava nas paredes do Magnolia Studio.

Em sua foto, Lolo usa óculos de armação gatinho grossa e um vestido azul-pastel com detalhes em branco na gola e nos bolsos. Os sapatos são de um vermelho deslumbrante — obra do fotógrafo que os pintou assim —, os tornozelos inchados nas sapatilhas. Ela está bem ereta, uma das mãos apoiada no topo de um pilar que lhe servia de suporte, a mão parcialmente aberta, e a outra no quadril direito. Ela tem o que minha mãe chama de olhos dançantes, e o que eu chamo de olhos risonhos. Em vez de sorrir, ela simplesmente sabe das coisas.

Lionel Soule viu seus dois filhos mais velhos, Joseph e Elaine, apenas algumas vezes em transações um tanto apressadas, quando minha avó aparecia no trabalho dele nas docas para pegar o bolinho de dinheiro de suas mãos. Tia Elaine se lembra desse detalhe: "A cada palavra dava para ouvir os dentes falsos dele fazendo tlec, tlec, tlec". Quando era novinha, minha mãe pensava o seguinte sobre seu pai: *Eu não sabia que não tinha pai. Eu pensava que simplesmente tinha chegado no mundo. Juro. Pensei que ele tivesse morrido. Eu presumo assim: se ele não está presente, então deve estar morto.* O que explica por que, na única vez que o pai dela, Lionel, foi visitá-los, minha mãe correu e se escondeu atrás de uma porta. Mas em vez de aguardar por ela ou de persuadi-la a sair, Lionel Soule foi embora e nunca mais voltou. *Essa num é a coisa mais triste que você já ouviu?*

02
JOSEPH, ELAINE E IVORY

Minha avó escolheu o nome Ivory para a minha mãe em homenagem à cor das presas de elefante[1]. Aqueles que ainda estão vivos para contar as histórias dizem que vovó, que tinha 25 anos quando Ivory Mae nasceu, ficou apaixonada pelos elefantes durante seus intervalos de almoço passados no Zoológico Audubon, que ficava a uma curta caminhada de uma mansão na St. Charles Avenue, onde ela trabalhara durante uma época.

Já o tio Goody chamava a criança não por sua coloração, Ivory-cor-de-marfim, mas pelo seu ano de nascimento: 41, o término da Grande Depressão — cujos resquícios ainda estragavam a vida do tio Goody. O apelido de Ivory tinha o peso de uma história que o tio Goody não conseguia esquecer, que pelo entendimento de Ivory Mae a tornava altamente importante, pelo menos para o tio Goody. "Onde está a Velha Quarenta e Um?", perguntava ele todas as vezes.

Quarenta e um! Ele me chamava pelo ano do meu aniversário. Lá vem a Velha Quarenta e Um. Eu gostava. Eu costumava ficar tão feliz com isso.

Valeu a pena ser a queridinha dele. Tio Goody trabalhava na Louisville and Nashville Railroad, limpando vagões de carga e revestindo-os com madeira. Às vezes ele lubrificava os freios dos vagões. Em casa, ele mostrava seu outro lado, fazendo um doce de melaço que se esticava feito caramelo puxa-puxa. Quando Ivory Mae estava por perto, era sempre a primeira a provar. *Foi assim que eu soube que os homens sabiam fazer doces.*

---

1   *Ivory* é palavra em inglês para "marfim". [NT]

Joseph, Elaine e Ivory: quando as pessoas diziam um nome, quase sempre diziam os outros dois no encalço. Joseph era três anos mais velho que Elaine, e Elaine era dois anos mais velha que Ivory. O trio formava um clubinho muito íntimo e fechado para novos membros.

Todos sabiam que Joseph, Elaine e Ivory eram filhos de Lolo, não pela coloração, que poderia constranger os desavisados (os filhos tinham a cor do pai), mas sim por seus modos e pela maneira como se vestiam. Das três crianças, Elaine era a mais escura e tinha a cor de doce de noz-pecã — um bronzeado leitoso. Eram crianças sempre engomadinhas, com as vidas organizadas, uma tentativa de Lolo de criar para elas uma infância que ela mesma não tivera. Por isso, sempre que alugava uma nova casa, primeiro ela pintava as paredes, como se isso fosse lhes garantir a permanência, que era a coisa que ela mais ansiava. Ela comprava móveis de madeira novinhos, que pareciam ter sido passados de geração a geração — com Joseph, Elaine e Ivory sustentando a aura da antiguidade deles com seus polimentos diários. Ela fazia compras nas melhores lojas, sempre escolhendo coisas bonitas e guardando para usar depois. Mas essas paixões intocadas, caixas e mais caixas empilhadas, certa noite sucumbiram a um incêndio, a família postada na calçada assistindo a uma das casas redecoradas de Lolo na Philip Street no Irish Ground queimar até não restar nada.

De sua história, Lolo parecia conhecer apenas o nome da mãe e do pai, e os nomes daqueles que a criaram. Ela sempre preferiu aproveitar o momento, sabia como se lembrar do passado era capaz de evocar o desespero. Por muito tempo, diz minha mãe, minha avó ficava contando e recontando a história de como rezava incessantemente para ver a própria mãe, Rosanna Perry, em seus sonhos. A visão demorou uma eternidade para se manifestar, e quando aconteceu em certa noite, a mulher que apareceu foi uma mãe morta e cercada por uma ninhada de primos zumbificados. Vovó, assustada com aqueles cadáveres todos, viu-se obrigada a repreender os espíritos malignos, enxotando-os para que se afastassem dela e nunca mais voltassem. Tudo isso foi muito intenso porque ela não conseguiu identificar corretamente o espírito no sonho, nunca tendo visto a mãe em vida ou em fotografias.

O passado pregava peças, Lolo sabia. O presente era uma coisa que a gente criava.

Talvez essa mentalidade tenha sido responsável por levá-la a tentar seu destino em Chicago lá por volta de 1942, deixando Joseph, aos 6 anos de idade, Elaine, de 3, e Ivory, de 2, para trás com a tia Shugah e sua filha, TeTe.

Depois de Lionel Soule, veio um homem chamado Son, taxista da empresa v-8, o único serviço automotivo que atendia aos chamados do povo negro de Nova Orleans. Son foi embora de Chicago às pressas. Diz-se que minha avó voou até onde ele estava para uma visitinha de uma semana que acabou se transformando numa estadia de um ano. Lolo conseguiu um emprego na confeitaria onde Son trabalhava. Ela planejava economizar, estabelecer uma vida decente num apartamento redecorado em Chicago e mandar buscar os filhos; mas sua partida deve ter reavivado a sensação de abandono deixada por sua própria mãe, com seus filhos agora nas mãos do mesmo grupo de mulheres que a criara.

O filho mais velho de Lolo, Joseph, abusava da paciência das mulheres. "Eu levava umas palmadas, mas assim que a dor passava, eu inventava de fazer outra coisa que elas achavam que eu não deveria fazer", conta ele. "Isso era simplesmente parte da minha personalidade." Elaine chorava toda vez que sua boca não estava mastigando alguma coisa. "Eu quero Lolo", resmungava ela sem parar. "Me dá Lolo".

Em Chicago, os relatos que chegavam para minha avó eram que Joseph, Elaine e Ivory não estavam sendo bem-alimentados. De todas as coisas que poderiam dar errado, essa certamente era uma das indefensáveis. "Prometi que quando ficasse adulto, eu não iria comer mais macarrão com salsicha", disse o tio Joe. "TeTe não era uma boa cozinheira, e era isso que a gente comia todos os dias."

E então Lolo voltou.

Ninguém gosta muito de falar sobre o período que ela passou fora, pois é informação demais e revela coisas demais. Pode-se dizer que ela escapou por pouco dessa história especificamente. Eu a imagino em Chicago usando um imenso sobretudo com gola de pele, lutando contra o frio congelante, seus dedos e orelhas formigando e então ficando dormentes. Chicago era a possibilidade de uma vida despojada de seu passado fragmentado, a oportunidade de construir uma nova história do início ao fim, só que largar os filhos também era a repetição de um antigo padrão.

De volta a Nova Orleans, ela fazia faxinas durante o dia para poder pagar aulas noturnas de enfermagem na Coinson's School of Practical Nurses, onde era lembrada principalmente por seus uniformes: vestidos branco gelo e casquete de enfermeira combinando com sapatos recém-engraxados e meias como um véu contrastando com a pele escura. Era um branco que dava até medo de pôr a mão. Ela estava determinada a concluir os estudos, e conseguiu, por fim indo trabalhar no Charity Hospital no centro e em residências particulares por toda a cidade, às vezes para seus antigos patrões da época das faxinas.

Algum tempo depois de Chicago, vovó começou a sussurrar baixinho que mesmo que ela não tivesse um penico para mijar, ela jamais voltaria a abandonar os filhos. Minha mãe chegou a ouvi-la dizendo isso. E vovó também começou a revelar à sua comunidade de mulheres confidentes que ela na verdade era mãe de seis filhos, que antes houvera um casal de gêmeos e mais uma outra criança, que morreram antes de Joseph nascer. Essas histórias de Lolo eram ouvidas ao acaso, "flagradas" por seus filhos como bobagens, e então guardadas para serem recontadas muito tempo depois.

Quando Ivory Mae contava 7 anos, minha avó estava firmemente enraizada num sobrado na parte alta da South Roman Street, entre a Second Street e a Third Street. Ela se casou com um estivador treze anos mais velho, a quem os filhos chamavam de sr. Elvin, e que é descrito pela maioria das pessoas como uma versão do que a mamãe se recorda: *Ele costumava conversar com a televisão. Sujeito tranquilo. Estava mais para um homem comum. Ele seguia o roteiro. E gostava de beber.*

O número 2500 da Roman, onde eles moravam, era cercado por dois bares e uma pequena mercearia que parecia segurar o quarteirão como pesos de papel. As mercearias eram de propriedade dos brancos, os botecos, dos negros, a menos que fosse "uma espelunca muito da fina" diz o tio Joe. Mas isso era Nova Orleans. Negros e pobres moravam à vista dos ricos e brancos ou dos fisicamente brancos. Os imóveis dos alugueis sociais, por exemplo, ficavam a quarteirões das mansões da St. Charles Avenue; um universo social diferente logo ali depois da esquina. Também próximo à casa de Lolo, na Claiborne Avenue, ficava o Rex Den, um armazém imenso onde eram montados os carros alegóricos do Mardi Gras. A alguns quarteirões rua abaixo, na Jackson Avenue, morava a filha da tia Shugah, TeTe, cuja varanda era o local tradicional para assistir aos *krewes*[2] Zulu e Rex — clubes sociais com falsos reis e rainhas e hierarquias sociais reais — desfilando na manhã de folia.

Em 1947, Elaine e Ivory Mae posaram no Magnolia Studio para a única fotografia de infância que ainda resta delas. Estavam vestidas como se fossem gêmeas, em vestidinhos brancos idênticos com mangas bufantes e flores naturais presas no busto. Cada uma delas usava sapatos boneca preto envernizados, com meias brancas com babados. Elaine já era boca-suja, os cabelos em longas tranças que iam até o meio das costas. Na foto, Ivory está sem jeito ao lado da irmã, inclinando-se para o lado oposto, o peso concentrado na lateral do pé de fora. Mas minha tia segura firme a cintura da irmãzinha, usando sua estatura como contrapeso. Esta seria a última vez em suas vidas em que Elaine, que nunca passou de 1,60 m, seria mais alta do que a irmã caçula, que chegou a 1,73 m. Na foto, a trancinha de mamãe se destaca na frente, e ela está com a boca bem aberta numa expressão atordoada. Está puxando a barra do vestido, provavelmente tentando cobrir um pedaço visível de pele que brilha logo acima do joelho.

A essa altura de suas vidas, Joseph, Elaine e Ivory eram *como mini faxineiras*, acordando e arrumando as camas antes de qualquer coisa, varrendo e espanando, *a casa ficava um brinco. Fomos criados com asseio.* Todos os filhos de Lolo sabiam faxinar, incluindo o menino. "Adivinha quem tá lá secando as roupas nas bobinas da máquina? Seu tiozão", dizia tio Joe. Quando duas amigas de Lolo, a quem as crianças chamavam de tia Ruth e tia Agnes, vinham à Roman Street para os bailes anuais do Mardi Gras e do Nursing Club, Joseph, Elaine e Ivory passavam os vestidos para

---

2   *Krewe*: é uma organização social que monta um desfile ou baile no Mardi Gras. Seria mais ou menos como os blocos ou escolas de samba no Brasil. Em Nova Orleans, os mais famosos são Zulu, Indians, Bacchus, Rex e Endymion. [NT]

elas e os dispunham em cima da cama para estarem prontinhos quando as mulheres saíssem do banho. Quando elas voltavam das festas, encontravam seus quartos já sob a penumbra dos abajures, seus chinelos perto das camas já preparadas e as camisolas postas sobre o colchão.

Depois da escola, enquanto Lolo estava nas aulas de enfermagem, Joseph, Elaine e Ivory iam ao mercado com a lista feita pela mãe, os três carregando sacolas pela rua. Elaine sempre terminava suas tarefas domésticas primeiro, enquanto Ivory enrolava, de olho na irmã e no relógio até ficar em cima da hora, perto do horário em que a mãe chegava, quando então ela saía correndo pela casa freneticamente para arrumar sua parte. *Era preciso me obrigar a fazer as coisas.*

Mesmo na Hoffman Junior High School, Ivory Mae resistia na hora de trabalhar no jardim porque só as meninas eram solicitadas a fazê-lo. *Parece que eu só funcionava à base da surra.* Ivory Mae era bem respondona. "Ela vai continuar retrucando se for algo que a incomode", vovó sempre dizia. Elaine era um moleque, jogava bolinha de gude, subia em árvores, tendo quebrado a clavícula e a perna. "Eu era uma pestinha." E também encarava brigas com os meninos, defendendo sua irmãzinha que, segundo ela, "deixa as pessoas pisarem nela". Quando Elaine não estava brigando, era tímida. "Elaine tinha uma personalidade mais tranquila que a de Ivory", dizia tio Joe. "Mas quando ela saía daquele silêncio, era um terror. Ivory e eu éramos bem bocas-sujas e tal. Aquilo fazia com que fôssemos amados ou odiados, dependendo do lado que você estivesse. Elaine era na dela e não dizia nada, mas brigava tanto que não era preciso dizer nada." Ainda assim, Elaine e Ivory eram sempre escolhidas para os papéis principais nas peças de primavera na Hoffman, não interessava se iam dar conta de cantar ou dançar. Ambas tinham a pele clara, "uma cor bonita", diriam os professores. Elaine foi escolhida como Rainha da escola McDonogh 36 quando estava no segundo ano. *Elaine tinha todo aquele cabelo, que nunca ficava bom, mas eles pentearam e ficou todo armado. Ela usava uma tiara, ficou legal pra diabo.* Elaine também exibia uma indiferença que botava você no chinelo. Às vezes dava para sentir, ao conversar com ela, que ela estava fisicamente ali, mas havia se ensimesmado em algum cantinho dentro de si.

Joseph era mimado pelas mulheres desde sempre. Sua avó, Sarah McCutcheon, foi a primeira a lhe comprar uma bicicleta de duas rodas. Ele preferia passar o tempo na casa dela no Irish Channel, que se provava uma vida mais aventureira para um garoto. Sarah McCutcheon morava em frente à cidade, na St. James, entre a Tchoupitoulas e a Religious Street, bem do outro lado do moinho de arroz, a poucos passos dos trilhos da ferrovia perto do rio Mississippi. Joseph era o responsável por catar lenha para o fogão e a lareira, e isso o levava aos trilhos da ferrovia, onde ele pegava os pedaços de madeira descartada usados para revestir os vagões que transportavam mercadorias por todo o país. Às vezes, se ele aparecia no cais quando os navios estavam descarregando, um estivador abria uma saca de açúcar, arroz, café ou bananas, e aí tio Joe enfiava os mantimentos sob a camisa para levar para Sarah McCutcheon na St. James Street.

A Woodson Elementary, a McDonogh 36, a Hoffman Junior High e a Booker T. Washington — as escolas de Joseph, Elaine e Ivory — foram instituições segregadas durante todos os anos escolares deles, e isso muito depois do caso *Brown versus Board of Education*[3] de 1954, cujos resultados não foram vistos em Nova Orleans até novembro de 1960, quando três crianças de 6 anos, Tessie Provost, Leona Tate e Gail Etienne, usando saias rodadas e sapatos de couro envernizado, com enormes laços brancos no alto da cabeça, chegaram a uma McDonogh 19, composta apenas por brancos, onde permaneceriam como as únicas três alunas negras na escola naquele ano letivo inteiro, estudando em salas de aula com janelas tapadas por papel pardo para bloquear o sol e os ataques dos pais brancos furiosos do lado de fora. No mesmo dia, em novembro, a aluna da primeira série Ruby Bridges, uma garota negra solitária cercada por três delegados federais, adentrou na escola primária William Frantz, passando meio ano escolar como a única aluna negra. Uma década depois, quase em 1970, a integração nas escolas de ensino médio de Nova Orleans

---

3   *Brown versus Board Education*: foi um caso histórico julgado em 1954 na Suprema Corte dos Estados Unidos, no qual foi decidido por unanimidade que a segregação racial de crianças em escolas públicas era inconstitucional. [NT]

ainda renderia tumultos. Quatro décadas depois, permaneceria efetivamente incorreto descrever as escolas de Nova Orleans como totalmente integradas.

Lolo sempre dizia que a gente podia ser o que quisesse. Na infância, a gente nunca pensou nos brancos como superiores a nós. Sempre pensamos que éramos iguais a eles ou melhores.

Mas Joseph, Elaine e Ivory só precisaram chegar ao meio-fio em frente à casa na Roman Street para ver o Taylor Park e sua placa: PROIBIDO CRIOULOS, CHINESES E CÃES. Era uma visão estranha, um parque com cercas e que passava boa parte do tempo vazio, em um bairro negro. Se as crianças da vizinhança quisessem um parque para correr ou uma piscina para nadar, teriam de ir ao Shakespeare Park da Freret Street, a uns bons quilômetros de distância dali. "Parecia que a maioria dos negros em Nova Orleans tinha que ir para lá", dizia o tio Joe. Chegar ao Shakespeare Park exigia uma viagem em ônibus segregados.

Mas havia uma complicação extra em Nova Orleans, uma cidade aficionada e obcecada por gradações de cor da pele. Minha mãe, Ivory Mae, compreendia desde muito jovem o valor de sua pele clara e de suas sardas, e da textura de seu cabelo ondulado, que ela dizia ser um *cabelo bom*. O favoritismo transparecia nos diferentes códigos morais demonstrados em todo tipo de preconceito, na maneira como as pessoas se alegravam ao ver Ivory, mas nem tanto ao ver Elaine, que se perguntava por que ela era alguns tons mais escuros do que Joseph e Ivory e tinha o cabelo mais denso, o qual ela mesma descrevia como "doloroso de pentear".

Quando criança, minha mãe internalizou esse colorismo, cujos efeitos às vezes se manifestavam de formas um tanto chocantes.

Um dia, Ivory, Elaine e nossa tia-avó, Lillie Mae, estavam sentadas juntas na varanda da casa da Roman Street, observando os passantes. Mamãe tinha 8 anos. Um colega de escola, a quem mamãe chamava de Andrew Preto, passou por ali. Ele estava indo à mercearia Johnny's. Isso não era exatamente algo incomum. Andrew passava duas, três, às vezes quatro vezes ao dia, sempre que conseguia umas moedinhas para comprar doces. Toda vez que ele passava, dava uma olhada para nossa casa, às vezes piscando para Ivory Mae, que retribuía com um olhar meio severo de lá da varanda. Ela estava sempre provocando: *Andrew Preto, ei, garotinho preto.* As crianças da vizinhança, de suas respectivas varandas, a estimulavam desnecessariamente. *Aquele pretinho não é nada meu namorado,* ela se lembra de ter dito a elas.

Ele parecia sempre encardido. Quer dizer, ele era pretinho mesmo, cabelo crespo e tudo. O que ela queria dizer era que ele tinha a pele escura, a cor de sua própria mãe, a cor da irmã de sua mãe, Lillie Mae, que estava sentada bem ao lado dela.

"Você tem o desplante de chamar aquele menino de preto?" disse Lillie Mae. "Olhe para sua mãe. De que cor ela é?"

Minha mãe não é preta, dissera então a pequena Ivory Mae.

Ela não era preta para mim. Era a minha mãe, e minha mãe não era preta. A mim parecia que eles estavam tentando transformar minha mãe nos negros de quem eu não gostava.

"Acho que a gente os enxergava mais ou menos do mesmo jeito que os homens brancos enxergavam", diz agora o tio Joe, tentando explicar a atitude de sua irmã caçula. "Como pessoas inferiores a nós."

Joseph gostavam de ficar vagando por aí, mas suas irmãs normalmente brincavam às vistas dos adultos, exceto nos fins de semana, quando cada uma ganhava 25 centavos, quantia que podia render bem nas lojas de tudo a dez centavos da Claiborne Avenue. *A gente comprava nossas presilhas de cabelo lá. Eu costumava escolher sempre cores legais. Sempre fomos crianças asseadas. Costumávamos parecer mais bem-cuidados do que as outras crianças que conviviam com a gente, como uns riquinhos. Quando éramos bem pequenininhos, com 5 ou talvez uns 7 anos, só usávamos Stride Rite. Lolo achava que sapato tinha que ser bom.*

"Cabeça erguida", vovó sempre dizia. Se eles não tivessem um centavo no bolso, ninguém precisava saber disso. "É a sua postura que define tudo", dizia ela. Eles eram aconselhados a sempre guardar uma reserva, nunca, jamais, gastar tudo de uma vez, valorizar uns aos outros mais do que qualquer outra pessoa, e não ficar metido nas casas dos outros, onde qualquer coisa podia acontecer. *Éramos muito protegidos. Não podíamos ficar indo à casa das pessoas. Nunca tive muitos amigos. As pessoas formavam as suas redes. Éramos só Elaine, Ivory e Joseph, e uma pessoa ou outra que aparecia.*

As crianças usavam trajes brancos nas ocasiões especiais: para fotografias, cultos na Divine Mission of God aos domingos e, em maio, no Dia de John McDonogh.

John McDonogh era um rico senhor de escravizados que em 1850 deixou metade de seus bens para escolas públicas de Nova Orleans, insistindo que seu dinheiro fosse usado para "o estabelecimento e amparo de escolas gratuitas onde os pobres, somente os pobres, de todos os gêneros, classes e castas de cor deveriam ser acolhidos".

Esse "santo padroeiro das escolas públicas de Nova Orleans", como às vezes era chamado pelas autoridades municipais, também tinha outras exigências — que a Bíblia fosse usada como o livro didático principal e também "um pequeno pedido... um pequeno favor, e será o último... que seja permitido anualmente, às crianças das escolas gratuitas situadas nas proximidades do local de meu enterro, plantar e regar algumas flores em meu túmulo".

Os alunos que frequentavam as escolas com o nome de McDonogh visitavam seu túmulo anualmente, alguns tomando uma balsa para atravessar o rio até onde ele estava enterrado ao lado das pessoas que escravizou na McDonoghville Plantation. Mesmo depois de 1860, quando sua família solicitou a exumação de seus restos mortais e o transferiu para Baltimore, sua terra natal, os alunos continuaram a se reunir em sua sepultura vazia para homenageá-lo. E assim seguiram até 1898, quando uma estátua foi erguida na Lafayette Square, de frente para o Gallier Hall, que à época era a prefeitura. O busto de bronze de McDonogh olha bem para frente enquanto um menino esculpido escala o monumento, em homenagem perpétua, estendendo a mão para colocar uma coroa de flores na base da estátua. Aos seus pés há também uma menina esculpida com cabelos em cascata, segurando a mão livre do menino e olhando para cima.

No Dia de McDonogh, todas as crianças das mais de trinta escolas McDonogh vestiam suas melhores roupas brancas para o evento segregado. Alunos negros e brancos chegavam em ônibus separados. As crianças negras aguardavam sob o sol, enquanto as brancas completavam sua procissão em homenagem a John McDonogh. *Ficávamos horas e horas de pé lá, suando dentro de nossos lindos vestidinhos brancos.*

Uma banda escolar tocava enquanto as crianças brancas se reuniam em torno da estátua de McDonogh para cantar seu hino:

O' acordai a trombeta de renome
Ao longe ecoando o nome de um herói
McDonogh: deixe a trombeta tocar
E com a guirlanda ornando sua testa
Exaltai-o com vossas vozes agora
Seja louvado; que seja louvado!

O prefeito, deLesseps Story "Chep" Morrison, entregava a chave da cidade a um aluno da sexta série de todas as escolas brancas; e então era a vez dos alunos negros. Quando eles chegavam no meio do hino de McDonogh, várias crianças negras desmaiavam devido ao calor do meio-dia, sujando suas vestes alvas. Aquelas que ainda permaneciam de pé continuavam a cantar, segurando flores murchas para a estátua de bronze. Os alunos desmaiados não viam a entrega da chave para os alunos da sexta série das escolas negras.

Portanto, não foi nenhuma surpresa quando, no Dia de John McDonogh de 1954, estudantes negros, diretores escolares e professores tenham dado início a um boicote, que os líderes locais em prol dos direitos civis justificaram ser um protesto "devido aos anos de incontáveis aborrecimentos humilhantes e vergonhosos". Apenas 34 alunos, dos 32 mil estudantes negros de toda a cidade, apareceram diante da estátua naquele ano. Ivory Mae, então com 13 anos, e seus irmãos também não estavam entre eles.

Depois disso, Joseph, Elaine e Ivory passaram a usar roupas brancas apenas para ir à igreja. Sarah McCutcheon apresentou Lolo e seus filhos pequenos à Divine Mission of God. Seu santuário era uma casa estilo *shotgun* na parte alta da cidade, na Soniat Street, que era igreja de um lado e residência do outro. *No minuto em que você entrava lá, conseguia se imaginar num pedaço do paraíso. Você subia por um pequeno átrio e aí entrava na igreja. Nada mais passava a existir então.* Os cultos começavam de dia; você ia embora tarde da noite.

A missão não tinha mais do que 25 congregantes, todos crentes que seu líder, dr. Joseph Martin, era um profeta, do tipo que poderia dar um comando à chuva para que parasse de cair.

Em diversas ocasiões ele de fato o fez, alegam várias pessoas, detendo tempestades para que os membros da igreja pudessem chegar aos seus respectivos carros sem que ficassem encharcados. Diziam que ele era capaz de deter furacões terríveis e acalmar os ventos. Suas profecias iam além daquelas meteorológicas. Ele falava das pessoas que cruzariam o oceano em massa, e que mais tarde ele afirmou serem os refugiados vietnamitas que começaram a chegar em 1975.

Os congregantes se autodenominavam Católicos Divinos. A igreja se inspirava nos rituais católicos, mas não estava listada em nenhum diretório, nem tampouco os congregantes eram visitados pelo arcebispo. Católicos ortodoxos que chegaram a visitá-los, como Harold, amigo de Joe Gant, disseram que os fiéis estavam ridicularizando as tradições católicas, praticando o hoodoo.[4] "Era uma coisa individualizada", disse Joe Gant.

Dentro da igreja, quatro vezes na semana, pessoas outrora comuns se transformavam. As mulheres mantinham seus mantos brancos em um armário de madeira na igreja; os homens usavam túnicas brancas longas com mangas largas e coroas régias feitas de feltro. Algumas pessoas usavam tiaras com estrelas douradas. Os filhos dos fiéis marchavam pela nave como futuros profetas, segurando estandartes azul real que se erguiam bem acima de suas cabeças.

A congregação inteira era o coro. *Todos cantando juntos soavam como trombetas. Costumávamos todos nos levantar e marchar em círculo ao redor da igreja.*

> *Oh Daniel, ele era um bom homem*
> *Senhor, ele orava três vezes por dia*
> *Oh, os anjos abriam a janela*
> *só para ouvir o que Daniel tinha a dizer*
> *Pois agradeço a Deus que ele cuida de mim*

---

4   Hoodoo: Etnogênese de práticas espirituais, tradições e crenças criadas por escravizados africanos na América do Norte e mantidas em segredo dos senhores. [NT]

Num momento de revelação, entoando esta canção ou outra semelhante, mamãe foi salva pela primeira vez na Missão. Num minuto ela estava cantando sobre sentir o fogo queimando, e no outro estava saltando descontroladamente. Elaine se aproximou e abraçou a irmã pela cintura como se esta fosse uma árvore. "Não a segure, solte", gritavam as pessoas. Elaine a soltou depois de um tempo, e Ivory Mae continuou em sua salvação. Depois disso, Ivory Mae começou a desenvolver um senso aguçado de que era *a filhinha querida de Deus*. É assim que ela se autodenomina, de forma possessiva, como se fosse filha única. Isso irritou Elaine. Ivory Mae agora se dirigia a Deus diretamente em orações regulares. Deus Pai, entoava ela, e ele se tornou para ela (e assim permaneceria para sempre) o pai biológico que ela nunca teve.

Todo dia 12 de abril, no aniversário da Missão, todo membro recitava suas "determinações", ou seja, o que pretendiam fazer por Deus e que tipo de pessoa pretendiam ser no ano seguinte. Esses discursos ocupavam três ou quatro páginas do livreto, o que fazia os cultos de dedicação se estenderem até bem depois da meia-noite. *Eu sempre cantava "this lil light of mine, I'm gonna let it shine". Eu costumava falar: meu desejo é ser enfermeira. Eu falava isso porque Lolo era enfermeira e eu queria ser como ela.*

Joseph também queria ser como a mãe, mas principalmente na apresentação, o que às vezes ele mudava em detrimento e exclusão de outras qualidades convenientes. Ele foi o único menino na formatura da oitava série de Hoffman a usar um terno sob medida. Era cinza, com gola e lapelas costuradas à mão em fio cinza mais escuro e que dava "um efeito lindo", diz o tio Joe. Todos tinham que usar terno, mas a maioria tinha sido comprada em uma loja de varejo mesmo. Aqueles que não puderam pagar pelo traje se formaram do mesmo jeito, mas não participaram do desfile com a turma. O terno de Joseph da loja de Harry Hyman na Rampart Street era tão fora do comum que até os professores elogiaram. "Esse foi um dos pontos altos da minha vida", conta ele agora, aos 76 anos. Joseph tinha 1,92 m e era esbelto (e ainda é, usa o mesmo tamanho daquela época). Seu cabelo formava cachinhos quando molhado, e as garotas gostavam disso.

Aquele terno de formatura da oitava série e a atenção que ele atraiu marcaram o início do amor vitalício que Joe Gant nutriu por roupas. Ele conseguia se vestir melhor do que as meninas. A obsessão na preservação dos vincos nas calças, que ele ficava horas passando a ferro, o fazia agir de forma estranha às vezes. "Eu costumava me arrumar para sair e nunca me sentava." Quando chegou à idade de dirigir, ele entrava no carro com relutância, as pernas mal roçando o assento, o que o obrigava a guiar pela cidade com as costas eretas, como um homem em eterno estado de alerta. "Algumas pessoas acham que as roupas fazem algo por elas, eu achava que eu fazia algo pelas roupas", contou-me. "Em outras palavras, eu era metido."

Joseph gastou todo o dinheiro ganho nos bicos feitos ao longo do verão em um guarda-roupa novinho para o ensino médio, que incluía calças sob medida e cuecas de náilon de Paris, compradas na Rubensteins Brothers na Canal Street. Os negros não podiam experimentar roupas naquela época. Joseph já entrava sabendo seu tamanho: 42 grande ou extra grande, dependendo do modelo; Manga 36; Gola de 41 centímetros. Ele também comprava as gravatas que todos os rapazes eram obrigados a usar no uniforme da Booker T. Washington High School. Se você esquecia a gravata, tinha que usar uma das gravatas velhas recolhidas em doações das turmas para os alunos que não tinham como pagar por uma. "Eu nunca usei nenhumas daquelas merdas. Eu tinha a minha gravata. Foi muito bom para a minha virilidade e coisa e tal", disse ele. "Tinha algo na gravata que me dava uma sensação de importância, uma sensação de ser muito especial."

Joseph usava ternos sob medida, mas Elaine e Ivory costuravam as próprias roupas. Costurar era construir uma personalidade, e isso Ivory Mae adorava. Mesmo nas aulas de costura do ensino médio, ela tinha olho bom para o caimento das peças no corpo e sabia dar seu toque especial, sempre alterando os moldes com detalhes surpreendentes que os diferenciavam.

As jovens aprendiam moda umas com as outras, principalmente nas ruas, mas também nas Feiras de Moda de Ebony, realizadas anualmente no Auditório Municipal, em que as participantes caprichavam tanto para se vestir que ofuscavam e reduziam o interesse nas modelos desfilando no palco, que usavam peças inatingíveis.

De qualquer forma, Ivory Mae nunca foi muito fã de bizarrices. Seu estilo era ilusoriamente simples, suas roupas valorizavam as curvas certas. Aqueles vestidos que você guarda para ocasiões especiais, ela usava no dia a dia. Nesse aspecto, ela e Joseph eram parecidos. Eles se vestiam para serem vistos, e foi assim que construíram uma reputação de exibidos nos bailes, como o tio Joe costuma dizer. "Sim, e sabíamos que éramos elegantes." Eles dançavam onde quer que houvesse uma pista de dança — um bar ou um baile. Até na calçada, às vezes. "A gente costumava ir aos clubes e começar a dançar já na entrada. Para um homem pobre, eu sabia embelezar a lataria", conta ele. "Isso é o que me fazia arranjar tantas encrencas e coisas do tipo com as mulheres."

Ele e sua irmãzinha, Ivory, se esbaldavam de dançar, jogando-se no ritmo da moda, empolgados. Ivory sempre foi divertida e boa dançarina. Ela era especialmente talentosa ao ser guiada na pista, e os homens geralmente adoravam isso nela. Às vezes, Ivory entrava em um clube onde flagrava Joseph já dançando alguma música, aí os dois formavam um par, e vinha aquela cena que causava toda uma comoção. "Assim que a gente se encontrava", diz o tio Joe, "o negócio começava. As pessoas estavam dançando, aí saíam da pista e deixavam a gente dançar, sabendo que a gente era a atração. Quem não conhecia a gente, achava que a gente era alguma celebridade, fazendo todos aqueles rodopios diferentes e tal. Eu rodopiava Ivory com a mão. Às vezes, eu ficava de costas para ela e pegava sua mão e a girava duas, três vezes, talvez um espacate ou algo assim, você sabe, coisas bobas."

Eles eram loucos pela improvisação, representando sua liberdade ideal, e era exatamente por isso que minha avó nunca gostava de dançar com seu filho Joseph. "Rapaz, dance direito", ela sempre dizia. "Você é palhaço demais."

Mas ninguém era mais bufão do que outro garoto na vizinhança que sempre roubava a cena. Seu nome era Edward, mas aqueles que o conheciam só o chamavam pelo sobrenome: Webb.

03
WEBB

A maioria das pessoas simplesmente não conseguia entender, por mais que se esforçasse, como Webb e Ivory Mae acabaram juntos. Eles nem eram namorados, mas naquela época ninguém parecia ser, de qualquer modo. Ser quietinho quase sempre significava ser sorrateiro, mas até onde as pessoas sabiam, Ivory Mae era uma aluna dedicada na Booker T. Washington High, do tipo que sempre chamava a atenção dos professores; ela ia ser alguém na vida.

Sobre Webb, pouco poderia ser dito a respeito de sua natureza acadêmica. "Se ele tivesse dado continuidade, poderia ter sido comediante", diz agora o tio Joe, que estava muitas séries na frente dele na escola. Webb às vezes gaguejava quando falava, mas isso só fazia ressaltava seu estilo, fazendo dele o tipo de pessoa que todo mundo conhecia ou gostava. Webb tinha a constituição de um *quarterback* de futebol americano, e ele de fato era um. *Ele não era a estrela do time, mas estava lá, vestia a camisa.*

Webb e Ivory Mae cresceram juntos, basicamente separados por uma rua. Webb era o terceiro filho de Mildred Ray Hobley, o único menino, irmão de Minnie, Dawnie e Marie. Suas irmãs o chamavam de Lil Brother. Ele era um ano mais velho que Ivory Mae e a conhecia desde a época em que ela usava meias brancas com babados e tênis de solado grosso. Eles se passariam muito bem como irmão e irmã em termos de compleição e personalidade promissora, mas veja: Mildred tinha sonhos para todos os seus quatro filhos. E um casamento entre Webb e Ivory Mae não era um deles.

Só que ele era louco por ela. Não se cansava de ficar admirando o rostinho dela. E seu primo Roosevelt tinha uma quedinha por Elaine, a moleca. Na maior parte do tempo, Ivory Mae não tolerava Webb; ele a irritava demais. Para ela, ele era um metido a escroque, sempre se achando mais engraçado do que era de fato. E lá estava ela na varanda, fingindo indiferença quando ele chegava galopando, *com aquelas perninhas tortas, ele fazia tudo que é dança na calçada.* Ele tinha um cachorrinho e sabia que Ivory Mae não gostava do bicho. Aí achava muito engraçado jogar o cachorro em cima dela, ordenar ao cachorro *Pega ela, pega ela, pega ela*, o que no início costumava deixar Ivory furiosa, mas depois, secretamente feliz. Eles tinham entre si aquele tipo de intimidade que brota quando se cresce junto e, portanto, é praticamente garantida. Mais tarde, uma vez que começaram a namorar, eles se acomodavam na varanda e se beijavam à vista de todos.

Era o fim da 10ª série na escola e o início do verão, o que significava que era época de sair mais, de tentar descobrir o que mais havia para se fazer além de paquerar. Agora Ivory Mae queria saber o que viria a seguir, depois dos beijos. *Webb e eu estávamos só de paquera, como amigos, sabe, ensinando e aprendendo. A gente estava indo à escola e aprendendo de onde vêm os bebês, e então eu engravidei. Na verdade, essa intimidade só aconteceu uma vez. Não foi um grande caso de amor.*

Naquela época, as crianças não conversavam abertamente com os pais. "Não se meta em conversa de adulto", lhes diziam. *Qualquer coisa que a gente descobrisse, descobria por conta própria.* Em retrospecto, havia os chavões como puxe o vestido e feche as pernas, mas o significado disso não ficava muito claro, se tinha a ver com sentar-se direito no ônibus usando vestido ou com sexo. Este último jamais teria passado pela cabeça de Ivory Mae automaticamente, mas ela era impulsiva quando queria, gostava da recompensas instantâneas, era do tipo que só dava ouvidos depois.

Depois que a sra. Anna Mae, uma amiga da família que morava nos apartamentos nos fundos da casa, levou Ivory Mae ao Charity Hospital, onde o médico confirmou a gravidez, vovó foi marchando até a casa de Mildred e acertou os detalhes.

Se Lolo ficou decepcionada com aquilo, jamais disse.

Em setembro de 1958, quando Ivory Mae estaria começando a 11ª série e Webb estaria no último ano da escola, eles se casaram, na sala de estar da casa de TeTe na Jackson Avenue, cercados por Elaine e Roosevelt, Mildred e Lolo, e as irmãs de Webb. No dia, Webb trocou a camisa de futebol por um terno escuro e gravata. *Ele estava de sapatinho social. Eu estava toda empetecada de noivinha. A gente tava na beca.* Ivory tomara emprestado um vestido de noiva branco e um véu da amiga casada de seu irmão Joseph, Doretha. Usava sapatos brancos novos em folha. Seu traje era apropriado para a época, mas quando ela reavalia: *na verdade eu não precisava de vestido de noiva nenhum. Eu podia ter usado algo que já tinha. Não me admira que o pessoal do Webb não gostasse de mim.*

Mas a sra. Mildred não era o tipo de mulher que destruía os sentimentos de uma jovem. Ela fazia questão de ter voz no casamento dos filhos, mas dessa vez as coisas tinham saído do prumo. Ela já havia proibido suas três filhas de sequer olharem para Joe Gant. Mesmo desde a época de rapaz, ele não era de assumir suas responsabilidades. Em vez de dizer, por exemplo, que tinha ido morar com uma mulher, ele dizia que a mulher tinha vindo atrás dele, "catado minhas roupas uma a uma e levado para a casa deles. Agora é fato consumado."

Esse era o não-é-bom-pra-você e nem-se-compara que as filhas de Mildred eram aconselhadas a evitar. "Eu não tinha dinheiro suficiente para elas", diz Joe Gant. "Ela não queria que suas filhas conversassem com ninguém na vizinhança que ela achasse que não tinha futuro. Sua mãe também não estava à altura."

Sua pele mais clara e cabelo menos crespo, coisas que Ivory Mae pensava que a tornavam especial, não significavam nada para Mildred e sua família, que partilhavam os mesmos traços físicos. Pelo que parecia, Ivory era julgada como alguém que não chegaria a lugar nenhum, e agora cá estavam as evidências. Ela estragara as coisas para Webb, e essa ideia, semeada principalmente por suas irmãs, instalara-se na família, corrompendo até mesmo os ímpetos mais doces do jovem casal que tentava cumprir seu papel, agora que o bebê estava chegando.

O casal selou seus votos. Webb colocou no dedo de Ivory Mae a aliança que sua mãe havia recebido da própria mãe. Uma aliança de noivado e a aliança de casamento foram postas no dedo ao mesmo tempo.

Não teve festa depois. Bolo com sorvete e todo mundo foi cuidar da sua vida. Fomos a algum lugar, a algum clubezinho ou alguma baguncinha, nossos clubes de negros ali na Washington Avenue. Lá, pode ser que tenham visto Ernie K-Doe se apresentar, muito antes de ele ser alguém, antes de ele construir o Mother-in-Law Lounge e de ostentar seu mítico cabelo com permanente. Não, isso tudo aconteceu quando ele ainda se apresentava usando tênis, que eram considerados impróprios para um cantor, antes de ele conseguir bancar sapatos de couro. *Quando ele finalmente gravou um disco, as pessoas falaram que agora ele podia comprar sapatos.*

Ivory e Webb desenvolveram o namoro *depois* do casamento. Cinema e saídas para dançar no Blue Door e no Tony's da St. Peter, fora do bairro French Quarter, do outro lado da Rampart, onde os negros podiam ir. O Pimlico Club, onde cantava Irma Thomas, outra garota que havia abandonado o colégio. Era uma época em que a música era *normal e natural*, como minha mãe fala, *simplesmente vinha de dentro de você*. De volta aos clubes, mamãe estava seguindo a moda junto às outras garotas de sua idade — a barriguinha ainda não estava aparecendo —, elas posavam para fotos em pé ao redor de uma máquina de fliperama. É claro que éramos bobas, risonhas.

Em vez de frequentar a escola, Ivory Mae dobrava a esquina e ia até a casa de sua amiga Rosie Lee Jackson. Rosie Lee era a única garota que ela conhecia que já havia engravidado, casado e que já estava com um filho.

Acho que é por isso que gosto tanto de repolho hoje, porque ela parecia estar sempre cozinhando repolho. Eu costumava dar uma deitada na cama dela depois de comer e aí dormia.

Ivory sentia falta da escola. Ela estava sempre esbarrando com ex-colegas de turma. Ninguém conseguia acreditar: de todas as pessoas, logo Ivory Mae ficara grávida. Deitada na cama de Rosie Lee, mamãe ficava acalentando pequenos desejos enquanto sua barriga crescia. Queria voltar para a escola Booker T. Washington depois que o bebê nascesse; conhecia outras garotas que tinham conseguido retornar.

Webb passava seus dias procurando emprego ou fazendo bicos em empreiteiras com seu padrasto, Nathan Hobley, um pedreiro que havia erguido boa parte dos pátios do French Quarter e com quem ele mal se dava. Foi bem difícil para Webb tomar tenência. Nathan Hobley ficava simulando entrevistas de emprego à mesa da cozinha, com Webb sentado à sua frente, e era sempre um fracasso.

Como casal, Webb e Ivory Mae tinham um quarto na casa de Nathan e Mildred no New Orleans East, na Darby Street, uma seção semi-industrial remota da Old Gentilly Road. Nathan era um empresário astuto, de espírito pioneiro, que adquirira várias casas no Leste antes disso se tornar algo comum para os negros. Mas Ivory Mae se sentia muito cerceada por ficar na casa de Mildred. *Era a única opção, já que eu não tinha para onde ir.* A casa era boa. Ficava afastada da rua, mas Ivory Mae via como uma casa rural. Nenhuma de suas amigas morava lá. Ela estava sempre ligando para alguém para levá-la ao *centro,* que era como ela se referia à cidade, à Dryades Street em Central City, para onde vovó e o sr. Elvin haviam se mudado, para mais uma casa alugada. Ela continuara franzina, com uma barriga minúscula, até que nos meses finais da gestação, inflou de repente, e Eddie nasceu imenso, mais de quatro quilos, com uma cabeça quadrada igual à do pai.

Quando eu o trouxe para casa, ninguém achava que era um recém--nascido, parecia que tinha um mês de idade. Eddie era uma criança séria, curiosa. Um menino grande e esfomeado desde seu primeiro dia na Terra. Minha mãe tentou amamentá-lo, mas ele era tão voraz que ela desistiu. *Era como se ele nunca ficasse satisfeito. Dava para ouvi-lo sugando a um quilômetro de distância.* Sua sede insaciável estragou o esquema para todas as oito crianças que viriam depois. A lembrança de como ele sugava e roía criou tamanho suplício que Ivory Mae não conseguiu amamentar novamente.

Logo depois que Eddie nasceu, a Booker T. Washington High School mudou sua política. Mães não eram aceitas mais. A escola então sugeriu que Ivory Mae poderia concluir os estudos numa escola especial para delinquentes, *para crianças problemáticas,* mas ela não conseguia se ver classificada assim, como uma perdida. Então implorou ao diretor que abrisse uma exceção e que a aceitasse de volta, mas agora ela era considerada um péssimo exemplo para as outras meninas. E sua beleza ou charme não poderiam mudar isso, disse ele. Ela agora havia entrado na idade adulta, e seu sonho inicial de terminar o ensino médio e ir para a faculdade se dissolveu por completo.

Em maio, alguns meses depois que Eddie nasceu, Webb se alistou no exército. Ele foi mandado para Fort Jackson, na Carolina do Sul, para o treinamento básico, e depois para Fort Hood, Texas, onde ficou alocado. Quando ele saiu de Nova Orleans, mamãe estava grávida de novo, de um menino que ela chamaria de Michael. Ela estava grávida quando ela e Webb se casaram, e grávida quando ele morreu.

As circunstâncias da morte de Webb, uma versão abreviada do que foi relatado a Ivory Mae na manhã de 1º de novembro de 1960, foram resumidas desta forma no depoimento do investigador:

> Em 31 de outubro de 1960, aproximadamente 23h20, o soldado Edward J. Webb... Companhia C, 6ª Infantaria, 1ª Divisão Blindada, Fort Hood, Texas, caminhava para oeste no lado direito da rodovia 190, nos limites da cidade de Killeen, Texas, com dois outros membros de sua unidade. Enquanto caminhava na faixa direita de uma estrada de quatro faixas, WEBB foi atingido, por trás, por um veículo dirigido pelo especialista Ervil J. HUGHES... que fugiu da cena, de modo que não foi prontamente identificado. WEBB foi declarado Morto ao Chegar no Hospital do Exército dos EUA como resultado dos ferimentos sofridos no acidente.

Todo mundo sabia que Webb tinha um temperamento forte. Mesmo em sua cidade natal, com pessoas que ele conhecia. Seu próprio padrasto o contratou e demitiu várias vezes porque ele era incapaz de seguir instruções. E ele gostava de beber. Ele sempre se metia em brigas no bar nos fundos de Fort Hood porque às vezes, em seu destemor, não sabia quando parar. Pode ser que tenha provocado o sujeito errado. Em casa, foram muitas teorias sobre a morte de Webb. O exército quase não forneceu detalhes. A maioria dos familiares e amigos insistiu que o fato tivera motivação racial, só podia ser, quero dizer, basta olhar os fatos: homem negro atropelado enquanto caminhava para casa, sem explicação alguma, sem confusão, sem prisões.

A epícrise, um resumo mais narrativo anexado ao relatório da autópsia de Webb, revela um pouco mais de detalhes:

É entendido que esse jovem negro alistado caminhava no meio do asfalto na Rota 190 em Killeen, e estava sob a influência de álcool. Tal comportamento fez com que ele fosse atingido por um veículo e levado a nocaute. Seus camaradas à beira da estrada ficaram confusos com o acidente e não procuraram retirá-lo da estrada e/ou impedir que ele fosse atropelado pelo tráfego. Em vez disso, tentaram acenar para os veículos passantes a fim de obter ajuda. Então um carro atropelou o corpo de Webb enquanto este se encontrava desfalecido na estrada... O álcool parece ter liberado um traço suicida no falecido ou tê-lo deixado inconsciente dos perigos de se caminhar em meio ao tráfego.

Uma representação desenhada em um processo judicial posterior, que acusava o motorista fugitivo de homicídio culposo, indica que era uma noite árida, enluarada e com nuvens espaçadas. O sapato esquerdo de Webb foi arrancado do pé quando ele foi lançado uns bons metros no ar antes de cair no pavimento de concreto que, de acordo com a representação, estava em "excelentes condições". O motorista jamais foi condenado.

A causa oficial da morte foi descrita como "concussão cerebral e hemorragia subaracnóidea". Webb tinha 18 anos, dez meses e sete dias de vida, e estava a dois meses de fazer aniversário, no dia de Natal.

No atestado de óbito, listada como "parente ou amigo para contato" e "esposa", estava Ivory Soule Webb, endereço Darby Street, 4116, Nova Orleans.

Deitado no caixão, Webb parecia ter três vezes sua idade. A pele estava mais escura do que mamãe se lembrava, a cabeça estava inchada devido às circunstâncias do óbito. Ela ficou lá, olhando para o marido com quem fora casada por dois anos, mas na verdade fora seu amigo de infância desde sempre. Eles viveram juntos na mesma casa como marido e mulher por menos de um ano antes de seu alistamento. O que havia entre eles agora? Havia as cartas de amor sobre doçuras pueris: falando sobre como um dia sua mulher faria da casa deles um lar, generalidades basicamente, e dois filhos, com mais um a caminho.

Michael nasceu em abril de 1960, seis meses antes da morte do pai. Em algum momento entre o nascimento de Michael e a morte de Webb, Ivory engravidou pela terceira vez. Quando Darryl nasceu, seis meses depois do enterro de Webb, já havia um novo pai no lugar do primeiro. Isso foi algo que pareceu assombrar Darryl por toda a sua vida. Desde cedo, ele se autodenominava o rebelde da família. A fim de manter a narrativa, ninguém ousava abordar as circunstâncias do nascimento de Darryl. As pessoas fofocavam, dizendo que Ivory Mae já vinha ciscando por aí nos meses anteriores à morte de Webb, que ela fora vista com outro homem de pele muito mais escura, Simon Broom. Estava tudo uma zona; as pessoas não conseguiam entrar num acordo sobre os fatos. Darryl, sensível e nitidamente sintonizado com tudo, carregava as incertezas alheias como se fossem suas. O boato de que Darryl tinha sido concebido mais ou menos três meses antes da morte de Webb, enquanto Simon e Ivory Mae — ambos casados — estavam paquerando, fez de Darryl um garoto deslocado, desprovido de uma história única sobre o início de sua vida, condição esta agravada por alguns familiares que, fosse por malícia ou mágoa pessoal, viviam dizendo que ele tinha sido registrado erroneamente e, portanto, não tinha lugar ali. "Veja só você, menino. Você não é filho de Webb", Darryl se lembra de ter ouvido de algum membro da família. Minha mãe, a única a saber a verdade, não deu grande importância quando questionada muitos anos depois. *O que está feito está feito. Já foi. Fim de papo.*

Na verdade, ela sempre insistia que não havia diferença entre nenhum de nós, seus filhos — que o fato de termos sido criados por ela anulava quaisquer diferenças paternas ou maternas.

Quanto a Eddie, o filho mais velho de Webb, nunca houve esse questionamento; ele carregou outro tipo de fardo. Contando um ano de idade quando Webb morreu, ele era a cara do pai — cabeçudo e tudo o mais. Toda vez que a mãe de Webb, Mildred, olhava para ele, dizia: "Lil Brother não vai morrer mais".

04
SIMON BROOM

Quatro anos depois, na primavera de 1964, Sarah McCutcheon faleceu.

Naquele verão, minha mãe se casou com meu pai no quintal do número 4803 da Wilson Avenue, no New Orleans East.

Carl, o primeiro filho de Ivory Mae com Simon, ainda não tinha um ano de idade. Durante o casamento, ele ficou empoleirado do lado direito do quadril da mamãe, chutando sua barriga grávida, sem entender nada da cena que acontecia bem diante de seus olhos. Karen, o quinto filho da mamãe, nasceria naquele outono e seguiria da maternidade para a casa de tijolos de três quartos alugada.

O reverendo Ross, que trabalhava com Simon Broom na NASA, foi o responsável por oficializar a união. Para a recepção, o simpático vizinho que morava na outra metade da casa, e que também era o proprietário do imóvel, fez sanduíches de pão de forma com as cascas cortadas, como mamãe gostava.

Tia Elaine, irmã da minha mãe, que já estava crescida e tinha começado a usar o cabelo vermelho flamejante que era sua marca registrada, foi a testemunha. *Não foi grande coisa. Não foi um evento.* Agora parece algo ocorrido há muito tempo, e mamãe fecha as passagens para a memória quando algo não faz sentido ou quando a coisa ou pessoa não existe mais, o que provavelmente é a mesma coisa.

• • •

Nunca foram só os dois, Ivory e Simon, nem mesmo no início da história. Ambos chegaram ao relacionamento com filhos e cônjuges. De acordo com mamãe, a primeira vez que ela viu papai foi no final dos anos 1950, no boteco do seu primo ali nos arredores da Roman Street, onde papai costumava frequentar para jogar cartas. Minha tia diz que eles se conheceram no casamento dela com Roosevelt, primo de Webb. Um dos irmãos de papai disse que eles se conheceram em um restaurante, onde ele e Simon trabalhavam como ajudantes de garçom. Onde quer que tenham se conhecido de fato, quando puseram os olhos um no outro pela primeira vez, Ivory ainda estava casada com Webb, e não fazia ideia de como a coisa toda ia terminar. Simon também era casado, mas estava separado da mulher, dissera ele a Ivory *bem explicitamente*. Mas em outras palavras, ele estava ladeando a verdade. De qualquer forma, o importante aí não eram os aspectos práticos, e sim o que florescia entre eles, aqueles sentimentos empolgantes.

Simon Broom tinha 1,87 m, pele escura e *feições marcantes, o homem mais bonito que já vi*. O oposto de Webb em aparência e estilo, ele prevalecia sobre Ivory fisicamente. Projetando uma naturalidade que Ivory Mae amava, ele parecia um homem dono de si, senão de todas as coisas. Dezenove anos mais velho, tinha mãos enormes, manchadas de cinza devido a anos de labuta, o que significava, raciocinou Ivory Mae, que ele poderia consertar qualquer coisa que estivesse quebrada no mundo dele e no dela também. Além disso, tinha uma bela dicção. *Ele tinha uma fala altiva. Como os irmãos Kennedy. Quando ele falava, eu sentia que precisava prestar atenção*. Sua voz retumbante seduziu Ivory, assustou alguns e provocou outros para uma contenda.

Uma coisa era certa: Simon não parecia algo que simplesmente acontecera, como Webb. Simon Broom parecia uma escolha. Ela ficou com ele.

Simon era nascido em Raceland, Louisiana, e filho de Beaulah Richard e Willie Broom. Beaulah falava Creole e fumava cachimbo. Eles construíram uma fazenda em Raceland, num local sem nome na periferia da cidade, perto de uma rua que hoje se chama Broom. Simon era o terceiro mais novo de onze filhos, sendo que apenas três eram meninas. Quando Simon, aos 38 anos, conheceu Ivory Mae, quando ela contava 19 anos, ele já tinha vivido várias vidas. Passara a infância trabalhando na fazenda da família. A escola que frequentara, montada na igreja negra local, consistia em várias aulas ministradas simultaneamente em uma sala imensa sem paredes. A maioria dos dias era um caos, mas Simon conseguiu concluir a quarta série.

Quando ele tinha 16 anos, os primos o levaram para Nova Orleans, a uma hora — um universo inteiro — de Raceland. Dizem que os amigos da família o ensinaram a agir de maneira urbanizada, e foi assim que ele passou a falar direito, a aprender a se vestir bem e a ter a postura de alta classe pela qual minha mãe se apaixonou. Mas isso soa como uma história que as pessoas da cidade contam a outras pessoas da cidade sobre as pessoas do campo. Em 1943, aos 19 anos, Simon mentiu ter dois anos a mais para pode ingressar na Marinha, como a maioria de seus irmãos tinha feito antes dele. Quando ele se alistou, Ivory Mae ainda estava engatinhando pela casa de Sarah McCutcheon no Irish Channel, fazendo bonecas com garrafas de Coca-Cola. Ele serviu no Teatro de Operações da Ásia e Pacífico, que nos Estados Unidos é referido como Libertação das Filipinas e em outros locais como Batalha de Manila, a guerra brutal que ajudou a dar fim à Segunda Guerra Mundial. Ele ganhou cinco estrelas lutando em nome de um país que na lista de chamada se referia a ele como Simon Broom (n), o (n) para negro ou negroide ou *nigger*.

Após a guerra, Simon Broom recebeu um cheque de 167,36 dólares e foi liberado para fazer o que quisesse da vida. Ao ser questionado na papelada de dispensa sobre seu emprego ideal, ele escreveu: "Subgerente (sócio) de empresa de mudanças". Anos depois da liberação do alistamento militar, quando Ivory Mae tinha 7 anos, Simon se casou com Carrie Howard, cuja numerosa família viera de Hahnville e New Sarpy, pequenas cidades a cerca de cinquenta quilômetros de Nova Orleans. Em 1949, quando o primeiro filho de Carrie e Simon, Simon Broom Jr., nasceu, no Charity Hospital, Simon Sr. já trabalhava como estivador. Carrie também trabalhava, primeiro num cargo como secretária na base naval, e depois como escriturária na Orleans Parish School Board. Ela não tinha muita paciência com gente estúpida. Era organista na igreja, acreditava profundamente na educação e dera à luz mais duas crianças, Deborah e Valeria, a quem pregara suas convicções.

Quando Simon e Ivory Mae se conheceram naqueles tantos anos depois, a idade e experiência dele foram precisamente o fator de atração para ela. Quando Simon dançou perto de Ivory e ela olhou para ele, os quadris dela remando no ar, ele disse a ela que nunca — já na condição de homem de meia-idade — saíra com uma mulher tão mais jovem, não até então, mas estava quase, quase lá. Ele sabia usar as palavras.

Mas Simon *não era do tipo que namorava. Ele não era do tipo que ia ao cinema* também. Ele passava a maior parte do tempo trabalhando. Seu mantra era "Só vou dormir quando estiver morto". Assim como seu pai, Willie, ele tocava trombone, ou às vezes banjo, ou tuba na Doc Paulin Brass Band, e normalmente levava Ivory Mae aos shows, os dois a sós, finalmente sem os filhos, em seu carro caindo aos pedaços, os instrumentos entre eles.

O filho mais velho de Simon nunca chegou a morar com o pai e a madrasta, como ocorrera com suas irmãs. Depois que sua mãe, Carrie, faleceu, no verão de 1963 — duas semanas antes do nascimento de Carl —, Simon Jr. permaneceu na mesma escola, morando com a avó Beaulah Richard na zona rural de Raceland, cercado pelos primos e colegas de escola que conhecia. Ele havia ganhado uma bolsa de estudos para a Johnson C. Smith College. Simon Broom Sr. então o enfiara em um ônibus Greyhound para Charlotte, Carolina do Norte. Ele ficou morando lá desde então.

As filhas de Simon e Carrie Howard Broom, Deborah e Valeria, de 10 e 8 anos, ainda estavam se recuperando da morte repentina da mãe quando se mudaram para a casa de tijolos alugada na Wilson Street após o casamento. Valeria parecia meio entorpecida, mas Deborah, que era mais velha, deixou bem clara sua rejeição àquele novo modelo de vida. Ela era direta e tagarela, e se esforçava para derrubar, ao que parecia, aquela ordem imposta e nem um pouco natural das coisas. Ela não parava de fazer perguntas. Ela expunha suas vontades e desejos.

Deborah já conhecia as consequências do silêncio. Ao longo de todo o verão, quando elas ficaram em Raceland, na casa da avó Beaulah, cercadas por parentes, sua mãe permanecera na cidade, lutando contra a leucemia e por fim falecendo. "Eu não sabia o que diabos estava acontecendo porque ninguém contava os detalhes para a gente", diz Deborah.

Deborah ficou sabendo a respeito de sua nova família quando morava com a avó Beaulah em Raceland, pouco depois da morte de sua mãe. Uma vizinha estava penteando os cabelos de Deborah; ela iria para o seu batismo dali a pouco. "Ela começou a descrever o cenário que me esperava. Esses vão ser os seus irmãos", dissera a mulher a ela, descrevendo Eddie, Michael, Darryl e Carl.

"Não, não vão", respondera Deborah. "Eu nem conheço essas pessoas." Ela pensou um pouco mais, aí perguntou: "Quem *são* essas pessoas?" "Mas a decisão não era minha", relata ela agora.

Por fim, as meninas foram levadas para conhecer aqueles estranhos. Deborah ficou gritando e esperneando sem parar: "'Cadê a minha mãe?', eu ficava dizendo que não queria conhecer aquelas pessoas. Naquele primeiro ano depois da morte da minha mãe, eu fiquei enlouquecida. Praticamente em estado de choque."

Em uma manhã de inverno, Simon Broom buscou Deborah e Valeria em Raceland para que encontrassem Ivory Mae e seus quatro filhos pela primeira vez. Simon deixou as meninas por lá até pouco antes do anoitecer. Ele era o tipo de homem que sempre tinha de resolver algo urgente em algum lugar.

Quando as irmãs chegaram, viram Eddie, Michael e Darryl, "três meninos de olhos atentos", descreve Valeria, que ficou olhando para eles. E Ivory Mae, a nova mulher do pai delas, era toda magrinha, exceto na barriga (ela estava grávida de Karen), e tinha a pele clara. A nova mulher, como Deborah e Valeria a viam, caminhava silenciosamente e sem muito estardalhaço; elas se lembram dela como alguém que ficava a maior parte do tempo calada, com olhos exploradores e às vezes críticos. Ela era muito diferente da mãe delas, Carrie, tanto na aparência quanto no comportamento; Carrie era alta, com uma voz estrondosa para falar e grave para cantar. "Eu sou a srta. Ivory," apresentou-se mamãe para Deborah e Valeria. E então elas a chamariam de srta. Ivory pelo restante de suas vidas.

• • •

Mais tarde, as meninas se mudaram para a casa de tijolos alugada na Wilson. Eddie, de 4 anos, o mais velho dos filhos biológicos de Ivory Mae, de repente era mais jovem do que suas novas irmãs. Deborah, que sempre fora a filha do meio, agora era a segunda mais velha, e Valeria, a terceira, ficando acima de Eddie, que, antes de as meninas chegarem, costumava ser o irmão mais velho e solene de Michael e Darryl. Eddie tinha um tato prático e especial, cercado por tias amorosas — as irmãs de Webb — e pela sra. Mildred, que tanto necessitava que ele permanecesse vivo para manter o legado de seu falecido pai. Pelo restante de sua vida, Eddie lutaria para manter seu posto original de filho mais velho, sempre enxergando aquela reorganização como uma deposição ilegal de seu cargo na família.

05
RUA LONGA

Em março de 1961 — três anos antes da fusão das famílias e cinco meses após a morte de Webb —, foi publicado o seguinte anúncio no jornal *Times-Picayune* sobre a casa no número 4121 da Wilson:

> Anunciado pela Corregedoria Geral de Justiça
> CASA AVULSA DE UM ANDAR
> ACABAMENTO EM MADEIRA
>
> NO TERRENO TAL... situada no TERCEIRO DISTRITO desta cidade de Nova Orleans, o qual é conhecido como "SUBDIVISÃO ORANGEDALE", com a dita subdivisão localizada à Gentilly Road no segundo cruzamento da L & N R.R. no lago ou lado norte da referida estrada... Lote 7... delimitada pela WILSON AVENUE, GENTILLY ROAD, LOMBARD STREET... sete metros de fachada... profundidade entre linhas iguais e paralelas de cinquenta metros. CONDIÇÕES: PAGAMENTO EM DINHEIRO.

Quando esse anúncio foi veiculado, a região que mais tarde seria chamada New Orleans East era em grande parte um pântano de ciprestes, seu solo fofo demais para aguentar árvores ou o peso de três seres humanos. Era infestado de ratões-do-banhado e ratos-almiscarados, um campo de caça privilegiado.

Desde o início, ninguém conseguia entrar num acordo sobre o jeito de se chamar o lugar. Mas não ter um nome já é ter um nome. Era uma faixa de terra larga, mais de 40 mil acres. Algumas pessoas chamavam de Gentilly East, outras simplesmente de Gentilly. Os exibidos chamavam de Chantilly, supostamente em homenagem aos fundadores da cidade francófona. Era chamada de região "leste do Canal Industrial", "Orleans East" ou

simplesmente "leste de Nova Orleans". Algumas pessoas chamavam pelos nomes dos bairros das cercanias, que normalmente
eram: Orangedale ou Citrus. Pines Village, Little Woods ou Plum
Orchard. Minha geração chamaria de East.

O dinheiro do Texas comprou um único nome que pegou: seus
vastos pântanos de ciprestes foram adquiridos por uma única empresa, a New Orleans East Inc., formada pelos milionários texanos
Toddie Lee Wynne e Clint "Toque de Midas" Murchison, dono do
time de futebol americano Dallas Cowboys, e ambos proprietários
de empresas de petróleo. A área toda, de acordo com eles, poderia
ser drenada. "Assim como os exploradores pioneiros, Nova Orleans agora contempla sua região subdesenvolvida remanescente
rumo ao leste", escreveu Ray Samuel, publicitário local contratado pela New Orleans East Inc., em um panfleto promocional.
"Eis a oportunidade para expansão da cidade, para a concepção
completa de seu destino." Aquele era o sonho.

O New Orleans East de repente se tornou um dos "enredos
imobiliários mais inusitados deste país, o maior arrendamento
único realizado por indivíduo ou empresa dentro dos limites corporativos de uma grande cidade", afirmou Ray Samuel. Em vez
de fazer a diferenciação entre os 32 mil acres adquiridos pela New
Orleans East Inc. e os bairros que já existiam muito antes da chegada da empresa (como o Pines Village e o Plum Orchard), as
pessoas começaram a chamar toda a região por um nome corpo-
rativo comprido: New Orleans East.

Em 1959, quando os planos da New Orleans East Inc. foram
colocados em andamento, esperava-se que o desenvolvimento fosse capaz de "superar tudo o que já foi feito. No final das contas,
o enorme trato terá de tudo, incluindo 175 mil ou mais residentes",
afirmava um panfleto. Os desenvolvedores previam ousadamente
um milhão de moradores por volta de 1970. Parecia possível. Nova
Orleans já vinha crescendo, sob um espírito extremamente prós-
pero e orgulhoso nos dias que se sucederam à eleição do prefeito deLesseps "Chep" Morrison, em 1946. Chep se proclamava um
reformador antes mesmo de isso se tornar um blá-blá-blá político
padrão. A revista *Time* o proclamou "Rei da Cidade Crescente"
devido a todas as pontes, pavimentação de estradas e projetos de
construção realizados, incluindo a construção da própria prefeitura,

que em 1957 foi considerada "um dos melhores e mais belos edifícios municipais do mundo". "Vidro-e-viço", era assim que Chep se referia à nova prefeitura, que foi construída no topo do bairro da infância de Louis Armstrong. "Câncer da favela", era como Chep se referia às comunidades da classe trabalhadora feitas de cabanas de madeira e casas *shotgun* que foram demolidas para dar lugar ao "vidro-e-viço". Esses projetos de infraestrutura colocaram Chep, que alguns amavam simplesmente porque ele tinha um nome que era a cara de Nova Orleans, em um cenário mundial. Ele foi o primeiro prefeito da cidade com visibilidade nacional.

Em 1960, a população de Nova Orleans havia crescido para 627.525 habitantes, o que a tornava a 15ª maior cidade norte-americana. Políticos, empresários, empreendedores e planejadores urbanos sustentavam a projeção de que esse desenvolvimento só faria aumentar a partir de então, alimentado pelos avanços da indústria de petróleo e gás, por um porto revitalizado (e mais mecanizado), que garantiria a condição de cidade portuária de classe mundial, e pela economia impulsionada a longo prazo pelo crescente sucesso da indústria aeroespacial nascente. "A unidade da NASA de Michoud, na parte leste da cidade, está fervilhando de atividades febris e suntuosas", diziam os jornais. Estes eram dados fornecidos pela prefeitura, com o crédito em letras miúdas nos anúncios de página inteira nas principais revistas locais. Só que nenhuma dessas projeções jamais viria a se tornar realidade. Nova Orleans não seguraria sua estabilidade, nem perto disso. A população da cidade atingiu seu ápice em 1960. Mas ninguém soube disso à época.

Os jornais se empolgaram com as premissas do New Orleans East. Eis ali uma história com possibilidade de carga dramática envolvendo homens, dinheiro e pântanos, sonhos e drenagens, emergentes e destino. Não muito diferente da história da fundação de Nova Orleans: uma cidade improvável e impossível erigindo dos pântanos, travando uma guerrilha contra a ordem natural das coisas, contra a febre amarela e toda a sorte de pestes, com a maior parte da cidade abaixo do nível do mar, cercada por água de todos os lados, afundando, imperscrutável, precária — e agora vejam só como está!

NEW ORLEANS EAST É O MAIOR ACONTECIMENTO EM DÉCADAS, lia-se na manchete do *Times-Picayune*.

A CIDADE DENTRO DA CIDADE EMERGE NO SUL, proclamara o *New York Times*.

O New Orleans East era agora uma "nova fronteira", madura para o desenvolvimento, lamentou o colunista McFadden Duffy no *Times-Picayune*: "A região já foi propriedade pessoal de audazes colonos franceses, terra produtiva e reserva de caça dos antepassados de Nova Orleans. O tiro da espingarda, o estalo da armadilha, o zunido do carretel não voltarão a ser ouvidos. O 'chamado da selva' segue para outro lugar, mais uma vez obstruído pelo progresso."

Era chamada de "Cidade Modelo... tomando forma dentro de uma outra cidade, antiga e glamorosa", que, se bem-sucedida, teria feito de Nova Orleans "o local mais esplendoroso do Sul, a inveja de todas as comunidades carentes de terras dos Estados Unidos".

E ao mesmo tempo havia também a era espacial. Os homens estavam decolando; o país estava eletrizado pelas missões Apollo e pela ideia das explorações vindouras. Poucos norte-americanos sabiam que os foguetes Saturn do primeiro estágio do lançamento no Cabo Canaveral, na Flórida, tinham sido construídos nas instalações da NASA do New Orleans East, no bairro de Michoud, onde trabalhava meu pai Simon Broom, e onde seu filho Carl iria trabalhar mais tarde.

Os propulsores de primeiro estágio de 131 toneladas métricas construídos no East eram, pode-se dizer, o aspecto mais importante do foguete, pois carregavam o combustível e o oxigênio necessários para a combustão, dando vazão a mais de 7,5 milhões de libras de empuxo; lançando o foguete rumo ao espaço; e então, a sessenta quilômetros acima do solo, autodestruindo-se, desfazendo-se na atmosfera da Terra, permitindo assim que o foguete agora recém-lançado desse continuidade à sua missão até os confins, os propulsores sacrificados pelo bem maior.

A NASA se tornou a principal atração usada pela New Orleans East Inc. para atrair outras indústrias. A Folgers Coffee foi uma das primeiras empresas a chegar, e uma das únicas a permanecer.

"Impulsionado na era espacial pelo foguete Saturn, o sonho do New Orleans East demonstra sinais de movimento acelerado rumo à realidade", escreveu um repórter local em 1962. "O sonho é impressionante — transformar uma vastidão selvagem plana e baixa em uma cidade, do tamanho de Baton Rouge, dentro da cidade de Nova Orleans."

Naqueles dias de sonho, quando a cidade estava ajudando a lançar os homens à lua, naquela época inebriante antes do voo branco[1], da luta pelos direitos civis, do fim da farra do petróleo, do alagamento, antes de o turismo se tornar o principal motor econômico e codependente, Ray Samuel anunciou: "Se o futuro pode ser estudado a partir do passado, Nova Orleans, acrescida de sua última seção remanescente, certamente está destinada a um amanhã que nem a caneta condescendente do jornalista nem as frases comedidas de um advogado são capazes de expressar. A posteridade certamente avaliará esse dia e dirá, 'Vejam só o que Deus tem feito.'"[2]

Mas quando o anúncio da Casa Amarela apareceu no caderno de leilões do jornal, em 1961, junto a outras propriedades apreendidas devido a alienações fiscais ou hipotecas inadimplentes ou casamentos que deram errado, minha mãe não estava pensando no hype em torno daquela região.

Ela era viúva, estava grávida de oito meses e morava de aluguel em um apartamento na Upperline Street. O padrasto de Webb, Nathan Hobley, tinha começado a visitá-los, e sempre martelava na cabeça dela sobre a importância da casa própria. Ele a levou para dar uma olhada nos imóveis, principalmente no New Orleans East, que em 1961 era uma região predominantemente branca. Mamãe se via morando na cidade, não no braço distante dela, mas Hobley a incentivou a ser uma pioneira no leste, assim como ele e a mãe de Webb, Mildred, já haviam feito, e como outros indubitavelmente fariam. Mas como era *ser* um pioneiro de fato? E como saber se você era um? Você sabia, para início de conversa, quando era a única família negra na rua.

---

1   Voo branco, ou êxodo branco, é a migração repentina ou gradual em grande escala de pessoas brancas de regiões que estão se tornando mais racial ou etnoculturalmente diversas. [NT]

2   Citação bíblica: Números 23:23.

Hobley preferia as casas do lado mais longo da Wilson Avenue, longe do tráfego da Chef Menteur, dos trilhos da ferrovia e do rio Mississippi, e mais perto das escolas e dos supermercados. Mas aquela casa no anúncio que ele rasgara do jornal ficava no lado curto da Wilson. Era uma casa *shotgun* modesta, feita de madeira, pintada de verde-claro e com uma varanda telada. A estrutura precisava de obras, mas algo nela atraiu Ivory Mae para que entrasse. O terreno era quase selvagem, com grama entre as casas — *Não suporto casas geminadas* — onde as crianças poderiam correr e brincar, onde os únicos carros na rua seriam aqueles que deveriam estar ali, uma vila rústica em plena ascensão. Sua atração pela estrutura estreita e clara não era nada semelhante a amor; estava mais para um sonho mesmo.

Ela ia comprar.

Hobley fez uma oferta em nome de Ivory Mae. A casa custou 3.200 dólares. A reforma duraria alguns anos, mas mamãe supervisionaria o trabalho a partir da casa de tijolos alugada na Chef, na ponta longa da Wilson, a casa onde ela se casara com Simon Broom. Mamãe pagou a casa usando o dinheiro da apólice do seguro de vida de Webb. Ela contava 19 anos, era a primeira em sua família imediata a ter uma casa, um sonho pelo qual sua própria mãe, Lolo, ainda empenhava todos os seus esforços.

Em 1964, três anos depois de Ivory Mae comprar sua casa, a obra estava finalizada; a mudança da família aglutinada na casa de tijolos alugada para lá atravessaria um trajeto curto. Se necessário, os itens poderiam ser empurrados pela Wilson Avenue sobre carrinhos, passando pelas casas de ambos os lados, até o semáforo onde a Chef Menteur Highway zunia para a autoestrada e onde ficava o Red Barn com sua música country-e-western retumbante, dando então na ponta curta da rua longa e descendo talvez uns quinze metros até o número 4121.

Desde o início, a casa estava afundando nos fundos. *Precisava ser levantada.*

Por 50 dólares a caçamba, vieram caminhões basculantes com cascalho, seixos e pedras. Ninguém conseguiu fugir do trabalho. Mamãe empurrava os carrinhos de mão para lá e para cá, da frente aos fundos da casa, sobre uma ponte improvisada com tábuas por

Simon, os pés e as pernas enlameados. Os rapazes da vizinhança que a viam ali diziam que ela era uma beleza, trabalhando com tanto afinco, inspirando todo mundo.

"Fazia frio", lembra o vizinho Walter Davis. "Ela estava com o nariz escorrendo. Aí passava com aquele carrinho de mão, descarregava o carrinho, ficava indo e voltando. Meu pai e o pessoal mandavam: 'Vá lá ajudar'." Todo mundo dava uma mão, mas ela não parava de trabalhar.

Depois que a família se mudou, Simon Broom plantou dois cedros na frente, perto da vala entre o quintal e uma Wilson Avenue ainda sem pavimento. As árvores, da mesma altura de Eddie, que na época tinha 6 anos, eram espaçadas de modo que você passava entre elas por um longo caminho de terra que levava à porta da frente. Simon cimentou o caminho, aí pintou num tom cinza amarronzado feio que ficou mais bonito depois que desbotou.

Ivory Mae fez um jardim de camélias e magnólias que ia da frente da casa ao longo da lateral. Também plantou mimosas — árvores da chuva, era como chamavam, porque geravam lindas flores cor-de-rosa que caíam num volume tão grande que você podia varrer o dia inteiro e o serviço não acabava. Ela plantou gladíolos, do mesmo jeito que vira sua mãe, Lolo, fazer. E gerânios cor-de-rosa.

A terra não rejeitou seus avanços. E ela continuou. Plantou uma fileira de arbustos que percorria todo o comprimento da casa, quase cinquenta metros. De frente para a rua, abaixo da imensa janela da frente, ela plantou cactos, como se estivesse preparando uma armadilha.

Ivory e Simon penduraram números de metal preto estreitos na frente da casa, numa linha vertical torta:

4
1
2
1

• • •

A varanda telada teve vida curta, apenas tempo suficiente para algumas noites ali bebericando uísque Old Grand-Dad. O sr. Taylor, que era eletricista e um dos melhores amigos de Simon, frequentou muito aquela varanda, fumando seus charutos. Ele era um sujeito baixote e enrugado, uma versão branca de Sammy Davis Jr., e usava calça Dickies azul-marinho. Mamãe segurava seu cigarro, dando baforadas de vez em quando, sem nem mesmo tragar, o troço queimando até virar bituca na mão.

A varanda foi convertida em uma extensão da sala de estar, com belas janelas francesas que se abriam para fora. Mamãe pendurou pesadas cortinas de cetim que ela mesma costurou, cortinas estas que ela trocou no inverno e na primavera, quando a casa passou por redecoração.

Era linda porque foi a minha primeira casa. Tudo era novo naquela época. A casa foi meu começo. Eu renovei tudo com a ajuda de Simon e com as minhas habilidades. Mobília novinha, a única vez que tudo era novo. E carpete novinho. E logo um carpete amarelo. Por que diabos uma pessoa com mil crianças em casa ia botar logo carpete amarelo? Era bonito, mas dava um trabalho danado para manter limpo. Quando os carpetes ficavam sujos, Simon alugava um limpador de carpetes na farmácia K&B da Chef Menteur.

Mamãe já tinha começado a colecionar peças de estilo provençal francês na Barnett's, *um lugar que vendia móveis muito bons. Você dava uma boa entrada e depois tinha que pagar uns 50 ou 60 dólares por mês. Toda vez que eu terminava de pagar uma coisa, eu comprava outra.* O sofá era largo, com tecido de brocado amarelo e uns detalhes dourados *e os pés mais bonitos do mundo.* As duas poltronas combinando ficavam uma em cada canto da sala. *E assim como minha mãe, eu tinha aquele espelho dourado imenso que você via assim que entrava pela porta.*

Você entrava e via seu reflexo de volta.

O berço de Karen foi colocado na sala de estar, num palquinho, uma área ligeiramente elevada e, portanto, semelhante a uma ribalta, onde costumava ficar a varanda telada. Karen, como toda criança nascida de Ivory e Simon, dormiu no berço até ficar tão grande que a estrutura se quebrasse. Ivory Mae achava que a cama dela e de Simon no quarto ao lado poderia ser um perigo. *A gente podia sufocar eles, sabe, se eles estivessem dormindo e a gente estivesse fazendo sexo e tal.*

Quando as pessoas contam suas histórias, elas podem falar o que quiserem.

Quando Ivory e Simon estavam de bom humor, geralmente depois de umas doses de bourbon e de uma festinha, Ivory Mae falava em comprar o quintal entre as duas casas, a faixa de terra que ainda pertencia a Della Davis, que pagava impostos sobre o terreno de lá da Califórnia. Minha mãe sonhava em converter sua casinha estreita em uma casa dupla com varanda e um corredor central.

Sempre sonhei em ter essa casa bonita. Eu ia ter um belo jardim na frente, um quintal bem grande nos fundos. Três quartos. Uma salinha de costura. Eu sempre imaginei uma sala de estar com uma namoradeira debaixo da janela. Eu me via sentada no sofá com o pé para cima. Eu ia ter um desses travesseiros nas minhas costas. Estou lendo um livro, sentadinha ali, olhando a chuva, olhando qualquer coisa. Não uma casa grande e velha, só uma casa boa.

Naquela época, parecia que Simon estava sempre acrescentando coisas: à casa e à família. Não em relação a crianças, mas a cães. Principalmente collies. Beauty era preta feito carvão, mas lhe faltava a cauda; havia também Jack e Butch, *cães que te espiavam como se eles fossem uns velhotes.* Por causa deles, foi erguido um alambrado ao longo da casa, entre o 4121 e a casa da sra. Octavia ao lado.

Ninguém jamais tinha visto Simon Broom chorar, até o dia em que um de seus cães faleceu. *Ele ficou chorando como se um de seus filhos tivesse morrido. Um homem grande e crescido chorando feito um bebê. Tive que botar ele na linha.* Os cães foram enterrados no quintal, perto das fossas sépticas, perto dos limites dos fundos da propriedade; do outro lado da cerca havia chalés cheios de moradores.

Seus vizinhos imediatos, Octavia e Alvin Javis, tinham uma filha, Karen, por quem eles eram obcecados, e que por causa disso virou uma mimada insuportável. Karen teve três filhos: Herman, Rachelle e Alvin.

Octavia Javis era irmã de Samuel Davis Sr., que morava na casa ao lado deles, duas casas depois da nova casa de Ivory Mae. Quando Samuel Davis e sua família se mudaram para a Wilson Avenue, no verão de 1963, de um complexo de apartamentos de um quarto com cozinha e banheiro no corredor, ele e sua esposa, Mae Margaret Fulbright, já tinham sete filhos. A casa de Samuel era um quadrado bruto com revestimento de ardósia e duas portas laterais. Era só uma sala imensa, que antes fazia parte de um hospital militar que fora transferido para a Wilson, mas muito maior do que o imóvel que eles tinham antes.

Os Davis também eram vizinhos da sra. Schmidt, uma mulher branca, alta, magra e grisalha que usava meias grossas de algodão alvo o tempo todo, por causa da diabetes. "A sra. Schmidt era de uptown", diz Sam Davis Jr. "A casa dela era na parte alta da cidade. Perto da gente, ela tinha dinheiro."

A casa dela, um chalé branco de dois quartos com corredor, era separada do restante da rua por uma cerca alta de madeira que marcava um caminho sem volta, especialmente no caso das bolas dos meninos que brincavam por ali. "Ela ficou com todas as nossa bolas", conta meu irmão Michael.

"Ela era malvada só por ser mesmo", diz Joyce, irmã de Sam. "Você subia até a varanda dela e batia na porta. 'Sai da minha varanda! Pra que você está batendo na minha porta?' Agora, de vez em quando você pegava ela meio que de bom humor. E aí era quando ela finalmente devolvia a bola pra você."

A sra. Schmidt tinha duas nogueiras-pecãs, uma que ficava perto da garagem, outra mais perto da rua. Ela não se importava se as crianças pegassem as pecãs pequenas e gordas que caíam perto da garagem. "Dava um trabalhão para comer", lembra Sam Davis. Mas aquelas da árvore mais perto da frente eram as desejadas, longas, finas e proibidas.

A sra. Schmidt tinha uma garagem com o dobro do tamanho de sua casa, onde estacionava seu Ford bege antigo. Assim que o carro dela virava na Chef Menteur, ela estava praticamente na garagem. Seu universo, portanto, não consistia em muita coisa, exceto sua casa e o terreno do sr. Spanata, um complexo de pomares de caqui em dois lotes estreitos, e várias casas com a fachada voltada para dentro, um pequeno vilarejo organizado de forma a imitar seu lar em sua terra natal, a Itália.

Enquanto os caquis no quintal da sra. Octavia eram minúsculos, os do sr. Spanata eram do tamanho de maçãs.

"Ele era do velho continente e não queria mudar", diz Walter Davis. "Ele cultivava caquis de um jeito que nunca vi ninguém fazer. Você podia pegar e comer quantos quisesse."

A partir da Chef Menteur Highway, as casas desciam em direção à Old Gentilly Road nesta ordem: Spanata, Schmidt, Davis, Javis e Broom.

De certa forma, a ponta curta da Wilson ficou parada, ancorada como era pelas casas de um lado da rua. As casas e as famílias que pertenciam a ela compunham a identidade da ponta curta da Wilson, a qual resistiu ao tempo, mudou repentinamente, e então desabou por completo, como muitas outras coisas. Mas naquela época, ela se mantinha firme enquanto o outro lado da rua mudava descontroladamente. Quando Ivory e Simon se mudaram, o terreno do outro lado da rua era o estacionamento de trailers Oak Haven, de propriedade de J.T. LaNasa, um intrigante empresário local.

Por puro esporte, as crianças das casas ficavam paradas ao lado da calçada, observando os trailers engatarem na traseira dos gigantescos caminhões de dezoito rodas cuja circunferência e grunhidos sacudiam a rua. "Quem são essas pessoas?", Michael perguntava a Eddie, que era um ano mais velho. "Será que elas têm filhos?"

As famílias — todas brancas — chegavam depois que os trailers já estavam acomodados em seus terrenos estreitos, a grama sintética já instalada, as famílias encostando seus carros com o capô duas vezes mais longo do que o corpo, arrastando a terra, lotados de pertences. As placas dos veículos raramente diziam "Louisiana". Os novos vizinhos e suas casas ambulantes eram um contraste gritante com a firmeza das casas dali, a existência dos trailers confirmando um outro mundo, o fato de que o sonho americano era um alvo móvel que precisava ser perseguido.

No início, o Oak Haven existia apenas do outro lado da rua, em frente às casas, mas como os negócios na linha de montagem de Michoud — uma das maiores do mundo, que abrigava a NASA, a Boeing e a Chrysler — estavam crescendo, o Oak Haven também expandiu para o lado da casa de Ivory Mae, estendendo-se até o cruzamento da Old Gentilly Road com a Wilson, e também impulsionado pela oferta de LaNasa no jornal, que oferecia o "primeiro mês de aluguel grátis se você preencher os requisitos".

O terreno onde as casas ficavam estava sempre em vias de ser comprado.

Fulano e Sicrano queriam comprar o terreno de solo fofo das residências, mas os proprietários resistiam. Queriam o terreno para expandir a Chef Menteur, e depois para expandir a linha férrea de Louisville and Nashville. J.T. LaNasa também queria ampliar seu estacionamento de trailers. As casas eram inúteis, LaNasa sempre dizia, ocupavam espaço demais, isso para dizer que nem eram tão especiais assim. LaNasa, um homem baixo e corpulento que morava com a família na Gentilly Boulevard, do outro lado do Canal Industrial, parava sua caminhonete novinha em folha para cuidar do estacionamento de trailers, depois parava na frente das casas antes de ir embora. Suas ofertas eram risíveis. Para ele, era inevitável: aquelas cinco casas seriam subjugadas um dia. Ele sempre retornava várias vezes com ofertas mesquinhas, exibindo-as de tal forma que, se você não tomasse cuidado, poderia confundi-las com elogios.

Naquele setembro da mudança, em 1964, os Beatles chegaram à cidade.

Uma carreata de limusines pretas fez as honras desde o aeroporto. A procissão desceu pela Chef Menteur, passando pela Wilson Avenue. A interestadual só seria concluída a um ano dali, tornando então a Chef Menteur a única rota possível pelo leste. Os Beatles fizeram uma chegada caótica rumo ao hotel Congress Inn, a pouco mais de seis quilômetros da Wilson, um imóvel atarracado de um andar na Chef Menteur Highway que se anunciava como dotado de "100 unidades... com salas de estar e jantar completas", mais uma evidência da "extravagância" das construções da New Orleans East Inc.

O Congress Inn não tinha nada de mais, na verdade. Mas era um lugar onde poucos fãs poderiam aparecer e, se fosse danificado, ninguém daria a mínima. Esse hotel não sofreria tanto quanto o Roosevelt Hotel Downtown, que implorou ao empresário dos Beatles que cancelasse a reserva do grupo lá.

Quando as limusines pararam à porta do Congress Inn, já estavam reunidas ali montes de garotas, berrando e desmaiando, e muitas ambulâncias para levá-las dali. Os Beatles saíram voando dos carros até o Quarto 100, onde as janelas tinham sido seladas com tábuas como num protocolo antes de um furacão.

O prefeito Victor Schiro chegou naquela tarde e declarou que de fato havia um furacão na cidade. Os Beatles eram, disse ele, uma "tempestade inglesa". Ele disse também que a música deles estava "em sintonia com o jazz, a forma de arte histórica saltitante e dançante com a qual Nova Orleans contribuíra para a cultura mundial". Depois entregou a cada membro do grupo uma chave da cidade e assinalou aquele dia, 16 de setembro de 1964, como o Dia dos Beatles.

Enquanto a Beatlemania estourava ali no fim da rua, quase ninguém no final da Wilson Avenue se dava conta disso. Mais ou menos no mesmo horário que garotas desmaiadas eram carregadas pelas ambulâncias, Napoleon Fulbright saltava de um trem de carga e seguia pelos trilhos da Louisville and Nashville Railroad ao longo da Wilson, o violão jogado sobre o ombro. Os filhos mais velhos de Davis foram correndo pelo quarteirão em direção aos trilhos para encontrar seu tio, irmão de Mae Margaret Davis, que logo foram acompanhados por Michael, Eddie, Darryl e um Carl que mal sabia andar direito, todos gritando "NAPOLEON!".

"A gente ficava tão feliz quando ele vinha", conta Michael.

"CALDONIA! CALDONIA! What makes your big head so hard!" Napoleon Fulbright, que também atendia pela alcunha de Moti, cantou sua música favorita naquela noite. Iluminada por uma fogueira no quintal dos Davis, sua sombra esvoaçava pelo quarteirão mal-iluminado. Napoleon vivia preso num ciclo: ou chorando e cantando, ou cantando e chorando, pulando de cidade em cidade.

Ele era um vagabundo e um bêbado, a julgar pelo seu visual, um mestre carpinteiro e ferroviário de profissão. Durante suas estadas, ele arrumava um trabalho pela cidade, ensinava carpintaria a Walter e Sam, e fazia reformas na casa de sua irmã, Mae Margaret. Ela sempre pedia um corredor aqui, uma parede ali.

Ele chorava, diziam as histórias, porque tinha se envolvido com o ocultismo e tentara lançar um feitiço em alguém, mas o tiro saíra pela culatra, não acertara o alvo pretendido e fizera de Napoleon um sujeito eternamente inquieto. Desse ponto em diante, diziam, ele não conseguia passar muito tempo em lugar nenhum.

Os lares ambulantes superavam em número as casas na ponta curta da Wilson, no entanto, as casas se destacavam. A nossa ficava bem em frente à estrada em formato de ferradura do Oak Haven, pavimentada com mariscos quebrados que perfuravam os pés descalços. Meus irmãos, liderados por Michael, faziam uma brincadeira que consistia em passar pela estradinha em U com as bicicletas o mais rápido que conseguissem, com os inquilinos brancos gritando "Crioulos" enquanto eles faziam o trajeto. A palavra parecia dotada de extensão, flutuando como um dirigível; ainda dava para ouvi-la enquanto você passava voando e retornava pela rua, para o lado ao qual você pertencia.

As casas eram organizadas por dentro e por fora de acordo com os padrões da época, e o mesmo valia para as crianças. Os adultos usavam pronomes de tratamento antes do nome — senhorita, senhora, senhor. Ninguém sabe o que aconteceria se você deixasse de se dirigir a um adulto dessa forma, porque isso jamais ocorreu. As crianças pertenciam umas às outras, mas não a si mesmas. A rua parecia saber quando alguém merecia punição, e qualquer pai poderia dar ordens à gente. Quando isso acontecia, tudo ficava quieto por um tempo.

Desde pequenos, Michael e Darryl adoravam falar palavrão. Quando essa lembrança é revivida hoje, todo mundo ri, porque sim. Quando Simon Broom começou a ficar de saco cheio dessa mania, concluiu que Michael, como o mais velho dos dois, precisava de uma surra.

Vá cortar uma chibata.

Michael voltou balançando uma vara de árvore das fininhas, abaixo do padrão desejado.

"O *sr.* Simon foi lá e cortou um galho grosso, e deu uma surra no negrinho com ele", lembra Sam Davis Jr. agora. "O que me deixou cabreiro foi que ele não levou uma surra de vara, o cara levou uma surra com um galho grosso."

Todos conheciam também a ferocidade do sr. Samuel, pai de Sam e Walter. Ele tinha a reputação de dar pequenas pistas sobre os castigos que viriam. Ele se apoiava na soleira da porta e começava a recitar os dizeres da Bíblia.

"Honrai seu pai e sua mãe...", começava o sr. Samuel.

"Eu odeio fazer isso com você, filho. Odeio mesmo.

"Para que seus dias sejam longos...

"Mas depois do que você fez. Simplesmente não posso evitar.

"Para que tudo fique bem com você... "

Ele levava um bom tempo para entrar em ação. "Quando papai dava o couro, ele dava o couro na casa toda, e dava o couro em tudo na casa", conta seu filho Walter Davis agora.

As crianças mais velhas dominavam as mais novas. Sam e Walter Davis eram três e quatro anos mais velhos do que Eddie e Michael.

Sam costumava planejar todos os dias do verão, marchando com os meninos Davis e Broom em fila única, como jovens recrutas do exército, ao longo da Old Road, onde ficava a Mount Pilgrim Church, entoando cadências militares enquanto avançavam. Naturalmente, quem saía da linha seria disciplinado.

Ao longo do caminho, os meninos menores pescavam lagostins nas valas da Old Gentilly Road, onde, se você não tomasse cuidado, era mole enfiar os pneus do carro. Eles jogavam redes na vala e puxavam baldes e baldes de lagostins para cozinhar.

Michael e Darryl frequentemente se separavam da fila junto a JoJo, o filho mais novo de Davis, para escalar os trilhos da ferrovia até a floresta onde ficavam vagando por horas, pescando e se jogando em corpos d'água formados pelas últimas chuvas. No caminho de volta, catavam mirtilos ao longo dos trilhos do trem.

Havia valas em tudo que é lugar que você olhasse. "Era como se fôssemos a região rural de Nova Orleans", relatou Walter Davis. Em um outono, no início da terceira série, a professora na escola primária para negros McDonogh 40, perguntou quantos alunos haviam deixado a cidade. Um garoto tinha ido a Los Angeles, outro a Chicago. Walter levantou a mão e disse que tinha viajado para a Gentilly, referindo-se à mudança de sua família para a Wilson Avenue. "Rapazinho, eu perguntei se alguém havia saído da cidade", disse a professora.

"Fiquei lá sentado, pensando, 'Não saímos da cidade?'", conta Walter agora. "Foi quando descobri que o East fazia parte de Nova Orleans."

As mulheres ficavam em casa enquanto os homens e rapazes trabalhavam, exceto Mae Margaret, que trabalhava sempre que arrumava bicos sem o conhecimento de seu marido, Samuel Davis, e aí corria para chegar em casa antes dele, despenteando o cabelo e enfiando-se num vestido velho. O sr. Samuel trabalhava próximo ao Canal Industrial, na American Marine Shipyard, que em 1967 construiu o maior navio comercial de alumínio de longo curso na história mundial. Duzentos e vinte e seis pés a um custo de 1,6 milhão de dólares, mas ainda assim, Samuel Davis nunca ganhara o suficiente para comprar um carro. Quando ele morreu, estava trabalhando, bombeando uma barcaça.

Simon Broom tinha começado no emprego na NASA, terceirizado da empreiteira Mason-Rust, como zelador e encarregado de manutenção, o que significava que ele cuidava dos 832 acres da planta, pintando, aparando o gramado e consertando o que fosse necessário. Sua sobrinha Geneva, filha de sua irmã Corrine, também trabalhava na NASA, mas em um laboratório. Ele a via pela janelinha estreita da porta do laboratório, vestindo um macacão de proteção branco.

Os rapazes arremedavam os homens e encontravam trabalho no final da rua ou nas proximidades.

Walter e Sam deram o suor cortando grama, fazendo projetos de paisagismo e lavando os trailers em Oak Haven, muitos dos quais, diferentemente das casas, tinham ar-condicionado, de modo que "quando você abria a porta, o ar frio escapava de lá". Walter sabia por que tinha se tornado íntimo daquela gente; seus patrões lhe ofereciam Coca-Cola em garrafas de vidro de 180 mililitros. Com o tempo, ele também passaria a limpar o interior dos trailers, e foi assim que ele usou um aspirador de pó pela primeira vez. Um dia, um inquilino lhe oferecera carne com conserva de *chowchow*.[3] Ele achava tudo muito bom e que a vida não tinha como ser melhor.

Um dia, Sam Davis estava a caminho do supermercado Spee-D na Chef Menteur quando uma família cigana que morava do outro lado da rodovia na Chef, ao lado de uma estufa,

---

3   *Chowchow*: é tipo um condimento normalmente feito com pimentão picado, tomates verdes, cebola e repolho. [NT]

o parou. "Eles me pediram para comprar algo na loja para eles. Iam me dar tipo 5 ou 10 centavos. Eu disse: 'Sim, eu compro.' Eles disseram: 'Quer ganhar mais?' Aí pediram para eu cortar a grama. Disseram: 'Quer ganhar mais dinheiro?' Eu respondi: 'Sim!' Eles tinham uma galinha lá no quintal, tinham um ganso lá no quintal, tinham um cordeiro lá no quintal. Olha, tudo o que estava no quintal morreu naquele dia. Eles me pediram para fazer ao abate. Diziam: 'Pega o frango, mata o frango'. Eu tentei. Fiquei correndo atrás daquele frango. Eu queria pegar o frango. Não consegui pegar. A velha então apareceu, não sei como ela conseguiu, agarrou o maldito do frango, pendurou, quebrou o pescoço, botou no chão, pegou uma machadinha, decepou. Tudo num movimento só, coisa de artes marciais. Eu falei: 'Eu quero meu dinheiro'. Bem, olha só como eles me pagaram. Todos aqueles bichos andando no quintal, eles me deram um prato 'véio' grande com todos eles. Foi assim que eles pagaram um irmão. Eu fui pra casa. Eu tava bravo. Entreguei aquele prato pra minha mãe. Ela não tinha nenhum problema com todas aquelas coisas mortas. Ela era do interior. Mamãe fatiou tudo."

Esta história soa ultrajante, mas na mesma época, apareceu um anúncio na seção de Achados e Perdidos do *Times-Picayune*: "QUALQUER UM que souber o paradeiro de um pessoal cigano ou espanhol com um grande collie marrom e branco, favor, ligar para WH 5-3775".

No primeiro ano morando na casa ainda-não-amarela, Simon e Ivory Mae davam festas no quintal em todas as datas festivas e aniversários, ou inventavam um pretexto para farrear. A bebida ficava estocada e guardada no galpão nos fundos da propriedade. Simon passava a manhã inteira cortando a grama, arrumando mesas e cadeiras. Seus amigos da NASA também vinham, bem como os companheiros dos vários clubes sociais e de lazer dos quais ele e Ivory eram membros. Todos os vizinhos sabiam que era para comparecer.

Ivory Mae adorava uma festa. Ela mesma preparava a comida: ovos recheados, salada de batata e bagre frito. Às vezes, ela colhia vegetais em seu pequeno jardim. Eles tinham começado a cultivar tomates e quiabo.

Sexta-feira também era um feriado recorrente: mamãe pegava o ônibus para encontrar Simon no supermercado Schwegmann, do outro lado da Danziger Bridge na Gentilly Road, ou ele ia até em casa para buscá-la. Eles se arrumavam para ir à loja porque era provável que encontrassem conhecidos. Lá dentro, começavam de mãos dadas, o salário inteiro de Simon embolado no bolso. Uma cesta cheia facilmente virava duas. Simon conhecia todo mundo — e se não conhecesse, viria a conhecer em breve — e sempre era parado no corredor para um bate-papo. *O sorvete e coisas assim ficavam derretendo no carrinho, porque ele tava sempre ocupado conversando.*

Simon Broom construiu uma ponte de madeira larga o suficiente para que os pneus do carro passassem e estacionassem perto da porta lateral da casa, onde as crianças viriam correndo e ajudariam a descarregar o porta-malas.

De vez em quando, Simon montava um projetor no quintal, transformando as sextas-feiras na noite do cinema para quem quisesse assistir às fantasias de Hollywood — filmes de terror como *Mortos que matam*, que as crianças adoravam, e *Mary Poppins* —, com a lateral da casa se transformando, por uma noite, na melhor tela de cinema do mundo.

06
BETSY

"Olha", diz Eddie. "Foi como um filme, ok?" Ele tinha 6 anos na época.

"Estava escura feito breu, a noite", conta Deborah, que tinha 11 anos.

Ano: 1965. O finzinho de uma temporada de furacões notavelmente amena. Choveu tanto que os quintais entre as casas inundaram — água parada por três dias —, mas isso era normal. Aquela tempestade em meados de setembro foi algo bem incomum, um tanto intrometida; parecia não saber para onde ir. "O furacão errante Betsy, imenso e tempestuoso", disseram os jornais.

A casa estava cheia de crianças pequenas. Karen ainda era um tiquinho de gente; seu aniversário de um ano seria dali a duas semanas. Carl tinha acabado de completar 2 anos. Michael tinha 5 anos. Darryl, 4. Valeria, 8.

Simon fora convocado pela NASA para se juntar à equipe de emergência responsável por empilhar sacos de areia, mas apenas em caso de necessidade. Ele esperava voltar logo. E de qualquer forma, tio Joe estava hospedado na casa também. Ele estava no hiato entre relacionamentos. Ninguém sabia os detalhes, mas ou ele tinha sido expulso de casa pela mulher, ou escolhera abandoná-la. Nenhum dos cenários era incomum no caso dele.

"Fomos todos para a cama", relata Deborah.

A última noticia era que o furacão tinha mudado sua rota e estava indo para o litoral da Flórida.

"De repente, ouço: 'Saiam da cama. Agora, agora, agora.'"

Era meia-noite.

"Colocamos os pés no chão."

Água.

A casa ficou frenética.

A senhorita Ivory disse: "Pegue a bolsa do bebê." Karen era o bebê.

Mais tarde, disseram que a água subiu seis metros em quinze minutos.

Não havia sótão para se escalar, nenhum jeito de sentarmos acima de tudo para esperar. Quando tio Joe abriu a porta da frente, foi atingido por um jorro d'água. Deborah entrou em pânico: "Vamo morrer, vamo morrer."

"Ela começou a gritar loucamente, como uma pessoa pirada", conta tio Joe.

"Ela ficou histérica", completa Eddie. "E olha, ninguém conseguia fazer ela parar."

"Sim, porque estava calamitoso. Estava...", diz Deborah.

"Ela não se mexia", diz Eddie. "Estava travada."

"Então eu dei um tapa nela", conta o tio Joe agora. "Cala a boca", ele se lembra de ter dito. "Isso aqui não é uma porcaria de filme."

A água estava na altura da cintura nos dois adultos. Eles saíram andando em meio a cobras e fios caídos em direção ao terreno elevado da Chef Menteur Highway, que, pela primeira vez, não tinha carro nenhum, para se abrigarem no estacionamento de trailers do sr. LaNasa na esquina.

Carl montou nas costas do tio Joe, Deborah ao seu lado, segurando com força a bolsa do bebê. Mamãe estava com Karen e Valeria, empoleiradas cada uma em um lado do quadril.

Eddie, Michael e Darryl nadaram como peixes.

"Eu era um menino franzino", diz Michael. "A água estava tão alta. Eu estava lá nadando, estou nadando. Os cachorros também. A água estava passando como se estivéssemos em um rio."

É isso mesmo que ele falou. A água estava arrastando a gente rua abaixo.

A água de fato varria como um rio, seu curso e fúria possibilitados por muitas coisas, a maioria delas, obra de mãos humanas. Diques porcamente construídos, por exemplo.

E mais: canais de navegação um dia alardeados como grandes impulsionadores da economia, que vinham para melhorar o perfil de um porto de Nova Orleans enfraquecido com a criação de hidrovias mais eficientes que, esperava-se, atrairiam mais tráfego comercial. O primeiro deles foi o Canal Industrial, que separava fisicamente o New Orleans East do restante da cidade, dragado em 1923 para poder ligar o rio Mississippi ao lago Pontchartrain. Então, em 1942, veio a expansão da Intracoastal Waterway ao longo do leste de Nova Orleans para se conectar ao Canal Industrial. E aí, em 1958 deu-se a construção de outro estreito mais prejudicial do que o restante: 112 quilômetros financiados pelo governo federal de um canal aquático ligando o Golfo do México ao coração de Nova Orleans, encurtando a distância de viagem das embarcações oceânicas em 117 quilômetros. Ele seria batizado oficialmente de Mississippi River Gulf Outlet, mas todos o chamariam de MR-GO.

Tal como acontece com grande parte do desenvolvimento do New Orleans East, nos primeiros dias do MR-GO apenas seus aspectos positivos foram frisados. Em 1956, o governador da Louisiana, Earl K. Long, elogiou o "valor inestimável (1) da área imediata por onde ele passava, (2) o estado de Louisiana e a cidade e porto de Nova Orleans, (3) e todo o vale do Mississippi." Quando a construção começou, em 1958, os pântanos se iluminaram numa explosão de dinamite que BUM, BUM, BUMBOU, destroços voando cem metros no ar, chovendo fragmentos e lama nas cabeças das autoridades em polvorosa, "muitas buscando um abrigo inexistente", relatou o jornal local. O prefeito Chep Morrison chamou o evento de "um dos milagres da nossa época, que equivalerá a trazer mais um rio Mississippi a Nova Orleans". Ele não fazia ideia do quão exata sua profecia viria a ser.

Logo após a construção, a catástrofe ambiental provocada pelo MR-GO se tornaria evidente. Troncos de ciprestes-fantasmas erigiam em todos os lugares da água como testemunhas, provas cabais da destruição das florestas. A agora irrestrita água salgada que fluía do Golfo começava a prejudicar os pântanos e lagoas circundantes, causando erosões na barreira natural contra tempestades que protegia lugares baixos como o New Orleans East. Eis o que aconteceu durante o furacão Betsy: ventos de mais de cento e cinquenta quilômetros por hora sopraram do leste, empurrando as águas transbordantes do golfo para o lago Borgne, uma vasta lagoa cercada por charcos e aberta para o golfo. A água se embrenhou no funil formado pela Intracoastal Waterway e o MR-GO. Dentro dessa rede de canais artificiais, a tempestade atingiu três metros e causou o transbordamento dos diques ao redor, rompendo alguns deles. E foi assim que a água formou um jorro na nossa porta da frente quando o tio Joe a abriu; e também foi assim que a água inundou mais de 160 mil casas, chegando à altura dos beirais em algumas delas. Ao mesmo tempo, a ondulação do lago Pontchartrain invadiu o Canal Industrial e rompeu diques adjacentes, incluindo aqueles no bairro Lower Ninth Ward, região topograficamente mais alta do que o New Orleans East, porém igualmente vulnerável devido à sua proximidade do canal.

Foi uma enchente tão devastadora que Walter Davis disse: "Eu estava pensando, 'Cara, vou poder contar isso aos meus netos'. Essa foi a magnitude do Betsy." O Betsy foi tão arrasador que seu nome foi removido da lista de nomes de ciclones tropicais.[1] O governador John McKeithen prometeu na televisão e no rádio, diante de todos, que "nada assim jamais voltará a acontecer".

O presidente Lyndon B. Johnson voou até o Lower Ninth Ward no dia seguinte — a região, mesmo naquela época, era um símbolo submerso e abandonado do poder destrutivo da água quando facilitado por falha humana —, e declarou calamidade pública para a cidade e adjacências e, por fim, prometeu um plano de recuperação no valor de 85 milhões de dólares para reconstruir diques e reforçar os sistemas de proteção contra enchentes, os quais, em agosto de 2005, quarenta anos após o Betsy, exibiriam todas as suas falhas.

Aqueles que ousaram examinar a situação com afinco sabiam que seria desse jeito, assim como sabiam que muitas das novas casas construídas no New Orleans East, devido ao desmazelo das obras, já estavam apresentando uma série de problemas de subsidência; e esse afundamento só faria piorar. Eles sabiam que, às vezes, depois de chuvas intensas, o esgoto dos canais subia nas privadas e banheiras das pessoas como um gêiser de enxofre, que o sonho não iria, não teria como suportar, porque a fundação era ruim demais.

---

1   Qualquer membro dos comitês de furacões, tufões e ciclones tropicais da Organização Meteorológica Mundial pode solicitar que o nome de um ciclone tropical seja removido das listas de nomes de ciclones tropicais. Geralmente um nome sai da lista se houver um consenso de que o evento adquiriu notoriedade especial, como causar um grande número de mortes, danos, impacto, ou por outras razões especiais. [NT]

Nos dias que se seguiram à vinda do Betsy, as pessoas contabilizaram suas perdas. O prejuízo ultrapassou 1,2 bilhão de dólares, um recorde para a época. Tinha lama por todo lado. Ratos afogados e gatos mortos flutuavam pela enchente. Caminhões da Guarda Nacional circulavam. Algumas pessoas foram presas por pilhagem.

Algumas pessoas nas regiões inundadas se recordavam de terem ouvido dinamite, uma explosão em meio ao seu atordoamento. "Os diques foram explodidos de propósito", diz meu irmão Michael. Os diques já tinham sido explodidos em outra ocasião, pelo governo federal, durante a Grande Cheia do Mississippi em 1927, para desviar a água de bairros mais "valiosos". No New Orleans East, os pântanos foram explodidos para dragar o MR-GO. Todos na região ouviram. Eles conheciam o som de dinamite. Sendo assim, a história de Michael não estava totalmente situada no reino da fantasia. Essa história, de que os diques foram explodidos, de que os pobres foram usados como bode expiatório, subsistiria e seria recontada por gerações.

A vulnerabilidade da cidade a inundações generalizadas e as imagens de pessoas pobres vagando sem rumo chocaram o país. CENTENAS ILHADOS NOS TELHADOS ENQUANTO TRANSBORDAMENTOS RASGAM O DIQUE. O FURACÃO BETSY DEIXA NOVA ORLEANS SOB CINCO METROS DE ÁGUA, proclamava a primeira página do *Chicago Tribune*. E ainda: 70 MIL DESABRIGADOS ENQUANTO A ÁGUA SOBE.

"Por que as pessoas das regiões inundadas não foram evacuadas?", questionava o dr. Edward Teller, um pesquisador da Berkeley, durante um discurso em Nova Orleans diante da Mid--Continent Oil and Gas Association, associação do setor de petróleo e gás, semanas após a tempestade. "Sua cidade teve horas de alerta", continuou ele. "Por que não foi previsto que o dique do Canal Industrial poderia se romper... que a saída do golfo do rio Mississippi poderia transbordar?" As autoridades da cidade repeliram o simples questionamento, atacando a integridade de Teller em vez disso: "O desenraizamento das pessoas não é tão simples quanto o dr. Teller deseja... evacuar um milhão de pessoas para o deserto no meio da madrugada teria resultado em mais vítimas." No entanto, insistira Teller, as pessoas tiveram apenas vinte minutos para evacuar entre o momento em que souberam da enxurrada e o momento em que a água já estava acima de suas cabeças.

"Quem é este Teller que vem aqui para fazer declarações não autorizadas, ridículas e irresponsáveis?", perguntou o prefeito recém-empossado Victor Schiro, usando seu status de nativo de Nova Orleans para ridicularizar o estrangeiro como um forasteiro, um insensato, um intruso que não sabia nada.

"Ele está falando sobre algo que foge totalmente ao seu campo de estudo", alegou o governador da Louisiana, John McKeithen. "Ora, ele provavelmente nunca havia estado na Louisiana antes. Ele voou para cá na terça à noite, ofendeu a todos nós e, em seguida, voou de volta a Los Angeles na mesma noite", disse ele antes de citar o presidente Lyndon B. Johnson, o qual ele afirmava ter chamado Teller de "cientista lunático".

Mais de 75 pessoas morreram por causa do Betsy. A maioria se afogou. Ou foram vítimas de infarto enquanto aguardavam seu afogamento. Os barcos de pesca foram virados, as pessoas, ceifadas pelos ventos. Ou suas casas desabaram em suas cabeças. Algumas pessoas também morreram durante a evacuação, literalmente enquanto caminhavam de suas casas para o barco de resgate.

Muito embora a vastidão das propriedades da New Orleans East Inc. estivesse debaixo d'água, o desenvolvimento disparou. Todo mundo prometia uma construção mais alta, melhor. Foi uma coqueluche. Novos prédios de apartamentos foram construídos em tudo que é lado na Chef Menteur Highway e em outras partes do New Orleans East, e a rodovia interestadual também foi expandida, e foi nessa época que ergueram o North Claiborne Overpass, dizimando muito da vida cultural e econômica dos bairros negros históricos. E a explosão continuava; o petróleo estava barato. A NASA em Michoud havia sofrido danos superficiais por causa do Betsy — algumas vidraças quebradas, telhados arrancados —, mas os veículos espaciais ficaram intocados, e o programa por fim se expandiu, com os trabalhos no Saturn v (até hoje o maior e mais poderoso foguete da história da NASA) em pleno andamento para ser lançado no espaço 32 meses depois. Decolar!

O MR-GO se tornaria um fracasso caríssimo, custando aos contribuintes 20 mil dólares por cada barco que passava. Raramente usado, não geraria a receita e os empregos da projeção original. Mas depois do Betsy, a manutenção dos diques ficaria por conta do governo, assim como Lyndon Johnson prometera. A New Orleans East Inc. e outras incorporadoras do leste usariam esse fato em suas propagandas para atrair mais e mais pessoas para a região. E em 1968, o Congresso estimularia esse repovoamento criando um Programa Nacional de Seguro contra Inundações, que permitia às pessoas a aquisição de um seguro contra inundações a juros baixos, justa e especialmente em regiões sob risco de enchente.

07
PUXADINHO

Depois que o aguaceiro da enchente retrocedeu, o clã Broom botou a mão na massa para retirar tapetes e móveis encharcados, virando a casa de cabeça para baixo, deixando-a secar naturalmente. Não deu para salvar nada. Ivory Mae e seus filhos ficaram parados na calçada olhando a casa, do mesmo jeito que sua Lolo fizera com ela depois que sua casa pegou fogo. Naquela época, minha mãe era jovem demais para entender a perda, mas agora entendia.

Durante semanas, a família ficou com Lolo na Dryades Street, solicitando todos os vouchers possíveis oferecidos pelo governo, as crianças sendo vacinadas contra febre tifoide e difteria, enquanto Simon via nas ruínas uma chance de se reerguer. Ele recrutou seu cunhado Ernest Coleman e o filho de Ernest, Lil Pa, empreiteiros habilidosos. Tio Joe, que se tornara um carpinteiro obcecado por detalhes, também ajudou. O sr. Taylor, o eletricista da NASA, refez a fiação da casa, porém porcamente. Eles assentaram uma laje de concreto nos fundos, sem confiar muito na firmeza do solo, e começaram a expandir para mais além. Foi assim que a casa *shotgun* com dois quartos se tornou uma casa *shotgun camelback*[1] com um segundo banheiro, um covil e um quarto nos fundos, erguendo-se em direção ao céu, uma culminância que não abrangia toda a extensão da casa. Se você olhasse pela lateral, ficava semelhante a um L quadradão deitado de costas.

Simon recuperou grande parte da madeira da demolição dos edifícios perfeitamente bons da cidade, uma tendência que mamãe odiava. A manutenção de uma casa, de acordo com ela, era como

---

1   *Camelback*: é uma variação da casa *shotgun*, com um segundo andar na parte de trás da casa. Foram construídas no período posterior ao das casas *shotgun*. [NT]

cozinhar: os detalhes faziam diferença. *Tudo o que Simon fazia durava um minuto. Mesmo que ele pintasse, dava pra ver as falhas. Ele era um pau para toda obra, mas não se especializava em nada.* Simon achava que os trabalhos perfeitos como os do tio Joe demoravam demais, algo que ia totalmente de encontro ao estilo de mamãe, uma cria de Lolo. Mas ela nem sempre jogava isso na cara dele. Ela evoluiu, parou de dizer tudo o que vinha à cabeça e passou simplesmente a absorver e a tolerar as coisas. Mas quando ela falava sobre os aspectos da reconstrução da casa, ela e Simon brigavam loucamente. Então faz você, dizia ele, fulo da vida. Mas ela não tinha como fazer, nem mesmo se tentasse. Quando o anexo estava quase pronto, papai resolveu que dava para economizar dinheiro. Depois que os homens instalaram a escadaria provisória, ele jurou que ia conclui-la sozinho para provar a Ivory Mae que dava conta. Só que ele jamais terminou o serviço.

A família cresceu em todos os espaços da casa: todos os cômodos eram polivalentes; todos moravam ali, os vestígios da família em tudo que é canto. Tudo era utilizado; nada existia só como enfeite.

Cada passo dado era um ponto importante do mapa. E a casa, agora com um visual mais sofisticado do que antes, atraía as pessoas. E era por isso que o tio Joe sempre voltava quando as coisas não iam muito bem. E também era por isso que sempre havia festas barulhentas; buzanfãs espremidos no covil da casa; muitas doses de uísque com soda; braços para o alto em direção ao teto novo, sincronizados às batidas musicais; pessoas circulando no quintal, contando histórias, deitadas e fumando.

Ivory e Simon montaram seu quarto na porta da casa, mais perto da rua, o cômodo separado pela cozinha do quarto de Valeria, Deborah e Karen — o quarto das meninas. Era a coisa mais próxima de privacidade que eles tinham. Eles instalaram portas sanfonadas de vime que não tinham tranca. Michael estava sempre se intrometendo no momento errado. "Saia daqui, garoto", era algo que Ivory Mae sempre repetia.

As meninas moravam nos fundos, como se para segurar a casa. Os meninos arrumaram seu canto no puxadinho recém-construído. A janela do andar de cima dava vista para o estreito arremedo de quintal entre a nossa casa e a da sra. Octavia, que agora também estava mais alta, em cima de tijolos, pós-Betsy. Simon ou

Ivory Mae nunca subiam aquela escadaria temporária, garantindo aos meninos o direito à privacidade que ninguém mais tinha ali. No andar de cima, Eddie, Michael, Darryl e Carl ergueram para si um reino particular com regras e sistemas muito masculinos.

Se a casa era o começo de mamãe, se a casa era o seu mundo, então ela precisava encontrar seu trono. Ela posicionou sua máquina de costura em uma mesa debaixo do parapeito da janela da cozinha, a poucos metros do seu quarto. A janela dava para a casa da sra. Octavia e o gramado no meio delas. Especificamente, sua janela dava para a janela do banheiro da sra. Octavia. Essa teria sido sua vista se a cadeira não fosse baixa demais para permitir a visão do que quer que fosse.

Quando mamãe estava sentada em sua cadeira, fazendo crochê ou costurando roupas ou cortinas, o banheirinho da planta original da nossa casa olhava de volta para ela.

Carl Broom odiava aquele banheiro minúsculo, dizia que sempre fora estranho.

"Tinha uma janela lá, que quando você olhava por ela, dava pra ver uma cruz subindo para o céu, algum tipo de reflexo", conta ele agora. "Eu tinha medo daquela porra."

Sempre que saía do banheiro, ele deixava mijo em todas as paredes na tentativa de terminar logo.

O vitral ganhou uma espécie de fama divina, que atraía fiéis da Divine Mission of God, que vinham à casa da Wilson como se estivessem em peregrinação, para ver o que afinal de contas deixava Carl tão tenso. Entravam três ou quatro de cada vez no pequeno banheiro, acomodando-se entre as toalhas e produtos de limpeza, súplices alinhados ao longo da banheira onde Eddie, Michael e Darryl tomavam banho todas as noites. "Três crianças em uma banheira", diz Darryl, "exatamente como Adão e Eva antes de se darem conta de que estavam nus." O dr. Martin proclamou a janela um sinal de Deus, uma bênção que se abateu sobre o 4121.

Mas então o sinal abençoado começou a aparecer em outras casas também, tornando-se um pequeno fenômeno, um milagre para o povão que adquirira determinada marca de vidraça para seus lares, uma história que atraiu interesse dos noticiários noturnos.

Tinha algo na composição do vidro, concluíram por fim, que era estimulado pela luz solar. Os fabricantes então trocaram a matéria-prima. E pediram desculpas pelo exagero e pelo medo causado em Carl. Era só ligar para um 0800 para pedir a substituição. *O troço simplesmente desapareceu depois que eles divulgaram isso.* E assim a magia se manteve.

A cadeira de mamãe também ficava perto da geladeira (todo lugar ficava perto de outro lugar na casa *shotgun*), que no início era uma monstruosidade que ficava zumbindo, e depois uma monstruosidade que ficava roncando e com uma fechadura para deter a gula crescente dos meninos. A cadeira dela ficava a alguns passos da porta lateral onde os mais íntimos batiam. Se os vizinhos precisassem de açúcar, arroz ou sal emprestados, sempre iam embora satisfeitos, os mantimentos embrulhados em papel-toalha.

De sua cadeira, mamãe costurava nossas roupas, todas as peças de todos da casa, exceto as de Simon. Esse costume se manteve até os meninos ficarem adolescentes e constrangidos demais por ter que usar pijamas feitos do mesmo corte de tecido. As meninas eram adolescentes e também tinham seus constrangimentos, mas não tinham vez para opinar.

Sentada naquele cadeira, mamãe fez novas cortinas para todos os cômodos para combinar com a chegada das estações. Fez cortinas para os carros também, para a van branca, e para a van azul que a substituiu, aquela que ela e Simon dirigiram por muitos anos antes de repassá-la aos meninos, que trocaram os bancos traseiros por uma cama de solteiro, criando um quarto de motel sobre rodas que poderia ser usado para encontros amorosos, as cortinas de Ivory Mae tapando as janelas.

Mais tarde, eu espiaria pela janela da cozinha e flagraria a van sacolejando com o movimento de meus irmãos e suas acompanhantes, mas isso seria um pouco mais para a frente. Os meninos ainda são crianças. E eu ainda não nasci.

As vans, a branca e a azul, rodavam pela cidade até o supermercado Schwegmann, até as formaturas das escolas e aos bailes Zulu durante o carnaval. As vans iam às reuniões do clube Pontchartrain

Park Social Aid and Pleasure Club,[2] do qual Ivory e Simon eram membros. Elas também foram a Atlanta, *para acompanhar os jogos do Saints, que perdiam todas as vezes*. Simon — um franco-maçom — montava o calendário social; mamãe comparecia.

As cortinas embelezavam a van, mas mamãe queria um carro menor e mais esportivo. Novinho. Era um desejo fortíssimo, mas um carro de dois lugares não combinaria com sua vida atual. Mamãe ansiava por algo que agora parecia impraticável, mas é basicamente disso que os desejos são feitos, afinal de contas. Acima de tudo, ela amava coisas bonitas. Simon se preocupava com o custo. O carro que ele usava para trabalhar, um Buick Skylark, sequer dava ré. Em vez de gastar o dinheiro para consertar o carro de uma vez por todas, ele simplesmente pedia aos meninos que o empurrassem para sair da garagem.

À medida que Simon e Ivory foram se acomodando na casa reformada, o tempo foi passando nos incrementos de costume (manhã, tarde, noite; fins de semana e dias úteis), mas depois de um tempo, tudo o que era novo envelheceu, e eles pararam de ver o tempo como algo composto por momentos. Os anos turvaram.

Dois anos depois, e as escadas provisórias ainda eram provisórias. Durante os anos de construção, não nasceu mais nenhuma criança, como se a casa propriamente dita fosse o bebê sendo criado. Um dia, Deborah notou o vestido de grávida cinza pendurado acima do parapeito da porta da cozinha. Os três filhos mais velhos — Deborah, Valeria e Eddie — resmungaram. Ah, mais um não. Um novo bebê afetaria principalmente a vida das meninas; elas eram as babás e as ajudantes nos afazeres do lar, catando as bagunças dos meninos mais velhos e das crianças menores: Michael tinha 7 anos, um ano mais velho que Darryl. Karen tinha 3, contra 4 de Carl. Eddie estava achando que seus pais já tinham passado do ponto: "Eu me perguntava quando diabos aquilo ia parar", conta ele. "Eu achava que eles ficavam indo ao hospital e buscavam novas crianças lá." Mais uma menina teria igualado

---

2   Associações que remontam à vida dos africanos em seu início nos Estados Unidos. Clubes desse tipo foram criados para comunhão e como sistema de apoio financeiro para conceder funerais dignos aos escravizados africanos. [NT]

o placar, mas veio Troy, que nasceu no Dia de Ação de Graças de 1967, o que significa que tio Joe preparou a refeição da data festiva, que acabou ficando marcada por Ivory Mae não ter sido a cozinheira. As pessoas martelaram a cabeça de Troy por causa dessa anomalia do Dia de Ação de Graças durante anos. Mas ele foi o primeiro filho a chegar na casa renascida.

Ele era um bebê calado e viria se tornar um homem calado. Calado até demais, pensava mamãe às vezes. Ele era capaz de ficar fatalmente imóvel em seu berço no palquinho da sala de estar. Mamãe vinha correndo, pegando-o no colo e sacudindo-o vigorosamente como uma lata de suco de laranja congelado. Mais tarde, ela passou a achar que todo aquele chacoalhar acabou fazendo mal a ele. Ou então foi culpa de todas as baforadas de cigarro que ela soprou nas moleiras de todos os seus bebês pensando que ajudariam a curar a cólica. Ela aprendeu a ser mãe na prática, e com Lolo. *Eu não tinha amigas. Era quase sempre só com vocês, meus filhos. E minha mãe. Eu ligava para ela todos os dias, três ou quatro vezes por dia.* Frequentemente, ela pensava nessas conversas enquanto levava Eddie, Michael e Darryl à escola particular St. Paul the Apostle na Chef Menteur Highway. A mensalidade era paga pela mãe de Webb, Mildred, que jamais vacilara em sua promessa de sustentar os herdeiros de seu falecido filho. Eles usavam camisas brancas engomadas e calças cáqui passadas por Deborah e Valeria, que frequentavam a única escola pública negra da região à época, a McDonogh 40. Valeria reclamava diariamente de seu cabelo: "A srta. Ivory prendeu em um milhão de trancinhas, um milhão de presilhas espetando tudo." Mas o que ela mais odiava era passar em frente à St. Mary's Academy, escola onde as garotas de pele clara exibiam sua coloração, seus cabelos longos e seu refino. Valeria era observadora; ela percebia como as tias e a avó de Eddie e de Michael os tratavam como reizinhos. "Elas acreditavam em qualquer coisa ditas por Eddie e Michael. A gente só ficava olhando. A gente... a gente simplesmente não entendia. Até que entendemos, quando ficamos mais velhas."

A Jefferson Davis Elementary, na ponta longa da Wilson, ainda era segregada, motivo pelo qual, em uma carta ao prefeito Victor Schiro, um consultor tributário se referiu ao East como "a salvo" da integração escolar. Tal como em: "É claro que Lakeview,

Aurora Gardens, East New Orleans... e parte de Gentilly ainda estão 'a salvo', mas e as outras partes de Nova Orleans?" Um outro sujeito expôs o caso da seguinte maneira: "Ao integrar as escolas de Nova Orleans, há uma perda potencial de 60 milhões de dólares anuais em poder de compra, mais a perda de grande parte da receita, a qual deve ser compensada de alguma fonte. Será que os negros vão pagar a conta com seus cheques da previdência????"

Eddie, que tinha quase 10 anos, teve péssimas notas em praticamente todas as matérias na St. Paul, incluindo educação física. Depois de conhecer a história de seu pai, Eddie começou a achar que estava só ganhando tempo, à espera da morte aos 18 anos, tal como Webb.

Já Michael era um astro acadêmico. Seus trabalhos e provas eram sempre perfeitos. Ele sempre concluía os deveres antes de outras crianças, e aí, por causa do tédio, ficava zombando daquelas que ainda estavam ocupadas. O comportamento de Darryl foi o oposto. Nos boletins, os professores se referiam a ele como "o favorito de todos". "Darryl é simplesmente um exemplo maravilhoso de aluno ideal! Ele é adorado por todos os seus professores, e parece simplesmente fazer a coisa *certa* na maioria das vezes. Foi um prazer lecionar para ele; prevejo um ótimo futuro para Darryl", escrevera um professor.

Quando o dia letivo acabava e aquele turbilhão de crianças deixava as escolas às quatro da tarde, mamãe geralmente estava ao fogão terminando uma refeição cujo sabor era tão bom quanto a aparência. Simon normalmente já estava em casa de seu emprego na NASA, chegando pela Old Gentilly Road e virando à direita no final da Wilson, seu carro, o primeiro de uma longa procissão que tomava o mesmo atalho para evitar o engarrafamento na Chef Menteur Highway. Quando Simon entrava na garagem, os outros homens que vinham em seu encalço berravam pela janela do carro: "Simon, seu filho da puta, trabalhando tão perto de casa". Aí eles prosseguiam pela congestionada Chef Menteur para cumprir suas rotinas. Simon entrava em casa por talvez um minuto, aí retornava ao quintal, que era o cômodo que ele mais amava. Às vezes, sem motivo algum, depois que as crianças estavam dormindo, Ivory e Simon dançavam na grama entre as casas, mamãe olhando para ele, os braços em torno do seu pescoço, a cabeça enterrada bem no meio do peito dele. Ele ainda não conseguia acreditar quando olhava para ela. *Sua linda esposinha.* Ele se sentia impotente diante dela.

Em noites como essa, às vezes eles se sentavam à beira da cama, Simon com a cabeça entre as mãos — ou estava com dor de cabeça ou pensando. Não dá para saber mais. Ele sempre foi um velho jovial; ela sempre foi uma jovem madura.

Mamãe diria: *Eu te amo, Simon.*

Eu falei que te amo Simon.

Quando ele ficava em silêncio, ela insistia. *Você não me ama também?*

"Você é a minha linda, linda esposa", ele sempre dizia. Não era o suficiente, não mesmo, mas nunca nada era o suficiente.

Uma vez, em 1969, dois anos depois de Troy nascer, Simon se voltou para Ivory Mae e disse: "Não precisamos ficar tendo tantos filhos assim".

Você tem razão, foi a resposta dela.

E então?

Byron Keith nasceu.

Mas para Ivory Mae, o nascimento dos filhos não era a unidade de medida principal de passagem do tempo. Ela se lembrava das particularidades dos nascimentos apenas se tivesse sido sofrido o bastante. Na sua cabeça, as crianças que ela paria eram como um grandioso parto único, em sua maioria indistinguíveis, os desfechos praticamente iguais em todas as vezes. Mas Byron nasceu na primavera, e foi inesquecível porque foi quando a mãe dela, Lolo, minha avó, comprou sua primeira casa na St. Rose, a poucos minutos da Ormond Plantation, onde ela nascera. A Preston Hollow era uma subdivisão para negros, em formato de U e construída sobre antigos campos de petróleo, cercada por plantas de refinarias, mas esse detalhe não constava no anúncio da venda. A casa na Mockingbird Lane foi a realização de um sonho, um lugar onde a família da vovó podia se reunir rotineiramente, um lugar onde ela poderia desempacotar suas coisinhas e lhes conceder uma localização permanente. Só que o marido dela, o sr. Elvin, foi contra a compra, preferindo viver na cidade. Lolo comprou a casa mesmo assim. "Ele saiu para trabalhar como locatário e voltou para casa como proprietário", brinca tio

Joe. Dizem que vovó lhe deu um ultimato, primeiro declarando seu amor, depois dizendo a ele que se mudaria para a St. Rose com ou sem ele. E então, como vai ser?

Com, foi a resposta nos gestos dele. Com.

Byron assumiu seu posto de bebê do reino masculino, porém sem estardalhaço. Michael o perturbava o tempo todo, às vezes de um jeito perigoso. Uma vez, ele tentou pendurar Byron (como se fosse uma camisa ou calça) no varal da mamãe no quintal. Joyce Davis, a vizinha, conta uma história heroica sobre o dia em que estava a duas casas de distância e viu Michael enfiar Byron em uma lata de lixo, relatando como, aos oito meses de gravidez, ela correu e saltou a cerca do nosso quintal para impedir Michael, que ela pensava estar brincando, mas que não parou de importunar Byron nem mesmo depois de ela berrar, "Pare, menino. Pare agora". Ele estava amarrando uma corda no pescoço de Byron e parecia pronto para arrastar a lata de lixo. "Se não fosse por mim", conta ela agora, "Byron não estaria aqui nesta terra." Mas os Davis são conhecidos por seus exageros. Diz-se que a mãe de Joyce, Mae Margaret, resgatou Simon Broom de debaixo de um carro que mal tinha sido levantado. Mae Margaret estava sentada em sua varanda, conta a história, quando viu o carro cair sobre Simon e saltou para levantá-lo sozinha, libertando-o das garras da morte.

A vida de Simon — essa que Mae Margaret supostamente salvara — consistia principalmente de trabalho. Nos fins de semana, ele batia violentamente no painel de madeira falsa junto ao quarto dos meninos no puxadinho, a voz um trovão: "Desçam". Acordar depois de cinco da manhã, na opinião dele, era dormir demais. Os meninos — Eddie, Michael, Darryl, Carl, um Troy muito pequeno e, mais tarde, Byron — corriam e faziam beicinho a caminho de qualquer que fosse a tarefa que Simon os incumbira. "Quando todas as outras crianças no mundo estavam dormindo," reclama Eddie, eles já estavam cruzando a cidade. "Ou a gente pintava alguma coisa, ou demolia alguma coisa, ou fazia o controle de pragas." À noite, às vezes eles trabalhavam em bufês de festas. Outras vezes, eles ajudavam o sr. Taylor nos serviços elétricos.

"O sr. Taylor branco", diz Carl, "era o melhor amigo branco do papai, mas também havia um melhor amigo preto. Seu nome era sr. Taylor também. A gente costumava limpar a loja para ele."

O sr. Taylor preto era dono de um boteco nos fundos de uma bar-
bearia. Simon fazia permutas por cortes de cabelo para ele e os
meninos. Todas as sextas-feiras à noite, os meninos chegavam para
esvaziar os latões de lixo do sr. Taylor preto no porta-malas do
Ford velho de Simon, que anunciava sua chegada aonde quer que
fosse. Em suas viagens de carro, Simon discursava sua filosofia sobre como tudo deveria ser bem-feito, que tudo que era começado
deveria ser terminado, sabedoria esta que ele nem sempre seguia.

Os meninos às vezes iam aos jogos dos Saints antes da construção do Superdome, na época em que as partidas aconteciam
no Tulane Stadium — só que para trabalhar —, entrando no estádio contra a onda de fãs que estavam de saída. Eddie achava
tudo aquilo muito constrangedor, mas Michael ficava brincando,
jogando Carl na enorme lixeira e rolando-o pela rampa que levava para dentro do estádio.

Carl era um Simon em miniatura, com a diferença que era
desleixado no visual, o cabelo sem corte e irregular, a pele seca
como se ele tivesse fugido das sessões de hidratação que vinham
depois do banho de mamãe.

"Eu costumava deixar o trompete do papai nos trinques para
ele", diz Carl. "Eu lustrava pra ele e tentava tocar. Ele dizia: 'Rapaz, dê aqui, deixe-me mostrar como se toca'."

De todas as crianças, Michael era aquela capaz de deixar Simon
louco. "Eu costumava provocar e zombar dele. Eu me achava muito esperto. Eu falava: 'Tá na hora de cortar a grama que abunda.
A-*bunda*'." Fazia coisas como serrar o cano da espingarda dele.
"Ele ficava muito irritado." Mas quando eles cumpriam a pintura
anual de "uma casa velha e imensa ao lado do Parque da Cidade",
o que consumia vários fins de semana, Michael era um ajudante
destemido, um menino franzino, porém muito capaz, que subia
até a parte mais alta do imóvel e, empoleirado precariamente, completava a pintura. "Num sei se eu poderia cair e quebrar a droga
do pescoço." Byron via os meninos trabalhando e, embora fosse
muito novinho, ele implorava para trabalhar também.

Simon raramente parecia se contentar com o ócio. Exceto
quando ia jogar golfe em Pontchartrain Park, com um conjunto de
tacos de golfe usados que "ele vendia toda vez que precisávamos
de dinheiro", conta Eddie. A outra ocasião que ele se divertia era

no Mardi Gras, quando botava sua máscara de gorila ou se fantasiava de andarilho vagabundo, com roupas rasgadas e uma pasta com trapos pendurados cheia de bebida que o deixava *trocando as pernas*. Ele deixava Ivory Mae e as crianças na casa da irmã da avó, Lillie Mae, para então aproveitar o carnaval, voltando para buscá-las no final do dia. Mamãe, que não sabia dirigir, ia rezando até chegar em casa, com os filhos no banco de trás.

À noite lá em casa, mamãe muitas vezes sonhava com cenários vívidos onde sua irmã, Elaine, e seu irmão, Joseph, estavam em perigo mortal, e ela voava por cima deles para resgatá-los, só que não conseguia descobrir como pousar.

Ela ainda era a "filhinha querida de Deus", sabia disso, mas às vezes não se sentia tão diferente dos bibelôs domésticos, aquelas coisas imóveis e penduradas nas paredes que não falavam: anjos dourados e querubins voadores com recortes sob suas asas para o encaixe de velas e flores secas. Um espelho com metade do tamanho da parede. Para você poder se olhar. Coisas que fazem um lar. Todas entregues pela mão do entregador na porta da frente do número 4121 na Wilson, depois que ela as escolhia no catálogo da Home Interiors.

Mamãe não era uma pessoa medrosa, exceto quando se tratava de criaturas rastejantes com cauda. Quando ela estava só com as crianças em casa, sem mais nenhum outro adulto presente, e via um lagarto, ela chamava a sra. Octavia para procurar o bicho até encontrá-lo. Mamãe era dessas que se metem atrás da porta do quarto e ficam apontando e berrando que a coisa estava em algum lugar do armário, rastejando por entre as roupas penduradas. A sra. Octavia enterrava a cabeça entre as roupas costuradas por Ivory, batia na bolsa do clube de golfe de Simon para assustar o lagarto, e não parava até conseguir arrancá-lo dali, balançando-o entre o polegar e o indicador, para depois soltá-lo no quintal.

Na maior parte do tempo, os adultos da rua não ficavam se enfiando nas casas uns dos outros, a menos que houvesse um bom motivo para isso: mamãe entrou na casa da sra. Octavia quando seu marido, Alvin, faleceu, e a sra. Octavia retribuiria o favor.

Grandes mudanças, aquelas que redefinem a bússola de um lugar, nunca acontecem bem no início. Só o tempo permite que você enxergue o acúmulo de coisas. No início dos anos 1970, eis a cadeia de acontecimentos: foi publicado um anúncio no *Times-Picayune* com a manchete A COMPRA DA LOUISIANA DE 1971. "O maior acordo de compra de terrenos de 1803 foi a aquisição do estado da Louisiana",[3] dizia. "A maior oportunidade em 1971 é o New Orleans East." Mais de uma década se passara desde que o sonho da New Orleans East Inc. havia sido anunciado. Desde então, Clint Murchison falecera e Toddie Lee Wynne, sentindo-se um fracasso, retirara-se do empreendimento depois que os planos de fazer um hotel à beira-rio não deram certo.

Nada no sonho da New Orleans East Inc. havia se concretizado. Em 1971, a região tinha 8 mil habitantes; 242 mil a menos do que a projeção original.

Em 1972, as missões Apollo chegaram ao fim, reconfigurando as coisas na fábrica da NASA em Michoud, que tinha, principalmente, construído o foguete de primeiro estágio Saturn V, responsável por levar os astronautas à lua. Embora a planta tenha injetado 25 milhões de dólares à economia local e Simon continuasse empregado, os 12 mil funcionários, quantidade estimada em 1965, agora tinham caído para 2.500.

Moradores de Pines Village, um dos primeiros bairros do leste, a poucos minutos da casa de Ivory Mae e de Simon, estavam ameaçando processar o Departamento de Saneamento Básico da cidade devido à "angústia mental e ansiedade sofridas durante as enchentes e tempestades intensas". A cidade, alegavam, tinha aprovado os planos da corporação, embora tivesse ciência de que não havia elevação suficiente para permitir a drenagem da água, problema agravado também por novas comunidades que sobrecarregaram ainda mais os sistemas de estancamento já abaixo do padrão, "negligência... que é prejudicial à nossa saúde e segurança", profetizara um cidadão por carta. "O que acontece nesta região tornará Nova Orleans próspera e forte financeiramente, do contrário, fará com que a cidade se sufoque", escrevera ele. "O subdesenvolvimento é uma corrente em volta do pescoço da

---

3   Em 1803, o estado da Louisiana, que até então estava sob domínio francês, foi comprado pelos Estados Unidos. [NT]

cidade... A região ao leste não é uma miragem. Não vai desaparecer se for ignorada. Ela vai permanecer e lhe assombrar se você não começar a pensar nela como parte da cidade."

Em seu projeto — com mais apartamentos e trailers do que casas; mais postes de luz do que árvores e parques; mais estradas pavimentadas do que passarelas —, a circulação por determinadas partes do Leste era mais fácil se feita de carro. As paisagens comunicam sentimentos. Durante uma caminhada, você é capaz de se agarrar à textura de um lugar, de se aproximar dos seres humanos que o compõem, mas ao circular de carro, você aumenta o distanciamento, o medo.

O Red Barn (Celeiro Vermelho), na esquina da Chef com a Wilson, que antigamente costumava tocar "These Boots Are Made for Walkin'", de Nancy Sinatra, a altos brados havia se tornado o Ebony Barn (Celeiro de Ébano), com "Working in the Coal Mine", de Lee Dorsey, ecoando dos aparelhos de som, atendendo a uma nova clientela. Por volta da mesma época, deu-se início à construção de um projeto de conjunto habitacional na Chef Menteur Highway, uma planta difusa de acordo com alguns planejadores urbanos, ao lado do Ebony Barn. Seu nome oficial era Pecan Grove, mas nas ruas era só Grove. Antes de estar finalizada, as crianças da ponta da rua começaram a vender as nozes-pecãs que caíam das árvores da sra. Schmidt para os trabalhadores da construção. A sra. Schmidt não poderia ter se importado menos; em breve ela estaria indo embora dali. O Grove abrigaria 221 apartamentos em um prédio de dois andares de tijolos marrom avermelhados. De acordo com os jornais, era uma "experiência" destinada a levar moradores de vários conjuntos habitacionais do centro para mais perto do New Orleans East, que os futuros residentes viriam a chamar de país. Desde que começaram a erguer o complexo, Simon Broom dizia que ele infestaria tudo ao redor. Ele apontava para o Press Park, onde morava Elaine, a irmã de Ivory Mae, outra planta difusa mais a oeste. O Press Park tinha sido construído no alto do aterro sanitário da Agriculture Street, 38 hectares e cinco metros de resíduos cancerígenos.

No final da década de 1970, a composição racial do East tinha mudado. Em um intervalo de uns vinte anos, a região passara de quase vazia para quase toda branca (investimento) e depois para quase toda preta (desinvestimento).

A rua também se transformou. Em 1972, Samuel Davis Jr., filho mais velho do sr. Samuel, casou e deixou a Wilson. Ele foi a primeira criança da rua a ir embora dali.

Minha irmã Deborah foi a segunda a sair. Ela havia se formado na Abramson High School em 1972 e tinha a expectativa de ir para a faculdade, tal como seu pai prometera à sua mãe antes dela falecer, mas agora Simon Broom não tinha como sustentar a ideia. Ele não tinha dinheiro para isso, alegara. Achava que Deborah deveria conseguir um emprego e ajudar no sustento da família, que não parava de crescer. Deborah se negara, e dissera isso ao pai. Mesmo já tendo 18 anos, apanhou pela insolência. Não, na verdade ela levou uma surra de Simon Sr. com uma vara de cana de açúcar e aí, mais tarde, como fora criada para ser obediente aos mais velhos, Deborah passou a camisa de trabalho de Simon para o dia seguinte, com o maior capricho da vida, arrumou as malas e aguardou que as irmãs de sua mãe chegassem para buscá-la. Apesar da resistência de Simon, ela se matriculou na Southern University of New Orleans dias depois de sair de casa.

Pouco depois disso, Karen foi atropelada por um carro na Chef Menteur Highway enquanto tentava chegar à terceira série.

Karen e Carl tinham um ano de diferença, e estavam a uma série de diferença na escola. Às vezes os dois caminhavam sozinhos até a Jefferson Davis Elementary pela ponta mais longa da Wilson. Eles eram instruídos a andar de mãos dadas e a atravessar juntos; estavam tão acostumados ao trajeto que não se preocupavam. Carl deve ter corrido na frente. Karen era uma criança calada, exatamente a característica que fazia você se esquecer da presença dela.

Ou o carro subiu em terreno neutro enquanto eles aguardavam o sinal abrir ou Karen atravessou na hora errada. Ninguém quer se lembrar dos detalhes e ninguém quer mentir. Seja como for, um carro arrastou uma Karen de 8 anos pela barra do vestido, num trajeto que percorreu vários estabelecimentos ao longo da rodovia, passando pelo Jack's Motel e pela Arbor Bowling Lanes. Por fim, o motorista percebeu o que tinha feito, que estava com uma criança presa no para-lamas de seu carro. Foi então que parou para soltá-la. E aí fugiu.

Agora Karen estava deitada descalça na Chef Menteur. Carl a largou lá para ir até a Wilson para buscar Ivory Mae, que estava dentro de casa fazendo algo esquecível, mas mesmo assim estava arrumada, pois quando se tem filhos pequenos, você sempre se arruma no início do dia. Porém ela estava descalça, correndo para encontrar Karen, caída no meio da rodovia do Chefe Mentiroso, os carros passando zunindo, sem perceber sua presença ali. *Tudo o que a gente via era do braço até perna em carne viva e mostrando o osso.* Karen, deitada em estado de choque, disse: "Mainha, ainda posso ir pra escola?"

Por acaso, em um dos carros passando à toda na Chef quando a ambulância chegou, estava a sra. Mildred, a mãe de Webb. Ela parou e botou uma bolsa de moedas na mão de Ivory Mae. Aqui, pegue isto, disse. Caso você precise. Minha mãe não negou.

Karen foi levada às pressas para o Hospital Charity, no centro, onde os médicos insistiram que mamãe deveria ter trazido a pele que havia sido arrancada dos braços e das pernas de Karen; poderia ter sido enxertada de volta. *Se tivéssemos pensado em procurar os pedaços, eles poderiam ter costurado de volta.* Em vez disso, os cirurgiões fizeram remoção de pele de outras parte do corpo de Karen para fazer os enxertos.

Eles profetizaram, os médicos, que Karen jamais voltaria a brincar. Ela nunca mais ia voltar a mexer os braços e as pernas; grande parte da musculatura estava danificada. Mas a sra. Sarah, a filha do falecido dr. Martin, que agora administrava a igreja Divine Mission of God, intitulou aqueles prognósticos de insanidade humana, disse que eram obra de mentes fracas, e garantiu que não seria assim. E foi nessa opinião, a da sra. Sarah, que Ivory Mae escolheu acreditar.

Karen voltaria a movimentar os braços. E o faria como se nada tivesse acontecido. A única evidência permanente do atropelamento foi a pele propriamente dita, que formou queloides como ilhotas em seus braços e pernas, as quais ela esconderia para sempre sob mangas compridas e calças, que usaria em todos os lugares, e ainda usa até hoje, mesmo no verão.

A essa altura, Michael, Eddie e Darryl já haviam se mudado da escola particular de St. Paul para a Jefferson Davis. Eddie quis ir para outra escola, e os adultos concordaram. A mensalidade gasta com os três poderia ser redirecionada para outra coisa, devem ter pensado. Mas a mudança foi traumática. Foi algo que modificou Michael para sempre. Fazia pouco tempo que a Jefferson Davis aderira à integração. Havia poucas crianças negras na escola. Michael, Eddie, Darryl e Karen eram quatro delas.

Em 1970, os professores, em sua maioria brancos, ainda chamavam os alunos de crioulos. Coisas assim ainda aconteciam: Michael, com 10 anos e na quinta série, tirava nota máxima numa prova de matemática. "Eles botavam um grande zero no negócio", dizia ele. "E aí vou verificando, vou vendo... E não sei o que está errado. Não era nada de mais, só somar e subtrair. Então estou falando, tinha que estar certo. Eu dizia que devia ter algo errado com meu cérebro para que parecesse correto para mim... Eles me davam zero, então deve estar errado, né? Mas tudo estava certo." Um dia, a garota branca sentada na frente dele — a queridinha do professor — se virou para olhar sua prova. "Eu fiquei constrangido por ela ver minha prova. Eu continuava conferindo. Eu não conseguia acreditar. Ela disse em voz alta, 'Me dê o papel, crioulo'", e o arrancou das mãos de Michael.

"Eu estava com meu lápis na mão, então simplesmente fui para cima dela e a apunhalei algumas vezes com o lápis."

Mamãe e papai foram chamados ao escritório do superintendente educacional no centro da cidade para falar sobre Michael. Ele foi submetido a um teste de QI, e a pontuação foi extremamente alta, ele foi considerado uma das crianças mais inteligentes do sistema escolar, mas foi suspenso e punido por suas ações. Na reunião, Michael continuara a insistir que o professor desse seu testemunho — seu teste de matemática perfeito —, mas ninguém jamais apareceu com a prova.

"Depois disso, eu vi que, bem, merda, eu tinha feito tudo certo e eles marcaram como errado, então, mesmo que eu esteja certo, eles ainda vão falar que está errado. Eu estava, tipo, aquela merda tinha falhado comigo, então eu não queria saber daquilo mais. Aí comecei a aprender tudo sozinho, a fazer o que precisava para sobreviver. Eu só me dei conta disso talvez uns vinte anos depois. Eu falei: 'Rapaz, você é tão estúpido quanto eles. Aquele pessoal fez aquilo com você e você permitiu que isso afetasse sua vida por todos esses anos'."

Michael não quis mais saber de escola, mas as ruas o agraciaram com sagacidade.

A conclusão da obra de Pecan Grove impôs um fervor territorial numa região onde antes não havia nenhum. Ou você pertencia à Grove, ou à Goose ou à Gap, gangues que reivindicaram três ou quatro ruas (no máximo) como território.

Aqueles que foram realocados para o Grove agora pertenciam a um gramado que, tal como eles viam, precisava ser defendido. As ruas a oeste da Wilson, na direção de St. Paul, eram área da Gap. Do início das Sisters of the Holy Family até a rodovia ficava o território da Goose. Você se identificava como sendo de um desses três. Ou então você era da Flake ou da America, ruas únicas de gangues ensimesmadas. A maioria dos crimes partia da America Street.

De acordo com esse esquema, a ponta curta da Wilson não pertencia a lugar nenhum, mas os meninos na rua (que em sua maioria eram meus irmãos) ficavam do lado do pessoal da Grove. Carl conheceu seu melhor amigo, Manboo, que morava no Grove, em uma briguinha menor por causa de um jogo de futebol americano, numa partida entre os meninos da família Broom contra o time de Manboo e seus nove irmãos. "Eles bateram na gente", disse Carl. "Mas a gente saiu correndo. Aí eles nos perseguiram pela Chef Highway, mas todos na rua deram um passa-fora neles. Eles começaram a atirar garrafas na gente, mas a gente já estava aqui antes da construção do Grove." Isso conferia um ar de superioridade. "Eles jamais poderiam pegar a gente. Eles jamais poderiam assustar a gente." Por causa disso, meus irmãos ficaram do lado do pessoal da Grove, muito embora estudassem no lado Goose.

Agora que Michael tinha saído da escola, ele empunhava seu corpo nas ruas como uma arma. Michael também tinha escoliose, já diagnosticada, o que exigia que ele usasse um colete ortopédico para endireitar a coluna, uma engenhoca de metal e plástico que começava na base do pescoço e ia até a cintura. Não tinha jeito de esconder o apetrecho e nem de tirar antes das brigas, a menos que ele tivesse tempo para planejar as contendas, só que brigas de rua raramente vêm com aviso. Colocar e tirar o aparelho ortopédico exigia a ajuda de outra pessoa, e isso seria um drama, chamaria atenção do jeito mais errado possível.

Ao vestir o colete, Michael ficava retinho de cima a baixo. Quando o tirava — e Michael passava mais tempo fora do que dentro do apetrecho —, seu corpo desabava numa dor terrível. Só que aquele molde não combinava com seu estilo de vida; ele fazia inimigos e não podia se descuidar da retaguarda, coisa que literalmente não tinha como vigiar porque não dava conta de virar o pescoço para trás. Nas brigas, ele tentava agarrar a cabeça de seu oponente para golpeá-la no revestimento de metal do seu colete: era um movimento capaz de encerrar uma porradaria rapidamente. E assim seu colete se tornou parte de sua mitologia nas ruas, ecoando toda sua capacidade, fazendo dele uma lenda entre a Grove, a Goose e a Gap. Alguém no bairro inventou que Michael tinha machucado as costas durante uma brincadeira agressiva, quando era mais jovem, jogando *Wolfman*, sua versão favorita de esconde-esconde, na qual ele se escondia no alto do carvalho da sra. Octavia e pulava sobre as cabeças das crianças que passavam abaixo.

Ou talvez tivesse se machucado quando ele e um amigo invadiram o Auditório Municipal na Rampart Street, e o amigo largou a corda, fazendo Michael sofrer uma queda de um metro e meio de uma janela.

Essas foram as histórias perpetuadas por Michael, seus irmãos e seus amigos. Eram bem mais interessantes do que dizer que ele tinha nascido com escoliose, um defeito que não se originava da virtude do heroísmo das ruas.

Se Michael tivesse usado o colete conforme a indicação médica, ele certamente poderia ter evitado o implante da haste de metal protética em suas costas quando era adolescente. A haste de metal deveria ter sido removida em algum momento, mas jamais foi.

Ele também sabia socar para valer, o soco mais forte de todos, de modo que as pessoas fugiam de seus punhos. Ele aproveitava cada contenda como se fosse a última — seus socos deixavam isso bem claro —, e foi assim que ele passou a ser chamado de Boom, abreviação de Tick Tick Boom. Sua constante tentativa de libertar seu corpo de sua dor crônica lhe concedeu a reputação de resistente, ágil e cabeça quente. Os membros da família diziam que nesse ponto ele era igualzinho ao pai, Webb. Quando ele ria, era uma fuzilaria, um gorgolejo da garganta que soava como um DJ arranhando um disco. Às vezes, quando ele conversava com alguém, a pessoa se sentia alvo de algum tipo de maldição, mesmo quando ele não proferia um único termo profano.

Enquanto Michael se metia em brigas, Eddie ficava indo e vindo entre a casa da Wilson e a casa de Lolo na St. Rose, onde ele podia bancar o homem da casa. Ele era alto e esbelto, com um volumoso cabelo afro, tinha conseguido chegar aos 18 anos sem morrer e fora muitíssimo mimado pela avó, assim como pelo tio Joe. Ele ficava mais à vontade na casa dela. Para começar, tinha menos gente morando lá, o que tornava tudo mais organizado. Eddie gostava de ordem e se constrangia com qualquer coisinha. As "milhões de crianças" na casa da Wilson o deixavam muito incomodado. "Todos os meus amigos moravam do outro lado da Chef. Todos os meus amigos tinham casas melhores", relata Eddie. "Aquela casa e o East eram locais onde você crescia e saía. Para mim, ficar não era uma opção. Acho que percebi que tinha direito às coisas, por parte da família do meu pai biológico. Eu sei que eles tinham essa noção... Eu sabia que tinham... entende o que estou dizendo?"

Ele sabia que eles tinham dinheiro.

Eddie tinha um lugar distinto aos olhos da mãe de seu pai, a sra. Mildred, e das três filhas dela. Elas o demarcavam. Ele crescera, pode-se dizer, numa classe diferente do restante de seus irmãos e até mesmo de sua mãe. Mas foi Lolo quem deu a ele a atenção de que ele tanto precisava, aquela que mamãe não tinha tempo de dar. Ele optou por trabalhar em vez de dar continuidade aos estudos, mantido inicialmente por uma pequena herança deixada por seu pai a todos os filhos Webb quando atingiam certa idade. A avó era o tipo de mulher que Eddie admirava, trabalhadora e preocupada em ter coisas boas. Mildred tinha dois carros na garagem da casa na Mockingbird Lane, embora não soubesse dirigir (carros que serviam para os outros a levarem aos lugares). Ela era controlada, mas vez ou outra se mostrava inconstante. Era capaz de explodir com você numa fração de segundo. Quando sua apresentação visual representa todas as qualidades que o mundo afirma que você não pode ter, algumas pessoas dizem que você é elegante. E a avó de Eddie era isso, sim, mas às vezes a elegância é somente força de vontade e graça, um jeito de manter emendados os pedaços do seu eu instável.

Lynette Broom nasceu em 1974, quando todo mundo achava que Ivory Mae e Simon não teriam mais filhos. Já estavam com dez crianças; o mais novo, Byron, estava em idade escolar. Lynette foi o único bebê da casa ao longo de cinco anos. A primeira menina desde Karen, dez anos antes, Lynette foi bastante mimada por Simon. Ele não ousava se aproximar da porta de entrada sem algo na mão para ela. Se estivesse de mãos vazias, ele dava meia-volta. Uma coisica que fosse — um doce, uma flor, uma pedra bonitinha, ele sabia — era sempre melhor do que nada.

Mamãe via em Lynette uma figura de seu eu mais jovem — exceto pelos cabelos, um afro curto que mamãe chamava de *moitinha*. A *moitinha* é elemento constante na maioria das histórias que mamãe conta sobre a infância de Lynette. Lynette tinha micose no couro cabeludo, o que obrigava mamãe a cortar os cabelos dela quando começavam a passar do *ponto de moitinha*; tinha histórias de como a *moitinha* fez sua estreia mundial no quintal da casa de nossa prima Geneva, em um desfile de moda; e de como Lynette era tão bonita, mesmo com sua *moitinha*.

Deborah se casou menos de um ano depois do nascimento de Lynette, a festa foi no quintal da casa ainda-não-amarela, a mesma que ela abandonara às pressas alguns anos antes. Na manhã do casamento de Deborah, papai acordou antes de todo mundo para aparar o gramado entre a nossa casa e a da sra. Octavia. Quantas vezes ele dissera brincando para Deborah: "Quando você se casar, eu vou te levar *correndo* ao altar." Mas agora o dia havia chegado e ele não estava feliz em ter de entregar sua primeira filha. Ele aplacou sua tristeza lá fora, enquanto seus filhos, que agora eram na maioria jovens, arrumavam as mesas e cadeiras para cem convidados.

Ivory Mae e Deborah passaram horas juntas preparando-se para esse dia. As paredes brilhavam de tão brancas depois que Simon as pintara. O berço de Lynette foi retirado do palquinho da sala de estar e substituído por uma pequena estante com a coleção da *Encyclopaedia Britannica*.

Tia Elaine trouxe as flores. Ivory ficou responsável pela comida — ovos recheados e frango frito. Ela também cuidou da decoração — costurando toalhas para enfeitar as mesas e todos os traje da festa, acrescentando toques especiais (alguns com renda, outros com gola, outros sem) a alguns dos vestidos em azul-claro das madrinhas, feitos com um tecido que dava a impressão de coçar bastante. Ela se sentou sob o parapeito da janela da cozinha, trabalhando nesses vestidos até o momento de as madrinhas entraram neles. Esse era o jeito dela. Uma vez que a chama estava acesa, ela se recusava a dormir e a comer para ver suas criações prontas, a cozinha inteira transformada em um ateliê de costura, sua tábua de corte espalhada sobre a mesa, retalhos em todos os lugares que você olhasse.

Uma prima emprestara um vestido de noiva branco e um véu para Deborah. Nesse sentido, ela e Ivory Mae eram muito parecidas, ambas usaram roupas emprestadas em seus casamentos, mas sem alardear sobre o assunto. Também não mencionaram tudo o que havia acontecido entre elas até aquele dia — o fato de que Ivory jamais defendera Deborah contra a surra de Simon, por exemplo.

Os meninos menores — Troy aos 9 anos, Byron aos 7 — ficaram tergiversando pelos cômodos da casa para atender às exigências de todos, enquanto os meninos mais velhos ficaram no andar de cima levantando peso, engraxando sapatos, retocando cortes de cabelo e tudo o mais.

Ivory Mae arrumou Deborah com um capricho que ela jamais dedicara a outra filha desde então, pois ela mesma não tinha sido arrumada por ninguém em nenhuma de suas cerimônias de casamento. Nas fotos, há apenas alguns vislumbres dela, relances de seu vestido rosa-claro, os bobs ainda nos cabelos, escondida atrás do véu de Deborah.

Em algum momento, Simon também iria se arrumar, e alguém tiraria uma foto dele posando com Deborah, onde ele estaria aparentando um humor brincalhão. Deborah de branco, ao lado do pai em seu smoking ardósia com uma gravata borboleta preta maior do que seu enfeite de lapela azul-claro. Assim como Deborah, ele também tinha um rosto estreito. E tinha as mãos que Carl tem agora, carnudas, sujas, manchadas de graxa, sempre em punho.

O melhor amigo branco de papai, o sr. Taylor, estava sentado no banco de madeira da Rosemount Missionary Baptist Church chorando como se estivesse em um funeral, como se Deborah fosse sua única filha caminhando rumo ao altar. Ele continuou choroso durante toda a cerimônia: antes mesmo de Deborah chegar ao altar, a mão de seu pai, a mão do meu pai, segurou seu braço, as mãos dela estrangulando o buquê. Nas fotos, Simon exibe uma expressão de surpresa confusa, a boca ligeiramente entreaberta. Eu já usei a mesma expressão.

Enquanto o sr. Taylor chorava como se soubesse de algo que os outros não sabiam, Deborah segurava a mão de Henry Cooley na cerimônia. Ela era alta e magra, com um rosto oval, olhos perscrutadores e lábios contidos que pareciam estar reprimindo algo macio.

As fotos contam a história: meu pai na frente da janela posando com Deborah. Guiando Deborah ao altar. Na recepção de casamento no quintal da Wilson 4121 posando ao lado de Ivory com seu casaquinho curto sobre o vestido, seu cabelo preto carvão comprido e volumoso. Eles posam diante de uma cerca de madeira que separa as casas dos chalés atrás, e para além deles um carregamento de mercadorias se arrastando ao longo dos trilhos da Louisville and Nashville Railroad na Old Road.

Houve dança e música, e Deborah foi muito festejada. Foi uma recepção como muitas outras, só que com algo a mais. Deborah havia voltado ao lar para se casar, no exato lugar que estava afundando e que necessitava de edificação constante, mas seu pai havia feito justamente para momentos como aquele.

A recepção foi principalmente ao ar livre, mas as pessoas ainda vagavam dentro da casa para ir ao banheiro, e outros entravam *só para ver o que a gente tinha*, mamãe estava convencida. Ela passou a acreditar que os objetos contidos em uma casa falavam mais sobre seus proprietários. Mais do que isso, ela acreditava que o indivíduo pertencia às coisas de dentro de casa, à própria casa. Talvez o que a incomodasse fosse a grande multidão, muitas pessoas ali ela sequer já tinha visto, ou até tinha visto, mas não conhecia. Agora elas estavam passeando pela casa dela. Até então, ela nunca se incomodara com o entra-e-sai de gente. Só que para Ivory Mae, aquilo parecia o começo de algo novo, espetando seus pés, e pela primeira vez ela estava constrangida com o estado do lugar onde morava, o lugar que era dela e, portanto, ao qual ela pertencia. E de repente uma vergonha matreira se assentava.

MOVIMENTO II

A casa enlutada

Casa estranha que deve estar pronta e saciada.
Casa que devora, implora e mata.
Casa com pernas. Casa sob incêndio. Casa infestada
De desejos. Casa mal-assombrada. Casa solitária.
Tracy K. Smith

O que quer que a natureza faça, esta casa faz.
LeAlan Jones, 13 anos

Esta casa é feita de osso.
Yance Ford

01
ESCONDERIJOS

Tenho 5 anos agora.

Este banheirinho, onde meu pai um dia se sentou no vaso sanitário depois do trabalho e morreu, e onde, antes disso, mamãe tomou muitos banhos com álcool isopropílico e sais de Epsom para amenizar o cansaço, é para mim um parque de diversões repleto de coisas que adulto algum jamais toca. A placa de drywall encostada na parede, cheirando a mofo, é meu quadro-negro, e os lagartos verde neon que entram e saem pelos buracos na tela são meus alunos. De pé sobre dois tijolos, fico alta o suficiente para ver o beco que passa atrás da nossa casa e acima da cerca que separa onde moro de onde minha amiga Kendra mora, no estacionamento de trailers ao lado. Tomo cuidado ao descer, para minha sandália de plástico lilás não agarrar no buraco de tamanho médio na tábua do assoalho, buraco este que em algum momento vai ficar enorme, permitindo assim a entrada de mais criaturas inocentes de lá de fora.

Ao lado desse cômodo onde papai se foi, havia mais um cômodo com uma tábua de lavar e um tanquinho, e depois uma máquina de lavar de verdade, mas mamãe dizia *que o encanamento nunca estava bom*.

Aqueles tubos brancos de plástico, membros retorcidos serpenteando nas paredes expostas, ainda estão aqui para serem vistos por mim, mas as máquinas não. O tanquinho também se foi.

Ainda há uma porta pesada que dá para fechar, com um orifício onde seria a maçaneta, e onde enfiei lenços de papel amassados para ter privacidade. Gosto quando ouço as vozes da casa chamando por mim e incapazes de localizar onde estou, aqui, onde posso ficar à espera de qualquer coisa até à noitinha.

O outro banheiro fica na segunda metade da casa, no puxadinho que papai começou mas jamais terminou, ao lado da sala com a tv de moldura em madeira que é da minha altura, onde moram os Flintstones e os Jetsons. Todo mundo usa este novo banheiro perto do quarto das meninas, que é rosa e meu, já que também sou menina. Este banheiro é o único cômodo da casa com tranca. Aproveito isso ao máximo, especialmente quando quero fugir do meu irmão, Troy, que está sempre com os nervos em frangalhos. Sua orelha direita se atenta, e fico de olho nela. Quanto mais sua perna treme quando ele está sentado assistindo ao futebol americano, mais dou um jeito de irritá-lo. Eu me aproximo de sua orelha pontuda e começo a berrar: "Orelha, orelha, orelha!" para perturbá-lo, e ele (um garoto de 17 anos) certamente vai me perseguir pela casa, indo da frente até os fundos — começando pela sala de estar, passando pelo quarto da mamãe, pela cozinha e pelo quarto das meninas onde durmo, até chegar no segundo banheiro.

"É por isso que você é o Orelha", grito por trás da porta trancada. E já que Troy vai ficar um tempão lá fora à minha espera, dizendo: "Espera só até você sair, moleca, cê vai ver, cê vai ver", eu memorizo o interior do cômodo, absorvendo ali mesmo a geografia do esconderijo.

O segundo banheiro também é onde tomo meus banhos. Sempre que estou na banheira, mamãe me pergunta se alguém já me tocou lá, nas minhas partes íntimas. *Não importa quem seja, pode ser seu irmão, sua irmã, seu tio, seu primo, seu pai, quem for, se alguém tocar em você aí, me avise imediatamente. São suas partes íntimas, só suas, ninguém pode pôr a mão. Não importa quem seja. Pastor ou professor. Tá ouvindo. Ninguém pode tocar nas suas partes íntimas nunca.* Ela me diz isso praticamente em todas as vezes que meu corpo toca a água. Quando minha irmã mais velha, Lynette, está compartilhando a banheira comigo, ela ouve a mesma coisa.

Quando está preocupada, a voz da minha mãe tem o mesmo som agudo de quando ela se diverte com qualquer coisa que eu esteja achando hilária.

Seu papai, seja quem for.

Mas eu não tenho papai, penso, porém jamais verbalizo.

Demoro muito para entender por que não tenho pai, pois sou a *mais bebê*, como dizem, a última e a mais nova. Bebês não precisam entender as coisas.

02
ORIGENS

Na história que me foi contada e na história que eu mesma conto, a morte do meu pai e o meu nascimento estão na mesma trama. Eu nasço; meu pai morre.

Um dia, já na idade adulta, digo à minha mãe que quero conhecer a minha história: "Quando você disse ao papai que estava grávida de novo, ele comentou alguma coisa?"

Não.

"O que ele disse?"

Nada.

"Nem uma única palavra?"

Lá vamos nós outra vez!

Você nasceu em 1979. Falaram que você tava em sofrimento. De todos os filhos que eu tive, nenhum deles nunca esteve em sofrimento. E você tem estado assim desde então.

No dia em que nasci no Methodist Hospital, o irmão do meu pai, Junius, foi sepultado em Raceland. Era véspera de Ano-Novo. Tia Elaine foi testemunha da minha vinda ao mundo no lugar do meu pai, minha mãe muito silenciosa durante o trabalho de parto, assim como fizera em todos os seus oito partos anteriores. Ela não acreditava nessa coisa de fazer escândalo.

"Você tem que berrar, tem que fazer barulho ou o povo num vai vir aqui fazer nada por você", minha tia ficava repetindo. *Você já faz balbúrdia suficiente por nós duas*, respondera minha mãe.

De todos os filhos que vieram do ventre da minha mãe, eu fui a única cesariana. O fato de eu ter nascido assim a relegou ao repouso por duas semanas, o máximo que ela já ficou parada depois de um parto, o máximo que ela já ficou parada em seus 38 anos de vida. Normalmente, ela passaria pelo parto, descansaria por algumas horas, sairia do hospital, iria ao supermercado Schwegmann's para comprar fórmula infantil e depois iria para casa. Desta vez, alguém teve de levá-la até a casa da minha avó na St. Rose, onde então eu poderia ser entregue aos braços de mamãe na cama onde ela estava. Os médicos a instruíram a não ficar me pegando no colo, nem a pegar qualquer coisa do meu tamanho; com 3,1 quilos, eu era uma carga muito pesada. Minha mãe se orgulhava de sua alta tolerância à dor, mas nenhum pedacinho dela jamais havia sido rasgado ou cortado até então, nem mesmo suas orelhas eram furadas. Após duas semanas de imobilidade, seu corpo parecia sem pressa para se curar. *A cama suga todas as suas forças*, ela começou a dizer. A partir de então, ela passaria a evitar a cama ao máximo, exceto para dormir.

Simon Broom ficou em casa com os filhos mais velhos, preparando os mais jovens para serem apresentados à escola. Lynette, então com 5 anos, lembra-se de ter usado roupas íntimas rasgadas por baixo do vestido, coisa que jamais teria acontecido se Ivory Mae estivesse lá.

Tenho a noção de que a vinda de um novo bebê ao mundo normalmente é motivo de comemoração. E imagino, àquela época, que meu pai me viu e disse o que os pais dizem quando se deparam com seu 12º filho. Mas não tenho como ter certeza porque ninguém que veio antes de mim, as pessoas em cuja memória devo confiar, tem algo a dizer sobre a reação do meu pai durante os seis meses que ele e eu moramos na mesma casa, que são tecnicamente os nossos seis meses de convivência, que por acaso se deram exatamente na época em que os bebês começam a enxergar e a ouvir o mundo, a época em que se sentam sozinhos, rolam, colocam-se na posição de gatinhas, começam a experimentar alimentos sólidos, sorriem, riem e balbuciam. Já ouvi dizer que uma pessoa fica emocionalmente atrofiada na mesma idade em que sofre um grande trauma. Mas o que a mente ou o corpo sabem aos seis meses de vida?

• • •

Verão de 1980. Simon Broom tinha voltado para casa tarde naquela noite com dez pedaços de frango (picante) do Popeyes e torta de maçã para Lynette. Bem quando ele se preparava para entrar em casa, uma garrafa de uísque Old Grand-Dad escorregou de suas mãos e se espatifou na calçada. Ele se sentou na cama e disse a Ivory Mae que estava com uma dor de cabeça terrível. Incomum, ele não era de comentários sobre seu corpo. Ele então se levantou da cama. Foi usar o banheiro de paredes azuis ao lado da cozinha. Ficou tempo demais lá. Mamãe foi ver como ele estava. Encontrou meu pai tombado para frente, a cabeça no colo, o chapéu fedora virado no chão, e então o içou, meu pai, Simon Broom Sr., colocando-o nas costas. Ela, 1,72 m de mulher, carregou um homem de 1,87 m em coma sem dizer palavra.

Ouvir aquele pedação de homem tão silencioso me deixou morta de medo.

Ouço o som dela carregando-o pela casa estreita. Saindo do banheiro, cinco degraus escorregadios de linóleo polido, passando pela geladeira com tranca, oito degraus sinuosos pelo quarto acarpetado onde fica a bandeira norte-americana de papai, dobrada na gaveta de baixo, e então pela sala de estar, onde eu, aos seis meses, estava no berço sobre o palquinho.

Ela colocou Simon na poltrona de brocados dourados, onde ele ficou repousando em seu coma.

Você era um bebê pequenininho, mas foi a única que me viu arrastando-o daquele jeito.

Liguei para Deborah. Acho que ele estava respirando. Ele tinha de estar respirando. Seus olhos estavam revirados.

Simon, Simon.

Octavia chegou.

Falei, vamos chamar uma ambulância. Deborah disse: Não, nós não vamos aguardar a ambulância.

Deborah e seu marido, Henry, vieram correndo e o levaram ao hospital.

No mesmo Methodist Hospital, na Read Road no New Orleans East, onde eu tinha nascido seis meses antes, foi detectado que Simon Sr. tinha sofrido um aneurisma. Agora ele estava conectado a respiradores, seu quarto era um enxame de parentes convocados por sua irmã caçula, Corrine, a quem mamãe considerava um tanto opressora, sempre naquela sua desconfiança das pessoas que ela achava *soberbas ou metidas a serem mais do que eram*. Não era a parte do *ser mais* que a incomodava, só a tentativa óbvia de sê-lo. Ela gostava de usar a palavra "humilde" pronunciando sem o L. Corrine, ela achava, era o oposto de *humide*.

Mamãe encolheu. De vigília e consciente, porém calada. Os médicos a procuraram e a puxaram num canto. Ela era a esposa de Simon. Se ele se recuperasse, precisava estar ciente de que ele ficaria em estado vegetativo.

Ela passou a primeira noite inteira ali ao lado dele. No segundo dia, Simon Jr., o filho mais velho dele, chegou da Carolina do Norte. Era seu trigésimo aniversário. Papai morreu no dia seguinte, pouco depois da 1h da manhã de sábado, 14 de junho, quase dia dos pais nos Estados Unidos.

Havia pessoas demais para que houvesse privacidade, mas Ivory Mae estivera ao lado dele quando ele dera seu último suspiro, o qual provavelmente ela não teria notado se não fosse pelo filete de sangue escorrendo da orelha esquerda dele.

Fosse o que fosse, havia se rompido.

O atestado de óbito registrou hemorragia intracraniana como causa da morte, um aneurisma cerebral.

O sangue se acumulou. Ele tinha sangue demais.

Eu só dei um beijo nele e saí do quarto.

E falei, É isso.

Ele tinha 56 anos contra os 39 de Ivory Mae. Estavam casados havia dezesseis anos. O obituário do *Times-Picayune* divulgou sua morte como sendo em 14 de junho de 1980, às 1h35. Papai foi uma das 26 mortes listadas no jornal daquele dia, mas como seu sobrenome começa com *B*, ele teve a sorte de aparecer em segundo lugar na página, sua vida resumida num pequeno box do jornal de papel vagabundo, o suficiente para caber entre o indicador e o polegar quando posicionados em formato de L.

Após a morte de Simon Broom, tia Elaine voltou para a casa na Wilson, subiu os degraus até o puxadinho onde os meninos ficavam e informou a eles que seu pai havia "ido embora para o céu". Carl, então com 16 anos, diz que desceu as escadas igual "um rastilho de pólvora pegando fogo". Correu para o antigo quarto do papai, mas ele não estava lá.

Simon Broom morreu em um sábado (um dia após o aniversário de Simon Jr.) e foi enterrado na segunda-feira (aniversário de Valeria). A Beecher Memorial Church na North Miro Street, que ele às vezes frequentava, ficou lotada de amigos da NASA, músicos de jazz e conhecidos de toda a cidade. Pessoas com quem ele só tinha contato de vista se enfileiravam no perímetro da igreja, encostadas nas paredes; havia mais gente do lado de fora.

Mamãe usava trajes de viúva. Simon Sr. estava vestido como se estivesse indo a um show de jazz. Mamãe escolhera para ele uma gravata com bolinhas vermelhas, mas os maçons vetaram, algum impedimento entre maçons de se usar a cor vermelha em funerais, então um dos homens tirou a gravata do próprio pescoço e botou no corpo de papai deitado no caixão. Aquilo causou uma pequena comoção, a gravata sendo colocada em um cadáver.

Simon estava bem diferente do que ele era. Parecia pálido. Eles não sabiam arrumar as pessoas direito naquela época.

Os filhos de Simon e Ivory Mae ocuparam todo o banco da frente. Simon Jr. tinha 30 anos. Deborah tinha 26 anos. Valeria, 24. Eddie, 21. Michael, 20. Darryl tinha 18. Acomodaram-se ao lado de Carl, que contava 16 anos, e Karen, 15. Troy tinha 12. Byron, 11. Lynette estava com apenas 5 anos.

"Papai tinha comprado um terno preto para todos nós, meninos, antes de morrer", diz Carl. "Ele dizia que todo homem sempre deveria ter um terno. Todos usamos ternos no enterro dele... Eu me pergunto, será que papai sabia que ia morrer em breve?"

O primo Edward, filho do meio da tia Elaine, sentou-se entre os meus irmãos, usava um terno marrom — como se quisesse quebrar a monotonia.

Disseram-me que, dos doze filhos, fui a única que não levaram ao funeral de papai. *Ninguém queria ficar segurando um bebê.* Fiquei em casa com Joyce Davis, nossa vizinha na Wilson.

Afora uma leitura do salmo favorito de mamãe: "Elevarei meus olhos para os montes de onde vem meu auxílio", a cerimônia foi dominada pelos maçons, e o Sir Knight Ezekial Frank, "grau 32 na maçonaria", publicara um anúncio separado no jornal que convocava os membros da "Amitie Axiom Chapter of Rose Crox" a comparecer ao funeral de "nosso recém-falecido Sir Knight SIMON BROOM". Os homens presentes usavam aventais, capas e empunhavam espadas. "Eles usavam umas sainhas", diz Darryl. Uma cruz feita com duas espadas foi posicionada em cima do caixão. Como parte do ritual, eles apagaram as luzes. Um de seus membros tocou uma sineta e começou a entoar o nome de meu pai:

"Simon. Simon. Simon? ", chamavam. "Levanta-te.

"Simon?"

E de repente as espadas caíram, assustando Karen, que, horrorizada com a ideia de que papai poderia acordar, levantar-se e sair andando, começou a gritar a plenos pulmões, dando um susto em todo mundo. A igreja inteira se sobressaltou. E então o silêncio voltou a soprar pelo santuário. As paredes congelaram.

"Por que você está pisando nos calcanhares dos sapatos?", perguntou Simon Jr. a Lynette. Estavam machucando os pés. Ele a ergueu sobre o caixão para espiar seu pai, que, pela primeira vez em sua vida, não estava lhe oferecendo presente algum.

Muito embora papai tocasse na Doc Paulin Brass Band, não houve jazz na cerimônia dele. Doc Paulin até quis música, mas mamãe, já extenuada pela ideia de inserir mais um detalhe na cerimônia, negou. Hoje ela se arrepende disso. Eu também gostaria que ela tivesse aceitado o pedido e, às vezes, sinto que a ausência desse detalhe de algum modo perturba minha própria narrativa pessoal. Teria sido legal, por exemplo, contar a seguinte história: eu tenho ritmo porque vim de uma linhagem musical. Meu pai era um artista tão bom que foi homenageado com um espetáculo de jazz em seu funeral. Carruagens puxadas por cavalos circulavam pelas ruas de Nova Orleans; as pessoas seguiam dançando atrás delas. Poderia dizer: "Foi daí que eu vim".

Para a refeição após o enterro, a maior parte da família de papai se reuniu na casa de Corrine, a menos de dois quilômetros da nossa casa na Wilson, onde nossa família imediata se reuniu. *Todas as pessoas grandes e importantes foram para a casa de Corrine e a casa deles.* Ali mamãe já começava a nutrir um constrangimento em relação a sua casa, mas isso só fez aumentar com a morte do meu pai, sua ausência iluminando as fragilidades da casa.

Depois que meu pai morreu no banheirinho, o cômodo se ensimesmou: as paredes pintadas de azul-escuro começaram a descascar, a banheira virou um caixote de guardar quinquilharias, a tomada pendurada na parede com pedaços de fita isolante aparecendo, a pia desabando.

Ninguém fez menção de consertá-lo. Àquela altura, a casa se tornava a 13ª filha de Ivory Mae, e a mais rebelde de todos.

03
A CASA ENLUTADA

Meu pai, é claro, não acordou diante dos apelos fúnebres ("Simon, Simon, Simon") ou de qualquer um dos que vieram depois, na quietude do luto. À noite, a casa ficava tomada por soluços meio disfarçados. Byron, o mais novo entre os meninos, foi quem mais sentiu o baque, agarrando-se à mamãe aonde quer que ela fosse, e então, depois de um tempo, emudecendo. Quando ele voltou a falar, semanas depois, seu corpo apresentava a postura robusta de seu pai, como se durante o silêncio ele tivesse optado por adotar aquele que seria seu jeito permanente. Quando menino, Byron tinha o mesmo rosto fortificado que exibiria sete anos depois como fuzileiro naval.

Mamãe me trocou de lugar, do meu berço na sala para o espaço na cama antes ocupado por Simon. Eu era um pontinho naquele lugar que antes abrigava a massa corpulenta que era meu pai. Durante aquelas noites cruéis, Lynette acordava tendo pesadelos com o pequeno banheiro onde ele morrera. Em algumas noites, a casa se tornava uma estrada cheia de crianças sonâmbulas em viagem para a cama de dossel king size de mamãe, que às vezes acolhia a nós todos, suados, esparramados, embolados.

Os colegas de trabalho do meu pai na NASA fizeram uma vaquinha e juntaram mais de mil dólares para a família, a maior quantia já arrecadada em prol de um funcionário lá, mas o alívio não duraria muito. Mamãe agora era a provedora da casa. Tinha seis filhos adultos, dois adolescentes e os quatro mais novos que exigiam atenção constante.

A morte de Simon foi uma das coisas mais horríveis a me acontecer, mas eu tinha você. Você só tinha seis meses. Então eu tinha coisas para fazer. Se eu tivesse me deixado abater...

Nos momentos em que eu me entregava ao luto, quando eu ficava realmente triste, eu me voltava para você. Existe terapia melhor do que essa, correr atrás dos filhos lá e cá?

Simon era o segundo marido que mamãe perdia para a morte. *Eu me dei conta de que tive dois maridos e os dois morreram, então era hora de ficar solteira ou as pessoas iam começar a me chamar de matadora de homens. Eu tinha Deus ao meu lado, que era meu amigo. Eu não tinha amigos humanos. Eu estava me fiando n'Ele.*

Suas orações se tornaram ainda mais íntimas: *Deus Pai*, começava ela, *Você conhece meu coração*, era como conversar com sua melhor amiga.

Meu principal objetivo depois da morte de Simon era criar todos os meus filhos, e eu não queria que ninguém me ajudasse. Outro homem não ia gostar de criá-los do jeito que eu pretendia. Eu disse a mim mesma: "Depende de você", e tentei fazer o melhor possível.

E então ela — uma mulher tão impressionante que os homens costumavam persegui-la quando estávamos juntas em público — permaneceu sozinha e para sempre intocada por outro homem. No fundo, acho que ela também passara a acreditar que detinha algum poder de matar os homens.

Durante os dezenove anos que Simon e Ivory Mae passaram juntos, mamãe nunca aprendeu a dirigir, nunca administrou dinheiro ou contas. Isso tudo mudou de repente. Ela começou a fazer bicos, em bufês para festas ou ajudando na creche caseira de Corrine. A casa de repouso The Lafon, das Sisters of the Holy Family, na Chef Menteur, onde sua irmã, Elaine, já trabalhava, a contratou como auxiliar de enfermagem, mas ela viria a estudar para se tornar uma enfermeira formada assim como sua mãe.

Quando a realidade de seu novo mundo ainda estava fresca, ela dizia em voz alta, *Simon vai voltar, ele vai chegar a qualquer minuto, Simon vai chegar daqui a pouco.*

Mas ele nunca dobrou aquela esquina.

Foi uma temporada de primeiras vezes de uma sobrevivente.

Na sexta-feira após o funeral, mamãe fez compras sozinha no Schwegmann's, procurando Simon entre os corredores do mesmo jeito que faria com uma criança perdida, querendo ouvir sua tagarelice, querendo que o sorvete derretesse na cesta enquanto ele perdia a noção do tempo conversando com todo mundo. *Eu queria, eu queria, eu queria.*

Tudo o que a gente fazia juntos era sempre de mãos dadas. Ele era meu amigo.

No final do mês após a morte de Simon, Darryl completou 19 anos. Semanas depois, ele foi detido por roubar computadores da Livingston Middle School. Darryl foi preso; mamãe não tinha como pagar a fiança dele. Quando Simon era vivo, ela dizia a ele para se resolver com os meninos, para ensinar a eles a fazer o que era certo. "Não, você precisa aprender a conversar com eles", ele sempre aconselhava. Quando ele morreu, obrigou Ivory a aprender na marra.

A metodologia de disciplina dela provinha de um aguçado senso de moralidade e uma bússola espiritual. Você não culpava os outros. Ela nunca era de levantar muito a voz, mas endurecia a linguagem e o tom. Quando estava chateada, ela pigarreava. *Já chega*, ou *Muito bem, agora você esgotou minha paciência*, dizia ela, e assim você sabia que era o limite. *Eu sou sua mãe. Minha função é ensinar o certo e o errado. O que você faz com isso é com você. Mas eu sempre vou dizer a verdade.*

No mês de agosto após a morte de Simon, Carl fez 17 anos. "Sr. Broom número dois bem aqui", assim ele começou a se intitular. Ele conseguiu um emprego na lanchonete Morrison, onde Valeria também trabalhava lavando pratos à noite após o turno das aulas do ensino médio. Ele estava no terceiro ano. O emprego na Morrison foi o primeiro dos três que Carl teria na vida. "Papai nos ensinou bem. Eu não estava preocupado", diz Carl agora. "Você não depende de ninguém para nada, você ganha seu dinheiro. Naquela época, papai estava dando formação ao seu clã."

Uma semana após o aniversário de Carl, Lynette fez 6 anos. No início do verão, pouco antes de papai morrer, ela se formou no jardim de infância. Mamãe fez para ela um vestido branco com babados na barra. Ela posou com sua professora, a sra. Serraparoo, em frente a um quadro de avisos onde um letreiro escrito "1980" brilhava em azul esverdeado, como se fosse um ano do qual se orgulhar. Mas a fotografia que Lynette de fato levava para lá e para cá era a última tirada com papai, na qual ela aparece como sua companheira musical, usando macacão jeans colorido, sua *moitinha* perfeitamente arredondada, usando óculos escuros enormes e um pesado colar vermelho. Nos pés, Buster Browns brancos, muito bem engraxados. Brincos reluzentes, mãos nos bolsos. Papai ao lado dela usando um uma boina preta, tocando banjo, seu corpo arqueado em direção a Lynette. Ambos cantando. Os lábios dela fazendo *oooooooooh*. Eles posam na varanda da frente, a porta da casa arreganhada.

Quem será que fez a foto, eu me pergunto, sob uma luz tão especial?

Depois que papai morreu, o banjo ficou abandonado no armário de mamãe, atrás de todas as roupas que ela costurara. Às vezes, quando eu me enfiava lá, eu me recostava na case fria do instrumento.

Em setembro, Karen fez 16 anos. Nenhum aniversário passou sem festa; luto e celebração às vezes são bem parecidos. Sempre tinha um bolinho caseiro e um potão de cinco litros de sorvete napolitano sobre uma toalha bonita, sempre uma festinha em volta da mesa da cozinha.

No início, mamãe tomava o ônibus para todos os lugares que precisava ir: ao trabalho; à igreja aos domingos; ao Charity Hospital no centro da cidade para as consultas de rotina das crianças; à Krauss, uma loja de departamentos na Canal Street para aproveitar as liquidações; ou para a clínica de desenvolvimento do bebê na Almonaster Street. Ou então ela aguardava que os meninos mais velhos lhe dessem uma carona, mas isso era muito a cara do passado. *Eu era um pouco patética no início. Eu precisava me obrigar a aprender as coisas.*

Eddie, então com 22 anos, tentou ensiná-la a dirigir usando a tampa de sua panela de feijão-vermelho como volante, mas ela se cansou daquela manobra. *Ponha-me no carro de verdade, menino.* Ele perdia a paciência quando eles estavam ao volante: *era o pior instrutor do mundo.* Ela então se matriculou na autoescola Victor Manning e percorreu a cidade num carrinho vermelho de aprendiz com um aviso em neon. Era uma aluna aplicada, mantinha as duas mãos no volante, empolgadíssima porque não ia mais precisar esperar por nada nem ninguém. *Era meu próprio Dia da Independência.*

Minha mãe sempre fazia uma peregrinação ao túmulo de Webb no Dia de Todos os Santos e, após a morte de Simon Broom, manteve a tradição, visitando seus dois maridos mortos, deixando flores em suas lápides, uma a poucos metros da outra. Mas alguns anos depois da morte de Simon, ela resolveu parar com aquilo, sentindo que alguma coisa do espírito de seus falecidos poderia acompanhá-la no carro no caminho de volta para casa.

O primeiro Dia de Ação de Graças chegou, quatro dias após o 13º aniversário de Troy.

E aí veio o Natal. As crianças resgataram a árvore artificial do sótão, carregando caixas de galhos escadaria abaixo, formando uma pilha no chão da sala antes de começar a montá-la, encaixando os troncos à base usando o código de cores. A função de mamãe era afofar os galhos para que a árvore parecesse cheia e ficasse mais semelhante a uma planta natural. Depois, ela envolvia tudo com um encordoamento dourado e pendurava bolas feitas de tramas douradas que estavam sempre desfiando. Aí estendia um pano de cetim branco debaixo dela, onde colocaríamos os presentes.

A estátua de cerâmica que a vovó fez do nosso gato, Persia, ficava estacionada debaixo da árvore. Este gato era uma réplica, um substituto do amado gato já falecido, que era branco e fofo com olhos verdes. Nunca conheci o verdadeiro Persia, mas a réplica também era branca e tinha olhos verdes intensos. Mamãe ficava trocando a estátua de lugar na sala de estar sempre que tinha vontade, mas nunca a tirava do cômodo. Na época do Natal, a estátua de Persia estava sempre perto da árvore, um presente recorrente.

Em fotos tiradas no dia do Natal de 1980, mamãe e Lynette posam perto da árvore, encostadas na poltrona dourada que tem um cobertor onde eu, aos 11 meses, deveria estar acomodada.

Mas eu sou uma criança agitada.

Eu costumava sempre encontrar você em algum lugar. Você nunca foi uma criança como Karen ou Lynette, sossegada. Elas estavam mais para crianças que gostariam de ficar perto de você. Num minuto você estava brincando com alguma coisa que eu tinha lhe dado, e depois jogava fora. Você não conseguia simplesmente colorir um desenho, você não respeitava os contornos, você rabiscava a página inteira.

No último dia de dezembro de 1980, seis meses depois da morte do meu pai, completei 1 ano de idade. Nas seis fotos Polaroid do início da minha infância, geralmente estou no colo de um irmão, meu cabelo repartido em três montinhos, um no meio e um de cada lado da cabeça, fazendo beicinho e tentando descer, sempre olhando para algo fora do enquadramento, como se dissesse: "Já vou aí, estou indo". Estou constantemente sendo contida contra a minha vontade, agarrando a lateral da poltrona, os nós dos dedos vermelhos de tanto segurar, como se eu não confiasse em meus irmãos adultos para lidar com meu peso de bebê. Mas na foto em que estou no colo da minha mãe, estou me acabando de tanto rir, as mãos batendo palminhas em vez de segurando nos móveis. Ela usa vestido de seda, as mãos ao redor da minha barriga nua, ainda usando sua aliança, sem sutiã, cabelo afro, estrutura óssea delicada, pele dourada, o peito e clavículas à mostra, as pernas abertas como se estivesse me balançando no colo, sorrindo de modo que você vê o fundo de sua língua.

Eu tinha um bebezinho. O que um bebezinho sabe da vida?

Em uma foto tirada do lado de fora de casa, estou vindo de outro lugar, descalça e de fralda, segurando uma luva de beisebol muito velha. Sou capturada a meio caminho, examinando o objeto encontrado, alheia à câmera. Minhas viagens para além de casa tomaram forma, estou convencida agora, naqueles primeiros dias da minha vida.

04
MAPA DO MEU MUNDO

O mundo onde cresço contém cinco pontos em um mapa, como cinco dedos na mão espalmada.

Esse meu mundo, devo dizer logo de cara, é um borrão. Consigo enxergá-lo, mas só se ficar bem de pertinho. E é por isso que meus irmãos mais velhos, escondidos de modo nada invisível, conseguem pular diante de mim de repente, gritar "Bu!" e ainda assim me darem um susto.

Escondo a debilidade dos meus olhos da minha mãe durante um bom tempo. Isso não é muito difícil de se fazer, ela está ocupada construindo seu novo mundo. Minha visão fraca e o fato de eu escondê-la moldam meu comportamento e, por conseguinte, minha personalidade, fazendo eu ficar de um jeito do qual só me dei conta após a passagem do tempo. Eu sempre precisei, sempre senti isso, adiantar-me às coisas (pessoas e circunstâncias) antes que elas pudessem gritar "Bu!" para mim. Nas fotos desses anos borrados, ostento um olhar vazio, voltado para a câmera, mas sem focar em sua lente. Minha mãe descobre tudo isso, a visão fraca e o fato de eu estar encobrindo o problema, quando estou com 10 anos. Mas isso só vai ser daqui a cinco anos.

O ponto mais distante de mim neste universo (o polegar) é a casa da vovó na St. Rose. Dizemos que é sua casa de campo, muito embora haja poucos terrenos abertos ao redor, exceto pelas antigas plantações. Na St. Rose vejo certas coisas pela primeira vez. Como cavalos gigantes trotando nas calçadas ou no alto dos diques.

Para chegar à região, dirigimos na interestadual por trinta minutos, depois descemos por uma estradinha estreita de uns cinco quilômetros que chamamos de "estrada longa", com pântanos nos dois lados e sem acostamento. Atravessamos dois conjuntos

de trilhos de trem onde, toda vez, rezo para que o Aries amarelo-
-banana de mamãe não falhe como já aconteceu com o carro do
tio Joe quando ele era jovem e precisou sair e empurrar o veículo
para tirá-lo dos trilhos segundos antes da chegada do trem. Muito provavelmente essa é uma daquelas histórias exageradas do tio
Joe: *Mais uma de suas histórias*, diz minha mãe. Vovó sempre acon-
selha: "Não conte histórias", quando na verdade ela quer mesmo
dizer, não conte mentiras. Eu continuo tentando saber a diferença.

Depois da escapada do trem, apego-me a outros temores enquanto estou no carro amarelo em movimento. Aceleramos noite
adentro, Lynette e eu no banco de trás, mamãe sozinha na frente. Na escuridão, espiando pela janela traseira, meus olhos transformam em algo aterrorizante tudo aquilo que não conseguem
distinguir. Este é o momento do *Monstro do Pântano* e do Jason do
filme *Sexta-feira 13*. "ChChChHaHaHaHa, ChChChHaHaHaHa",
Lynette fica sempre me provocando, em casa, depois de assistir-
mos aos filmes de terror que vejo bem grudada na tela, de modo
que tudo fica mais assustador. Estamos na época de um Freddy
Krueger queimado e seu suéter listrado de verde e vermelho, de
A Coisa e dos *Gremlins*, que, estou convencida, à noite moram debaixo da minha cama e na cozinha.

Quando penso na casa da minha avó, lembro-me dela na banheira, o calor subindo pela fresta da porta e serpenteando para
o corredor. Lembro-me dos chinelos Daniel Green azul-celeste,
de como os dedos dos pés dela se aboletam na frente. Lembro-me
do jeito como ela empoa o rosto diante do espelho do banheiro
usando um pompom vermelho que cheira a creme de leite. E da
cozinha: vovó assa um bolo com furo no meio; Lynette e eu bri-
gamos para ver quem fica com qual utensílio com restinho de
massa. Gosto do batedor de claras de metal onde posso deslizar
minha língua pelas fendas intrincadas. Ou então me lembro de
como nós — todos os netos —ficamos no quintal cercado, as nozes-pecãs caindo sobre nossas cabeças.

Um homem magro e de aparência queimada chamado Diggs
mora no quarto de hóspedes da vovó, aquele com duas camas de
solteiro. Ela o chama de amigo em vez de namorado, que é o que
ele é. Toda vez que me vê, Diggs vasculha uma gaveta pintada de
branco e me dá moedas, resmungando algo que nunca entendo

porque sempre saio correndo antes. O que aconteceu com Diggs? Não sei. Ele sumiu da casa ou porque morreu ou porque foi embora. Dá na mesma, ele se foi.

O Aries amarelo-banana com o qual viajamos ao campo é o mesmo carro com o qual vamos ao supermercado Schwegmann's no Gentilly Boulevard (dedo indicador da mão espalmada), que é um dos meus locais favoritos para se ficar fazendo tolices. Para chegar lá a partir da nossa casa, temos que dirigir pela Chef Menteur e cruzar a Danziger Bridge, que sobe como um tapa com as costas da mão quando os barcos passam por baixo dela. Certa vez uma das amigas da mamãe continuou a dirigir mesmo quando as luzes começaram a piscar para alertá-los a parar, e acabou mergulhando no Canal Industrial abaixo. Essa é a história assustadora da vida real que fez minha cabeça durante todo o ano de 1985. A mulher sobreviveu; a mulher ficou rica; mesmo assim, não quero mergulhar em águas profundas.

A cada ano ganho um novo medo relacionado à cegueira ou à água, ou a quedas ou ao solo macio do lugar onde moramos, até que envelheço, e a vergonha misturada à impetuosidade suplantam o medo.

Os outros três pontos no meu mapa (dedo do meio, anelar e dedo mínimo) são agrupamentos: nossa casa e o final da Wilson Avenue onde moramos, a igreja doméstica do pastor Simmons que frequentamos agora que mamãe está se sentindo mais pentecostal do que católica, e a Jefferson Davis Elementary. A escola fica bem do outro lado da Chef Highway, e a igreja fica logo depois da Chef Highway, na esquina onde costumava ser o cinema drive-in SkyView, mas onde agora é o enorme prédio marrom da agência de correios que tem o nosso código postal pintado na fachada em números imensos de forma que jamais possamos nos esquecer: 7 0 1 2 6.

Estes são os lugares que formam o mundo onde estou crescendo.

Sou identificada como Sarah no primeiro dia do jardim de infância. Minha mãe e eu paramos no estacionamento circular, pouco antes da entrada para a minha salinha. Esta unidade da Jefferson Davis tem um formato engraçado, como uma ferradura dividida. Cada sala de aula tem uma rampa elevada, como varandas. Todos os lugares estão pintados de azul real e amarelo intenso. Estou vestindo o uniforme escolar, uma camisa de botão branca bem-passada, uma saia azul rodada e meias de babados.

Minha mãe me diz: *Quando essas pessoas perguntarem seu nome, diga a elas "Sarah"*. *Essas pessoas* é a expressão que ela usa para se referir a desconhecidos (principalmente brancos, principalmente homens) que decidem como o mundo funciona.

Ouço as crianças maiores entrando pela portaria principal — que é onde o Papai Noel Negro vai se sentar para as fotos em dezembro —, quatro portas flanqueadas por um desenho de triângulos de metal em amarelo e azul, pontiagudos como setas.

Até este momento da minha vida, eu era chamada de Monique. Mas agora uso uma mochila JanSport azul-marinho e carrego uma esteira azul para a hora da soneca, ambas marcadas com um S. BROOM escrito na caligrafia exagerada da minha mãe.

Perto da rampa que leva à minha primeira sala de aula, um borrão me chama. "Tia Monique, tia Mo." Quando nos aproximamos do som, percebo que é meu sobrinho James, da mesma idade que eu, um mês mais velho na verdade, parado ao lado de sua mãe, minha irmã Valeria.

A professora está à porta agora. É a mesma professora que ensinou e amou Byron, Troy e Carl. A mesma professora que ensinou e amou Lynette e Karen. Todos os meus irmãos, exceto Simon Jr., já passaram por estas portas, e agora era a minha vez. Qual é o seu nome, garotinha, a professora quer saber.

Diga a essas pessoas...

"Sarah", respondo.

Deram-me o nome Sarah, vim a saber, por causa de Sarah McCutcheon (por seu amor pela beleza) e por causa da sra. Sarah da Divine Mission (por seu amor a Deus) e por causa de outra Sarah, uma senhora simpática que trabalhava na lavanderia automática perto da esquina da Wilson e Chef. Disseram que meu segundo nome era Monique porque Michael, que estava na ala psiquiátrica do Charity Hospital numa viagem de LSD quando nasci, insistiu que o nome do novo bebê deveria começar com M para que ficássemos alinhados para sempre, pelo menos alfabeticamente. O pessoal de casa só passou a me chamar de Sarah depois que fiquei mais velha, ou quando queriam zombar de mim, ou me colocar no meu devido lugar. Mais tarde, quando amigos passaram a ligar lá para casa perguntando por Sarah e Carl atendia o telefone, ele dizia: "Que Sarah? Você ligou para o número errado. Não tem nenhuma Sarah aqui."

Existem apenas duas pessoas nesta escola que de fato conhecem meu primeiro nome. Elas são James (meu sobrinho) e Alvin (meu vizinho). Mas Alvin já está na terceira série, do outro lado do prédio, depois de um longo corredor que passa pelo refeitório e pela biblioteca, em uma das aulas ministradas em trailers, do lado de fora.

Na hora das brincadeiras, os meninos, que são em sua maioria vietnamitas — todos nesta escola são negros ou vietnamitas —, chamam-me de Syrup, Surrah ou Searah. Como não considero Sarah meu nome verdadeiro, eu não os corrijo. Aceito todos os nomes possíveis. Quando chego em casa, troco de uniforme e de nome, e encontro Alvin no carvalho gigante em frente à casa da sra. Octavia, onde ele mora.

No início, Alvin é meu vizinho abrutalhado. Quando sua mãe morre, ele aos 11 anos — e muito de repente —, Alvin se torna meu irmão de alma e amigo mais íntimo. Nosso relacionamento é tão longo que não consigo me lembrar nem de como foi nosso primeiro encontro. Ele é brincadeira de esconde-esconde no ar úmido do verão e balas mastigáveis Laffy Taffy de cinco centavos com piadas do tipo toc-toc/quem bate? na embalagem.

Alvin foi quem me desafiou a meter meu cotovelo na janela de vidro do nosso covil como um presente de aniversário para ele em seus 10 anos. Eu aceitei alegremente, aparecendo depois na sala onde meus irmãos assistiam a um jogo do Saints, o lençol de Lynette enrolado no meu braço, pingando sangue. Um dos meus irmãos (agora não me lembro quem, mas o único a parar e me dar atenção) disse "Pode ir agora, tá tudo bem" e voltou ao jogo. Mamãe me levou às pressas ao Charity Hospital no seu Aries amarelo; precisei de pontos no cotovelo. A partir desse episódio, Alvin começou a me amar como seu eu fosse um de seus amigos do gênero masculino, acho.

Alvin tem a pele preta com fundo avermelhado e cabelo macio e encaracolado. Seus lábios parecem feitos para beijos; são grandes e sufocantes. Eu o chamo de Beiçola nas brincadeiras; ele me chama de Olivia Palito em homenagem à namorada magricela e desajeitada do Popeye. E ficamos nesse olho por olho. As horas passam.

Alvin é o primeiro a beijar uma lasquinha dos meus lábios. Eu me inclino pela janela da nossa sala de estar, perto do arbusto de cactos que mamãe plantou no mundo antes de mim. Alvin engole minha boca inteira. "Incline a cabeça para o lado, tire o nariz do caminho", ele fica dizendo. É a coisa mais nojenta do mundo.

Em nossas longas caminhadas juntos até a escola, cruzamos a sinistra Chef Menteur Highway, assim como Karen e Carl costumavam fazer. O objetivo, diz Alvin, é sobreviver à Chef Menteur. Alvin, que é três anos mais velho do que eu, agarra minha mão e aparentemente me teletransporta para o outro lado. Uma vez em segurança, saímos em disparada, correndo sem motivo, passando pelo complexo de apartamentos de Ratville no lado longo da Wilson, onde mora a primeira namorada de Carl, Monica, passando por trechos indistintos de casas até a intersecção entre o Gant e o lado longo da Wilson, onde ficamos esperando o guarda de trânsito autorizar nossa travessia.

Alvin tem uma mãe que chamamos de Big Karen para distingui-la da minha irmã, e um pai desaparecido cujo nome nunca mencionamos. Big Karen raramente é vista, exceto quando afasta a cortina da janela da frente da casa da sra. Octavia, vê Alvin e eu brincando na árvore e aí enfia parte do rosto pela porta. "Vão para a escola" ou "Entre, menino" são as únicas coisas que a ouço dizer. Só vi o corpo inteiro de Big Karen exatamente uma vez: ao comprar doces na casa da sra. Octavia e usar seu banheiro, encontrei Karen na cozinha. Estava usando calça marrom, daqueles tecidos que coçam, com elástico na cintura. Os cabelos negros caindo pelas costas. Ela parece, de uma forma ilógica, a adulta mais memorável da minha infância. Eu sempre me debruço sobre as ausências, acho, mais do que sobre as presenças.

Nos fins de semana, os adultos parecem evaporar, de um modo ou de outro, e a ponta curta da Wilson, onde Alvin e eu moramos, fica lotada de crianças. A filha de JoJo, Renaya, sempre aparece. O mesmo acontece com Kendra do estacionamento de trailers ao lado. Valeria traz James e Tahneetra. Toka, o filho mais velho de Darryl, também vem, e também Lil Michael, o primogênito de Michael, que é dois meses mais velho do que eu. Eu sou a tia dessas pessoas, embora ainda esteja fazendo xixi na cama. Mas eu carrego o título, e o título é o que importa. Lynette me ensina isso. "Menininha, menininha", ela está sempre dizendo. "Eu sou sua irmã mais velha. Você pode esquecer todo o resto, mas não deve se esquecer disso." Karen era a filha mais velha ainda morando em casa, mas Lynette não queria nem saber. Sua função, de acordo com ela mesma, era me controlar.

Na maioria das vezes, nós, crianças, brincamos de esconde-esconde, que geralmente chamamos de "Isso", nos espaços gramados entre as casas estreitas. Há poucos lugares onde você dá para evitar ser encontrado. É possível se agachar atrás de um carro até que o motorista desse ré, como meus irmãos sempre fazem, deixando-me em campo aberto e exposta. Ou às vezes um de meus irmãos dedo-duro me vê agachada e arrancando pedacinhos de grama naquele ínterim entre me esconder e ser pega, e aí me entrega, algo que Troy costuma fazer religiosamente. Ou então eu tento me esconder atrás de uma árvore que eu ilusoriamente suponho ser grande o suficiente para me encobrir. Tudo isso para evitar os melhores esconderijos, aqueles que exigem aproximação da terra fofa embaixo da casa da sra. Octavia, a qual sempre nos pareceu precariamente elevada, assentada em pilhas de tijolos uniformemente espaçadas. O cachorro de Big Karen também é cruel. Se você tenta correr no pátio entre as casas da sra. Octavia e de Joyce, ele vai persegui-lo até o limite de sua corrente de metal, latindo, babando e mordiscando seus calcanhares. Só os corajosos se escondem sob a casa da Sra. Octavia, onde o solo parece estar derretendo. Todos entendem que ninguém jamais vai procurar lá embaixo; você simplesmente fica abandonado na sua tristeza autoinfligida pelo tempo que conseguir aguentar. Sabe-se lá qual vai ser seu estado na hora que sair. Ninguém se importa se você estiver a fim de fazer algo assim consigo mesmo. O local é reservado àqueles com mais medo de serem pegos no "Isso" do que de serem engolidos pela terra fofa.

Contamos muitas histórias de como o solo ali é capaz de engolir coisas inteiras. Aquela bola que você largou lá fora, indagamos, para onde acha que foi? Uma certa seção de terreno é areia movediça, decidimos, bem ali, perto do galpão da sra. Octavia. E vai lhe pegar se você não tiver cuidado. Quando chove forte, a água se acumula e permanece por dias. Em nossas espertas mentes infantis, a vedação entre o solo profundo e a nossa realidade presente acima do solo daquele trecho é muito tênue.

Eu sempre odiei ser o pegador no "Isso." Procurando por pessoas que não querem ser encontradas, que quando descobertas gritam como banshees maníacas e depois fogem apavoradas do flagelo invisível que precisa ser passado adiante. Com minha visão limitada, muitas vezes já cheguei a encontrar por engano uma pessoa escondida, apenas porque esbarrei nela por acidente.

Por enxergar mal, sempre fiz tudo o que o pegador no "Isso" não deveria fazer. Eu fazia a contagem com um olho aberto para flagrar as direções generalizadas para a qual todos estavam correndo. E também, muitas vezes, no meio da brincadeira, quando outros estavam se escondendo nos arredores das casas, esperando ser encontrados, eu simplesmente abria mão da minha função de pegador no "Isso" sem dizer uma palavra a ninguém, exceto eu mesma, aí ia para casa e considerava findada a noite.

Quando estou com 7 anos, nossa casa é um local repleto de gente estudiosa. Todo início de noite, mamãe estuda para as provas de enfermagem. Mas ela continua a ser reprovada nas provas obrigatórias depois dos cursos de seis semanas, onde é sempre a aluna mais velha, e aí volta a estudar para tentar de novo, ainda trabalhando nesse ínterim com a tia Elaine no Sisters of the Holy Family, um estabelecimento que ela elogia por não cheirar a mijo. Ela também estuda para as certificações do GED, que servem para comprovar que ela tem o ensino médio completo, e por isso lê tudo o que vê. *Sempre fui uma pessoa que queria ser... Reconheço que sou uma boa mãe, mas eu queria ser mais do que isso.*

Aos domingos, na igreja do pastor Simmons, ela é frequentemente chamada ao palanque para ler os versículos bíblicos que praticamente sabe de cor, articulando cada sílaba no microfone. Eu adoro quando ela diz o número "nove", pronunciando-o NUO-VE. E em casa, como ela chama lasanha de LA-SÂ-NIA.

Lynette é a primeira a quebrar a tradição familiar ao fazer as provas para sair da Jefferson Davis e entrar na Schaumburg Elementary, a escola no New Orleans East para crianças "superdotadas", que é bem longe.

Já eu estou fazendo aquelas provas padronizadas na escola, e não me importo. Brincar de escolinha se tornou minha vida. Descubro caixas de papel ligeiramente bolorento debaixo das escadas em casa. Adoro o cheiro e o tato do papel. É pura abundância. Você pode colecionar resmas, mesmo quando tem pouco. As pessoas desperdiçam, jogam fora, acham que nunca vai acabar.

No quarto dos meninos, invento provas de múltipla escolha para os meus alunos, os bichinhos de pelúcia inanimados que juntei, incluindo uma Boneca Repolhinho preta chamada Cynthia, e Peter, o Coelho Rosa, e pego 25 pedaços de papel, um para cada aluno, aí saio escrevendo as respostas para cada uma das perguntas que eu mesma formulei. Com minha visão ruim, é fácil fabricar respostas aleatórias. Após este exercício árduo (cronometrado exatamente como as provas padronizadas que faço na escola), onde preencho as provas de meus alunos imaginários, volto a entregar as folhas para eles, que me olham da maneira que sempre me olham — como em transe —, então pego de volta e finjo estar corrigindo, sentada atrás de uma tábua embutida na parede do quarto dos meninos no andar de cima, agora praticamente vazio. Depois de dar nota a todas as provas, registro tudo e repreendo os alunos por seu desmazelo, por suas notas baixas. Eles não leram as perguntas?

De vez em quando, convoco James e Alvin para serem meus alunos de verdade, mas quando eles brincam de escolinha comigo, a coisa toda dura não mais do que meia hora. James e Alvin não gostam de aulas — nem das reais e nem das de brincadeirinha. E eu sou uma professora muito rígida.

Em alguns dias, decido que a cozinha será uma de minhas paradas da excursão com meus alunos de pelúcia.

Minha mãe está sempre ao telefone, o fio enrolado em sua cintura. Ela passa o dia quase todo falando com a vovó. Ou então falando na Língua do ᴘ com tia Elaine. *Espestapa cripianpançapa espestápá oupouvinpindopo capadapa quepe eupeu dipigopo. Esta criança está ouvindo cada palavra que eu digo.*

Estou sentada na minha cadeira, de costas para a porta lateral por onde os íntimos entram, observando-a à pia da cozinha, o vapor subindo do pano de prato. *A água escaldante mata os germes*, ela sempre diz. Mamãe limpa os balcões com alvejante. *Quiboa*, ela chama. Na janela para a qual ela está voltada neste momento há uma hera e, em um copo de isopor, um caroço de abacate que ela acha que vai brotar, mas nunca brota.

Mamãe joga fora um prato lascado. Se um prato ou xícara lasca, *Não me importa o quanto seja bonito, jogo fora imediatamente*, ela está sempre dizendo. Quando ela fala conosco do nada, devemos sempre nos lembrar. Debaixo da pia, onde ficam os produtos de limpeza, há buracos na madeira, úmidos, feios e escorregadios como o limo do pântano, logo abaixo do cano da pia onde vaza água suja.

Mexo com os ursinhos de pelúcia que estão sentados ao redor da mesa. Na escola de verdade, a Jefferson Davis, o urso Zé Colmeia aparece no refeitório com um policial para dar recados como "Diga não" às drogas. Eu martelo essa mensagem sem parar nos meus alunos de brincadeira. "Diga não," repito. Aprendi a palavra "apreensão" na escola dominical e gostei. "Faça a apreensão dessas drogas!" *Saia daqui com tudo isso*, mamãe diz sem olhar para mim. Não vamos nos demorar, digo aos meus alunos. A mesa da cozinha é oval, com uma toalha de renda branca cujo barrado toca minha perna. Em cima dela tem um bolo, imponente no suporte de vidro, com glacê branco feito de suco de limão e açúcar de confeiteiro tal como vovó ensinou, confeitado cheio de floreios com uma faca de manteiga. Bolos aleatórios, quando não é o aniversário de alguém, são para nos fazer companhia.

"Posso comer um pedaço?" Ainda quero saber.

Minha mãe mexe uma panela no fogão.

Mudo de tática.

"O ursinho de pelúcia precisa de picles", digo à mamãe, que circula pela cozinha ao redor da minha pessoinha de 7 anos como se eu fosse invisível.

Se a casa é um reino, minha mãe é a governante legítima, e Lynette é a déspota. Por esse motivo, a brincadeira de escolinha não se estende ao quarto das meninas, onde durmo em uma cama de solteiro em frente à de Lynette. Nas fotos, estou sempre fazendo chifrinhos sobre a cabeça dela. "Mããäe!", ela está sempre chamando. Quando a provoco por causa de seus cachos estilo Soul Glo, com a abundância de spray que ela usa para mantê-lo úmido sob um saco plástico, "Mããäe!"

Minha mãe raramente responde. Lynette delata minhas transgressões mesmo assim.

À primeira vista, eu sou o oposto de Lynette, maluca no modo como faço as coisas, numa pressa perpétua e despreocupada com a aparência física. Aos meus 8 anos, desenvolvo uma paixão louca por um suéter preto com elefantes psicodélicos rosa e roxos em sua estampa, e o uso todos os dias, jamais desejando outra roupa. Mas Lynette está sempre querendo adquirir algo novo, se não na vida real, ao menos em seu mundinho imaginário. Ela passa o tempo todo desenhando, deitada em sua cama de solteiro, balançando o pé, uma das mãos apoiada na cabeça, o lápis de cor correndo no papel. Todas as mulheres se parecem com ela, rostos pequenos e esguios, porém usando vestidos de baile e ternos cinza, com cartolas e sapatos de salto alto. Todas têm uma pinta no rosto, logo acima do lábio, o que Lynette gostaria de ter e às vezes desenha no próprio rosto.

Lynette é membro de vários clubes extraclasse e na igreja, e é admirada por seu visual. Ela adora espelhos. Temos quatro em nosso quarto, e aí ela se senta diante deles e faz um monte de poses. Lynette levou a sério todas as lições implícitas de mamãe sobre atitude e asseio. Ao longo dos anos, as mulheres nas folhas de papel vão se multiplicando, com seus chapéus elegantes e sapatos de bico fino, morando em pilhas embaixo do colchão de Lynette ou recortadas dançando em nossas paredes cor-de-rosa.

Ela se imagina uma fashionista em um universo de pessoas desprovidas de estilo, o que confere ao seu guarda-roupa um ar de fantasia. Trabalhando com a mamãe, ela costura uma calça boca de sino de veludo cotelê vermelho, que fica pendurada na porta entre o nosso quarto e a cozinha por um tempão, sacolejando para que todos vejam.

Quando ela chega aos 14 anos, e eu com 9, ela começa a usar brilho labial excessivamente. A viscosidade se acumula e escorre devagarzinho. "Limpa", é o que começo a dizer. "Tá escorrendo!" "Mããe!", berra Lynette.

Nos fins de semana, Lynette organiza shows de talentos no quintal para que nos tornemos as pessoas de quem ela gosta e com quem topa brincar. Ela dá apelidos a cada um de nós. James se torna Blacky Boo J. Blacky por sua coloração. James levou o nome a sério, usando-o para se descrever mesmo depois de adulto. A irmã dele, Tahneetra, e eu ganhamos nomes esquecíveis. Ela é Prissy Pritina, ou algo do tipo, e eu sempre sou a Princesa Alguma Coisa. Lynette nos veste e, seguindo suas instruções de palco, desfilamos pelo quintal na plataforma elevada de concreto onde mamãe costuma pendurar as roupas para secar.

Ela se tornou a diretora de arte das memórias da família, organizando fotos e apresentando a nossa história em livros com etiquetas escritas à mão em sua caligrafia floreada. Nossas diferenças a irritaram o suficiente para que ela começasse a rotular minhas fotos com o título "Bebê de Rosemary", e eu acho graça porque não vi o filme. Várias coisas justificam este apelido infeliz.

Nas idas ao supermercado Schwegmann's, geralmente quando mamãe está ocupada vendo as coisas dela, procuro itens necessários para ministrar minhas aulas de brincadeira — grampeadores, papel e giz, que são caros demais para nós. Quando mamãe se nega a comprá-los, faço birra, me jogo no chão e berro, ignorando o único aviso de mamãe para que eu me levante. Ela só dá seus avisos uma vez. Eu sei isso. Também sei que há duas características que ela não tolera em crianças: dissimulação e chiliques que causem constrangimento. Estou perfeitamente inserida nesta última.

Esses comportamentos públicos fazem de mim a candidata ideal para surras regularmente programadas, entregues pela chibata nas mãos macias da mamãe. Sou responsável por coletar a vara na árvore de louro no quintal, perto do galpão da sra. Octavia, onde fica a areia movediça, que por acaso também é onde estão enterrados os cães mortos de que ouvi falar, mas jamais conheci. Meus irmãos sempre contam sobre como, no mundo antes de mim, havia um cachorro para cada criança na casa. Se chovesse muito, penso eu, as carcaças dos animais viriam flutuando e voltariam para o nosso lado dos vivos. Isso é um problema para mim quando se trata de brincar ao ar livre no molhado, depois de chuvas intensas, sempre que o solo está macio.

Mãe me bate sem dizer nada. Depois, corro para a sala de estar, onde não deveríamos ficar, e ameaço ligar para o "conselho tutelar" pelo telefone de disco. Minha mãe estimula: *Vá em frente, por favor, ligue para eles*, e isso me desencoraja totalmente.

Por causa dessas travessuras, sou deixada em casa com frequência quando ela sai às compras e me flagro olhando pelas janelas francesas da frente, chorando, as duas árvores de cedro diante da casa parecendo protestar quando Lynette e mamãe saem da garagem. Tento garantir que elas vejam minha careta de sofrimento, embora eu não consiga enxergar longe o suficiente para me assegurar de que estão olhando para mim. Agarro a janela e faço toda uma cena, mas depois que elas vão embora e fico sem plateia, fico feliz por estar sozinha em casa com um dos meus irmãos, que mal se dá conta da minha presença.

Se estamos na época de Natal, vou até a árvore e abro os presentes — não os meus, mas os de todos os outros. Depois refaço os embrulhos da melhor maneira possível, mas apressada, meu coração disparado, doida para fazer a próxima arte; sou desleixada.

Em certa ocasião, sou deixada em casa com Michael, que deveria estar de olho em mim. Michael é um homem adulto na casa dos 20 anos, que trabalha doze horas por dia como cozinheiro no French Quarter, mas está de passagem pela casa com uma namorada. Eles estão lá em cima. Eu estou na sala, assistindo ao Fred Flintstone com seu carro movido pelos pés. Gosto do que está passando na TV, mas fico mais interessada no que está em cima dela. Debaixo do pente de cabelo de Michael há uma nota de 10 dólares, que eu pego sem pensar.

A sra. Octavia vende doces, picles e Ki-Suco congelado, que chamamos de huckabucks. Minhas favoritas são as balinhas Now and Later ("Agora e Depois"), que sempre quero comer agora, e balas Laffy Taffy de banana. Para mim, comer doce é uma atividade. Se meu corpo não estiver se movimentando, minha boca precisa estar, e sempre que minha boca não estiver se movimentando, estou concentrada na forma de certas coisas sobre a minha língua. Só a ideia de juntar as Laffy Taffy e a minha língua já é tão apetitosa, que sinto a doçura na minha saliva. A Laffy Taffy vem com três piadinhas do tipo toc-toc/quem bate? na embalagem, então, enquanto estou mastigando o doce — que gosto de colocar inteiro na boca para dar uma sensação de plenitude —, eu morro de rir com pelo menos uma delas.

Minutos depois de pegar o dinheiro de Michael, apareço na porta lateral da sra. Octavia. Como de costume, ela está usando seu vestido florido. Os doces que quero custam dez centavos cada. Apresento o dinheiro à sra. Octavia, digamos que eu queira o máximo que uma nota de 10 dólares me permite comprar: isto é, cem balas Laffy Taffy de banana.

"Onde você conseguiu todo esse dinheiro, garota?"

"Michael."

"Ih, não sei não..." A sra. Octavia é gentil, mas não é boba.

"Ele me deu, sra. Octavia. Pergunte a ele."

Eu sei que ela não vai lá perguntar. A casa é seu abrigo; desde que a conheço, ela só saiu exatamente uma vez.

A sra. Octavia enche um saco de papel branco com balas amarelas e fico feliz por estar viva. Saio e me sento na varanda dela, de frente para a Wilson. Estou ocupada desembrulhando, engolindo e rindo. Estou olhando para baixo, preparando-me para abrir mais uma bala, quando Michael e seu cabelo afro aparecem de repente. Ele está na rua com sua cueca samba-canção branca. A boca está aberta como a de um robalo, e tão perto dos meus olhos que consigo enxergar tudo com precisão. Estou olhando diretamente para seu dente da frente lascado. Ele está agarrando meus ombros e berrando: "Onde está meu dinheiro, garotinha? Onde está a porra do meu dinheiro?"

Pego a sacola branca de doces e saio voando ao redor da casa da sra. Octavia. Damos a volta pela varanda algumas vezes até a tartaruga que eu sou se cansar. Estou usando meu macacão favorito, de mangas compridas verde-pântano. Meu corpo superaquece; Michael me agarra. O recado é o mesmo: é melhor eu ir lá buscar a porra do dinheiro. Consigo fazer uma troca com a sra. Octavia e devolver 7 dólares para Michael. Comi o equivalente a 2 dólares em balas. Escondi o equivalente a um dólar em Taffys no quintal, para mais tarde.

Mas o momento que solidificou o título de Bebê de Rosemary na cabeça de Lynette é muito mais sério, tal como ela veio constatar depois. Uma vez, brincando na sala de estar em volta da mamãe, que estava sentada na poltrona, puxei o relógio de pêndulo que ficava acima de uma prateleira, e caiu direto na cabeça da minha mãe. O sangue começou a escorrer pela lateral do rosto dela, mas ela não se levantou. Permaneceu sentada, atordoada, mas disse: *Vá buscar toalha de papel*. Lynette ficou histérica, gritando e correndo em círculos. O fato de mamãe ter precisado de pontos foi bem ruim, e esta é a história sobre a minha infância que Lynette passou muito tempo contando a outras pessoas. "Aquela menina quase matou a mamãe", começa ela. Mas mamãe nunca parece se lembrar direito quando a narrativa surge. Como se nunca tivesse acontecido. Esse é o jeito dela. Às vezes, como ela está sempre carregando um monte de coisas ao mesmo tempo — sacolas de supermercado, sua carteira, um neto, a correspondência, a mochila de alguém —, ela fecha o próprio dedo na porta do carro e, imediatamente, para aplacar nosso medo, diz: *Tudo bem, está tudo bem, meus bebês. Liguem para o Troy, vão buscar um dos seus irmãos. Lynette, fique calma. Está tudo bem.*

05
QUATRO OLHOS

Desde que o irmão mais velho de Alvin, Herman, quebrou um pedaço do dente da frente de Lynette, ela passou a sorrir menos. Aconteceu durante uma brincadeira, com uma pedra e um estilingue no quintal entre as duas casas, mas a visão de Herman propriamente dita já é o suficiente para fazer Lynette reviver o momento traumático, e agora cá está ele batendo à nossa porta.

É o 13º aniversário de Lynette. Sei disso porque ela está me dirigindo num projeto de arte em que devo desenhar várias versões de seu cartão de aniversário em papel vegetal. Estamos na sala que serve para exibir e não brincar com glitter, cola e tesoura, e isto nos dá a certeza de que não tem nenhum adulto por perto. Quando Herman parou à porta lateral e anunciou que a mãe dele e de Alvin, Big Karen, tinha morrido de pneumonia, ficamos ali congeladas, sem convidá-lo a entrar ou saber o que dizer. Lynette mandava em mim naquela época.

A essa altura, na quarta série, ganhei o apelido de Gravador de Fita devido à minha mania de ouvir as conversas dos adultos e reproduzi-las quase literalmente.

Por quinze anos, todos diziam, ninguém jamais pisara nos primeiros dois cômodos da casa *shotgun* da sra. Octavia, exceto Big Karen, cujo carro enferrujado ainda estava estacionado na garagem.

Eu me recordo (embora não consiga imaginar por que fui a escolhida) de ter entrado com minha irmã Karen pelos quartos escuros de Big Karen, as paredes pintadas de preto. Era como desbravar um caminho tortuoso; a memória é uma presença forte, envolvente, um sentimento, não um fato.

Agora soa como uma fábula, mas alguém disse que uma foto de Carl foi encontrada em uma caixa, com alfinetes espetados por todo o corpo. Carl tinha brigado com Herman; isso era verdade. Um deles pegou um pé de cabra e perseguiu o outro. Logo após a briga, eles voltaram a se falar, a ser amigos, mas Big Karen abriu um processo e um juiz decidiu que Carl não poderia mais passar na frente da casa da sra. Octavia, o trajeto que fizera durante toda a sua vida, para chegar à Chef Menteur. Ele então tomava a Old Road ou atravessava para o outro lado da rua, onde ficavam os trailers. Big Karen era adepta do vodu, diziam, e eu usava isso para explicar sua maldade e cada coisinha a respeito dela.

Depois do enterro de Big Karen, seus dois filhos mais velhos, Herman e Rachelle, irmãos de Alvin, tentaram pacientemente cobrir as paredes de outra cor, mas a tinta preta é implacável. Foram três, quatro ou cinco demãos, e mesmo assim a parede ainda ficava de um branco sujo, nunca perolada como desejado. Naquela época, eu encarei isso como um sinal. Todos nós, crianças, encaramos assim. Agora acho que tinha mais a ver com as habilidades deles como pintores mesmo.

Um dia depois da morte de Big Karen, flagro Alvin no quintal, atrás das casas. Sem muito entusiasmo, ficamos chutando uma poça d'água de chuva rasa cheia de cartas de tarô que suponho terem sido de Big Karen. Eu quero recorrer às palavras, mas nenhuma passa entre nós. Grande parte da minha infância consistiu em querer saber as coisas e, nesse momento, não é muito diferente, mas não sei o que perguntar. O silêncio se interpõe entre nós, e então nunca mais há menção à morte da mãe de Alvin quando ele tinha 11 anos.

Muito embora isso vá de encontro ao que o pastor Simmons prega sobre o corpo ser apenas um receptáculo para o que se propõe, naquela época eu pensava o seguinte, e ainda penso hoje: quando uma pessoa morre em um lugar, ela se torna o lugar e nada mais fica como era antes.

A morte de Big Karen a torna mais tangível. É assim que meu mundo funciona. O gato de cerâmica chamado Persia, os cães mortos enterrados perto da árvore de louro, meu pai, e agora a mãe de Alvin.

Quando estou com 10 anos, minha mãe descobre que não consigo enxergar muito além de um palmo à frente do nariz. Tenho agido como uma palhaça na escola para me desvencilhar do assunto. As crianças sentadas ao meu redor são borrões irritantes, o quadro-negro, águas escuras com riscos brancos.

Às vezes, se inclino a cabeça (do jeito que Alvin me ensinou para aquele beijo), fecho um olho e espio de soslaio com o outro olho aberto, tenho a impressão de enxergar melhor. Adoro quando os professores passam deveres individuais na carteira, assim posso me curvar perto do papel para trabalhar em silêncio, mas a maioria das aulas exige que eu olhe para o professor e o quadro-negro, o que me obriga a esconder a verdade. É por isso que ganho um x em vez de um sinal de certo na avaliação no tópico "é capaz de exercer o autocontrole" no meu boletim escolar. Se a professora fizer uma pergunta baseada em algo que escreveu no quadro, falo uma gracinha para esconder que não tenho ideia do que ela escreveu. É difícil entender o que você não consegue enxergar. A professora finalmente supõe que tenho algum problema — talvez pelo meu rosto — e me leva para a primeira fila, onde, mesmo semicerrando os olhos, ainda não consigo distinguir nada. Não sou de fato cega, mas quase isso. Afinal qual é a diferença quando não se consegue ver nada direito?

Mamãe e eu seguimos juntas no Aries cor de banana, atravessando a High Rise e entrando na "cidade", que é como minha mãe chama qualquer coisa que se assemelhe à Nova Orleans percebida pela maioria das pessoas: a parte alta, a parte baixa, o French Quarter, os lugares mais próximos de onde ela cresceu. Estacionamos no cascalho e caminhamos a curta distância até uma loja na Claiborne Avenue. A loja que vende os óculos que me fariam enxergar direito é iluminada por lâmpadas fluorescentes frias. Todos os edifícios aonde vamos em busca do bem-estar físico têm essa característica monótona. Com a iluminação, armações de plástico e metal ganham um brilho por trás como joias da coroa. Fileiras e mais fileiras delas. Meus olhos são examinados e sou orientada a escolher uma das armações feias da seleção muito menor oferecida a crianças com visão fraca e que não podem bancar óculos de aparência decente.

"Árvores têm folhas."

Segundo mamãe, essa é a primeira coisa que digo no momento em que consigo enxergar. Meus óculos escolhidos são imensos quadrados roxos, de plástico, as bordas externas recortadas. O tipo de armação usada por professores velhos e que eles deixam penduradas no pescoço por aquelas correntinhas.

Isso pouco importa agora. No caminho para casa, no banco de trás do nosso Aries amarelo, leio em voz alta cada palavra das placas pelas quais passamos, nos outdoors ao longo da interestadual e nos letreiros das lojas. Consegui ler os números no mostrador do rádio. As placas de velocidade e sinalizações de saída também têm palavras. Chegamos em casa e leio a caixa de cereal e tudo o mais que está diante dos meus olhos funcionais.

Irrito todo mundo ao recitar em alto e bom som o que todos já sabem. Agora tudo é especial e distinto, a casa é o mundo dos sonhos de uma criança intrometida. Leio os rótulos dos produtos na pia do banheiro e as capas das fitas cassete. Tem um adesivo da Abramson High School na janela do meu quarto e de Lynette, antes uma mancha em azul e branco na vidraça. Meus irmãos passam por mim como se eu fosse um alienígena e me encaram, meus olhos, pontinhos atrás das lentes. Agora enxergo versões detalhadas de todos que pensava já conhecer.

Karen usa óculos rosados que quase combinam com os meus, exceto que suas lentes se projetam da armação, fundo de garrafa, é como chamamos. Eu rio alto quando vejo a versão mais nítida de Karen — que à época estava com 25 anos e acabara de ter seu primeiro filho, Melvin — pelo que parece ser a primeira vez. A espessura protuberante de suas lentes são uma provocação: é isso que te aguarda, ceguinha.

A caminhada da Jefferson Davis para casa fica diferente. Vejo as mulheres seminuas caminhando pela Chef Menteur enquanto Alvin e eu aguardamos o semáforo trocar de cor. Vejo como Alvin, que agora anda com os meninos mais velhos e as meninas promíscuas, me larga para trás. Agora, esperando diante do semáforo para atravessar para o final da Wilson Street depois do dia na escola, vejo Carl ao longe, vagando diante da nossa casa. Sei que ele olha na minha direção e que está acenando.

Todas as noites, escondo os óculos roxos debaixo do travesseiro para dormir. Durante a madrugada, eles se deslocam, de modo que, ao acordar, fico tateando pelo colchão freneticamente em busca deles.

Só quando estão no meu rosto sei o tipo de dia que me espera.

Pouco antes de fazer 11 anos, meu primeiro ano de visão nítida, um detalhe oprime meus olhos. Em nosso lado na Wilson Avenue, carros de polícia costumam estacionar e só vemos cabeças de mulheres subindo e descendo no banco do motorista. Fico impressionada com a cena, ao constatar como vivemos em uma cidade onde a polícia faz pausas para café tão peculiares. Caminhando da escola para casa, tento não olhar o que está bem na minha cara. Às vezes, quando quero que o mundo volte a ficar embaçado, tiro os óculos ao passar por essas cenas. Desse modo, aprendo a ver e a ficar cega sempre que eu quero.

06
OUTROS LUGARES

Tiramos fotos porque não queremos nos lembrar de nada do jeito errado.

Entre o punhado de imagens minhas desde o início da minha adolescência, há vislumbres da criança que fui. Quando eu ainda sorria com abandono, como uma pateta, as veias da testa saltando, e dava risadas soltando ronquinhos involuntários pelo nariz. De pé no palquinho da sala, onde posávamos na hora das fotos, um laço de seda branca ereto na cabeça e meus cabelos de pano de fundo, eu ostentando um blusão vermelho brilhante da Edward Livingston Middle School com uma águia voando sobre o seio direito. Em 1991, na sexta série, eu era uma estrela nos estudos, o que me rendeu o blusão e a pretensão de me intitular uma acadêmica.

Em outra foto, já estou sem o blusão e exibindo uma faixa azul real escrito "honra ao mérito", para provar o quão restrita eu havia me tornado. Mamãe está ao meu lado, tudo combinando: seu terno rosa-claro e meu vestido rosa-claro com ombreiras e saiote batendo no meio da coxa, bem abaixo da minha cintura inexistente. As meias brancas da mamãe combinam com as minhas meias brancas, da promoção pague um leve dois nas farmácias k&b. As maçãs do rosto dela estão salientes, sorrindo para mostrar todos os dentes da frente e alguns das laterais, olhos apertadinhos, segurando meu certificado de Aluna do Mês.

Lynette aparece comigo em uma foto, sua plaquinha em uma das mãos e um troféu de basquete na outra. Ela é erudita, atlética e linda, com um rosto alongado cor de caramelo. Ela também usa terninho rosa, mas o dela é de um tom coral mais brilhante. Mamãe está entre nós, as mãos em nossas costas, como se estivesse nos apresentando ao mundo. Seu tronco se inclina em direção a Lynette, que já está com 1,82 m de altura; seus joelhos se voltam para mim. Todas as nossas roupas foram concebidas por Ivory Mae e costuradas pessoalmente. "Ivory's Creations", dizem as etiquetas atrás de todas as nossas roupas.

Aos 12 anos, tenho a mesma estatura que a minha mãe, mas isso não vai durar. Logo vou ficar mais alta e ela jamais vai me alcançar. Isso vai fazer diferença em alguns aspectos, quando ela tiver de me disciplinar, por exemplo, mas na maior parte do tempo não vai afetar em nada.

Não existem fotos para documentar o restante do meu período na Edward Livingston Middle School — do 7º ao 9º ano — porque não vou acumular mais conquistas acadêmicas que permitam que eu me gabe nas fotos tiradas no palquinho da sala. Mas Karen vai ocupar seu lugar lá, usando boné e vestido, com uma barriga de grávida saliente. Ela vai se formar pela Southern University of New Orleans e dará à luz Brittany, seu segundo e último filho. Todos nós — Karen, seus dois filhos, Lynette, mamãe e eu — moramos juntos na Casa Amarela.

O período de 1991 a 1996 é a meia década em que minha vida é mais definida pelas idas e vindas dos familiares que me cercam. São os anos em que não me sinto dona do meu corpo ou ainda não sei como fazê-lo, quando de repente meus membros ficam enormes. Durante essa fase estranha, começo a cultivar uma obsessão pelas janelas e portas da casa, os meandros do lugar.

Estou com 13 anos e Lynette está com 18. Entro na adolescência quando Lynette está saindo. Em suas fotos do colégio, ela posa em frente a painéis pintados, normalmente com camisetas esportivas, segurando uma bola de basquete ou uma bola de vôlei. Ou é retratada em bailes, usando vestidos tomara que caia cheios de babados — em turquesa ou branco reluzente ou azul real —, as criações de Ivory após seu turno na casa de repouso, que varam noite adentro, e às vezes a manhã e a tarde, até o exato segundo em que Lynette entra neles. Lynette idolatra Molly Ringwald desde o final dos anos 1980, e acha que o filme *A Garota de Rosa Shocking* conta a história de sua vida. Seus vestidos, portanto, são figurinos de seu próprio filme.

Em 1992, Lynette ainda mora na Casa Amarela, mas em um ano terá partido. Sua partida se dá num crescendo, assim como a quantidade de mulheres desenhadas que dançam em nosso quarto, agora pintado de lavanda. Lynette lê revistas de moda vorazmente, principalmente a *Vogue*, arranca as páginas com aquelas mulheres e as pendura na parede ao lado de seus próprios recortes de moda. Ela também está se remodelando, perturbando mamãe para que possa consertar o dente da frente lascado. Mamãe encontra um dentista na Chef Menteur que promete um dente branco reluzente, mas no final, o implante de Lynette, que nos custa uma bela grana, fica acinzentado. Em vez de continuar a desenhar tanto, ela resolve preencher formulários de inscrição para escolas em Nova York, pedindo dinheiro à mamãe para envios expresso por ter procrastinado nas inscrições.

Enquanto Lynette mapeia sua fuga da Casa Amarela, começo a sétima série em Livingston, que parece outro país. Novos comportamentos são necessários. Entro em um grupo de mulheres que atendem por nomes como Chocolate T e Red. Às vezes, elas me chamam de Slim.

A Livingston fica de frente para a Dwyer Road no final do lado longo da Wilson. Um prédio de tijolos amarronzados, sua fachada sem graça tem mais cara de centro de detenção do que de escola. Lá dentro, educamos a nós mesmos e uns aos outros — esse é o currículo não oficial —, distribuindo xingamentos entre os colegas como uma forma de construir status social. O objetivo de todos os dias letivos é basicamente evitar ser perturbado, o que significa que você gasta um bom tempo planejando como perturbar os outros primeiro e com mais sagacidade. É preciso estar preparado para lançar uma réplica que faça as outras crianças rirem — não de você, mas com você. Mas não é desejo de ninguém se meter numa briga física, só bater boca num volume intenso e alto o suficiente para que os professores intervenham. Os xingamentos começam com frases como "sua mãe", "seu bafo" e "é por isso que...". As coisas que te transformam em alvo normalmente têm a ver com as condições inevitáveis de nossas vidas — como o asseio do seu uniforme azul-marinho e branco, seu cheiro ou quem são seus pais.

Vez ou outra, alguém manda um "se" em cima de você — um movimento rápido para fingir que vai colidir contra você, mas parando de repente — para testar seu medo e seus reflexos. Chamávamos isso de "se" porque era um teste do "e se batesse". A lição: esteja sempre pronto para tudo.

Não me lembro muito das estultices que eu dizia naquela época, mas me lembro que eu sempre soltava uns chistes verbais, principalmente durante a aula de gramática da sra. Green. Ela é uma mulher alta e sem graça que apelidamos de tábua de passar. Seus pés retesam os mocassins de ponta quadrada, os quais fico olhando fixamente enquanto ela patrulha a turma de sua cadeira, atrás de uma grande mesa de nogueira. Seu cabelo é um volume ruivo e crespo de folhas caídas. Ela tem voz rouca masculinizada e cheiro de fumaça de cigarro e hálito de hortelã.

Muitas vezes, por causa de coisas que falo, palavrões principalmente, ela bate na minha mão com várias réguas unidas com silver tape. Ela agarra as pontas dos meus dedos, puxando-as de forma que minha palma fique esticada e firme. A dor aguda se irradia pelas pontas dos meus dedos. Se eu me sobressaltar demais a cada pancada, o polegar se mexe involuntariamente, e esta é uma dor capaz de ficar na minha memória pelo restante do dia, e também à noite. A régua da sra. Green às vezes pousa na cartilagem onde meu polegar se dobra, e isso me causa um ódio inevitável. O que no início era uma simples correção na frente da turma um dia veio a se tornar uma briga, uma professora contra uma criança descontrolada berrando palavrões e o que mais pudesse ajudar para que eu não me debulhasse em lágrimas diante dos meus colegas, pois a última coisa na terra que eu queria que dissessem de mim era que eu tinha desabado, que um professor tinha me desmontado. Quando a sra. Green acerta meu polegar e me transformo numa criança selvagem para sufocar a dor, ela me manda esperar no corredor. Lá fora, ela diz, posso causar toda a comoção que eu quiser.

Mas sem minha plateia, só me resta ficar encarando os armários. De vez em quando, meu sobrinho James e eu nos esbarramos pelos corredores. Ou ele já foi expulso de mais uma aula por mau comportamento, ou, se estivermos na mesma aula, ele se comporta mal em solidariedade a mim. Afinal, sou sua tia Mo. No corredor onde estamos só nós dois, um faz ou outro rir, ou simplesmente ficamos sentamos, taciturnos, o piso frio sob nossas pernas nuas, sentindo-nos nada e ninguém enquanto a aula continua detrás das portas fechadas atrás de nós.

• • •

Diariamente, os corredores da escola abrigam disputas de um tipo meio perverso. Multidões de crianças em idade escolar formam círculos concêntricos que pulsam e crescem, com uma luta de boxe em andamento no ringue interno. Quando a contenda parece mais perigosa do que o normal, alguém sai anunciando pelo corredor, aos berros, "Briga, briga, briga", e todos nós corremos em direção ao quiproquó, em vez de nos afastarmos dele. Ficamos ali, crentes que queremos ver duas pessoas se destruindo. Para nós, é educativo, divertido, uma pausa na monotonia diária. "Briga, briga, briga", dizemos, acelerados. Um gesto tão simples como pisar no pé de alguém sem querer pode colocá-lo no ringue com igual rapidez. É preciso ter cuidado.

Em determinados dias, temos professores substitutos que parecem ter sido coletados aleatoriamente nas ruas. Muitas vezes, o substituto coloca um filme que não tem nada a ver com o assunto que estamos estudando ou com o cronograma escolar. E aí tudo aquilo soa como uma idiotice. A escola me parece uma fábrica de peças imprevisíveis e defeituosas. Você nunca sabe quando uma peça vai voar, atingindo em cheio sua cara, possivelmente ocasionando uma cegueira permanente. Ou você se junta à multidão ou se destaca. E se destacar, ser reconhecido como um Eagle Scholar assim como eu fui na sexta série, pode significar o seu fim. Todo mundo sabe que as surras verbais são piores do que as físicas. É difícil se curar da chacota.

Começo a não gostar da escola, entediada com sua monotonia, com a maneira como todas as aulas, mesmo uma aula de matemática memorável ministrada pelo careca sr. Nero, que tinha grandes expectativas para nós, acabam por se tornar um curralzinho para alunos desobedientes.

Tínhamos nos tornado uma horda, que precisava ser reunida e obrigada a "agir corretamente", indistinguíveis uns dos outros.

Começo então a desenvolver paixões platônicas por meninos briguentos e de pele clara, aqueles aparentemente inalcançáveis, para os quais eu era invisível, os meninos que agora eram amigos de Alvin. Depois da escola, vejo Alvin com sua turma, mas apenas por frações de segundos antes de ele desaparecer em mundos que jamais conhecerei. Alvin e eu nos falamos pouco agora. Ele nunca está sozinho, e quando estamos de volta à Wilson, parecemos velhos demais para brincadeiras. Quase sempre fico dentro de casa, espiando Alvin da janela da cozinha.

No outono de 1993, Lynette vai para o Pratt Institute of Technology em Nova York para estudar design de moda e, pela primeira vez, aos 14 anos, tenho um quarto só meu.

Minha frequência escolar cai. Pela manhã, nossa turminha de jovens meninas entra pela porta da escola e já segue direto para a saída nos fundos, escapando da Livingston por um buraco na cerca de arame do pátio. Às vezes, os bedéis que patrulham a evasão nos flagram e correm atrás da gente. Essa fuga se torna o ponto alto e a grande lição do dia. Enquanto Alvin e James estão em aula, fico deitada assistindo a novelas na casa de Red; a mãe dela está fora, trabalhando. Minhas amigas passam a maior parte desses dias com seus namorados; estão engravidando no outro quarto enquanto eu assisto à televisão.

Às vezes, quando estou vadiando pela loja na esquina perto da Livingston, minha irmã Valeria, a mãe de James, passa de carro. "Pode ir atravessando esse rabo de volta para a escola agora", diz ela, tirando um de seus chinelos e sacudindo-o para mim e para a ponta curta da Wilson.

Não matamos aula nos dias de montagem de espetáculos, quando os shows de talento ou produções shakespearianas abaixo da média são apresentados no auditório, com suas luzes fluorescentes flutuantes iluminando um cenário horroroso em art déco composto por painéis retangulares desbotados à prova de som que cobrem as paredes. Os assentos dobráveis de madeira batem nas nossas pernas quando nos levantamos. "Ai, caramba", todo mundo sempre diz quando acontece. O palco, escuro mesmo quando iluminado, é mais alto do que o normal, o que nos obriga a inclinar a cabeça para trás para conseguir enxergar as encenações. Quando toda a escola se reúne no auditório, é garantido que vai ter briga. Eu nunca me enfio nos conflitos, no entanto. Gosto de discussões, mas não gosto do jeito como me sinto quando meu corpo se movimenta no espaço.

Um dia, no meio da oitava série, depois de faltar uma quantidade alarmante de dias letivos, estou caminhando pelo acostamento da Wilson, indo pra casa, passando pela minha antiga escola primária, Jefferson Davis. É provável que eu esteja comendo alguma porcaria, picles de endro *kosher* e um pacote de salgadinhos Chee Wees da Elmer. Sempre que estou comendo, estou feliz; e quando estou feliz, não ligo para nada. Caminho o mais devagar possível, tentando dar fim ao lanche antes de chegar em casa, onde teria que dividi-lo com os outros. Passo por casas com pessoas sentadas nas varandas e aceno; passo pela concessionária de trailers escondida atrás de um muro alto e chapiscado; acelero o passo para passar pelo Ratville, agora fechado e abandonado, antes de cruzar a Chef Menteur. Quando chego ao número 4121 da Wilson, minha mãe está lá, usando seu uniforme de trabalho, varrendo o chão da cozinha, o que parece uma tarefa corriqueira. Ela me vê e ergue a vassoura, empunhando-a como uma espada contra minhas costas. Vagabunda, vadia, brada ela: "Não, mãe, não mãe", saio correndo e implorando por clemência. Não vou longe. O fim da casa parece seu começo. Só me resta agachar onde estou, membros longos e tudo, e aceitar meu castigo.

"Você sempre quer ser tão adulta", diz minha mãe depois, com pena de mim.

No dia seguinte, algumas coisas mudam. Primeiro, quando acordo, tem óleo escorrendo da minha testa. Mamãe ungiu minha cabeça com óleo de cozinha durante a noite, como se fosse expulsar qualquer que fosse o espírito rebelde em mim.

Mamãe sempre confiou no enorme poder das palavras, sempre dizia: *você tem o que você pede*. Em nossa casa, "Estou morrendo" e, principalmente, "Minha cabeça está me matando" sempre foram figuras de linguagem proibidas. Ela sempre interrompia no meio de uma palavra. *Você vai ter o que está pedindo*. E para demonstrar isso, todas as manhãs a partir de então, eu tinha de me sentar com ela à mesa da cozinha para ler em voz alta o Livro de Provérbios, que, raciocinava mamãe, traria a mim uma sabedoria que eu ainda não detinha. O Provérbios tem 31 capítulos; lemos um capítulo todas as manhãs de cada dia, recomeçando a cada mês, durante um ano.

"Feliz o homem que encontra sabedoria e o homem que adquire entendimento", resmungo, sempre furiosa no início. Minha mãe está sentada bem na minha frente, bebe sua xícara de café. Embolo as palavras, recito de maneira arrastada, dou tossidas no meio. Minha mãe nunca reage. "Até quando vós, inexperientes, contentá-lo-eis com a vossa inexperiência? E vós, escarnecedores, desejareis o escárnio? E vós, insensatos, odiareis o conhecimento?"

Mamãe chama seu filho mais velho, Eddie, para dar um jeito em mim — ela sempre o chama para as tarefas aparentemente impossíveis —, e ele surge nos corredores da igreja para falar comigo, vindo de sua casa no subúrbio de LaPlace. Ele anda como se seus pés doessem. Parece estar aqui contra sua vontade. Seu rosto está tenso. Seu jeito de falar é igual ao de antes, sempre ameaçando uma profundidade que raramente chega. "Eu sei que estou indo fundo agora", ele sempre diz. "Agora veja só isso, o que você acha que vai conseguir andando com esses tapados? Agora eu sei que estou indo fundo, eu sei que é difícil de se enxergar, mas... eles nunca vão ser nada na vida", diz ele. Eddie não faz parte do meu mundo. Eu mal o conheço. Há vinte anos de diferença entre nós. Fico olhando fixamente para ele, admirando sua pele dourada, que transpira e brilha sob as luzes do santuário. Faço que sim com a cabeça, exibindo olhos mortos, um olhar que até hoje assusta Eddie quando ele o flagra no meu rosto de adulta. "Você tem esse olhar desde que era menina", dirá ele quando o vir. "Significa que você está mentindo."

Mamãe começa a me levar até a porta da Livingston e fica aguardando para ver se não vou fugir para matar aula. Ela volta bem antes de o sinal da tarde tocar anunciando nossa liberdade às três e meia da tarde, e aí fica à espera, estacionada do outro lado da rua, os faróis do carro voltados para a escola encardida.

Isso não dura muito, pois logo fico sabendo que ela me matriculou em uma escola particular, a Word of Faith Academy, que faz parte de uma igreja gigantesca. Nas semanas anteriores a isso, pressinto a mudança chegando. Mamãe passa mais tempo ainda ao telefone, cochichando a meu respeito para Lynette em Nova York.

Se antes meu universo consistia em alguns quarteirões do New Orleans East, agora chegar à nova escola requer uma viagem bem mais ao leste, pelo Bullard, um dos subúrbios mais ricos da região, que inclui uma classe alta negra vivendo em Eastover, um condomínio fechado com casas de dois andares construídas em torno de um lago artificial e um campo de golfe. Passar por Bullard no caminho para a escola me faz pensar que não rumamos o bastante para o leste.

O New Orleans East já não era mais majoritariamente branco como tinha sido há uma década. Tudo ali caiu — em estase, entropia, degradação total. A crise do petróleo no final da década de 1980 levou a um excedente de prédios residenciais vazios, destinados a funcionários que trabalhariam para as indústrias em expansão que jamais viriam a se materializar. E então se transformaram em moradias subsidiadas para negros pobres chutados do centro da cidade, onde os imóveis valiam mais, para sua "fronteira leste".

Minhas colegas de classe na Word of Faith Academy são todas desconhecidas, meninas batizadas com valores cristãos — Faith ("Fé"), Charity ("Caridade") e Hope ("Esperança"). Sou uma dos cinco alunos negros. Os jovens da Word of Faith são populares não devido a suas habilidades de soltar palavrões, mas pela alta posição que seus pais ocupam na igreja. As professoras são cônjuges dos pastores, o que significa que o aprendizado é irregular. Nossa professora de espanhol, esposa do diretor, aprendeu espanhol em uma série de estudos no exterior realizados quatro décadas antes, ainda na sua juventude. Não é preciso entender espanhol para ter noção de que ela ensina muito mal, pronunciando toda sílaba com sotaque sulista, seu cabelo bem-cortado balançando enquanto ela fala.

O sr. Chris faz parte do coro da igreja da Word of Faith. Ele também dá aulas de educação física e história. Quando escreve no quadro-negro, seu corpo inteirinho treme, como se o quadro estivesse emitindo ondas de choque. Essas são as coisas que a Livingston me treinou para observar. Ele leva uma eternidade para escrever no quadro. Uma vez por semana, na megaigreja em formato de cogumelo, o sr. Chris celebra o culto, regendo canções *a cappella* apatetadas e orações fervorosas além da conta.

Na Word of Faith, tenho que usar saia xadrez vermelha-branca-e-azul com colete vermelho ou suéter azul-marinho sobre uma camisa branca. No meu primeiro ano, na nona série, enrolo minha saia sete centímetros acima do permitido e sou lacônica com as crianças que parecem ter medo de mim. E um detalhe que não pode ser esquecido: uso um pente de plástico espetado no cabelo.

Eu costumava fazer a mesma coisa em Livingston. É um jeito de fingir que nada mudou, mas o pente também deixa claro que cheguei a este novo contexto a partir de um lugar distinto, e que essa percepção de mim mesma — de que não pertenço à Word of Faith — me domina de forma tão arraigada que estou escrevendo sobre isso neste momento.

Não tenho como ir a pé à escola. Para chegar à Word of Faith, tenho que pegar o ônibus municipal; perco o contato físico com as ruas. Quando mamãe me deixa na escola em determinadas manhãs, em seu novo Chevy Nova, insisto para que ela não estacione muito perto do campus, onde estão carros mais sofisticados, com os alunos se embrenhando na multidão e conseguindo chegar antes de o sinal tocar.

"Deixa eu descer aqui logo", digo assim que entramos no estacionamento.

Tenho vergonha do nosso carro, muito embora seja novinho em folha. Fico com vergonha se mamãe estiver com bobes no cabelo. Ela é gentil, carinhosa e linda, e me ama. Sacrifica suas necessidades básicas para me colocar nesta escola particular que não podemos bancar. Eu entendo essas coisas. Eu sei. Mas meus sentimentos... Parece que, em nosso carro e em nossa sina, não combinamos com a escola onde estudo agora.

Nunca mais pus os olhos em nenhum dos meus amigos da Livingston. Meu período lá teve um fim abrupto. Também perco contato com Alvin e James, as duas pessoas que conhecem meu segundo nome, que já entraram na casa onde moro e já me viram lá, os dois homens de quem um dia não pude me esconder. Alvin, naquela época, estudava no colégio Abramson na Read Road, que tinha sido a trajetória normal para todos os meus irmãos e todos na nossa rua, até eu mudar a tradição.

07
INTERIORES

A vergonha é um rastejar lento. Se você parar para pensar bem, as coisas mais poderosas são as mais silenciosas. Como a água.

Não consigo identificar o momento exato em que compreendi que ninguém de fora de nossa família jamais deveria entrar na Casa Amarela. Durante a época de Livingston, minha mãe começara a dizer: *Você sabe que esta casa não é muito confortável para outras pessoas.* Depois de um tempo, aquela frase pareceu incessante, um tique verbal tão familiar que ela nem precisava nem completar a frase.

Você sabe que esta casa...

Como Lynette era cinco anos mais velha do que eu, e muito mais extrovertida, e tinha uma vida social para além da ponta curta da rua, no início isso fez muito mais diferença para ela. Certa vez, quando estava na escola secundária, Lynette se atreveu a pedir para trazer uma visita mesmo assim. Ela queria que Kristie Lee viesse à nossa casa. Todas as suas amigas estavam organizando festas do pijama, e agora era a vez de Lynette.

Você sabe que esta casa...

"Eu sabia o que aconteceria se a gente fizesse amigos", diz Lynette, 35 anos após o fato. "Então parei de fazê-los. Significava que as pessoas iriam querer entrar na nossa vida, mas não iriam chegar nem perto da nossa casa. Nem mesmo se eu desse tudo de mim."

Kristie Lee nunca foi lá em casa.

Dessa forma, ficamos isolados, ensimesmados. Sem nos dar conta, deixamos todas as pessoas do nosso mundo que não eram família do lado de fora, incapazes de cruzar a soleira para entrar e ver o lugar onde morávamos, que ainda era o orgulho e a alegria da minha mãe. *A casa foi meu começo. Foi a única casa que conheci.*

Sempre adoramos interiores. Minha mãe foi criada por minha avó Lolo para construir um belo lar; eu mesma gosto de extrair beleza de espaços comuns. Eu não sabia disso quando morava na Casa Amarela, mas me dei conta assim que cheguei à idade adulta, quando passei a criar cômodos em torno dos quais as pessoas gravitavam, daqueles que geralmente seriam descritos como aconchegantes. Certa vez, um amigo veio a um desses lugares que eu construí, um apartamento no Harlem, e sentou-se na sala de estar, admirando ao redor. A sala o fazia se sentir vivo, até mesmo feliz por estar vivo, disse ele. E então, "Você tem coisas que compõem um lar." As pessoas estão sempre me dizendo isso. Eu era igualzinha a hoje quando morava na Casa Amarela. Eu tinha aquelas características que me levavam a querer estar em um lugar bonito e cercada por pessoas que eu amava, e o auge disso, o que estou tentando descrever aqui, é o fato angustiante, até mesmo a descoberta, é de que ao não poder convidar pessoas à nossa casa, estávamos indo contra nossa natureza.

Isso é uma pena. Uma guerra interior, uma rebelião contra si mesmo. Se deixar, você acaba soterrado por isso ainda em vida. Aqueles sentimentos distorcidos se manifestando como uma descarga de adrenalina, quando eu evitava minuciosamente permitir que alguém visse o lugar onde eu morava. Quando eu estava com uns 14 anos, a possibilidade de alguém que não fosse da família ver a nossa casa era imbuída de um poder fantástico, a ansiedade fazendo meu coração disparar, mesmo agora, enquanto digito estas palavras na página.

Meu medo ante a simples ideia de alguém ver a Casa Amarela (meu lar, o lugar onde eu morava e ao qual pertencia) me levava a fazer coisas loucas. Se um colega de escola me levasse em casa, eu o mantinha bem longe da ponta da Wilson Avenue. Eu mentia, dizia que precisava passar no armazém para comprar alguma coisa antes. Mesmo sob chuvas torrenciais, eu preferia me encharcar caminhando para casa. Do interior do mercado Natal's, onde eu vasculhava as prateleiras, sem dinheiro para comprar nada, ficava observando o carro deles dando ré para sair, até sumir de vista, depois caminhava pela Chef Menteur, para o lugar onde moravam as pessoas que eu amava, minha mãe e meus irmãos, o tempo todo usando o perfume da fraude e desejando ser invisível.

Uma vez, quando Lynette estava com 11 anos, ela passou um fim de semana maravilhoso em meio a muitas coisas boas na casa de sua madrinha Bonnie, na parte alta da cidade. Naquele fim de semana, Bonnie, uma ex-namorada do tio Joe, recebera outros parentes também. "Eles ficaram tão impressionados comigo", recorda Lynette. E aquelas mesmas pessoas que se impressionaram com Lynette foram deixá-la em casa. Uma outra criança, que estava junto no carro, precisou usar o banheiro. "O que eu ia dizer?", indaga Lynette. "Aí fico imaginando aquelas pessoas que estavam na casa bonita da tia Bonnie. O pesadelo! De alguém ver nossa casa caindo aos pedaços, e pessoas como a gente morando lá! Fiquei insistindo, em pânico, igual a uma doida: 'Vou ao mercado e de lá posso ir para casa a pé'. Mas eles eram adultos, sacaram que tinha algo errado." Quando você está enlouquecida, seu comportamento é mais óbvio do que você pensa.

A madrinha de Lynette ligou para minha mãe para contar sobre a cena de Lynette, o que levou Ivory Mae a perguntar a Lynette se ela sentia vergonha do lugar onde morávamos. Lynette teve dificuldade para encontrar as palavras. Ela simplesmente disse o óbvio: "Eles iam entrar para usar o banheiro". Mamãe teve que entender. Ela acabou deixando para lá.

"O tipo de pessoa que éramos piorava as coisas", diz Lynette. "Por causa do jeito como mamãe vestia a gente, todo mundo criava expectativas. É melhor parecer simples quando se mora em uma casa como essa."

Éramos crianças arrumadas; minha mãe fora uma criança arrumada. Tínhamos jeito de quem tinha dinheiro. Na maneira como nos vestíamos, mas mais do que isso, na maneira como nos portávamos. Caminhávamos empinados, possivelmente com metideza, numa aura de grandes expectativas em relação a nós mesmos e a todos ao redor. Assim como a própria mãe, minha mãe enterrava sua raiva e desespero bem no fundo, sob camadas e camadas de equilíbrio. Os Estados Unidos exigiam esse tipo de dualidade, afinal, e éramos bons em apresentar nossa dupla personalidade. A casa, diferentemente das roupas que nossa mãe fazia sob medida para nós, tinha um caimento deselegante.

•••

Minha mãe raramente se sentava. Estava sempre para lá e para cá. Exceto em algumas ocasiões depois da escola, quando eu fazia meu dever de espanhol na cama dela. Mamãe, que tinha fome de conhecimento por coisas estrangeiras, também queria aprender um segundo idioma. Às vezes, quando ela estava reclinada na cama, as pernas cruzadas na altura do tornozelo, eu colocava minha cabeça em sua barriga e ficava ouvindo os sons que saíam dali. Alguns eram bem altos. Ela então esfregava minha testa — suas mãos excepcionalmente macias —, e essa lembrança em particular é para mim um transporte aéreo, levando-me, até mesmo agora, a um sentimento muito menos exposto.

Minha mãe era, agora vejo, o lar seguro. Mesmo assim, carregávamos o peso da casa de verdade em nossos corpos.

Na escola, não fiz amigos íntimos. Ninguém vinha à nossa casa. Na escola, eu era a mesma pessoa que sou hoje: sociável e interessada em receber visitas. Eu não fazia amigos. Eu estava agindo contra minha natureza.

Perdi minha melhor amiga da igreja, Tiffany Cage, que não conseguia entender por que nunca era convidada para ir à minha casa, sendo que eu ia ao apartamento dela ao menos dois domingos por mês. Sua família, composta por três pessoas, morava em um apartamento pequeno. Não era luxuoso, mas também não estava caindo aos pedaços. Quando ela começou a exigir me visitar, passei a mentir: "Um dia você vem" ou "Não dá, estamos com visitas no momento" ou, mais uma vez, "Um dia você vem".

Quando Tiffany insistiu, escrevi em um diário (àquela altura, minha mania de anotar tudo já se tornara um hábito): "Ela só quer saber de vir à minha casa. Que mesquinha." Depois que amadureci, escrevi a verdade: "Tiffany estava certíssima. Ela ficou íntima demais. É hora de acabar nosso relacionamento."

Escrevi cartas angustiadas para Tiffany que jamais foram enviadas: "Tenho me sentido muito esquisita desde que você disse aquela merda sobre eu não ser uma pessoa aberta. Fiquei chocada com suas palavras. Não me sinto confortável mais em manter um relacionamento com você, já que você passa a maior parte do tempo 'observando'. Espero encontrar novos amigos em minha nova vida quando for à faculdade. Até logo. Tchau!"

Mamãe nunca ficava satisfeita com o estado da casa. Nem mesmo na época em que Simon Broom era vivo e insistia para que eles se tornassem membros do Pont-chartrain Park Social Aid and Pleasure Club, o que exigiria ao menos uma reunião na nossa casa da Wilson Avenue. *Tive que trabalhar à beça para consertá-la. Eu não tinha coisas boas. A mobília era boa, mas em comparação ao que as outras pessoas tinham... Ainda tínhamos os aquecedores individuais, sendo que o de todo mundo era central. Mas tudo tinha um aspecto muito bom. Todo mundo sempre se divertia, mas eu sentia que merecia algo melhor. Tentei educar vocês, não me importa o que seja, se é seu, orgulhe-se. O que quer que você tenha, certifique-se de que esteja bonito.*

Havia a casa em que morávamos e a casa na qual pensávamos que deveríamos morar. Havia a casa na qual pensávamos que deveríamos morar e a casa que outras pessoas pensavam que morávamos. Todas essas casas estavam em conflito. E a casa de verdade?

Minhas memórias da desintegração da casa também entravam nesse conflito, forças indistinguíveis, sua desintegração uma linha reta sempre se alongando, *ad infinitum*.

Simon Broom jamais finalizou a obra do andar de cima, que era o quarto dos meninos, então havia uma moldura no cômodo em vez de uma parede. O teto exibia vigas inacabadas. "Eram minhas barras de trepa-trepa", diz Byron.

Seu pai não queria gastar dinheiro para fazer as coisas direito. Se tivesse um buraco na cozinha, em vez de trocar o piso todo, como qualquer pessoa sensata faria, ele simplesmente pegava tábuas e cobria o buraco, aí um trecho ficava todo amalucado e você ficava subindo e descendo quando caminhava.

Era assim que as coisas eram consertadas quando papai era vivo. Depois que ele morreu, as coisas continuaram assim, ou então não continuaram. Havia vestígios do meu falecido pai pela casa inteira — uma porta lixada, porém sem pintura; buracos abertos para encaixar as janelas, à espera da instalação das vidraças —, era como interromper uma música na melhor parte.

Com o tempo, os problemas elétricos da casa pioraram; as luzes do puxadinho entravam em curto enquanto a casa original permanecia acesa, era como uma árvore de Natal com luzinhas defeituosas.

"Papai estava sempre fazendo algum conserto na casa. Isso era contínuo", diz Michael. "Papai sempre ia buscar alguma coisa em outro lugar, algo já usado; talvez se ele não tivesse colocado tantos itens usados na casa, ela poderia ter permanecido de pé. É uma coisa na qual se pensar."

"Uma casa precisa de manutenção", diz meu irmão Simon agora, depois do acontecido, mas naquela época, quando ele estava no exército, a casa parecia estar caindo aos pedaços e os filhos mais velhos não faziam nada para resolver a questão. Eddie se casara e fora embora. Carl também se casara. Darryl começara a usar crack e a vivenciar os problemas que vinham junto. Byron se alistara na Marinha. Os outros irmãos ou estavam correndo atrás de um rabo de saia ou caçando emprego para conseguir um rabo de saia. E então éramos só nós, as três filhas, na casa: eu, Karen e Lynette.

Mamãe estava sempre tentando consertar as coisas do jeito que ela sabia. O interruptor de luz da cozinha estava quebrado, os fios expostos. Mamãe então botou fita adesiva na parede, formando um quadrado perfeito ao redor do interruptor, que — por um tempo — ficou com a fiação no lugar.

Em algum momento dos anos 1990, embora eu não consiga me lembrar ou encontrar evidências de quando exatamente, mamãe refinanciou a casa e instalou o revestimento amarelo. O esquisito disso tudo é que eu não me lembro da cor da casa antes — eu sempre chamei de Casa Amarela. O revestimento, amarelo-claro, tinha uma aparência delicada, porém marcante o suficiente para fazer bonito, e por um tempo fez a casa parecer nova. Sutil e clássico, nosso amarelo. Também altamente suscetível à sujeira.

Os empreiteiros, tirando proveito de uma mulher sozinha, também não o instalaram corretamente. Deixaram embaixo a madeira em decomposição, instalaram o revestimento purinho em cima da podridão, coisa que só descobrimos mais de uma década depois, quando o furacão Katrina expôs tudo.

Pouco depois desse trabalho de revestimento, o namorado de Karen, que era carpinteiro amador, instalou um linóleo com padrão geométrico no chão da cozinha, no entanto, os cantos começaram empenar com uns bons anos de antecedência. Num minuto você estava andando descalço e deslizando no linóleo que mamãe polira com tanto esmero, dois passos depois você subitamente sentia os remendos de madeira onde estavam as deformidades. O piso começou a ficar cheio de buracos. Por volta dessa época, os ratos vieram morar conosco, fazendo tanto barulho na cozinha enquanto eu tentava ler James Baldwin ou dormir no meu quarto ao lado, que eu não ousava levantar da cama para verificar o que estavam fazendo. Mas eu acabaria descobrindo pela manhã.

O namorado de Karen também construiu um armário de cozinha, mas nunca chegou a fazer as portas. Mamãe improvisou do melhor jeito possível: linho branco embaixo; cortinado com estampa de frutas em cima. A casa tinha cortinas em vez de portas.

O encanamento estava sempre com problemas. Tínhamos baldes debaixo da pia da cozinha para coletar a água suja da pia. Os armários da cozinha tinham grandes buracos que davam lá para fora. Mamãe chegou a tapá-los com papel alumínio depois de ouvir em algum lugar que os ratos não davam conta de roê-los. Roeram.

O cômodo que considerávamos o pior era o banheiro mais novo, o único da casa que tinha tranca. As correntes de ar invadiam pela janela que dava para o beco dos fundos. Sobrepujada por vinhas onde viviam lagartos e cobras, era totalmente selvagem. Eu ficava imaginando aquela vegetação retorcida ultrapassando a casa por trás, envolvendo a gente num dossel verde que tomaria o telhado até descer para o outro lado. Aí, certa manhã, acordaríamos envoltos em seu casulo, incapazes de rompê-lo. A ausência de uma vista pode ser mais torturante quando a mente quer vagar e pular na paisagem. Aquele banheiro e suas torneiras quebradas: precisávamos de um alicate para abrir a água. Quanto mais você usava o alicate, mais desgastava a rosca e, assim, um dia terminamos sem conseguir abrir a torneira de jeito algum. Será que foi por isso que precisamos recorrer à água fervida no fogão, que era carregada pelo quarto cor de lavanda onde eu dormia, com as pessoas dizendo: "Cuidado, cuidado, cuidado"? Ou foi porque o aquecedor de água estragou, com a chama-piloto parando de funcionar? Bom, o fato era que a gente carregava água fervente pela casa para tomar nosso banho usando a panela de arroz e feijão, despejando a água escaldante na banheira ou na pia. Isso com todos nós sendo amantes de banho, os homens e mulheres desta família, um verdadeiro evento no nosso cotidiano, uma tentativa de relaxar num cômodo cujo ambiente era pouco confiável e, portanto, desprezível. Quando os ratos sairiam de debaixo da pia, onde a vasilha de plástico captava a água vazando?

Não dava para saber.

E é assim que vai crescendo sua decepção em relação a um espaço, que vai se tornando algo pessoal: você, cozinha, não me aquece. Você, sala de estar, não me traz aconchego. Você, quarto, não me protege.

Michael se casou e comprou uma casa de três quartos na Red Maple Street, em uma nova subdivisão da classe média em Michoud. A casa tinha carpete de pelúcia em toda sua extensão e uma entrada em arco bem teatral. Ele e a esposa dirigiam um Dodge Dynasty vermelho, novo em folha, que denotava uma melhoria de vida. Michael era perfeccionista, criativo, obcecado com a apresentação da comida. De todos os meninos, era o mais parecido com mamãe. Ele pegava todos os pratos mais básicos de mamãe e transformava em aperitivos dignos de restaurante — por exemplo, o recheio de pimentão da mamãe virava um rolinho com molho de batata-doce ao lado. E ele sempre aparecia para ver como estavam suas meninas — era assim que ele chamava a mim, mamãe, Lynette e Karen.

Michael iniciou vários projetos de reparos domésticos na Casa Amarela. Saiu e comprou sarrafos e estava derrubando as paredes apodrecidas do covil, mas por fim o projeto fracassou — a pessoa que deveria vir para ajudar jamais apareceu — e o trabalho travou, como se locais incompletos fossem locais mais felizes. *Ninguém queria consertar a casa de fato. Estavam todos pensando na própria casa dos sonhos.* Era mais fácil para Michael comprar coisas que não careciam de reconstrução: um aquecedor de água e um fogão novo.

Em algumas noites, voltávamos da igreja e encontrávamos cupins ou baratas voadoras reunidos em nossos quartos, e eu ficava acordada quase a noite inteira vendo-os voar, rastejar e voar.

Descrever o processo de desintegração da casa em sua totalidade parece enlouquecedor, é como tentar apontar a única coisa que estraga a personalidade de uma pessoa.

Parece-me agora que à medida que a manutenção da casa ia ficando cada vez mais difícil, minha mãe ia se tornando mais enfática na limpeza. As faxinas de mamãe eram verdadeiros exorcismos. No cerne de suas esfregações estava sua crença em tropos meritocráticos. Que o trabalho duro tinha suas recompensas, por exemplo. Mas como é que eu ainda poderia acreditar nisso depois de testemunhá-la debaixo da mesa da cozinha limpando, sua figura reduzida a um pacotinho? Ah, esfregar um chão poroso que não fica limpo! Sempre havia um balde d'água e um esfregão por perto. Ela estava sempre borrifando algo na banheira, limpando os balcões, polindo os bocais das lâmpadas. Especialmente no Natal.

"It's beginning to look a lot like Christmas", ela passeava pela casa cantarolando, pegando caixas pesadas cheias de enfeites, alguns deles de vidro e embrulhados com o papel de muitos Natais atrás, outros foram presente da nossa avó, comprados em lugares que há muito tinham fechado suas portas. Dourado era a cor de mamãe, não prateado, o que nos fazia rir da história que ela contava sobre o ano em que papai trouxe uma árvore de Natal artificial prateada e colocou diante da fileira de janelas do covil nos fundos casa. *Era a arvorezinha mais assustadora.*

Durante o Natal, mamãe trabalhava na sala de estar tal qual um artista faria. Não deixava passar nenhum detalhe: guirlanda dourada na porta; papel vermelho reluzente na porta da frente, que servia ao duplo propósito de evitar a corrente de ar e esconder a cor feia da madeira; um lindo laço no centro transformava a porta num presente.

A sala nos convidava a entrar — acenando para nós de onde quer que estivéssemos na casa —, e de repente você se flagrava dentro dela apenas admirando as coisas que Ivory Mae tinha feito. À noite, a gente acendia a árvore de Natal e se sentava no carpete para olhar suas luzinhas piscantes, e nunca mais queria sair do cômodo tomado de coisas e aconchegante. Ao menos naquelas ocasiões, a gente não sentia falta de nada, não desejava mais nada.

Que tal umas músicas de Natal?, sugeria mamãe, aí alguém pegava o velho aparelho de som cor-de-rosa de Lynette. Mamãe cantava "Silent night" junto com as Temptations numa voz que se esforçava para alcançar os tons operísticos, agudos, os vibratos, às vezes falhando. Quando ela cantava, sempre começava forte e depois abrandava o volume rapidamente, como se reprovasse a própria cantoria. Quando começava "Rudolph, a rena do nariz vermelho", a coisa tomava ritmo: ela tocava o próprio nariz e se levantava para requebrar os quadris. Aí fechava as mãos e sacudia no alto, comprimia a boca, chacoalhava e rebolava. Do chão, nós batíamos palmas e dançávamos da cintura para cima.

Em certo ano, em busca de um toque final, ela jogou neve de um saco plástico na árvore. Em outro, pulverizou neve de uma lata. Mas isso aconteceu apenas uma ou duas vezes. A neve era ilusão demais, e ela odiava o tanto que sujava o tapete.

Em 1994, no meu segundo ano do ensino médio, surgiram os outdoors, assomando-se acima dos grandes carvalhos e rodovias, com um texto em fonte Gothic branca e simples: NÃO MATARÁS.

Ninguém ligou para aquelas mensagens.

Assistíamos às histórias de crime no noticiário noturno: tinha fita amarela da polícia em volta de árvores em tudo que é canto da cidade, como sequências de crimes não solucionados. Naquele ano, quando eu tinha 14 anos, o medo veio à tona, retorcendo-se em nossos corações e se escondendo debaixo da minha cama.

Foi o ano que passamos a ignorar as placas de "Pare" no trânsito depois de escurecer, e passamos a encarar as luzes vermelhas como sinais de parada, sendo que não parávamos se as luzes azuis dos homens da lei piscassem atrás de nós, quando não podíamos confiar em nada e nem em ninguém. Os policiais de Nova Orleans eram renegados, sequestrando carros e agredindo brutalmente motoristas parados em blitz de rotina. Um policial estuprou uma estudante da Tulane University em sua viatura. Em 1994, o policial Len Davis, também conhecido como Robocop e Terrorista de Desire, que nas horas de folga tomava conta de um depósito de cocaína, foi mandante do assassinato de uma mulher que confidencialmente (pensava ela) relatara ao departamento de polícia sobre o espancamento a coronhadas de um jovem de 17 anos. A informante tinha 32 anos e era mãe de três crianças. Seu nome era Kim Groves, e ela estava morta. Um dos 424 assassinatos naquele ano.

Esses são só alguns destaques.

O turismo na região cresceu.

Lynette voltou, deprimida, para a Casa Amarela depois de um ano em Nova York. Reivindicou nosso quarto, mas não sua antiga posição nele, de tão ocupada que estava procurando emprego. Não estava dando conta de pagar as mensalidades e a vida em Manhattan. Ninguém dissera a ela quanto custaria a vida lá, pois ninguém em nossa família tinha conhecimento sobre isso.

Ela então se pôs a procurar emprego no French Quarter. Não havia mais emprego no New Orleans East. O shopping Plaza, onde ela trabalhara durante o ensino médio, outrora um vasto labirinto (oitenta acres, mais de cem lojas), estava em vias de fechar as portas. Quando foi inaugurado em 1973, uma banda mariachi tocou em frente à pista de gelo Fiesta Plaza. "Quem já ouviu falar em vender patins de gelo para o povo de Nova Orleans?", dizia um anúncio da loja de departamentos Maison Blanche. "É como vender esquis aquáticos para esquimós, não é?" Mas o rinque de patinação estava na moda. E o cinema. No entanto, o estacionamento do shopping agora era palco das reuniões do Night Out Against Crime.[1] Frequentar o local era se colocar sob risco de detenção (antes mesmo de botar o pé para fora do carro) por um policial armado. As grandes lojas de departamento que antes atraíam gente de tudo que é cidade pela ponte interestadual — Maison Blanche, Sears, Mervyn's e DH Holmes — tinham fechado, restando apenas a Dillard's. Os clientes, agora em sua maioria alunos do ensino fundamental e médio, quase sempre furtavam as mercadorias.

Foi formado um grupo para defesa do empresariado local chamado New Orleans East Economic Development Foundation, que se pôs a travar campanhas para salvar o Plaza e o East como se fossem tudo o de mais sagrado, lançando uma promoção de relações públicas, "New Orleans East — É bom viver aqui", com anúncios no rádio e nas laterais dos ônibus que levariam Lynette ao French Quarter. Estavam lutando contra a crescente privação de direitos do East, contra seu abandono. "Pegue seu mapa da cidade de Nova Orleans; se você ainda não notou, boa

---

1   Night Out Against Crime é um evento anual criado para aumentar a conscientização pública sobre a prevenção de crimes, formando vínculos entre a população e as autoridades para que fique claro que os bairros estão organizados e lutando contra a criminalidade. [NT]

parte do New Orleans East não está retratado nele", disseram em uma reunião, apresentando um mapa revisado de Nova Orleans que incluía o East.

Àquela época, o Jazzland, um parque temático hoje famoso pela aparência assombrada de seus brinquedos abandonados e enferrujados, estava em fase de planejamento. Foi em 1994, seis anos antes da inauguração, a grande esperança do New Orleans East. A prostituição na Chef Menteur parecia o único ramo ainda em expansão, sem derrocada à vista.

Lynette conseguiu emprego no French Quarter em lojas de roupas e restaurantes. Em Nova Orleans, era normal ter dois ou três empregos ao mesmo tempo para levantar um salário decente — mesmo no caso de policiais, que ganhavam meros 18 mil dólares ao ano e eram responsáveis pela aquisição de seus uniformes e revólveres.

Em 1994, a mente da vovó estava se deteriorando no mesmo ritmo que a lei. Começou assim: minha avó escondia dinheiro de si mesma, em carteiras velhas. Isso não parecia incomum para uma mulher na casa dos setenta anos, mas logo ela estava lavando pratos na água fria e cozinhando panos de prato sujos na panela de feijão. Nos fins de semana, em vez de irmos a St. Rose para reuniões familiares, assim como fizéramos por minha vida toda, agora minha tia deixava vovó na Casa Amarela com a gente.

Minha função era manter Lolo dentro de casa e nosso irmão Darryl fora dela. Não se podia confiar em vovó para dizer onde morava. E Darryl poderia roubar nossos objetos para vender e comprar crack.

Lolo simplesmente botava na cabeça que tinha um compromisso e que havia pessoas esperando por ela, e que a gente não estava entendendo isso, e que a gente — de repente — não era sua família, a julgar pela confusão no rosto dela.

Tentar manter vovó dentro de casa era dureza. Enquanto ela tentava abrir a porta lateral comigo na frente dela, ficava falando que havia mulheres à sua espera, mulheres que, minha mãe dizia, fizeram parte do mundo antes de mim. Tia Shugah estava esperando, implorava vovó, e não gostava de ser deixada esperando. Ou Sarah McCutcheon. Às vezes, era sua mãe biológica,

Rosanna Perry. Vovó era uma mulher franzina com a força de uma halterofilista. Às vezes, eu tinha que arrancar seus dedos da maçaneta, um a um, suas unhas ficando vermelhas como cerejas por segurar tão forte. Quando o negócio ficava sério, eu berrava para alguém na casa vir. "Ajudem!"

E ainda assim, numa manhã de Mardi Gras, vovó conseguiu escapar. Troy deveria estar de olho nela. Ela ficou desaparecida por horas. A polícia finalmente a encontrou, marchando atrás de um cavalo, em um desfile no centro da cidade. Agarrada a uma bolsa sem dinheiro, ela deixou a Casa Amarela, fugiu dos olhares curiosos da sra. Octavia na casa vizinha e, sabe-se lá como, conseguiu atravessar a Chef Menteur e tomou o ônibus número 90 para comemorar o Carnaval.

A ponta curta da rua fagocitava membros inteiros de seu próprio organismo. Estruturas desapareciam durante a noite e sem aviso, demolidas ou carregadas durante nosso sono. O terreno onde ficava o estacionamento de trailers Oak Haven agora estava vazio, seu status isolado era perfeito para despejo ilegal de lixo, feito por pessoas ousadas o suficiente para realizá-lo em plena luz do dia. Por fim, transformou-se em um negócio oficial, carros de sucata erguidos entre mandíbulas de aço e devidamente esmagados, empilhados como fichas de pôquer. O lixo estava vencendo. A ponta curta da Wilson havia se tornado mais industrial do que residencial. A vista de nossas janelas tinha mudado: uma sólida cerca de chapas de metal recicladas se erguia ao redor do lixo, bloqueando uma visão horrorosa com outra. As casas, espectadoras infelizes, não tinham meios de tornar o feio bonito.

Joyce Davis e sua família um dia simplesmente se mudaram, migrando para Gentilly, um bairro de classe média no lado urbano do Canal Industrial. Como se para tornar a partida ainda mais dramática, a casa dos Davis foi demolida dias depois no que pareceu ser um único golpe, deixando um pedaço quadrado de concreto que parecia pequeno demais para acomodar uma casa. Sobravam agora três casas do nosso lado da rua.

Em alguns domingos, a gente passeava de carro, olhando as propriedades listadas à venda no jornal. Karen assumia a liderança, incentivando mamãe a continuar. Lembro-me do marca-texto amarelo no jornal dobrado. O Toyota azul de Karen lotado e se arrastando pelo asfalto com nosso peso. Karen e mamãe na frente. Eu e os dois filhos de Karen, Melvin e Brittany, no banco de trás. Íamos até os endereços marcados, mas nunca saíamos do carro para entrar nas casas abertas a visitação. Era como se a visão de outro espaço, mais promissor, fosse capaz de destruir instantaneamente nossa destreza de continuar morando na Casa Amarela. E se não conseguíssemos adquirir a nova casa dos sonhos depois de vê-la? Aí ficaríamos presos não apenas na casa caindo aos pedaços, mas pior, na casa caindo aos pedaços e embalando uma visão do que poderia e deveria ter sido.

Se ao menos, se ao menos, se ao menos.

Sabíamos qual era o preço dos sonhos; tínhamos passado a vida inteira fazendo isso — sonhando e pagando por nossos sonhos. Minha escola particular nos custava lâmpadas e consertos na casa, e às vezes até a comida na mesa. Sonhos não realizados podem ser uma porrada, se você não tomar cuidado.

Mesmo assim, mamãe fazia anotações para descrever a casa que aspirava. "Sala de estar, ampla sala de jantar, dois quartos, um covil espaçoso, cozinha, garagem, quarto de costura, um bom quintal na frente e atrás, boa localização, de preferência na cidade, ventilação e aquecimento central", escrevera ela em um caderno. "Ao nível do solo, muito espaço para flores e arbustos. Tijolo e madeira. Boas janelas."

Na época em que estava de volta à Casa Amarela, Lynette escreveu uma resolução chamada P*O*U*P*A: Plano da Casa da Mamãe. De julho a novembro, os filhos de Ivory Mae deveriam contribuir mensalmente para um novo fundo doméstico. Lynette plastificou o documento e o pendurou de modo que olhasse para nós todos os dias. Os cheques começaram a pingar, mas não eram suficientes para os consertos da Casa Amarela ou para uma casa nova. O plano precisava de um gerente de projetos, e Lynette não era essa pessoa. Todos nós nos sentimos culpados quando o plano não deu certo, o papel plastificado amarelando na parede. Por fim, acabamos tirando-o de vista, mas ele sobreviveu aos anos. A busca por uma casa nova iria cessar — por um tempo —, e então reviver, esse sonho resistente estimulando os marca-texto no jornal e os passeios de carro para ver residências outra vez.

O único sinal de progresso na ponta curta da Wilson foi a construção de uma casa de tijolos do outro lado da rua, na frente da sra. Octavia, ao lado do depósito de sucata. A visão da casa sendo construída era fascinante, com todas as marteladas, carregamentos e idas e vindas da equipe de construção. Mais larga do que todas as três casas do nosso lado da rua, tinha duas entradas separadas na frente, emolduradas por arcos de tijolos vermelhos recortados de um muro alto o suficiente para esconder os ocupantes da casa, que podiam sentar-se atrás dele, na varanda, sem serem detectados. O sótão tinha uma janelinha de onde alguém poderia nos espiar. Esses detalhes emprestavam à casa solitária daquele lado da rua um ar de mistério. Como eu nunca soube direito quem morava ali, nunca os vi circulando pela rua, coloquei os proprietários em um pedestal: Eles da Casa de Tijolos Deslocada. Chegaria uma época em que eu viria a conhecer muito bem o homem que moraria naquele local muito depois de seu encanto desaparecer. Tudo o que estou escrevendo aqui e agora leva a isso.

Durante seu ano na cidade de Nova York, Lynette conheceu e fez amizade com Deirdre, uma aspirante a modelo da Flórida, e a quem ela queria convidar para ir à nossa casa.

Lynette tinha saído de novo da Casa Amarela e talvez tivesse se esquecido de que a gente não recebia visitas, ou então ela se dera conta da loucura disso e sentira que era hora de seguir uma nova abordagem. Minha mãe disse o de sempre.

Ora, garota, você sabe que esta casa...

Mas Lynette contra-atacou e fez mamãe mudar de ideia, o que me surpreendeu e deixou minha mãe enlouquecida e fazendo tudo o que podia para melhorar a casa, exceto reconstruí-la a partir da fundação, que era a única coisa que de fato resolveria, a única maneira de segurá-la, mas não tínhamos os meios para tal.

Para a chegada de Deirdre, mamãe trocou as cortinas, limpou o lustre com suas lágrimas de cristal falso, pintou com spray a moldura do espelho da sala para renovar o dourado, poliu as mesas, *Qboou* a casa com alvejante a um ponto de a gente mal conseguir respirar. A casa simplesmente permaneceu ali, uma criança agressiva e obstinada.

A amiga de Lynette, Deirdre, chegou em um dia de verão. De onde eu estava sentada, na cozinha, perto da porta lateral, ouvi os pneus dela entrando em nossa garagem desgastada. Ela estava em um Jeep Wrangler vermelho com capota bege-claro. No momento em que vi o carro dela, imediatamente desejei um igual. "No dia que ela chegou, estava morrendo de calor", diz Lynette. "Eu deveria ter dito a ela: 'Olha, a gente mora num barraco. Nossa casa está completamente dilapidada.'"

Deirdre entrou. Recebê-la exigiu que fôssemos de encontro a tudo o que tínhamos aprendido até aquele momento. Ela confirmou para nós, sem se dar conta disso, o que a gente via diariamente com nossos próprios olhos. Estava profundamente incomodada, reclamando amargamente daquelas coisas que nós mesmos mais odiávamos: calor, ratos e o banheiro.

Era nossa vida. Sentimo-nos julgados, mas não falamos nada. Deirdre ficou conosco por algumas semanas, acho. E foi embora exatamente do jeito que tinha chegado, dando ré em seu Wrangler. Perto do semáforo, virou à direita, seguindo para leste na Chef Menteur, para a casa da própria mãe na Flórida. Ela foi embora, creio eu, sem fazer a mínima ideia, fosse devido à juventude ou à personalidade, da dádiva que estivéramos desesperados para lhe dar.

Deirdre confirmou o que mamãe já sabia. *Você sabe que esta casa não é muito confortável para outras pessoas.* A casa também não era muito confortável para nós. A prova disso tudo nos encarava de volta. A partir de então ficamos mais reservados. De certa forma, poderia se dizer que nos tornamos a Casa Amarela. Eis um enigma: o que era pior? A casa ou esconder a casa?

No início, a vergonha é um rastejar lento, depois, uma implosão violenta.

Quase no final, a Qboa já não podia mais oferecer garantias. Não era certeza de absolutamente nada. Foi suplantada pelas necessidades da casa, assim como minha mãe, Ivory Mae, que, como Lynette dizia, "era capaz de ressuscitar uma pedra".

Não consigo me lembrar de outro amigo visitando a casa.

Exatamente no momento em que Lynette foi contratada no restaurante Court of Two Sisters, na Royal Street, também foi aceita na Parsons School of Design e rumou para Nova York pela segunda e derradeira vez, nunca mais retornando para morar em Nova Orleans ou para visitar por mais do que duas semanas. Algumas semanas depois de sua partida, a policial Antoinette Frank assaltou à mão armada um restaurante vietnamita na Chef Menteur, que também era seu emprego secundário, matando outro policial e um casal de irmãos que trabalhavam lá. Isso aconteceu em março de 1995, na primavera. Eu tinha 15 anos.

Eu tinha acabado de aprender a dirigir. Fui ensinada por Carl, que me levou uma vez na Old Gentilly Road, que era estreita demais para dois carros passarem ao mesmo tempo. Minha segunda e última aula de direção foi na High Rise, onde tive que entrar em meio a carros em alta velocidade. "Dirija, garota. Apenas dirija", dizia um imperturbável Carl para mim. Não tive escolha.

Herdei então o antigo carro de Karen, um Toyota Tercel azul que ficava estacionado no quintal entre a nossa casa e a da sra. Octavia. Dava para vigiá-lo da janela do meu quarto. Era a primeira coisa que eu podia chamar de minha e que me permitia esboçar alguns sonhos. Mas o carro nunca rodou. Ou sequer deu partida. Ainda assim, pendurei um desodorizador no retrovisor, preparando um automóvel que jamais iria sair do lugar, a grama embaixo dele morrendo, apodrecendo, bloqueada do sol. Eu adorava o cheiro do tecido dos bancos no calor, recém-hidratados por mim, e a qualidade do isolamento. Às vezes, eu fechava as portas, cerrava os vidros totalmente e ficava lá dentro até perder o fôlego.

Meus irmãos já estavam todos adultos, a maioria deles tinha casado, voltando à Casa Amarela apenas para visitar e durante os momentos de baixa, aqueles períodos intermediários naturais em todas as vidas. Troy saiu de casa para se casar e teve três filhos, mas também retornou após o divórcio, e agora morava novamente no puxadinho da casa onde crescera.

O retorno de Darryl sempre começava com ele no quintal entre a Casa Amarela e a casa da sra. Octavia, logo atrás do meu Tercel azul.

Observando da janela da cozinha, eu via as roupas de Darryl no chão, mas não as roupas apenas, na verdade era ele deitado ali, um montinho de ossos envoltos em tecido, os joelhos colados no rosto, a camiseta formando uma tenda sobre a cabeça encoberta. Quando isso acontecia, a fúria de Carl, Michael e Eddie tomava o quintal, as longas pernas entrando e saindo, um movimento ágil, Carl mordendo os nós dos dedos de seu punho cerrado.

As surras normalmente aconteciam dentro de casa, mas trazer Darryl para dentro agora era perigoso. A cólera dos meus irmãos fazia os vizinhos desaparecerem; ninguém ficava do lado de fora, exceto os briguentos e seu irmão encolhido. Todas as cortinas ficavam bem fechadas, exceto por uma frestinha na janela do quarto da sra. Octavia. Eu nunca ficava assistindo por muito tempo. É terrível ver o amor falhar em um milhão de direções diferentes: nós estamos te batendo porque você fez uma coisa errada já estando adulto, porque magoou nossa mãe, a quem amamos mais do que tudo, porque podemos encher você de porrada até botar bom senso nessa cabeça, até arrancar esse vício, muito embora, é claro, não tenhamos como fazer isso, porque se não batermos em você, outra pessoa vai fazer isso, até te matar, e isso vai acabar com a gente também.

Em todas as vezes, mamãe sempre corria lá para fora de chinelos, gritando para os meninos pararem — *Michael, Carl, Eddie, vocês passaram dos limites agora* —, sua voz aguda e pueril. *Larguem ele agora.* Ela era magra, porém curvilínea, muitos centímetros mais baixa do que seus filhos, mas golpeava os corpanzis deles com as pernas e quadris. Quando eles recuavam, Darryl estava largado deitado na grama. Eu ficava parada à janela observando-o imóvel por uma eternidade. Eu testemunhava o momento que ele se levantava e ia embora; de repente, eu resolvia olhar de novo e descobria que ele havia sumido.

Dias depois, ele ligava a cobrar de algum programa de tratamento contra drogas.

"Ei, Mo, mamãe taí?"

"Espera aí. Mãããããããeeee."

O que foi, garota, por que você tá berrando?

"Darryl quer falar com você."

E então exatamente a mesma coisa aconteceria repetidas vezes. Esse padrão — roubar, consertar, ter uma recaída, roubar — foi a definição de Darryl para mim durante toda a minha infância e adolescência, e durante a maior parte dos meus anos de adulta.

Ele furtava nossas coisas para penhorar e comprar drogas: a aliança de casamento de mamãe com Simon Broom, que ela costumava guardar na gaveta do quarto. O conjunto de tacos de golfe do papai. O banjo? Darryl se tornou responsável por todo e qualquer desaparecimento de objetos em casa, fosse ele o verdadeiro culpado ou não.

Em certas manhãs, acordávamos e descobríamos que o carro de mamãe não estava na garagem, o que a obrigava a caminhar oitocentos metros pela Chef Menteur até seu trabalho na casa de repouso. Nos dias subsequentes, ouvíamos histórias sobre alguma pessoa aleatória vista andando em nosso carro. Começamos a compreender o perigo disso. Qualquer contravenção cometida por quem "alugara" o carro de mamãe das mãos de Darryl em troca de dinheiro para drogas também estaria sendo cometida pela gente. Quando o carro voltasse para a gente, e se mamãe por acaso estivesse me levando para a escola, alguém poderia nos confundir com Darryl ou com um de seus amigos do tráfico e descarregar um tambor na gente. Comecei a ficar morrendo de medo de levar um tiro, principalmente na cabeça. Durante muitos anos, em muitos lugares diferentes, incluindo meus sonhos, alimentei esse medo.

Quando mamãe trabalhava de madrugada, toda a extensão da Casa Amarela ficava vazia, exceto por mim no meio dela, no meu quarto. Naquelas noites, quando ela estava fora, eu ficava deitada na cama atenta às três portas de entrada. O estranho que eu temia era meu irmão Darryl, e quem quer que pudesse estar com ele tentando arrombar a casa para roubar nossas coisas e comprar drogas.

A porta mais distante, na sala, ficava a três cômodos de mim. Tinha uma fechadura robusta, ou talvez a porta ficasse sempre fechada com pregos. As duas possibilidades meio que se fundiram na minha mente.

A porta da cozinha, ao lado do meu quarto, tinha tamanho industrial e era pesada demais para o batente. Comprada por Carl — que assim como seu pai, tinha seu jeitinho para encontrar coisas —, ela se projetava, as bordas ásperas soltando farpas quando você a pegava errado. Por causa de seu tamanho, e principalmente porque a utilizávamos mais, as trancas pareciam quebrar o tempo todo.

Eu passava as primeiras horas daquelas noites supremamente consciente, avaliando todos os sons, como alguém caminhando em uma floresta desconhecida pela primeira vez.

Como se para compensar tanta atenção, quando eu finalmente permitia que meu corpo e minha mente descansassem, depois de um certo ponto da madrugada, digamos às duas da manhã, quando eu achava que tudo o que poderia acontecer já teria acontecido, eu caía num sono tão profundo que nada era capaz de me acordar. Considero esse tipo de sono mais uma modalidade de autodefesa. Se você está dormindo tão profundamente, então o que quer que aconteça, vai atingi-lo sem que você perceba. O sono se tornou para mim a resignação definitiva.

Uma noite, deitei na cama. Ao meu redor, as circunstâncias da minha vida. A única luz vinha da cozinha, o cômodo ao lado. O forno estava ligado para aquecer a casa. Uma cadeira de jantar encostada na porta lateral pesada, fazendo as vezes de tranca. Era necessária uma tremenda suspensão de descrença para que eu acreditasse estar a salvo de qualquer coisa. Eu estava lutando contra o sono, o que significava que era antes do alvorecer na manhã do dia seguinte, quando meio que notei um membro saindo de debaixo da minha cama. Então parte de um torso masculino apareceu. Será que eu estava sonhando?

Ele correu para o cômodo ao lado.

Fechei os olhos. Era inverno; minha pele estava fria contra os lençóis.

Ouvi um gemido familiar. Meu irmão Darryl gemeu.

A cadeira que segurava a porta caiu no chão.

Fiquei deitada na cama por um bom tempo, sentindo o frio da noite escura.

Quando finalmente me levantei, abraçando meu corpo por causa do frio, puxei a cortina preta que separava meu quarto da cozinha. A porta lateral estava aberta. A cadeira estava caída de lado.

Mamãe chegou em casa por volta das seis da manhã e descobriu a invasão antes mesmo que eu pudesse acordar para contar a história: Darryl havia se esgueirado em casa e se escondido debaixo da minha cama até mamãe sair para o trabalho, para então roubar o micro-ondas, nosso último eletrodoméstico.

Darryl despertou em mim um medo novo, não de estranhos cujos rostos eu não conhecia, mas daquelas coisas, pessoas, cenários que eram os mais íntimos, mais conhecidos. Mas eu realmente não conhecia Darryl, conhecia? Ele era meu irmão mais velho. Esse era o fato, mas os fatos não são a história.

Eu tinha medo de olhar para aquele Darryl possuído, que é como eu classificava seu vício. Eu não olhava para ele, nunca cheguei a ver seus olhos de verdade. Quando o fiz, muitos anos depois, ele era um rosto inédito para mim.

Durante um período longuíssimo, eu não suportava ouvir a voz dele. Isso é uma coisa tão difícil de se escrever, ser tão íntima de alguém que você não suporta olhar, de quem você tem medo, alguém que você acha que vai te machucar, mesmo inadvertidamente, principalmente porque você é da família dele e vai acabar permitindo que ele se safe no final.

Sempre que estava em recuperação, Darryl se tornava o "O Senhor seja louvado", pois dizia "O Senhor seja louvado" como um tique após cada frase, não importando sua relevância. Após a reabilitação, confiança reconquistada, ele voltava a entrar na Casa Amarela e conseguia um emprego temporário — em uma fábrica de doces, por exemplo. Aí trabalhava até receber seu segundo salário, depois voltava às drogas. Eu sempre sabia quando ele estava usando porque ele ficava taciturno e sobressaltado, e dormia por tempo demais no sofá. Às vezes, quando eu tentava acordá-lo, com medo de que ele estivesse morto, ele me chamava de Gordota. Eu tinha ombros largos e coxas grossas.

"Quem é que usa essa palavra?", era o que eu falava para ele.

O Darryl que amávamos, mas que agora raramente víamos, era extremamente engraçado, um escritor nato, contador das melhores histórias. Seu talento tinha menos a ver com o que ele dizia, e mais com o jeito como ele dizia. Ele tinha o timing de um comediante. Declamava um monte de trava-línguas usando um monte de palavrões, o que me fazia cair na gargalhada, principalmente naqueles anos em que eu ouvia melhor do que enxergava. Às vezes, quando éramos mais jovens, todos que estávamos na casa em determinada hora acabávamos no quarto pintado de rosa da mamãe, enquanto Darryl nos regalava com histórias comuns feitas para parecer fantásticas. Tipo quando ele tomou um tiro de raspão no rosto durante uma briga por uma garota em um baile do ensino médio, que deixou uma cicatriz semelhante a uma folha dobrada abaixo do olho. "Eu simplesmente continuei dançando, sabe, baby, aquelas pernas continuaram se mexendo de boas. Não foi nada", afirmava Darryl. Às vezes, sentíamo-nos tão livres em nossa intimidade familiar que tínhamos coragem de saltitar na cama da mamãe. E aí era tudo sorrisos e gargalhadas, e às vezes socos e uma lutazinha de leve quando Darryl interrompia com o que pensávamos ser mais uma história torta. "Eu sou o rebelde da família", dizia ele, estragando o clima de todo mundo.

08
LÍNGUAS

Quando eu estava no meu penúltimo ano letivo na Word of Faith, desenvolvi um senso de interioridade, um lugar sem restrições onde eu podia viver, e esse lugar dentro de mim era o cômodo que eu mais amava. O ensino médio, para mim, resumia-se ao meu desejo de ir embora em busca de outro local que eu ainda desconhecia. Sabe-se lá como, agora eu estava adaptada. Foi também por volta dessa época que entrei na equipe do anuário e passei a admirar sua líder, a sra. Grace, a professora de inglês de rosto reluzente e fala macia, que franzia os lábios pronunciando cada sílaba nitidamente. Toda vez que eu me deparava com um gesto de cuidado para com as palavras, vinha à mente minha primeira lembrança prazerosa: minha mãe lendo para mim em voz alta; a segunda lembrança era com a sra. Grace. Escrever, descobri, era interioridade, e Deus também.

A igreja se tornara nosso principal passeio, uma segunda casa onde podíamos nos renovar. Agora frequentávamos a Victory Fellowship em Metairie, uma igreja imensa a trinta minutos de casa, o que exigia dirigir pela High Rise, uma grande mudança desde a pequena igreja doméstica do Pastor Simmons na saída da Chef. Íamos à igreja duas vezes aos domingos, de manhã e novamente à noite, e às quartas-feiras e sábados para grupos de oração, concertos e palestras de pastores convidados.

O pastor Simmons nos batizara no Mississippi; todos usamos branco. Na Victory Fellowship, fui batizada mais uma vez, agora pelo pastor Frank, enquanto usava uma camiseta grande e shorts de ginástica do uniforme escolar, em uma banheira de hidromassagem ao lado do palco.

A Victory, uma monstruosidade cor de salmão, intitulava-se não denominacional. Acho que no ato de sua adesão, minha mãe ficou atraída pela história da igreja, pela ausência de rituais e limites rígidos. A congregação se autodenominava Victory Assembly no início, refletindo sua fundação por Frank e Paris Bailey, dois ex-hippies cujo testemunho incluía ter morado em um estacionamento de trailers, o período em que vagaram pelo French Quarter sob o efeito de drogas e o momento em que deram de cara com uma performance do espetáculo *Jesus Cristo Superstar*, um acaso que os transformou em consagrados. A vocação deles, tal como viam, era encontrar aqueles que estavam perdidos, assim como eles mesmos estiveram antes.

Tomados pelo Espírito Santo, os congregantes da Victory falaram em línguas, uma linguagem particular acessível apenas a Deus. Eu também falava em línguas, assim como minha mãe e minha irmã Karen. Embora eu não tenha tentado mais nada nesse sentido, teoricamente, ainda consigo falar em línguas, e elas também.

Línguas eram a interioridade em maiúsculas. Você tinha que se entregar sem pudor, sem qualquer constrangimento. O único controle estava em se deixar levar. Quando você se entregava, sentia aquilo saindo borbulhando de você, aquela língua estrangeira que não carecia de estudo, que era específica para você e sua tramela, e que você sequer sabia que falava — até que começava a falar.

Pouco depois de receber o dom das línguas, entrei para o Teen Bible Quiz, principalmente por causa das excursões fora da cidade, ao longo da costa do Golfo do Mississippi. De volta à Casa Amarela, eu redigia as escrituras em cartõezinhos, aprendendo todo o Novo Testamento e parte do Velho Testamento a ponto de sabê-los de cor. Tornei-me tão boa em memorizá-los, levando essas palavras dentro de mim, que era chamada na frente da igreja para recitar vários capítulos, convite que aceitava sem hesitar, as luzes brilhando intensamente, minha boca proferindo as palavras como se estas estivessem apostando corrida em uma autoestrada. "Deus não é injusto", minha boca dizia. Eu era uma máquina, tinha medo de esquecer o texto caso desacelerasse. A multidão me aplaudia mesmo assim, e as luzes intensas brilhavam.

• • •

Por volta do inverno de 1995, começou o Movimento. Era assim que chamávamos, ou então a Renovação. As raízes daquele "derramamento pentecostal único" estavam num passado distante, pregava o pastor Frank. Ele e sua esposa, que faziam alarde sobre sua vida anterior como hippies, de repente se tornavam subitamente acadêmicos, seus sermões eram palestras sobre momentos religiosos históricos. Eles falavam dos heróis do Primeiro Grande Despertar — o calvinista do século XVIII Jonathan Edwards e George Whitefield, que pregara dezenove vezes em quatro dias até o sangue verter de sua boca. Durante o Segundo Grande Despertar, no início de 1800, contava o pastor Frank, os congregados rugiam como o Niágara — pessoas sacolejando, rindo, dando cambalhotas, chorando, vociferando. Eu anotava tudo o que ele dizia em um diário com capa de couro preto que Michael me dera. Ao escrever, descobri que era capaz de me isolar de qualquer plano físico no qual me encontrasse e me transportar para o cômodo de que mais gostava.

A linguagem da Victory então foi sofrendo mudanças e começou a incluir as seguintes frases: Fogo do Espírito Santo, Embriagado no Espírito Santo e Vinho Novo. Dos pastores convidados, meu favorito era Rodney Howard Brown, da África do Sul, que estava sempre gritando FOGO. "Fou-go", dizia ele. Quando ele estava na cidade, os cultos costumavam passar de bem depois da meia-noite.

Dentro das portas da Victory Fellowship, as pessoas se deitavam no chão, gargalhando ruidosamente durante horas, indo à igreja para se "embriagar" no espírito. Certa vez, uma senhora, uma professora aposentada de cabelos brancos, deu um pulo e começou a correr ao redor do santuário, bem no meio do sermão. Logo haveria multidões de pessoas correndo maratonas espontâneas enquanto o pastor Frank pregava.

Descrevo isso sem ironia e sem sarcasmo algum, pois eu era um dos embriagados. Essa foi a primeira bebida, o primeiro espírito do vinho, que tomei na vida. Eu ficava na fila de oração como todo mundo, para a bênção, a sequência de pessoas desenhando um s ao longo da igreja, começando no altar e terminando nos fundos, perto das portas da saída.

Quando o pastor Frank vinha até você na fila, energizado e falando em línguas, rindo e orando, você quase imediatamente caía, só com os sons que ele fazia — a menos que sua mente e seu corpo estivessem muito propensos a resistir. Às vezes, você oscilava de um lado a outro até ficar exausto por sua resistência, ou em função da tenacidade do pastor Frank. Ele raramente prosseguia sem causar uma queda. Os organizadores também levavam em conta seu posicionamento na fila: você sempre queria ficar onde estavam os homens mais fortes. Alguns, incluindo meu irmão Troy, eram famosos por permitir que os suplicantes caíssem com muita força no chão acarpetado. As recepcionistas vinham atrás do pastor, jogando cobertores marrons sobre as mulheres que usavam saias, vestidos ou shorts. Aqueles que pareciam com calafrios e trêmulos ganhavam cobertores também.

Eu podia ficar deitada por horas e horas, minha mãe sentada sozinha no banco de trás, aguardando que eu me levantasse, o prédio já esvaziado. Agora o santuário estava vazio; até os pastores tinham ido para casa. Troy caminhava lá fora. Eu tinha certeza de que estava sentindo alguma coisa ali no chão, mas o quê? Isso faz tanto tempo que hoje já não sei dizer se eu estava só tirando um cochilo autorizado ou passando por uma transformação silenciosa. A paz não durava muito. Troy sempre conseguia quebrar meu transe, depois, no carro, a caminho de casa, quando insistia para que parássemos no 7-Eleven para comprar frozen de Coca-Cola e batatas fritas, algo tão banal que me assentava firmemente na minha realidade, sentada no banco de trás ao lado de um Troy mastigando e sugando o canudo, e os dois filhos adormecidos de Karen.

Correu o boato de que eu tinha sido "tocada". Minha embriaguez espiritual me tornou bem conhecida na igreja. Quando eu chegava no prédio, assim que eu me acomodava no banco, o pastor Frank se iluminava, eu sentia. Portanto, o que veio a seguir não será surpresa alguma.

Um dia, na Word of Faith Academy, fui embriagada pelo Espírito Santo durante a aula de história do sr. Chris, enquanto ele escrevia no quadro. O fato de isso ter acontecido comigo para além das quatro paredes da Victory me deixou louca para procurar os membros da igreja da Word of Faith, um exemplo da grandeza de Deus para com aqueles da Victory. A Word of Faith havia resistido veementemente ao Movimento, mas aceitara modificar o uniforme para saia e colete vermelhos. O que quer que tenha acontecido comigo naquele dia me fez ficar com aparência de total embriaguez, meus olhos semicerrados. Pode ser que eu tenha dado umas gargalhadas também. Fui carregada para o gabinete do diretor, os dois braços agarrados por alguém, passando pelas portas das salas de aula, parecendo doente. Mamãe foi chamada para vir me buscar. O diretor ligou para o pastor Frank para descobrir o que exatamente eu vinha bebendo. Ele provavelmente dissera ao diretor que não, não eram drogas ou cerveja, era o "Fou-go" do Espírito Santo. Eu fui personagem dos sermões dominicais do pastor Frank por um bom tempo depois disso, como um exemplo extraordinário da graça de Deus, "a estudante que..."

Mas de resto, nossa situação não mudou muito para além das paredes da Victory. E mais ainda, e isto é o que realmente interessa aqui, ninguém na igreja sabia onde morávamos. Ninguém jamais estivera em nossa casa, por mais que minha mãe os tivesse visitado, nos anos em que morei lá, naqueles anos sobre os quais falo agora e nos muitos anos subsequentes; ninguém tinha interesse na nossa situação. Não era totalmente culpa deles. Ao evitar mostrar às pessoas o lugar onde morávamos, nós nos desancorávamos. Ninguém fez isso conosco.

Em meados de 1996, a Renovação continuava. Um dia, na igreja, depois da fila de oração, conheci um baixista chamado Roy ali nos bancos. Ele foi o primeiro homem por quem senti desejo; fiquei apaixonada por ele. Começamos a sair. Ninguém na minha casa usava a expressão "encontro amoroso", mas a ideia era essa. Por acaso, Roy morava no New Orleans East, logo ali na Chef Menteur, a não mais do que cinco minutos da Casa Amarela. Meu interesse por esse baixista cresceu a ponto de ele ter prioridade sobre o Fou-go do Espírito Santo.

Eu tinha 16 anos, mas menti e disse a Roy que tinha 19, como ele. Eu tinha derivado da capacidade de esconder a casa para esconder a casa que eu era, obscurecendo detalhes; segredos eram acalentados, posses eram aumentadas. Na época, eu considerava que isso era guardar parte de mim só para mim. Eu queria ter idade suficiente — pelo menos na minha mente — para poder sair de casa. Eu fazia cursos por correspondência de antropologia na Louisiana State University, e esse fato me incentivou a dizer a Roy que eu estudava em uma faculdade local, mentira que tive de sustentar. Agora, sempre que eu descia do ônibus e ficava no ponto neutro da Chef Menteur com meu uniforme da Word of Faith, esperando para atravessar a rua para casa, eu treinava para não encarar carros que passavam por mim, para o caso de Roy estar em um deles, como se olhar para cima, e não diretamente para eles, fosse capaz de me tornar invisível.

Michael voltou para a Casa Amarela naquela época também, após o fim de seu casamento. Levou pouca coisa consigo para a Casa Amarela, exceto uma cama king size de dossel que ele me deu. A cama ofuscava todo o restante do meu quarto, e era algo que eu amava, principalmente pela altura dela, que me deixava muito acima do piso.

Michael chegava tarde da noite do seu trabalho como chef. Ele tinha de passar pelo meu quarto para chegar ao puxadinho no andar de cima, onde dormia. "Ei, garotinha", dizia, jogando-se na cadeira de veludo verde encostada no canto. De onde eu estava deitada na cama, dava para notar os ombros desanimados dele.

Michael falava sem parar. Sobre os planetas e o universo, sobre o bem e o mal, sobre as falhas humanas. "A mente de algumas pessoas não vai muito longe", dissera ele certa vez. Ele relatava visões de anjos negros que vira na janela do andar de cima da Casa Amarela há muitos anos, quando era jovem, usava um colete ortopédico e viajava com LSD.

"Jogue minhas cinzas no lago Pontchartrain, em qualquer parte, ou no Mississippi... Eu me pergunto se sua memória se mantém depois que você morre... Acho que você nunca se esquece de nada. Você pode perder a memória se sua vida foi fodona. O mundo inteiro tem a ver com energia." Ele falava esse tipo de coisa; na manhã seguinte, eu anotava tudo no meu caderno.

Ele tecia contos, histórias da própria vida, relatava como se tornara chef: "Wilbur Bartholemy, ele era sous chef, realmente muito, muito bom, se não fosse por causa da bebida e aquela merda toda... Ele cozinhava pra caralho. Eu ficava seguindo ele pela cozinha... Quando eu cozinhar, vou cozinhar como mamãe cozinha, a comida com a qual cresci... No início, eu lavava pratos no Shoney's, eu e Darryl, em todo lugar que eu arranjava emprego, ele vinha trabalhar comigo. Eu amo cozinhar. A coisa é que você ganha uma adrenalina, tipo você tá servindo a comida, tudo se encaixando, as pessoas estão adorando, você começa a se sentir invencível, superando geral, dá uma onda, uau."

Às vezes eu também falava. Contava sobre a escola particular e falava de Birmingham, na Inglaterra, onde eu queria estudar no verão. Descobri Birmingham num catálogo de intercâmbio que chegou pelo correio. Naquela época, meus sonhos eram entregues pelo carteiro — fotos reluzentes em revistas e catálogos, Fingerhut e Spiegel. Eu ligava para os telefones gratuitos anunciados na televisão — "para obter mais informações", eu dizia à telefonista — só para receber um envelope endereçado a mim. Pelo menos o carteiro sabia que nós, de fato, existíamos, situados ali na ponta curta de uma rua longa, a alguns quilômetros de onde os turistas pernoitavam.

Birmingham era a foto de um castelo com uma etiqueta de preço abaixo. Birmingham, Inglaterra, não Birmingham, Alabama, tive de explicar à minha família, de quem eu esperava arrecadar dinheiro para viajar. Quando contei a Michael a respeito, tarde da noite, ele sacou uma nota de 100 dólares do bolso e me entregou, mas foi a primeira e última doação que recebi. Chegar a Birmingham exigiria mais diligência e explicações do que eu estava disposta a dar. Mesmo assim, mamãe pagou a taxa administrativa do meu primeiro passaporte. Jamais ganhou um único carimbo.

Na mesma época, eu estava descobrindo James Baldwin. Eu falava dele para Michael. Ele e James Baldwin me ensinaram a seguir uma linha de pensamento tortuosa. Nossas conversas, que estavam mais para meandros filosóficos, eram, para mim, uma libertação da solidão imensa que Michael não fazia ideia que eu sentia.

"O mundo muda todos os dias", diria Michael. "Nada permanece igual. Todos nós temos que mudar. Se não mudarmos, perecemos."

"Certo", eu responderia vez ou outra, meio sonolenta, para que Michael continuasse a falar. Às vezes, eu mudava a abordagem e perguntava: "Por que você está dizendo isso, Mike?"

Por um bom período, adormeci ao som da voz de Michael.

Michael me acordava nas primeiras horas da manhã — como Simon Broom costumava acordá-lo em dada altura da vida — para deixá-lo no trabalho no French Quarter.

Lá estaria ele, de pé ao lado da minha cama usando sua calça de chef com estampa xadrez em preto e branco. No carro, ele ficava escarrando entre uma dose e outra de analgésico Goody. Eu dirigia; Michael ensinava o caminho e fazia mil críticas. "Por aqui... Reduza um pouco... Pegue esta pista... Cuidado agora."

Sempre entrávamos no French Quarter pela Esplanade Avenue, que parecia outro mundo, os imensos carvalhos emoldurando as mansões de cada lado do terreno neutro. Àquela hora da manhã, a maioria dos motoristas do French Quarter, assim como eu, estava deixando os trabalhadores em seus respectivos empregos. Eu estacionava em frente ao K-Paul's Restaurant na Chartres Street, onde Michael trabalhava com o chef Paul Prudhomme, que às vezes aparecia com ele no noticiário matinal usando o jaleco branco de chef. Quando Michael abria a porta, ele agarrava a beira da capota na hora de descer. AHHHHH, ele sempre gemia.

Aí ele acenava para mim e eu tomava a Canal Street sozinha, rumo à Claiborne e à interestadual para a Casa Amarela.

A presença de Michael em casa jamais impediria Darryl de continuar a praticar seus furtos. Ele mandava ver, roubando descaradamente "qualquer merda que não estivesse amarrada", admitiria ele mais tarde. Isso incluiu a TV de tela grande e o videocassete de Michael, que encontramos numa ocasião, tarde da noite, quando chegamos da igreja e entramos na garagem, os faróis iluminando os pertences de Michael escondidos ao lado do meu Tercel azul que jamais funcionaria, dando a entender que Darryl não tinha conseguido carregar tudo de uma vez só.

09
DISTÂNCIAS

Mais ou menos ali no início de 1997, eu havia renunciado à igreja. Eles chamavam o gesto de apostasia. Houve uma oração especial e um apelo para os apóstatas como eu, que haviam provado o divino, mas agora o trocavam pelos prazeres mundanos, que, para mim, eram os encantos de viver na minha cabeça, pensando em homens e em cidades de países que eu nunca tinha visitado, coisas que não estavam no presente, mas bem à frente.

Eu ainda não tinha completado 17 anos, mas já vinha construindo minha partida, concluindo o ensino médio com nota máxima em praticamente tudo. Como editora do anuário do último ano, escrevi terríveis clichês sobre como deveríamos nos lembrar dos nossos "momentos especiais". Desses momentos especiais, não consigo me lembrar de absolutamente nenhum, exceto para dizer que meu último ano escolar foi uma longa ânsia para se estar em outro lugar. Fui ao baile de formatura sozinha; existe uma foto para comprovar isso. Nela, estou posando com as três outras garotas negras da escola usando vestido tubinho de cetim vermelho com babado na cintura e uma gola canoa branca enorme, costurado por mamãe para irmos a um evento da igreja um ano antes. Não me serve mais; ficou subindo nas coxas a noite inteira.

Eu tinha escolhido a University of North Texas, para ir atrás de Roy, o baixista, que ia estudar música lá. Quando ele mencionou a universidade, foi a única instituição fora da Louisiana da qual eu já tinha ouvido falar. Muito embora eu estivesse fazendo cursos de nível universitário por correspondência e me destacando academicamente, ninguém na escola cristã jamais mencionara as instituições onde eu provavelmente poderia ter sido aceita. Nunca ouvi nomes como Stanford, Berkeley, Princeton, Harvard ou Yale — ou mesmo Tulane, Loyola ou Xavier, que ficavam a uma curta viagem de ônibus de distância. Não me lembro de alguma vez ter me sentado com um orientador para discutir a vida além do colégio. Era como se a vida parasse ali — para mim.

Não fui a primeira da minha família a ir para uma faculdade, muito embora eu certamente tenha dito algo assim na redação que deveria ser anexada ao formulário de inscrição para a faculdade. Karen havia se formado na Southern University of New Orleans, mas eu não cheguei a fazer uma única pergunta a ela a respeito de lá. Meu irmão Simon Jr. e minha irmã Deborah, que moravam na Carolina do Norte e em Atlanta, respectivamente, ele dono de um negócio próprio e ela professora, também cursaram faculdade, mas quando fui fazer minha inscrição, eu sequer sabia disso; eles eram décadas mais velhos do que eu. Eu via Simon Jr. periodicamente quando ele nos visitava na Casa Amarela durante o Natal, mas eu o encarava do mesmo jeito que encarava Eddie — um disciplinador do qual você fugia e sobrevivia. Simon Jr. e eu mal nos falávamos. Não parecia natural ligar para ele para perguntar o que quer que fosse.

Roy não era exatamente meu namorado, embora na época eu achasse que fosse. Aparentávamos uma união. Trocávamos cartinhas e falávamos ao telefone às vezes. Um lance meio insípido. Nós nos beijávamos e dávamos uns amassos vez ou outra, depois da igreja. Ele queria ser músico de jazz. Eu não o amava, mas adorava a textura das calosidades nas pontas de seus dedos e os adereços musicais que o cercavam em seu quarto no porão, adorava como seu rosto se contorcia — em êxtase! — enquanto ele tocava. Eu ainda ia à Victory às vezes, mas pelos motivos errados, para ver Roy correr os dedos no baixo enquanto tocava na banda da igreja.

Roy também não teria como me amar, nem mesmo se quisesse. Havia minhas mentiras entre nós.

Carl e Michael me levaram para o Texas na pequena caminhonete de Eddie. Sentei-me espremida entre meus irmãos, embora minhas pernas fossem mais longas do que as de Michael.

"Se espreme aí, Mo", dizia Carl, acelerando na quinta marcha ao tomar o trecho longo da rodovia. Eu contorcia meu corpo para desencostar da alavanca do câmbio.

Meus pertences seguiam atrás de nós, na caçamba, cobertos por pesados sacos pretos da NASA de tamanho industrial, os quais Carl chamava de saco de cadáver, que aos golpes do vento ficaram fazendo um barulho de tartaruga-mordedora durante toda a viagem de oito horas. Mas as fitas cassete de Carl, com Johnnie Taylor, Bobby "Blue" Bland, Tyrene Davis e Rod Stewart tocando em rodízio serviram para abafar o ruído. Carl cantava junto com uma voz entediada, sem impostá-la. "Tonight's the night..."

Ele era contra fazer paradas na viagem, pelo motivo que fosse.

"Vamos seguir, dá para fazer essa rodovia direto", dizia ele constantemente. Também ficava mastigando sementes de girassol o tempo todo, jogando as cascas vazias pela janela.

De vez em quando, Carl fazia um barulho que não era ele cantando e nem falando: "Hum, hum, hum...", resmungava. Era ele fazendo cálculos mentais. Naquele banco, nós três estávamos acomodados no que pareciam universos diferentes. A conquista da estrada por Carl parecia, para ele, mais do que o mero dirigir de uma picape. A sensação era de que ele necessitava de mais botões para se apertar, que, com sua capacidade de concentração, poderia nos levar a algum lugar muito além daquela estrada em Louisiana. Ele parecia em perfeito controle da situação; na companhia dele, eu me sentia em segurança.

Mas a agitação de Carl ia aumentando à medida que nos afastávamos do New Orleans East. Entramos no Texas. Pouco depois de passarmos pela placa de boas-vindas, fomos parados pela polícia, que pediu a carteira de motorista de nós três, embora apenas Carl estivesse ao volante. Como eu estava no meio e segurando coisas no colo, Michael e eu fomos obrigados a descer do carro para que eu pudesse ter espaço para caçar o documento na bolsa. Meus irmãos estavam calados, complacentes e obedientes. Bem diferentes do costume.

"Não diga merda nenhuma", sussurrou Michael diante da minha expressão incomodada.

Carl foi multado por excesso de velocidade.

Assim que partimos outra vez, a bagagem em seu açoite ruidoso, nos pusemos a reclamar amargamente pelo restante da viagem para que Carl não ficasse abatido por sentimentos negativos. Ele estava só acompanhando o fluxo do trânsito, dissemos.

Veja todas aquelas pessoas em alta velocidade. Foram meus poucos pertences na caçamba, cobertos pelo saco preto, que fizeram a polícia parar a gente, insisti. Minhas coisas consistiam em um processador de texto (um presente de despedida caríssimo dado por minha mãe), romances de Dean Koontz, obras de James Baldwin, roupas com a etiqueta Ivory's Creations, um telefone de plástico transparente e nada mais.

Em Denton, Carl parou em West Hall, que ficava nos arredores do campus, perto do estádio de futebol. Ou tínhamos chegado muito cedo ou muito tarde; o local estava deserto. Entramos no dormitório que eu ia dividir com duas mulheres que ainda não haviam chegado. Era um bloco de cimento. Tinha uma cama de solteiro perto da porta, que eu ocupei imediatamente, e beliches encostados na parede oposta.

"Precisamos pegar a estrada", anunciou Carl poucos minutos depois de chegarmos, minhas coisas já em cima da cama.

"Cara, você não quer ficar um pouco mais?", perguntou Michael. "Ajudar Mo a se acomodar?"

"Para quê? Vamos pegar a estrada, mano."

"Relaxa um segundo, cara."

Michael achava que seria uma boa eles me levarem ao Walmart, onde ele iria comprar um jogo de lençol e um frigobar para mim, mas Carl estava tão inquieto que fiquei feliz em vê-lo ir embora. Trocamos tapinhas nas costas, nossos corpos lado a lado. Eu ficava repetindo: "Muito obrigada, Carl. Valeu, mano."

"De nada, baby."

Michael foi carinhoso da melhor maneira, chamando-me de garotinha, dizendo que me amava e que tinha orgulho de mim, no entanto, isso não me impediu de ficar melancólica toda vez que pensava na mamãe, que eu tinha deixado na Casa Amarela, e de quem eu não tinha me despedido direito. Ver mais um filho sair de casa havia se tornado, pós-Webb, pós-Simon, a coisa da qual ela menos gostava no mundo. Quando eu estava saindo, ela disse "Eu te amo" como se eu estivesse indo à loja da esquina e fosse voltar logo.

O custo da minha ignorância em relação à faculdade foi alto. Durante o meu primeiro ano lá, tive de pegar empréstimos estudantis para pagar as mensalidades astronômicas cuja existência eu desconhecia até o momento da chegada da conta. Além disso, a escola onde estudei não constava no ranking nacional, ou seja, não era um colégio "oficial" (eu também não sabia disso), então fui obrigada a participar de um curso de reforço, do qual eu particularmente não precisava. Desde o primeiro dia de aula, eu estava ávida por aprender e praticamente morava na Biblioteca Willis, onde eu passava sete ou oito horas por vez curvada em uma baia lendo livros sobre assuntos que outros alunos já pareciam conhecer. Comecei a estudar antropologia, atraída pela etnografia e arqueologia — narrativas e mecanismos culturais —, com especialização em jornalismo. Quando terminei o primeiro semestre com média de aproveitamento de 90%, anotei em um diário a decepção que estava sentindo comigo mesma. "Bom", escrevi, "mas não o suficiente". Escrevi motivações banais — "O trabalho duro tem suas recompensas, lembre-se disso, Sarah!" — e as pendurei nas paredes do quarto do dormitório.

Eu tinha duas colegas de quarto, mas só me lembro de uma: Bonnie era uma baixinha com cabelos quase da sua estatura e pés virados para fora num plié perpétuo. Ela era dançarina e, como prova disso, sempre usava um body cor-de-rosa desbotado por baixo da meia-calça. Era uma cristã renascida e estava constantemente orando por mim, na esperança de que eu fosse "voltar para o Senhor". Quando se tratava de mim, ela parecia estar sempre balançando a cabeça para demonstrar sua incredulidade. Era difícil dialogar comigo, dizia ela. Logo superei Roy e encontrei um namorado russo, Sasha. Eu era obcecada pela biblioteca, pelas contas a pagar, por objetivos, por café, essas "coisas mundanas", como Bonnie as chamava. Quando eu não estava trabalhando como secretária na School of Community Service ou doando sangue e plasma em troca de dinheiro, eu estava fazendo amigos no Kharma Café, a maioria homens que me faziam lembrar de meus irmãos, amigos de Los Angeles, Marrocos, Congo, Indiana e Chicago. Eles se chamavam Eric, Marcus, Muyumba, Khalil e D-Y. Samia Soodi era a única garota.

No meio do segundo semestre, minha postura opressiva levou Bonnie a pular fora. A outra colega de quarto tinha ido embora logo no início, em circunstâncias totalmente esquecíveis, e assim acabei herdando o quarto de três camas só para mim. Abri o espaço para amigos que vinham estudar ao som de Billie Holiday no toca-CDs, cutucando uma melancolia que não era totalmente sentida, mas eu vinha aperfeiçoando uma aura sobre mim mesma. Eu estava, pela primeira vez na minha vida, convidando pessoas a adentrar meu espaço, sem sentimentos ruins ou receios de qualquer tipo. Espalhei minhas coisas, forrei as portas do armário com recortes de revistas (assim como Lynette fazia em nosso quarto lavanda), coloquei em um dos beliches uma colcha de crochê feita por mamãe — bordô, verde e vermelha, com motivos africanos. Pendurei um pôster do Bob Marley do tamanho de uma janela na parede perto de onde Bonnie costumava dormir. Eu estava feliz por ela ter ido embora. Na antiga mesa dela, montei minha cafeteira. Um interesse amoroso costumava me cortejar deixando grãos de café diante da porta do dormitório. A Wilson Avenue era a coisa mais distante da minha mente naquele momento.

Até o verão de 1998, quando voltei para casa, a Casa Amarela, depois do primeiro ano de faculdade, já decidida de antemão a passar os verões seguintes em outro lugar.

"Quando estou em Nova Orleans", escrevi em um caderno, "eu me sinto a Monique. Na UNT, eu era a Sarah."

Sarah e Monique, nomes tão diferentes, em sonoridade, comprimento e sensação. Passei tanto tempo achando que esses nomes não se davam, que de algum modo um conspirava contra o outro. Que a contida e distinta Sarah ficava dizendo à Monique atabalhoada-que-tromba-em-tudo que era melhor do que ela. Os nomes permitiam que eu me dividisse, de certa forma, como um gesto resoluto. Em sua formalidade, o nome Sarah não revelava nada, enquanto Monique levantava montes de perguntas e era capaz de marcar presença na mente de alguém muito antes de eu mesma fazê-lo. Minha mãe, compreendendo a política de se dar nomes aos filhos em uma cidade racialmente dividida, sacou isso no estacionamento da Jefferson Davis Elementary.

Eu reivindiquei meu quarto e de Lynette e pendurei cortinas pretas pesadas nas portas para ter privacidade. Alguém instalou um ar-condicionado na janela do quarto, o qual não ajudou em nada para diminuir a umidade e o calor. Não há nada pior do que um eletrodoméstico que-se-esforça-mas-não-dá-conta.

Meus amigos de faculdade escreveram cartas para mim na Casa Amarela contando de seus outros lugares, cartas estas que guardei e empilhei como fichas de pôquer de papel. "Que legal que você tem uma câmera", escreveu D-Y de Los Angeles. "Espero que você tire muitas fotos de tudo. Eu adoraria ver Nova Orleans sob o seu ponto de vista! Pode ser que isso abra espaço para eu te conhecer melhor. D-qualquer forma..." Nas minhas respostas, eu desembainhava relatos não sobre a minha vida familiar na ponta curta da Wilson, mas sobre a minha vida no trabalho.

No início da minha vida profissional, fui garçonete em um restaurante para caminhoneiros no East, perto do supermercado Schwegmann's, marco das travessuras da minha infância, e que agora já tinha fechado as portas. O bufê livre de frutos do mar por 19,95 dólares parecia atrair todos os caminhoneiros do sul. Eu corria para reabastecer as travessas transbordando de lagostins e camarões, o sumo escorrendo pelo meu braço e pela lateral da minha perna. Aquele menu especial — mas principalmente o apetite dos clientes — acabou levando o lugar à falência e expulsando-me de lá bem antes disso.

Foi assim que fui parar no French Quarter. Quando comecei no emprego de barista no cc's Coffee House, Michael, um veterano do French Quarter, explicou quais ruas eu deveria evitar à noite a caminho do ponto de ônibus e mostrou qual postura eu deveria ostentar para soar mais intimidadora. Todos os dias, Michael saía no meio do seu trabalho no K-Paul's Restaurant em Chartres para caminhar os poucos quarteirões até onde eu trabalhava na Royal Street. Eu lhe dava grãos de café cobertos com chocolate meio amargo e uma bebida congelada chamada Mochassippi.

De vez em quando, ele olhava para mim e dizia: "O quê, você não quer fazer nada no seu cabelo?"

Meus irmãos sempre perguntavam sobre o meu cabelo, esse volume desregulado que apontava para todas as direções. Eu não estava interessada em cabelos, especialmente em domá-los.

Queria que meu cabelo projetasse uma liberdade que eu não sentia. Meus irmãos eram vaidosos, todos eles, engomados como minha avó e sua prole: Joseph, Elaine e Ivory. "Você já viu o cabelo do Einstein?", eu respondia corajosamente.

Os pedidos de café no cc's geralmente vinham com uma pergunta, mais especificamente: "Onde fica a Bourbon Street?" Nos intervalos de quinze minutos, eu me sentava e ficava olhando os transeuntes pela janela. Durante o intervalo de almoço, eu vagava pelas ruas com minha câmera, um bom pretexto para olhar. Eu congelei as seguintes cenas: um homem tocando trompa junto ao Mississippi; um homem na Canal Street vestindo calças vinho justas, girando e dançando e empunhando a Bíblia, com um guarda-chuva afixado em seu chapéu; placas de rua aleatórias; e um poste torto em frente à Mary's Catholic Church, cujo simbolismo me foge. Tirei fotos do Café du Monde e de um malabarista sobre pernas-de-pau recostado na placa da esquina da Royal com a St. Peter. Esses signos e símbolos foram levados comigo para o Texas, como representações do lugar de onde vim. Também fui fotografada, porém jamais exibida: eu em meu uniforme de barista, suada e nojenta, posando na caçamba da caminhonete de Carl, ele com o braço em volta do meu ombro; meu primo Edward, filho da tia Elaine, também está nessa foto, exibindo todos os dentes num sorrisão.

Não tirei fotos do New Orleans East, cuja paisagem, eu me dizia, não seria o que D-Y tinha imaginado ao me pedir para ver "Nova Orleans". Nada na paisagem do New Orleans East remetia à Nova Orleans da imaginação da maioria das pessoas. Não há postes icônicos iluminando quarteirões de casas *shotgun* pintadas com cores vivas. Nenhum músico de rua tocando na paisagem industrial monótona dotada de poucos detalhes interessantes e amontoada com motéis, acampamentos de trailers e concessionárias de automóveis. Nenhum bonde acelerando, nenhum corredor ao lado deles. Os pedestres aqui não passeavam. Saíam por necessidade. Havia poucos restaurantes, nenhuma cafeteria onde se passar ou parar. Mas nenhum desses detalhes tornava New Orleans East um lugar inferior. Para a minha versão daquela época, a cidade de Nova Orleans consistia no French Quarter como seu núcleo, e aí todo o restante. Estava claro que o French Quarter e suas cercanias eram o epicentro. Numa cidade supostamente esquecida pelo esmero, era um dos lugares onde o esmero existia, onde se gastava o dinheiro. Os turistas de passagem eram as pessoas, e as histórias eram consideradas importantes. Todos nós que trabalhávamos no setor de serviços convergíamos para esse lugar, peças do maquinário que conservava a fachada da cidade, que, para mim, não parecia um estratagema naquela época. Eu achava o French Quarter lindo, sua vivacidade teatralizada como uma fuga do Leste e de onde eu morava na ponta curta da Wilson.

Aquele meu verão no CC's também representou a primeira vez que passei dias consecutivos no French Quarter. A experiência assumiu a imensidão de todas as descobertas. Naquele verão, fundamentei narrativas inteiras sobre meus anos crescendo em Nova Orleans que se apresentaram para a imaginação dos não nativos. Eu escrevia redações para candidaturas a bolsas de estudo e contava histórias sobre meninos sapateando com tampas de garrafa de Coca-Cola coladas nas solas de seus tênis, e contava como minha mãe fazia compras no French Market, um mercado turístico repleto de bugigangas e muito pouca comida. Mesmo assim. Passei a expor muito do que era genioso e relutante a meu respeito em Nova Orleans: consigo cozinhar e segurar minha bebida porque... Eu amo jazz porque... Sou interessante porque... Definindo-me quase exclusivamente sob uma mitologia, permitindo à cidade fazer o que faz de melhor e em prol de tantos: atuar como uma cifra, transfigurando-se no que quer que eu precisasse ser. Eu ainda não entendia o custo psíquico de se definir a partir do lugar de onde você vem.

Ao cair da noite, todos nós que viajávamos até o French Quarter para trabalhar travestíamos nossos corpos com o dia de trabalho. Era possível nos identificar instantaneamente por causa dos uniformes: os funcionários da Napoleon House usavam um uniforme todo preto com letras brancas no bolso junto ao peito; as mulheres com vestidos pretos, aventais brancos e chapéus recortados eram camareiras em um dos hotéis. Se você estivesse usando uma roupa verde-gramado, a mais feia de todas, trabalhava no Monteleone Hotel. Calças em xadrez preto e branco, como as que Michael usava, e tamancos significavam que você pertencia à cozinha de qualquer um dos restaurantes. Meu uniforme era calça cáqui, boné vinho e uma camisa polo combinando com o emblema do cc.

O calor maligno de Nova Orleans parecia rastejar para dentro de você, afetando seu cérebro de forma que um simples caminhar era semelhante a uma batalha contra o ar. A umidade de Nova Orleans é um estado de espírito. Dizer para alguém que "está úmido hoje" é o mesmo que falar sobre a configuração da cidade. O ar piorava quanto mais você se aproximava do rio Mississippi, e encharcava você inteiramente, de modo que, ao final do dia, meu cabelo estava desprovido de todo seu brilho, e minhas roupas estavam coladas no corpo em todos os lugares. Eu já chegava no trabalho precisando de um banho, imagine então meu estado ao final do dia, a caminho de casa.

Nós, trabalhadores, reuníamo-nos no trajeto de ônibus para casa, nossas expressões faciais desafiando qualquer um a perturbar nossa tranquilidade, voltando para onde morávamos e pertencíamos. Eu era depositada na esquina da Downman com a Chef Menteur, onde aguardava para pegar mais um ônibus. O ponto, um banco descoberto do tamanho de uma namoradeira, ficava bem em frente ao estacionamento da concessionária Banner Chevrolet, lotada de carros brilhando de tanto polimento, os preços em balões amarelos colados nos para-brisas, ofertas que nenhum de nós conseguiria bancar. Nós, que aguardávamos pelo ônibus sempre atrasado, estacionados em nossos lugares, enquanto outros voavam — saindo da Danziger Bridge, saindo da interestadual para a Chef Menteur, uma realidade aumentada da nossa imobilidade.

Às vezes eu ia ao French Quarter não a trabalho, mas porque tínhamos a energia elétrica cortada por falta de pagamento e eu precisava escapar daquele cenário para outro bem-iluminado. Em uma dessas ocasiões, escrevi em meu caderno: "Estou em casa, esta é a minha casa, não tenho nenhum outro lugar para ir se eu quiser ver a minha mãe. Meus períodos em Nova Orleans são mais solitários e tristes, talvez porque eu de fato tenha de enfrentar a realidade, é mais difícil me esconder sem aqueles livros didáticos de cinco quilos."

Ao final do verão, minha mãe, Ivory Mae, ainda auxiliar de enfermagem, formou-se em corte e costura na Louisiana Technical College. Ela foi uma das seis pessoas a fazê-lo. "O sucesso é merecido" foi o tema da cerimônia, realizada na Dillard University. Ao ver mamãe receber seu diploma no campus de uma faculdade, pensei em como ela era inata em alcançar conquistas. Mais tarde, mamãe posou para fotos, sorrindo no palquinho da sala, onde o tapete estava mais puído do que nunca.

Inflada de orgulho, passei aquela noite no degrau da frente da Casa Amarela, aguardando um tempão para ver Alvin, mas ele jamais apareceu. Ele agora estava namorando, sua irmã Rachelle explicara. Eu não o vi durante todo aquele verão. Mas também não fui para além da rua para procurá-lo.

Eu ainda tinha muitas noites de insônia na Casa Amarela. Era como se o calor coletivo da casa houvesse convergido para o exato cômodo onde eu me encontrava. O ar-condicionado de janela gemeu em seu trabalho inútil, a temperatura estática.

10
1999

Zora Neale Hurston dizia: "Existem anos que fazem perguntas e anos que as respondem." O ano de 1999 fez as duas coisas.

Voltei para a Casa Amarela outra vez, brevemente, no verão de 1999, entre o final de um ano letivo e o início do meu terceiro ano na faculdade. Passei todo o segundo ano em um programa de intercâmbio estudantil, frequentando um semestre na University of Massachusetts-Amherst, para onde escolhi ir porque soube que James Baldwin tinha lecionado lá perto do final de sua vida. De certa forma, eu ainda estava seguindo homens esquivos. Passei o semestre da primavera como ouvinte na William Paterson University, em Nova Jersey, onde me tornei fotógrafa do jornal da escola, tirando fotos ruins que pouco entregavam em termos de composição ou humor. Fui de alguém que jamais tinha saído da Louisiana, para uma visitante de oito cidades diferentes em um semestre entre 1998 e 1999.

Dessa forma, vim a conhecer a cidade de Nova York, passando fins de semana com Lynette, que morava com Deirdre no Upper East Side. Naquela época, eu encarava a volta para casa como um retrocesso "para encarar a pobreza pela última vez na minha vida", escrevi em um de meus cadernos. O lar era uma regressão. Não ter um carro no New Orleans East era o mesmo que estar preso.

Àquela altura eu já havia comprado um computador para substituir o processador de texto de duas peças. Esse laptop chegou a ser inspecionado em determinada tarde, quando dois policiais bateram à porta da frente da Casa Amarela, onde eu estava fazendo um trabalho da faculdade.

"Senhora, onde conseguiu o computador?", quiseram saber.

Expliquei que eu era universitária; tinha comprado com empréstimos estudantis.

"Você recebeu algum presente de qualquer tipo, senhora?"

Não, não tinha recebido.

Eles fizeram perguntas sobre meu sobrinho James, filho de minha irmã Valeria.

Eu disse a eles que não tinha visto James. Fazia muito tempo que eu não o via. Eu não conseguia me lembrar da última vez em que o vira.

Os policiais foram embora.

James chegou menos de meia hora depois.

Ele dirigia um Ford LT vinho. Eu já tinha ouvido falar sobre o presente de James para Alvin, um Ford LT também, só que prata.

Naquele verão, quando James entrou na garagem, eu não disse logo de cara que ele estava sendo procurado pela polícia. Ele pediu que conversássemos dentro do carro. Ele encostou no espaço gramado entre as casas, quase perto da porta dos fundos da Casa Amarela, onde costumávamos brincar de esconde-esconde. Com as portas fechadas, sentamos lá dentro. James fumava um baseado. Não me importei, o carro cheio de fumaça. Eu já havia fumado maconha na faculdade. E se bem me conheço, tenho certeza de que mencionei isso para me equiparar. Eu teria me importado com o que James pensava de mim. Eu não gostaria que ele se esquecesse de quem eu realmente era.

"A polícia está procurando por você", contei. Eu já estava fora do carro quando falei isso.

Ele arregalou os olhos. Ficou alerta de repente.

Aí falou alguma coisa sobre se despedir da vovó (ele pronunciava *vovow*).

Aí saiu daquela postura de espreita e foi embora cantando pneus em direção à Chef Menteur.

Ele tinha de ir embora. Não me lembro se nos abraçamos. Aquilo não era um filme. Nada estava fluindo de acordo com os planos de ninguém. Não tinha trilha sonora tocando de fundo.

Eu me lembro exatamente do domingo em que minha mãe ligou para dar a notícia sobre Alvin. Eu me lembro também que estava de volta à faculdade, em um apartamento em Denton, lendo *The Fire Next Time*, de James Baldwin. Eu ficava tão cativada pela elegância e verdade na escrita de Baldwin, que muitas vezes me embrenhava dentro dela por horas, destacando frases repetidamente, buscando palavras como "conundrum"[1] e escrevendo suas definições nas margens; sublinhando uma frase sobre a vida no Harlem que dizia: "Pois as remunerações do pecado eram visíveis em toda parte"

Às vezes, quando Baldwin escrevia algo que me pegava de jeito, eu fechava o livro, levantava-me e caminhava num círculo. Às vezes, enquanto fazia isso, eu repetia as palavras dele em voz alta ou então dizia "Puta merda" ou "Meu Deus" para ninguém em especial. Em um desses momentos, sozinha no meu oblívio, do jeitinho que eu gostava, o telefone tocou.

"Alvin faleceu, Mo", disse minha mãe.

Desliguei sem me despedir. Fiquei furiosa com o livro, com o próprio Baldwin por estar sorrindo na foto da contracapa, e subi correndo as escadas de dois em dois degraus para ir para a cama, pois realmente não havia mais nada a se fazer.

O funeral de Alvin só foi realizado quase duas semanas depois do acidente de carro que o levou, para que a família e amigos tivessem tempo para arrecadar dinheiro para uma despedida decente. Algumas das pessoas no velório estavam usando camisetas brancas com uma foto de Alvin tirada em um baile do colégio e os dizeres RIP., acima das datas de nascimento e morte: 14 de setembro de 1976 a 24 de outubro de 1999.

Ficamos todos sentados em cadeiras dobráveis de metal, apenas olhando o cadáver do meu amigo. Eu dei muitos olhares furtivos para Alvin dos fundos da casa funerária.

Foi um funeral com caixão aberto, mas que deveria estar fechado. Faltou dinheiro para o preparo de algo melhor, então a costura no rosto de Alvin estava nitidamente corrigida, e então corrigida um pouco mais. Usaram uma boa quantidade de maquiagem, especialmente sob os olhos, deixando-o cinco tons mais escuro do que em vida. Seu cabelo estava cuidadosamente trançado em seis fileiras paralelas. Sem mais sorrisos, no entanto. Só um silêncio sombrio.

Hesitei, mas aí fui ver Alvin de perto — ele e sua maquiagem em torno dos olhos, e o terno cinza lúgubre com uma rosa cor-de-rosa pregada nele —, e de repente fiquei com muito medo por vê-lo daquele jeito, deitado tão quieto.

---

1   *Conundrum*: a palavra em inglês para enigma, charada. [NT]

James também apareceu naquele dia, pernas e mãos algemadas, cabeça abaixada. Dois policiais uniformizados o acompanharam pelo corredor da igreja para ver Alvin dormindo. James se abaixou e beijou a bochecha morta dele. Antes que pudesse dar uma boa olhada em seu amigo, foi levado às pressas de volta à prisão para cumprir seu segundo ano de uma sentença de vinte por assalto à mão armada.

Meses antes dessa morte, nas férias de verão, vi Alvin e sua turba de amigos e acenei de longe. Notei que eles não pareciam metidos em coisa que prestasse, usavam dentes de ouro e fumavam. Eu estava sentada dentro da Casa Amarela, segurando a porta da cozinha entreaberta com meu pé enquanto minha mãe cozinhava. Alvin se afastou dos amigos e eu fui encontrá-lo no quintal entre nossas casas para um abraço. Meu aperto foi frouxo, como se eu estivesse louca para soltar. Dei alguns tapinhas em suas costas como se fosse um tambor, em vez de apertá-lo com força, tal como ele estava fazendo comigo.

Eu estava um pouco mais alta do que ele, com seus ombros mais largos. Ele usava calça jeans, e nos pés um tanto miúdos, tênis de couro marrom de bico arredondado.

"Você deve estar gostando de lá, do Texas", disse ele, aquele sorriso cheio de dentes ganhando forma.

"Tenho andado bem ocupada", respondi, referindo-me a uma pergunta que achei que ele poderia fazer, mas não fez, já que era minha, para início de conversa.

"Você agora não tem mais tempo para a gente", disse ele, buscando meus olhos. Eu ri, olhei para o chão, pois doeu daquele jeito que a franqueza dói.

Alvin bateu na minha testa uma vez, de um jeito brincalhão. Para me arrancar de mim mesma, para *me* deixar à vontade, tenho certeza.

"Te vejo por aí" provavelmente foi o que eu disse então, em vez de um adeus. Essa era minha retórica, minha mentalidade à época.

Agora, se eu soubesse que Alvin estava prestes a me deixar de vez, eu teria me sentado na varanda com ele na quietude daquela noite, contado como eu estava amadurecendo, como eu estava me conhecendo. Teríamos compartilhado nossas histórias, tal qual as crianças fazem. "Alvin", eu poderia ter dito, "sabia que eles têm dunas de areia branca no Novo México?" Eu teria perguntado a ele sobre seus dias (Como era sua vida, seu mundo? Quem você ama?), sobre o New Orleans East, teria elucubrado em voz alta sobre o furacão que vi tomando forma nos olhos dele, teria telefonado para casa naqueles domingos no Texas em vez de sublinhar passagens em livros que não fazem mais sentido para mim. E então imagino que teria acontecido mais entre nós, mais entre o menino e a menina que se empoleiravam nos galhos das árvores por horas para ver o mundo passar abaixo, talvez tivéssemos até conversado por horas antes de Alvin dirigir até o supermercado, viagem esta realizada quando ele estava chapado de heroína, e o carro sair do controle, batendo em um poste a apenas uma ou duas ruas da Wilson, partindo-o ao meio instantaneamente. Tudo isso na Chef Menteur, a mesma rodovia da qual ele jurara me proteger — e protegeu.

Depois da morte de Alvin, no outono de 1999, nunca mais consegui pegar no sono na Casa Amarela; a partir daí, eu botava a cabeça no travesseiro na casa de outras pessoas. O local onde você dorme à noite fala muito sobre seu lugar no mundo. Eu observava a vida da casa à distância, primeiro dos apartamentos no Texas, depois dos apartamentos na Califórnia e, finalmente, dos apartamentos em Nova York.

Minha mãe, Ivory Mae; minha irmã Karen; e os dois filhos de Karen permaneceram na Casa Amarela muito após minha partida.

Troy e Carl também chegaram a voltar para lá, no intervalo entre relacionamentos amorosos. Eles, Carl e Troy, foram os habitantes derradeiros da casa, acomodando-se nas duas pontas depois que mamãe e Karen se mudaram para mais perto da St. Rose. Troy morava no andar de cima e Carl na sala de estar, sempre nosso melhor cômodo. Comentei e observei isso à distância durante os telefonemas habituais com a minha mãe.

Comecei a dizer as mesmas coisas que mamãe costumava dizer: Você sabe que aquela casa não é muito confortável... O que Carl e Troy estavam esperando?, eu perguntava retoricamente ao silêncio da mamãe. A casa cair na cabeça deles?, eu mesma completava. Mais tarde, minhas palavras soariam como uma premonição.

Mas a respeito dos dias quase finais da casa, cabe a Ivory Mae, sua soberana, deixar suas declarações:

Chovia pelo telhado do quarto onde eu dormia. Parte dele havia desabado. Tivemos que colocar um pedaço de plástico e uma banheira para coletar água. Eu tinha que empurrar a cama até o armário quando chovia. Ficou um bom tempo daquele jeito.

No inverno, como agora tinha um buraco imenso no telhado, na parte mais alta da casa, tivemos que colocar um aquecedor no meu quarto, e se ficasse muito frio, eu tinha que botar um cobertor ou algo assim perto da porta.

A sala da frente, eu tentava manter o mais limpa possível. Os tapetes estavam todos descorados.

Mesmo que fosse um trapo, era lindo. Eu sempre tentava colocar uma cortina bem alegre, tentava colocar um tapete.

Se um dia você lançar um livro, as pessoas vão dizer: Bem, não tem como essas serem as pessoas que eu conhecia.

Entende o que estou dizendo?

Eu estava vivendo uma mentira, sabe?

Eu estava retratando uma imagem, que não era uma imagem, era eu.

Essa era toda a história que ninguém conhecia, onde você morava. Todo mundo simplesmente presume como você é se você está sempre bonito e dirigindo seu carro e tudo o mais, todo mundo presume que qualquer lugar onde você more, sabe, é igual à sua aparência. Porque quando vinha gente, o exterior da casa estava sempre limpo.

Eu sempre achei que conseguiria concluir a obra da casa. Naquela época, mesmo com meu irmão, Joseph, sendo carpinteiro, não tínhamos dinheiro para comprar o material de construção.

. . .

Acho que todo adulto deveria ter um legado, como uma casa ou algo assim, para deixar para a geração seguinte. Assim como minha mãe deixou uma casa, sinto que Deus me abençoou com uma casa, é assim que eu deveria sair de cena.

Todo mundo ficava dizendo: por que você não vai até a Califórnia para morar com Byron, ele quer que você vá. Fui e senti um certo alívio por estar em uma casa que era boa. Mas depois de um tempo, eu comecei a me perguntar, o que estou realmente fazendo aqui?

Existe um lugar para mim?

Então Elaine me chamou para ir à St. Rose, para a casa da nossa mãe. Nunca gostei do campo. Eu não era uma pessoa do interior, mas ali era uma casa melhor, e eu estaria mais perto de mamãe.

Eu ainda ia à velha casa para buscar Troy. Às vezes eu ia lá e não tinha ninguém. Se eu visse que o banheiro precisava de uma limpeza ou algo assim, eu fazia. Naquela época, Carl já havia pintado a banheira de preto.
A parte do covil... eles tinham tanta coisa para guardar, que virou um canto cheio de tralhas... E até mesmo o quintal. Minhas flores... as hortas...
Eu entrava no armário para pegar coisas que eu tinha largado lá. Eu queria buscar a bandeira do seu pai, mas quando peguei, estava toda retalhada e os ratos tinham... havia buracos, como se tivesse sido rasgada.
A cozinha, tinha aquela mesa marrom enorme e todas as cadeiras. Eu queria ter levado comigo porque eram móveis bons...

A última vez que entrei lá, Carl tinha colocado a cama lá na parte da frente e parecia que ninguém estava...

Acho que eles queriam morar lá.

Não creio que eu goste de me lembrar dessas coisas. Parece igual houve com Simon, que era uma parte da minha vida e simplesmente desapareceu, foi-se, e a casa ficou parecendo a mesma coisa. A casa estava lá, e então não estava. É esquisito como uma coisa poderia estar e depois não estar mais.
Se você conseguisse compreender isso.

Eu poderia ter feito mais. É assim que me sinto. Parece que eu era a causa de algumas dessas coisas. E você não quer ser a causa.

Se eu tivesse feito... Eu teria sido mais específica...
Perdi muitas oportunidades que estavam tão abertas para mim.

E então você vê a vida das crianças e elas se tornam as pessoas vivas da casa, a casa mora nelas. Elas se tornam a casa em vez de a casa se tornar elas. Quando eu olho para todos vocês, eu realmente não vejo a casa, mas vejo o que aconteceu a partir da casa. E assim, a casa não morre.

MOVIMENTO III

Enchente

Longe daqui um lento e silencioso curso,
Lete, o rio do esquecimento, segue
Seu labirinto aquoso, do qual quem bebe
Esquece sem demora seu antigo estado e seu ser,
Esquece tanto a alegria quanto o luto, o prazer e o doer.
John Milton, *Paraíso Perdido*

A cidade de Nova Orleans existe em um mundo muito aquoso
... cercado por lagos ao norte e leste e cortada ao meio
pelo rio Mississippi... cercado pela água acima (atmosfera
úmida e 1,52 m de índice pluviométrico médio anual)
e abaixo (um lençol freático alto).
Plano Unificado de Nova Orleans
(UNOP, 2007)

Vocês não são de Nova Orleans e continuam a jogar isso na
nossa cara, tipo, "Bem, como você se sente em relação ao
furacão Katrina?" Eu me sinto fodido, porra. Não tenho porra
de cidade ou casa para ir. Minha mãe não tem casa, o pessoal
dela não tem casa mais, e o pessoal deles não tem casa mais.
Todo mundo ficou sem a merda de uma casa.

Lil Wayne

01
CORRER

27 de agosto de 2005
Harlem – Nova Orleans – Missouri – Ozark, Alabama

Lynette e eu estamos no Charlie Parker Jazz Festival, dançando no Marcus Garvey Park. Estamos no anfiteatro lotado. Está frenético. Estou usando um vestido frente-única laranja fluorescente e chapéu de aba larga com uma longa fita preta, uma videira percorrendo sua circunferência e então serpenteando até o meio das minhas costas.

Lynette e eu somos vizinhas na 119th Street no Harlem; moramos a três casas uma da outra. Eu sou dois centímetros mais baixa do que Lynette, mas ela ainda é cinco anos mais velha. Os homens nas ruas ficam mandando cantadas e dizem: "Vocês devem ser gêmeas". Os vizinhos dizem que nos diferenciam de costas e pela maneira como andamos e pelos lugares onde estamos. Lynette, agora maquiadora, toma a Lenox Avenue até o metrô, uma rota que exige que você olhe nos olhos e pare para bater papo com todos. Para chegar até o meu emprego na *O, The Oprah Magazine*, geralmente pego a Fifth Avenue, mais tranquila, avançando no salto alto (Lynette diz que ainda estou brincando de escolinha, como na Casa Amarela). Mas hoje, nós, irmãs, estamos sentadas lado a lado, e o Harlem é o único lugar no mundo onde queremos estar.

Enquanto estou batendo o pé para acompanhar o ritmo, minha mãe está recolhendo suas coisas. Enquanto estou instigando a música, minha mãe está evacuando a casa da vovó em St. Charles Parish, para onde ela se mudou para ficar mais perto da casa de repouso da Lolo, e também da minha irmã Karen e seus dois filhos, Melvin e Brittany.

Troy saiu do trabalho no centro da cidade mais cedo, e era esperado que fosse encontrá-las. Karen foi resgatá-lo no meio do caminho, na Airline Highway, mas eles se desencontraram; ele foi deixado no ponto errado, e todo mundo estava tentando se deslocar ao mesmo tempo.

Assim como Eddie, que ligou da rodovia a caminho do Missouri, dizendo o que todos já sabiam: "Saiam já daí".

Buscar Troy demora um bocado; ele sempre foi complicado, mas a confusão presta-se ao tempo. Todo mundo arruma uma bolsa para si. Minha mãe prepara sanduíches e enche um isopor com bebidas. Na pressa indolente, Melvin de 17 anos esquece os óculos dos quais necessita para enxergar.

Os cinco — Melvin, Brittany, Karen, mamãe e Troy — estão a caminho de Hattiesburg, Mississippi, a casa de um primo, juntos em um carro pequeno. Passam o maior tempo sentados no trânsito. O que normalmente leva três horas se transforma em sete. A noite cai num instante e Karen não gosta de dirigir no escuro nem gosta de dirigir na autoestrada, nunca tendo perdido o pavor da Chef Menteur.

Minha irmã Valeria segue para o leste em um carro não muito confiável junto a suas duas filhas, sendo que uma delas está grávida, e os filhos delas. Quando ela finalmente para de dirigir, depois que a gasolina acaba, está em Ozark, Alabama.

Lynette e eu ligamos para Michael na caminhada para casa após o show no Harlem. Ele alega estar cruzando a fronteira do Texas: "Estou saindo daí, baby", é o que ele diz. Essa, acontece, é a mentira que você conta a suas irmãs mais novas.

Carl reúne sua família — sua esposa Monica e as três filhas adolescentes — e se dirige ao escritório de Monica no prédio da Regional Transit Authority, que agora se tornou um abrigo para funcionários. Ele amarra seu barco motorizado verde na traseira de sua picape. À porta do abrigo, Carl diz a elas para entrarem, "Vão em frente, eu vou ficar bem", então dá meia-volta e retorna para casa para esperar.

O paradeiro de vovó é desconhecido. O que achamos que sabemos: ela, junto a outros pacientes sob os cuidados da casa de repouso Chateau Estates, está sendo evacuada. Na confusão, mamãe conseguiu ligar para eles, e essa foi a promessa feita na linha. Vovó está em algum lugar, mas não sabemos dizer onde.

Ao todo, estamos espalhados em três direções cardeais, nove pontos corridos no mapa.

02
SOBREVIVER

28 de Agosto de 2005 – 4 de Setembro de 2005
Harlem – Hattiesburg – Nova Orleans – Dallas – San Antonio

CARL
Perceba uma coisa... a Casa Amarela estava de pé e funcionando.

Alguns anos depois da Enchente, Carl fez para mim uma reconstituição do ocorrido.

Carl e Michael estavam sentados na frente de casa, perto do meio-fio. Estavam fazendo churrasco, meio galão de gim entre eles. O rio Mississippi de um lado, o lago Pontchartrain do outro. Eles estavam bem entre a água. As pessoas que estavam evacuando passavam pelo cruzamento onde a Chef Menteur encontrava a Wilson, indo para oeste, em direção à cidade; da Chef Menteur, dava para ver a fumaça saindo da churrasqueira de Carl e Michael.

Você tem que entender, Mo. É agosto. Dia lindo. Um domingo. Então cortei toda a grama, cortei as ervas com aparador e tudo. Tava tudo beleza.

Mike, acho que num vou sair daqui, não vou a lugar nenhum, dissera Carl.

"Eu só sei que eu não vou", respondera Michael.

A cidade impôs um toque de recolher às 18h.

Escureceu, devia ser oito, oito e meia, ainda sem sinal chuva ou nada do tipo. Merda, foi lá pelas onze, onze e meia da noite que começou a chover. Quando Carl conta uma história, ele sempre dá duas opções aproximadas da verdade.

Ele arrumou seu isopor de bebida e se despediu de Michael, nada memorável, aí saiu em sua picape. Michael então foi encontrar a namorada, Angela, na casa deles na Charbonnet Street, no Lower Ninth Ward, para ver aonde eles poderiam ir. Já era tarde demais; ele sabia que não iam chegar muito longe.

A Casa Amarela, onde Carl morava de maneira intermitente quando se desentendia com Monica, ficou para trás. Os cabos permaneceram conectados às paredes. As panelas dele estavam embaixo da pia da cozinha. Esse era o "a Casa Amarela estava de pé e funcionando", segundo ele.

Carl tomou a Chef Menteur rumo à Paris Road e então pela Press Drive até a casa de tijolos onde Monica morava com as três filhas deles. A rua estava vazia e silenciosa, não muito diferente de seu estado normal. Carl não sabia se havia mais alguém por ali. Por que ele precisava saber? Ele estava de boas.

Mindy e Tiger, seus cachorros pequineses, não apareceram à porta quando ele entrou, mas logo estavam correndo junto a seus pés já de chinelo. O telefone fixo tocou. Muito embora o ano fosse 2005, Carl ainda não tinha celular, não desejava ser encontrado.

Mamãe e eles ficaram ligando sem parar: garoto, tira esse rabo dessa casa já.

Ele se sentou na poltrona e ficou assistindo à televisão.

Puta que pariu, pelo tanto que eu tinha bebido, acabei pegando no sono, cheio de gim.

Ele acordou e foi da poltrona para a cama, mas antes de voltar a dormir fez pequenos preparativos, apenas seguindo seu pressentimento.

Monica tinha um sótão grande e fundo, então baixei os degraus. Eu já havia mapeado a casa para o caso de ter que evacuar. Eu já tinha uma machadinha lá em cima, e também tinha enchido garrafas de água. Também tinha minha arma, tinha colocado a arma ali, tinha minha água e tudo o mais, o cutelo.

Lá pelas três, quatro da manhã, os cachorros na cama começaram a me arranhar, me lamber.

Droga, está escuro.

Dava para ouvir uma tempestade lá fora. Boto os pés no chão.

Água.

O som é de uma porra de trem de carga descarrilando. Um monte de merda quebrando. Um monte de merda voando, acertando mais outro monte de merda.

Não consigo ver nada, mas conheço a casa. Boto Mindy e Tiger escada acima.

Vou até o isopor para pegar a água. Merda, uns cinco minutos depois o isopor se ergue do piso. O isopor tava flutuando. Agora eu precisava subir também, a água... Eu estou de pijama.

Peguei uma calça jeans, ainda tenho essa calça jeans, minha calça Katrina. Eu subo. Fico esperando. Apenas sobrevivendo à tempestade.

Sentado lá, olhando a água chegando. Estou com a minha arma, uma lanterna na cabeça, digo, droga, o furacão está circulando por aí.

Aquela água subindo cada vez mais.

IVORY MAE

De Hattiesburg, minha mãe liga para o Harlem e diz: "A água está entrando em casa agora. Estamos pedindo ajuda." A ligação é cortada no meio da fala dela, de modo que essa fica sendo nossa única comunicação em três dias. As duas frases ficam se repetindo na minha cabeça — durante meus sonos incompletos, em jantares em que elas parecem sair da boca de pessoas preocupadas com assuntos totalmente diferentes, no meu trabalho na revista, onde pareço composta e bem, e em todos os momentos de sossego e silêncio.

A água está. Estamos.

Pedindo. Ajuda.

CARL

Já tinham se passado umas quatro, cinco horas. De repente, a água não parece estar subindo mais. Simplesmente parou ali, um metro e meio, dois. Dava para se ouvir todos os tipos de pássaros entrando pelas janelas.

Olha, assim que amanhece, aquele aguaceiro começa a vir de novo, começa a vir todo agora.

Tenho que começar a sair agora.

A água chegando.

Já é dia agora. Dá pra sair agora.

A água subindo continuamente.

Eu falei, merda, tenho que sair deste sótão agora.

Nunca entre em pânico, Mo. Você nunca pode entrar em pânico.

Eu vou passar por aquela bosta de telhado. Eu tenho um machado, estou destruindo aquele filho da puta.

Eu ia abrir caminho a tiros se não tivesse como fazer com a machadinha. Eu ia estourar uns buracos naquele filho da puta. Estou saindo pelo telhado.

Assim que boto a cabeça para fora, olho em volta.

"Ei, cara, pensei que vocês tivessem ido embora", berra alguém de um telhado várias casas depois da nossa.

A água chegou ao beiral do telhado. O barco verde de Carl não estava à vista.

Está quente lá fora agora, veja. Passou um balde flutuando. Foi assim que consegui resfriar o telhado.

Está torrando aquele telhado. O sótão não esfria até 21h ou 22h. A gente ficava acordado conversando até meia-noite. Essa merda toda de sobrevivência. Se o pessoal do resgate não vier, vamos ter que sair nadando daqui, ou fazer isso, ou fazer aquilo. Eu disse a eles: quando vocês estiverem prontos, mas vamos esperar alguns dias.

Naquela época, uns velhos lá do outro lado contavam histórias sobre um imenso crocodilo na água. Quer dizer, se eu tivesse que nadar, eu teria nadado, mas você não entra numa água com as pessoas dizendo que tem um crocodilo. A gente ficava lá sentado, conversando, até ficarmos muito cansados. Às vezes, montávamos no telhado, de lado assim, para não rolar.

Algumas noites ficávamos no sótão quando já esfriava bem. Eu puxava as escadas para cima — você não queria que nada da casa subisse lá. Mindy e Tiger sabiam quando tinha algo errado. Eles corriam pelo sótão, latindo para qualquer coisa, nunca dormiam, aqueles putinhos selvagens.

• • •

Depois de três dias, eu e outro cara entramos na água.

Ainda havia regras no novo Velho Mundo.

Você nadava até o meio da rua. Você conhecia a vizinhança. A gente nunca mergulhava porque nunca se sabia se havia um poste ou algo assim lá embaixo. A gente nadava até onde os velhos estavam. Verifica-va se eles estavam bem. A gente ficava lá por algumas horas, um cara tinha comida e estava fazendo comida na grelha e fumando cigarros.

"Você devia estar morto de fome", digo.

Mas se você come, tem que usar o banheiro.

No caminho de volta, nadando, a água salgada invadiu a boca de Carl.

Mais dois, três dias se passaram da mesma forma, sem nenhuma mudança.

HARLEM

Cinco dias desde que os diques se romperam. Não há nada a se fazer aqui, exceto me sentir impotente. Todas as janelas do meu duplex estão abertas esta noite, para permitir que os sons externos entrem. Estou sendo bem específica com isso porque meus vizinhos tagarelas me fazem lembrar de casa. Sento-me de pernas cruzadas diante da televisão no meu quarto pintado de verde-pântano, assistindo à CNN no mudo, procurando apenas as meias de algodão brancas de Carl puxadas até os joelhos, pés tamanho 46. No dia a dia, negligencio as análises de qualquer artigo de jornal, exceto para buscar os nomes e rostos de meus amados — Michael, Carl, Ivory, Karen, Melvin, Brittany.

Imagine que isso é tudo o que você pode fazer. É tão desolador quanto parece.

CARL

Nós sabíamos que o resgate estava vindo, mas você vai ficando enlouquecido mesmo assim.

Do telhado onde estava sentado, Carl via a área de espera na interestadual onde os resgatados eram deixados. Os aerobarcos vinham diretamente da região onde antes havia uma cerca, onde antes havia uma concessionária de automóveis e a estação ferroviária onde os fretes atracavam para serem carregados.

Este novo Velho Mundo parecia desprovido de limites.

Eles finalmente vieram nos buscar, uns caras brancos do Texas. Pararam com um aerobarco junto à inclinação do telhado.

Sete dias se passaram.

Carl foi deixado na interestadual, pouco antes do ponto onde a ponte se erguia. Bem diferente do silêncio do telhado. Carl viu muitas pessoas que conhecia, pessoas de todas as partes, do East, do Lower Ninth Ward, da Desire Projects.

Caminhões do exército levavam as pessoas da ponte até o Centro de Convenções, que havia se tornado um abrigo improvisado, mas a prioridade era para os idosos e enfermos, e Carl estava com boa saúde e pernas em pleno funcionamento. *Mindy e Tiger estavam sem coleira. Eu estava usando um tênis Adidas, mas estava tão apertado. Tirei os cadarços e fiz correias.* Ele levou os cães para uma longa caminhada até o Centro de Convenções, acompanhado por vários homens, tendo de se abaixar em seu 1,90 m para segurar melhor os cadarços. A partir do New Orleans East, eles caminharam os oito quilômetros até o Martin Luther King Boulevard, depois contornaram até o Centro de Convenções, uma longa rota para evitar as avenidas Orleans, St. Bernard e Claiborne, todas submersas.

A caminhada durou o dia todo. Mas Carl mesmo nunca entrou no Centro de Convenções. Ele ficou no perímetro observando o tumulto. Para ele, a noite não era para dormir: a certa hora da madrugada, os cães se soltavam de seus donos adormecidos, correndo por entre as massas sonhadoras.

Fora o movimento dos cães, as coisas pareciam lúgubres e imóveis. Mas então Harry Connick Jr. apareceu com câmeras de TV, e ônibus começaram a chegar.

Eu não estava preocupado em não conseguir entrar no ônibus, disse Carl, abrindo mais uma cerveja. *Parecia um filme, tipo o fim do mundo, as pessoas só sabiam correr. Pessoas tentando dar o fora do Dodge.*

"E os viciados em drogas?", pergunto.

Todos eles estavam largados por aí. Tremendo feito a porra de um bambu.

Depois de dias como membro de uma multidão crescente que parecia não ir a lugar algum, Carl saiu do Centro de Convenções com dois homens que conhecia da Grove. Eles seguiram para a interestadual, onde encontraram um barco a remos aos pés do declive das avenidas Claiborne e Orleans, perto de onde Carl normalmente passava o Mardi Gras.

Quem largou o barco lá deve ter picado a mula. Falei, vamos pegar o filho da puta e dar o fora.

Eu e os dois caras remando.

Pessoas encalhadas nas varandas das casas, seu irmão Michael entre elas, mas ele não sabia disso naquela época. *Achei que Michael tivesse morrido.*

Os homens remaram por Orleans, afastando-se do Centro de Convenções, da Canal para a Broad Street.

A água tava tão alta que nem dava para ver o Ruth Chris Steak House. Aquela merda tinha uma comida boa demais.

"Espera aí, baby", diz Carl, atendendo seu celular. Ele evoluiu bastante desde 2005. Ele fala para a voz masculina do outro lado: "Eu estava dando uma entrevista pra Monique sobre aquela merda do Katrina". Ele não sabe usar o telefone direito, então só atende no viva voz, de modo que quem quer que ligue sempre fala com Carl e com quem mais estiver por perto.

De volta ao barco, Carl e os dois homens percorriam a cidade aquática, um barco entre muitos, descendo a Broad Street e retornando à Canal antes do anoitecer.

Você acha que são manequins flutuando ao seu lado, mas quando passa por eles, aquele corpo fede muito, tá inchado. Cara, aquilo não é um manequim, é um cadáver.

Agora tem água entrando na porra do barco. Um cara levou um balde e tava jogando a água fora, e dois de nós remando.

Eles desceram a Canal Street em direção ao prédio do Regional Transit Authority onde Monica trabalhava, mas a essa altura já havia sido evacuado. Naquela noite, os homens permaneceram no barco, que foi amarrado aos enormes portões de metal em frente ao estacionamento, os carros e ônibus presos lá dentro.

Era como se a gente estivesse pescando em algum lugar. Ficamos sentados ali no barco a noite toda, fumando cigarros e conversando. Cochilando, lutando contra o sono.

Na manhã seguinte, eles acordaram na mesma cidade inundada do dia anterior, mas agora havia barcos a motor. Foi esse o som que os acordou.

Do barco, Carl tentava supor o que aconteceria a seguir. *O estádio The Dome — ninguém tava saindo de lá. Mesma coisa no Centro de Convenções. Então agora a gente subia pela Broad Street e pela Tulane. Agora, o que você acha que tinha lá? O que tinha, Mo?*

Eu hesito. É um teste de geografia. Não sei.

A Orleans Parish Prison, onde os presidiários — sendo que alguns foram evacuados quatro dias depois, quando a água estava batendo no peito — ficaram aguardando no alto do viaduto da Broad Street com seus macacões laranja. Carl levou seu barco até a ponte onde outros barcos boiavam ociosos.

Depois que o helicóptero levou todos os presos, Carl se dirigiu ao topo da ponte, em vez de seguir a pé junto com os outros.

O helicóptero era uma merda imensa, maior do que essa porra de casa aqui. Eles sempre pousam no trabalho, mas até então eu nunca tinha voado em nenhum daqueles caralhudos. Eu falei oi para o cara que estava pilotando, Cara, para onde você vai levar a gente.

Foi uma viagem difícil. Mindy e Tiger ficaram muito agitados. Tiger era filho de Mindy, e eles agiam como tal.

Estou de boa agora. Estou lá agora, diz Carl, inserindo-se na paisagem. Ele sabia exatamente onde estava: *Aeroporto Internacional.*

Aeroporto Internacional de Nova Orleans Louis Armstrong.

MICHAEL

Foi a varanda que os salvou. À noite, dava para ir para lá e dormir. Ou, na noite escura, dava para se assistir às explosões talvez vindas da direção do Lee Circle, uma refinaria de petróleo, mas você não tinha como saber, ou assistir às casas queimando furiosamente na Broad Street. "Como fogo do inferno", disse Michael. Todos pareciam estar armados. A sacada parecia um camarote: do outro lado da rua, homens armados abriam as portas de um supermercado a tiros. Mais abaixo, dois sujeitos discutiam sobre quem puxaria o barco enquanto o outro ficaria sentado nele, um deles brandindo uma arma para afirmar sua autoridade.

Michael e Rodney, irmão de Angela, os dois homens mais velhos do grupo, saíam todas as manhãs em busca de comida, acordando antes do amanhecer enquanto os outros continuavam a dormir. Eram quinze pessoas em um apartamento de dois quartos no Lafitte Projects, o qual foi demolido em 2008, reconstruído e rebatizado Faubourg Lafitte, mas isso é fato posterior, e ainda estou falando do que ocorreu na época da enchente, em setembro de 2005, quando Michael era um dos dois autodesignados comandantes do grupo que continha os filhos de sua namorada e a mãe dela.

Os homens caminhavam ou nadavam pelas ruas, dependendo do nível da água.

Mais de 4 mil pessoas ficaram encalhadas na interestadual onde Carl passou um curto período de tempo. Michael e Rodney evitavam as massas, circulando pelas ruas e supondo que todos estavam muito melhor no projeto habitacional, ao menos protegidos dos fatores climáticos e com vasos sanitários esvaziados com baldes que eram metidos na água e puxados cheios de volta, uma gambiarra bem nojenta, mas que funcionava.

Os homens pilhavam as lojas destruídas para pegar comida e outros itens, e assim acabaram por encontrar um colchão inflável e dois barcos. Tanto itens de primeira necessidade quanto itens para lá de supérfluos, ao que parecia, podiam ser encontrados na água suja e fétida. Quando eles voltavam ao apartamento antes do pôr do sol, a hora do caos, os homens se encharcavam com o Listerine recolhido das prateleiras de lojas abandonadas. Fechavam os olhos e derramavam a garrafa inteira em tudo que é lugar.

Mas a comida em casa e nas prateleiras das lojas "estava ficando cada vez mais escassa", conta Michael. Os homens tinham menos resistência para as viagens diárias de busca. Com o passar do tempo, tinham de ir cada vez mais além de sua base. Quanto mais a leste, quanto mais profunda a água, mais loucas as histórias: "Um cara doido estava chapado de pó de anjo,[1] uma policial estava tentando ajudá-lo", relata Michael. "Ele pegou a arma dela e atirou na cabeça dela, e um monte de merdas assim." Por exemplo.

No apartamento, uma mulher entre as quinze pessoas passou a roubar comida para ela e para a filha, escondendo-a dos demais que racionavam pequenas porções. O clamor que eclodiu quando descobriram o golpe não teve onde ser descontado senão entre as paredes dos apartamentos. E esse era o som em todos os lugares, um gemido coletivo oriundo da espera em confinamento.

Dias depois, quando o estádio Superdome foi evacuado, helicópteros começaram a circundar o Lafitte. Quando pairavam em pontos onde os homens na varanda conseguiam ver, o pessoal do resgate mirava com suas armas. Michael se recusou a separar seu grupo; por várias vezes se recusou a pretensa salvação porque não havia espaço suficiente para acomodar todo mundo.

Quando finalmente foram resgatados, tudo parecia começar e terminar no mesmo instante. O grupo, ainda intacto, foi do barco junto à escadaria do apartamento para um caminhão do exército e depois para um ônibus estacionado.

"Para onde estamos indo?", perguntou Angela ao homem armado parado na frente do ônibus. Apenas silêncio.

IVORY MAE

Hattiesburg, onde mamãe e seu pessoal tentaram se acomodar, não serviu como rota de fuga. Chovia tanto que a água começou a entrar na casa da prima Lisa. No início, chegou à altura do tornozelo. Todos correram para colocar os móveis em cima das mesas, mas a água continuava a subir, o que por fim os obrigou

---

1   Pó de anjo: gíria para a substância fenciclidina ou fenilciclohexil piperidina (PCP), droga alucinógena. Entre seus efeitos colaterais estão alucinações, percepções auditivas distorcidas e comportamento violento. [NT]

a fugir para a casa do vizinho em um terreno mais alto. Ficaram esperando e esperando — um, e então dois dias — até que fosse seguro dirigir até o aeroporto, onde voariam para a casa de outro primo no Texas.

Troy nunca tinha voado de avião. Nem Brittany, de 13 anos. Mas o Troy adulto estava sendo o único a fazer papel de bobo, alegando que morreria não por causa da Enchente, mas na viagem aérea. "Droga, droga, droga", ele ficou entoando durante o voo inteiro, sua perna furiosa e trêmula. Ele estava dando nos nervos de todo mundo.

O aeroporto de Dallas/Fort Worth estava cheio de gente de Nova Orleans, que ficava perguntando: "Onde foi que pousamos?"

VOVÓ LOLO

Um ônibus escolar amarelo cheio de pacientes enfermos do lar de idosos percorria a rodovia... que rodovia? Van Gogh dizia que o amarelo é a cor da clareza divina. Vovó estava sentada num dos bancos, mas será que era de pelúcia, de couro sintético como o dos ônibus escolares, aquele que desinfla quando você senta em cima, ou será que na verdade ela estava deitava em travesseiros no chão? O que dizer de seus joelhos artríticos? Será que eles doíam, será que ela chegou a dizer uma única palavra, que ficou cantarolando como sempre, que olhou em volta, que teve um lampejo de lucidez? É isso o que quero saber: ela teve algum momento de lucidez em sua mente dominada pelo Alzheimer? Será que o corpo sabe que você está cruzando uma fronteira interestadual, mesmo quando a mente não compreende isso? Será que o esquecimento de vovó era como beber a água do rio Lete? Será que ela se lançara ao esquecimento, eu me pergunto, apagando toda a paisagem de sua vida anterior, e que esse seria o único estado, esse desconhecimento, sob o qual deveríamos cruzar as fronteiras estaduais, abandonando toda a sua familiaridade? Esse é o jeito ideal de se abandonar seu lar?

03

ASSENTAR

6 de setembro – 29 de setembro de 2005
Vacaville, Califórnia – St. Rose, Louisiana – Tyler, Texas

A casa de dois andares de Byron em Dawnview Way, em Vacaville, Califórnia, a 135 quilômetros ao norte de San Francisco, era espaçosa em circunstâncias normais, pelo menos àquela maneira suburbana ilusória, com três quartos e um escritório. Mas agora havia nove pessoas nela: seis adultos e três crianças. Assim como vários endereços nos dias que se sucederam à Enchente, por fora parecia uma casa, mas por dentro era um abrigo para os desapossados.

No minuto em que Byron, o filho mais novo de Ivory Mae, soube que nossa mãe e seu pessoal haviam atravessado as enchentes do Mississippi até o árido Dallas, ele lhes enviou cinco passagens só de ida. E também mandou uma passagem para Herman, o irmão mais velho de Alvin, nosso vizinho na Wilson, aquele que tinha quebrado o dente da frente de Lynette com uma pedrada. Herman, que estava preso em Baton Rouge, era como um irmão para nós.

Assim que todos chegaram a Vacaville, eu também fui para lá. Fui não só porque não conseguia descobrir o que mais fazer em meio à minha angústia, mas também porque me foi atribuída a árdua tarefa de escrever uma "história sobre o Katrina" para a revista. Minha função era relatar o que a minha família tinha enfrentado, o que exigia que eu me colocasse sob a impossível posição de repórter. Eu sabia que era ridículo anotar o que todo mundo dizia; depois de cada conversa, eu me escondia no banheiro e registrava as cenas em um caderno em vez de senti-las.

Mamãe dividia o quarto no andar de baixo com Karen. Brittany, filha de Karen, dividia a cama com a única filha de Byron, Alexus. Os homens ficavam num beliche no andar de cima do antigo escritório, onde, se você fechasse a porta à noite, o cheiro de bolor era tão intenso que mal dava para se respirar.

Na primeira noite em Vacaville, Herman teve um pesadelo que acordou a casa inteira. Aos 34 anos, ele estava desidratado e acima do peso, e mal conseguia andar devido ao inchaço nos pés. Na Califórnia, Herman afirmou ter ficado um dia inteiro sentado no telhado da Casa Amarela, até que ela se partiu ao meio embaixo dele, obrigando-o a nadar em busca de segurança. Mas ele está sempre inventando essas merdas. Herman passou seus dias em Vacaville ao telefone, exagerando suas façanhas para as crédulas estações de rádio locais. Como ele continuava a ser localizado pelos jornalistas, ninguém sabe. Às vezes a gente brincava, questionando se haveria mesmo outra pessoa do outro lado da linha querendo falar com ele.

Carl e Michael ainda estavam vagando por aí; dez dias tinham se passado. O único momento que nos importava era aquele em que teríamos notícias deles.

Herman jurou ter visto Carl em um barco ajudando as pessoas perto do Superdome. Isso parecia exatamente o tipo de coisa que Carl faria, então praticamente todo mundo acreditou nele, exceto eu. Eu ficava dizendo: "Só acredito se falar com ele". Sempre que Herman repetia sua história do Carl-salvador, eu olhava para ele com raiva.

Herman era espalhafatoso de dia e barulhento à noite, suas assombrações um tanto persistentes. "Ele era o destaque em alguns momentos", conta agora minha sobrinha Brittany. Herman era um fanfarrão, mas todo mundo sabe que pessoas assim oferecem o melhor entretenimento. Ele era capaz de nos transportar à sensação de estar em casa, que era na Wilson Avenue. Em Vacaville, ele realizava façanhas bobas e vultuosas, tipo apostar corrida com o pequeno Justin, o vizinho de 10 anos de Byron que era uma estrelinha do atletismo. Herman, que estava pelo menos quinze quilos acima do peso (e com os pés inchados), que era asmático e tinha tendência a derrames, desafiara o pequeno Justin para uma corrida pela Dawnview Way. De algum modo, a bravata de Herman acabou se tornando um evento. Na hora marcada, por volta das seis da tarde, as pessoas do quarteirão saíram de suas casas de estuque, algumas delas com cadeiras, para assistir à disputa. O apito soou e eles saíram correndo em direção à Cedar Crest Drive. Herman começou bem nos primeiros trinta segundos, mas então o pequeno Justin o deixou um tiquinho para trás, o que levou Herman, que não gostava de perder ou de passar vergonha na frente de uma multidão, a acelerar o passo. Parecia que suas pernas não iam aguentar. Por um momento, pareceu até que Herman estava vencendo, mas daí o pequeno Justin ganhou muita vantagem, de modo que Herman ficou um tempão competindo contra si mesmo. Justin pareceu voar e desaparecer, enquanto Herman, curvado na rua, bufava e arquejava como nunca.

Todos os espectadores também estavam curvados, gargalhando loucamente. Ninguém prestou atenção à recuperação de Herman. Todos ficamos maravilhados com a seriedade com que ele encarou aquilo, por de fato acreditar que tinha chances de vencer! Seu desempenho trouxe leveza a uma realidade dura e desanimadora. Durante aqueles minutos que Justin levou para vencer Herman, ninguém pensou na Enchente. Foi assim que Herman se tornou um herói.

Essa história, "A corrida de Herman", era revivida em todos os momentos deprimentes dos longos dias que se sucederam.

Quando os vizinhos traziam pilhas de roupas usadas, minha família, que eu nunca tinha visto pedir nada, lentamente procurava as peças que lhe agradassem, embora aquilo tivesse a ver principalmente com necessidade:

Herm começou muito, muito forte, alguém começava a contar.

Quando Melvin, à época adolescente, ficava amuado o dia todo naquela obscuridade perpétua, consternado e desanimado devido à nova organização da casa, vinha esse mundo exótico:

Justin voava, aquilo foi demais, ver um adulto contra um garotinho. Herman não desistia.

Quando os canais de notícias (que estavam sempre ligados) vociferavam suas atualizações a respeito da cidade e da tempestade e não abordavam o paradeiro de nossos dois homens perdidos:

Quando você se dava conta, Justin tinha sumido da vista. Herm provou seu argumento, no entanto.

• • •

Uma semana depois de chegarem a Vacaville, Melvin e Brittany foram matriculados na escola secundária local, os únicos dois *arrebatamentos do Katrina*, como minha mãe os chamava, com seus nomes e sofrimentos devidamente anunciados certa manhã pelo alto-falante da instituição. "Eu só quero me encaixar. Você sabe como é o ensino médio", disse Brittany. "A história era famosa. Todo mundo estava tentando decifrar o que a gente sentia", disse Melvin, que era chamado de Louisiana por seus colegas no futebol.

Herman dizia que ia se mudar para Austin, no Texas, onde "nunca mais vou precisar fazer uma evacuação", mas aí conseguiu emprego na loja de peças automotivas local, na Nut Tree Road.

Troy começou a descarregar caixas dos caminhões do Walmart por 8 dólares a hora, muito mais do que ganhara ao longo de 17 anos fabricando móveis na Walter Thorn and Company, emprego que herdara quando Byron partira para se juntar aos fuzileiros navais. Esse emprego fora a rotina de Troy por muito tempo, desde que tinha 20 anos: pegar o ônibus na Chef Menteur às cinco da manhã, descer na Louisa Street e, em seguida, pegar o ônibus da linha Desire para a Poland Avenue.

Os homens conseguiram emprego antes de Karen, que não se lembrava da última vez que ficara sem trabalho. Assim que chegaram à Califórnia, ela já havia decidido: nós nunca mais vamos voltar. Depois de vários meses de busca, ela — que passara a vida trabalhando como assistente social — se candidatou para um cargo temporário na transportadora UPS, que consistia em localizar e recuperar pacotes. O trabalho era surpreendentemente divertido, um alívio na verdade.

Minha mãe cozinhava panelas imensas de feijão com arroz, espaguete à bolonhesa, repolho com arroz, coisas que a família era capaz de devorar o dia todo. A vida tentava se estabelecer.

MICHAEL

Onze dias depois que Carl e Michael estavam dados como desaparecidos, disquei o número de Michael novamente. Em vez de cair na caixa postal, Michael atendeu e disse: "Opa, garotinha. Onde vocês estão?", como se *a gente* estivesse desaparecida.

No aeroporto de Nova Orleans, para onde eles eram levados de ônibus, "Eles escreviam seu destino num pedaço de papel", contou Michael tempo depois. "Este avião está indo para cá, aquele está indo para lá e aquele outro está indo para acolá. Diziam que você poderia ser levado a Atlanta, Houston, Dallas, San Antonio. O lugar que vocês quiserem. Pegamos o primeiro voo daquela porra."

Os quinze embarcaram no avião para um outro lugar, San Antonio. E era onde ele estava agora.

CARL

Quando Carl chegou ao Aeroporto Internacional Louis Armstrong, viu que havia sido transformado num hospital de campanha, com pacientes em macas por todo o saguão, alguns sendo levados em carrinhos de bagagem. Alguns dos enfermos tinham sido trazidos da casa de repouso Lafon na Chef Menteur Highway, onde mamãe e sua irmã, Elaine, tinham passado a maior parte de suas vidas trabalhando como auxiliares de enfermagem. Os pacientes evacuados eram os sobreviventes; 22 já haviam morrido.

Carl estava arrasado por ver os idosos deitados por todos os lados, aquela visão lembrando-o de seguir sua jornada. No aeroporto, ele comeu sua primeira refeição sólida desde o churrasco com gim na Casa Amarela, catorze dias antes. Satisfeito, embarcou na etapa final de sua viagem, tomando a Airline Highway com Mindy e Tiger ainda usando os cadarços como guia, até o viaduto para a casa do primo Earl na sinuosa River Road.

Quando viramos a esquina, Earl e todo mundo estavam lá fora fazendo churrasco. Quando me viram chegando, ficaram muito felizes. E aí fui contar a história a eles.

Carl ligou para meu celular dois dias depois e contou essa história. Minha mãe e eu estávamos no estacionamento de uma mercearia em Vacaville, onde tínhamos ido comprar café e chicória. Eu berrei ao telefone: "CUUUUUUUURRRRLLLLLLLLLLLLLLLLL."

• • •

Depois de chegar à casa do primo Earl, Carl foi deixado na casa de vovó na Mockingbird Lane em St. Rose, a única casa da família que se salvou da devastação da tempestade. Sua força estava sempre ali. Carl estava sozinho em casa, quase dormindo, até que outras pessoas ficaram sabendo de sua boa sorte e vieram usufruir dela. Seu amigo de longa data, Black Reg, cuja casa no New

Orleans East ainda estava debaixo d'água, juntou-se a ele, os dois começaram a dividir as contas e as responsabilidades. Carl chegava do trabalho na NASA e encontrava comida pronta e, às vezes, mulheres à espera. Reg também mantinha o quintal em ordem.

Choveu mais do que o normal naqueles dias. De seu quartinho na casa da vovó com a fileira de janelas numa parede, Carl imaginava a água cobrindo os diques ao longo da River Road. Ele passava a noite inteira acordado vigiando, para ver os estragos que a chuva faria. Agora ele sabia: mesmo depois que parasse de chover, era possível que viesse uma enxurrada.

Ele era um sujeito de quarenta anos que morava na casa da avó. Tinha seu quarto agora. E um pequeno corredor onde se vagar.

Seu estômago doía constantemente, e ele sofria de dores de cabeça, mas culpava a Enchente por suas calamidades físicas. Ela simplesmente precisava, percebeu ele, atingi-lo.

VOVÓ LOLO

Uma semana depois de Carl reaparecer, minha prima Michelle achou o nome da vovó na internet: Amelia. Casa de repouso Briarcliffe, Tyler, Texas. "É um bom lugar", disse tia Elaine depois de visitá-la. Durante a evacuação, vovó adoeceu repentinamente, mas era difícil saber como sua doença surgira ou como progredira a ponto de causar um estertor da morte, mas o fato é que de repente seus órgãos estavam entrando em falência e vovó tinha muita dificuldade respiratória.

Byron me ligou no Harlem, onde eu tentava criar uma reportagem a partir da vida que ainda estava se desenrolando. "Vovó morreu," disse ele, direto. Já tinha contado à mamãe, falou.

Menos de uma hora depois, ele ligou de volta. Os batimentos cardíacos da vovó estavam tão fracos que os médicos *pensaram* que ela tivesse morrido. Na verdade, ela ainda estava viva. Apertei meus olhos e funguei, tentando conter as lágrimas.

Poucos dias depois dessa conversa, Byron me ligou outra vez na cidade de Nova York. Eu estava encolhida na minha baia no trabalho. "Vovó só tem um dia de vida. Desta vez é verdade."

Quando ele me deu a notícia, mamãe já estava em um avião a caminho do Texas, conseguindo chegar horas antes de sua mãe, minha avó, Amelia Lolo, *de fato* morrer. Um mês depois da tempestade: 29 de setembro de 2005.

04
ENTERRAR

29 de setembro – 2 de outubro de 2005
St. Rose, Louisiana

Antes da Enchente, eu tinha seis irmãos morando fora da Louisiana, e cinco em Nova Orleans ou nos arredores da cidade. Depois, ficaram dois irmãos na Louisiana; nenhum deles residindo em Nova Orleans. Agora, dez pessoas tinham de voar de volta para casa em vez de seis. Quase todos nós fomos para o funeral da vovó, como se estivéssemos em peregrinação. O enterro de Lolo seria a última vez em muito tempo que tantos de nós — dez dos doze filhos — estaríamos reunidos no mesmo cômodo.

Michael chegou de San Antonio, onde já havia conseguido emprego como vendedor de seguros de vida, passando seus dias subindo e descendo pelas estradas que "saíam do asfalto, viravam estrada de terra e depois se transformavam em água" pela US Credit Union, que "não era governamental, mas parecia".

Byron, Troy, Karen e Herman dirigiram de Vacaville juntos, 36 horas seguidas. Durante o trajeto, buscaram Darryl em casa, no sul da Califórnia. O funeral da vovó marcou a segunda vez de Darryl na Louisiana após deixar Nova Orleans oito anos antes, quando eu estava no último ano do ensino médio. Foi a segunda vez que o vi e falei com ele desde então, a primeira vez que me lembro de olhar fundo nos seus olhos.

Nosso irmão mais velho, Simon Jr., dirigiu treze horas da Carolina do Norte.

Lynette e eu voamos juntas de Nova York.

Todos nós, crianças, que é o que nós adultos nos tornamos na presença de nossa mãe, ficamos juntos na casa da vovó. Aquela era a casa que costumava nos acolher regularmente nos fins de semana, datas festivas e aniversários, em comemorações de todos os tipos. Tínhamos em mente que a casa da vovó, que ela comprara com a intenção de transformar em um lar para a família, era o mesmo lugar que conservaria nossos encontros agora.

Lynette e eu fomos encarregadas de planejar a programação do funeral. Boa parte de Nova Orleans ainda estava debaixo d'água — as funerárias estavam lotadas e eram muito desconfortáveis —, mas fizemos uma homenagem simples à vovó num texto no Microsoft Word. Para imprimir os programas, Lynette e eu dirigimos durante uma hora em cada sentido de Baton Rouge, capital da Louisiana, até encontrar a gráfica Kinko's mais próxima que estivesse funcionando. ·

Michael garantiu a comida. Quando os visitantes do bairro paravam para prestar condolências, ele sempre perguntava: "Como vocês conseguiram voar no meio da tempestade?"

Queríamos homenagear a vovó no jornal com um obituário, então ligamos freneticamente para o *Times-Picayune*, dia após dia, nos momentos mais corriqueiros, a caminho do supermercado ou segundos depois de entrar na garagem, pouco antes de sairmos do carro. Mas a linha continuava dando sinal de ocupado; ninguém jamais atendeu.

Vieram muito menos pessoas ao funeral da vovó do que viriam se um obituário tivesse sido publicado. Minha mãe mencionou isso sem parar. A mim também parecia um pecado não ter a morte da vovó num jornal para que outras pessoas, que não nós da família, ficassem sabendo, ou para alguém poder caçar anos depois, assim como aconteceu comigo ao encontrar no jornal as evidências de que meu pai viveu — e morreu.

Na véspera do enterro da vovó, à noitinha, meus irmãos se reuniram na garagem da casa na Mockingbird Lane. Dava para ouvir as conversas pelo corredor e pela porta fechada. Então a abri para me sentir menos alheia. Quando empurrei a porta, ela rangeu muito alto. Meus irmãos se revezavam na cadeira, um cortando o cabelo do outro.

Os meninos amontoados ali trouxeram lembranças de outras épocas, na Casa Amarela, quando Byron vinha durante sua folga nos fuzileiros navais — de Okinawa, Japão, onde havia sido alocado;

ou de uma pausa na Operação Tempestade no Deserto — e meus irmãos o encontravam no pátio, brincando de luta e trocando soquinhos. *Eles agem feito animais*, dizia minha mãe. *Esse é o jeito deles de dizer olá e eu te amo.* Os meninos mais velhos estavam lembrando Byron de seu posto de caçula na família, não importava se agora ele estava musculoso, não importava se tinha ido morar longe.

Três meses antes do furacão, em maio, oito de nós nos reunimos, meus sete irmãos e eu, para uma sessão de fotos para acompanhar um artigo que eu tinha escrito para a revista *o* contando como tinha sido crescer com tantos irmãos. O editor escolhera como cenário o Riverfront, no Mississippi, bem em frente a um mirante, com barcos a vapor passando ao fundo. Meus irmãos usavam roupas semelhantes, jeans, mocassins e camisa de botão. Existem várias versões da mesma foto, mas a que eu mais gosto é aquela que Darryl está na frente do grupo, a boca aberta, cantando "Iko, Iko" como no dia do Mardi Gras. Fazia muito tempo que ele não voltava para casa, e mais tempo ainda que não ia a Riverfront, e estava feliz por estar de volta. Eu vi então como Darryl dançava bem, vi pela primeira vez. Eu também dancei naquele dia, mas não o suficiente para superar Darryl, mas o bastante para impressionar meus irmãos mais velhos. De algum modo, pensei à época, minha habilidade de dançar direitinho significava que eu era bem-sucedida e era aceita como membro da trupe.

Era a primeira vez que eu me lembrava de estar fisicamente cercada por todos os meus irmãos. Na fotografia, eu me inclinei para Byron na ponta, meu cotovelo inclinado alto para alcançar seu ombro. Os homens seguravam pequenos guarda-chuvas amarelos, uma ideia do editor para fazer alusão aos desfiles da Second Line,[1] acho. Sorrimos para a câmera. Carl usava sua marca registrada, seus óculos de sol Duckie de armação de metal, círculos perfeitos. A foto foi página inteira na revista *o*. Carl a levou à NASA para se exibir.

---

1   A Second Line é parte da tradição organizada pelos Social Aid and Pleasure Clubs (SAPC), e é literalmente um segundo pelotão de coadjuvantes que participa dos desfiles e fanfarras em Nova Orleans. A Main Line (Fileira Principal) ou First Line (Primeira Fila) é a seção principal do desfile, ou seja, os membros do clube com licença oficial para desfilar. Os participantes da Second Line costumam usar ternos coloridos, chapéus e acessórios chamativos. [NT]

Agora, quatro meses depois, eu estava observando meus irmãos do corredor da casa da vovó. Eles não estavam prestando a mínima atenção em mim, ou não estavam se dando conta da minha presença. Byron brincava de luta com Darryl, os braços daquele formando um x no peito deste, os movimentos menos bruscos, mais ternos. Michael estava bêbado e do lado de fora da casa, espiando pelas portas de vidro da garagem, meus irmãos fingindo não vê-lo. Carl, já um graveto, estava com olhos fundos, usava meias até os joelhos, o rosto soluçando numa risada contínua. Ainda consigo ouvi-lo rindo de tudo, a sombra de Simon Broom.

De repente, um som — profundo, gutural — ecoou pela casa. *UgggggghhhhhAhhhhhh.*

O barulho parecia vir de alguém que estava calado havia muito tempo. Todos na casa correram para o quarto dos fundos. Mamãe estava de joelhos, puxando os lençóis da lateral da cama. Nenhum de nós, as crianças, jamais a ouvira chorar até então.

O choque foi o traje usado por mamãe no funeral. Seu cabelo preto estava desgrenhado, seus cachos normalmente alinhados, sem brilho. Seus lábios, geralmente vermelhos, descorados. Lynette tinha passado delineador preto nos olhos, de modo que parecia não se conectar aos olhos de mais ninguém. No velório, na Igreja Mount Zion Baptist Church, na First Street, mamãe sentou-se na primeira fila diante do caixão de Lolo. Tia Elaine sentou-se de um lado dela, Byron do outro, do jeito que eu sabia que ele faria. Ele era jovens demais, 11 anos, para fazer qualquer coisa quando seu pai morrera, mas agora ia compensar isso. Olhei para mamãe de onde eu estava, sentada do outro lado do corredor, algumas fileiras atrás. Seu olhar perdido me fez chorar mais do que a ausência do olhar de vovó no caixão aberto.

O pastor falou sobre a bondade de vovó em termos vagos, como eles sempre fazem, felicitando-a por estar em sua cerimônia de adesão aos braços de seus anfitriões celestiais. Pensei na van branca em que seu corpo foi transportado de Tyler, Texas, de volta a Louisiana. Pensei no ônibus escolar amarelo no qual ela foi evacuada de Louisiana para Tyler, Texas. Amarelo, pensei de novo, a cor da clareza divina.

Ouvi meu nome ser chamado, e em seguida subi ao palco para ler uma carta para vovó, uma compilação de sentimentos coletados de meus irmãos e de Joseph, Elaine e Ivory. "Tênis", Eddie me disse. "Isso era bem a cara dela." "Vovó foi a primeira pessoa a me levar ao Texas. Agora estou morando lá", falou Michael. "Vovó era", disse Lynette, "beleza combinada a elegância, por dentro e por fora, sua casa, o jeito de se vestir, sua postura, cada detalhe, a maneira como tratava as pessoas, a maneira como via o mundo, sua caixinha de joias, toneladas de caixas de chapéu, aquele armário, a cama imensa com cabeceira branca, o pompom vermelho do pó facial. Alguém que você admirava e em quem se espelhava."

Seu filho, Joseph, disse que sua mãe o ensinara a se vestir bem, a ter estilo e bom gosto impecáveis. Sua filha Elaine reiterou que ela era generosa, "abrigando tantas pessoas, parentes, pessoas casadas e sem lugar para ficar". Ivory Mae queria que soubessem que Lolo era uma *mulher grandiosa, minha melhor amiga*. Essas coisas combinadas faziam de Lolo uma mulher, de modo que ela não era só Mãe, não era só Avó, ela excedia seus títulos e seus papéis para se tornar um grande ser humano, e isso era uma honra.

Na visão derradeira do caixão, mamãe desabou: tentou subir nele, *Lolo, Lolo, Loli*. Foi o cenário mais terrível para se chamar o nome de alguém. E aí deixou de ser *Lolo*, e se tornou *mãe, mãe*, e então *mamãe, mamãe. Não vá*, gritava ela. *Não. Se. Vá, Mamããããããeeeeee*, berrava, arrastando a sílaba, voltando a ser uma menina, as palavras engasgadas. Não seria surpresa se tivesse esperneado no tapete vermelho luxuoso do santuário. Mamãe. Não. Se. Vá.

Todos nós, crianças, ficamos ali observando Byron, o caçula, a versão jovem e robusta de seu pai, Simon, tentando conter mamãe. Ela derretia feito gelatina de encontro ao terno preto dele. Seu corpo inteiro estava molenga, os membros desconectados e jogados flacidamente.

Eu estava usando lentes de contato, mas se fossem os óculos, eu os teria tirado para não ver a cena.

Minha mãe se ensimesmou pelo restante de 2005, parecendo imune às coisas que geralmente a animavam — estar cercada pelos filhos, por exemplo. Ela sempre amou os homens, captando certo conforto e poder ao redor deles. Quando um de seus filhos estava especialmente bem-vestido e bonito, ela dizia: *Você está igualzinho ao seu pai quando estava tentando me conquistar.* Alguns dos meninos, Michael, Carl, Byron e Eddie, vivem para essa identificação, tendo herdado muito do visual e da vaidade de Ivory Mae.

Queria ter ido com ela, mamãe começou a dizer nos dias subsequentes. *Não acredito que Lolo se foi. Ela havia começado a ficar tão presente na minha vida. Eu centralizei tudo em torno dela, para poder cuidar dela.*

Eu deveria ter pegado aquele ônibus com ela. Talvez Karen pudesse ter seguido sem mim, ela e Troy e eles, sozinhos. Por não me ver todos os dias ou ver um rosto familiar, ela simplesmente desistiu. Entende o que estou dizendo?

Depois de se aposentar da casa de repouso, mamãe se mudou para a casa da vovó em St. Rose, e quase se mudou para o quarto de Lolo na casa de repouso, mantendo a bolsa de vovó no porta-malas do carro o tempo todo, com todos aqueles hidratantes cheirosos que ela adorava passar nos braços, nas mãos e nas pernas de vovó. Lembro-me bem das mãos da mamãe, ligeiramente enrugadas, sem anéis, e de como ela pegava o braço da mãe e esfregava desde a articulação do ombro até onde as mãos de ambas se encontravam entrelaçadas, mamãe massageando os dedos de vovó.

Ela pintava as unhas da mãe de vermelho. Ela trançava os cabelos dela, duas tranças grisalhas roçando no pescoço, do mesmo jeito que ela fazia com nossos fios quando éramos crianças, mas com uma gentileza renovada. Vovó chupava balas sem açúcar enquanto minha mãe cuidava dela, movimentando as balas duras pela boca, dando tapinhas no braço da poltrona com uma das mãos.

Em determinado ponto da evolução de seu Alzheimer, minha avó se esqueceu de como comer. Ivory Mae aparecia para alimentá-la. Quando ela começou a desenvolver escaras, Ivory Mae aparecia para virá-la na cama. Ela não suportava ver a vovó deitada na cama o dia todo de camisola. Ela fazia todas as coisas negligenciadas pela equipe de enfermagem. Sob os olhos de mamãe, as auxiliares de enfermagem do Chateau Estates eram deploráveis, sempre imperturbáveis, amontoadas em suas estações, passeando, algumas parecendo mais dopadas do que os pacientes, seus reflexos lentos. Dava vontade de gritar. Elas vinham quando queriam. Nada nunca era uma emergência.

Ivory Mae vestia vovó quando a equipe vacilava, dizendo que não se preocupassem, que ela resolveria. Aí vovó aparecia arrumada e sentada em uma poltrona de couro ao lado da cama como se fosse alguém cheia de compromissos.

As roupas da vovó eram etiquetadas pela mão forte de Ivory Mae: "Amelia Lolo" escrito em tudo. E: Não lavar. Na clínica, mamãe ficava para lá e para cá, embalando roupas sujas para levar para casa e lavar por lá, para que não terminassem desbotadas, e também conversando com a equipe, que ela achava que trataria vovó melhor se tivesse a noção de que sempre haveria um familiar por perto.

Quando Lynette e eu vínhamos para casa no Natal, acompanhávamos essas visitas. Ao ver mamãe entrar no quarto, você entendia o porquê de sua reputação incrível entre seus pacientes na casa de repouso Lafon.

Loli, Loli...

E quando vovó não respondia, uma voz mais severa.

Lolo!

Aqui é seu bebê, Ivory.

Ivory Mae.

Como está se sentindo hoje, Lo?

Vovó fazia contato visual.

Você se lembra de Joseph, Lo.

Aí vovó se iluminava, como se na expectativa de encontrar o filho, Joseph, que há muito não via. Ele alegava que era difícil demais ver a mãe daquele jeito; ele raramente a visitava.

Nessas visitas, Lynette e eu ficávamos mais contidas, junto às paredes do quartinho de vovó, esperando que mamãe nos dissesse o que fazer e como nos comportar. A gente levava sorvete, que a vovó sempre amou. Mamãe pedia que eu desse para ela, na boca, e eu obedecia. Lynette aplicava hidratante em suas mãos e depois nas pernas. Nós duas, suas filhas adultas, mas mamãe ainda dizia exatamente o que tínhamos de fazer, e nós obedecíamos.

Havia uma certa gentileza necessária para se lidar com vovó na qual eu carecia de prática. Nessas visitas, mamãe estava nos ensinando como tocar.

05
TRILHAR

3 de outubro de 2005
New Orleans East

Aqueles de nós que queriam ver a Casa Amarela se amontoaram no carro de Byron a caminho do New Orleans East. Era como fazer uma viagem interestadual; havia bloqueios nas estradas em vários trechos. Mas como Carl tinha voltado a trabalhar na NASA não muito depois da tempestade, sua identificação profissional nos garantiu passagem. Quando chegamos ao posto de controle da Chef Menteur, Carl botou seu crachá contra o vidro. "Tenho um crachá da Michoud", disse ele ao policial pela janela fechada. "Minha entrada é legalizada." Mesmo com as janelas fechadas, o cheiro pós-enchente (intestinos de porco, urina, água podre, sumo ácido) penetrava pelas aberturas do ar-condicionado do carro. Continuamos a dirigir, ao longo da Chef Menteur Highway, onde em vez de semáforos ativos, nos deparamos com placas de Pare plantadas de forma bem rasteira. Como flores. As flores de verdade agora estavam mortas. Passamos pela casa de repouso Lafon, onde mamãe trabalhara. O estacionamento estava lotado de carros abandonados, o prédio vazio. Não me lembro do restante dos pontos turísticos ao longo do nosso trajeto. A lembrança é uma cadeira na qual é difícil de se permanecer sentado.

Chegamos à Wilson Avenue e viramos à direita.

Herman saltou do carro antes mesmo de pararmos completamente. Nós rimos disso. Ele desapareceu na casa da sra. Octavia, o grande carvalho que Alvin e eu escalávamos quando crianças estava caído no jardim da frente, as raízes para cima. Herman vasculhou as gavetas encharcadas da cômoda em busca de fotos de

Alvin, seu falecido irmão e meu amigo de infância. Procurou por imagens intactas de sua mãe, Big Karen, e de sua avó, a sra. Octavia, que morrera de velhice dois anos antes. Infelizmente, nada.

Mamãe usava máscara cirúrgica branca. Vislumbrei-a através do para-brisa dianteiro de Byron, seu corpo paralelo à Casa Amarela, de frente para a Old Gentilly Road, os ombros ligeiramente inclinados, afundada no banco dianteiro de couro bege, uma das mãos apoiando um lado do rosto. Nós, seus filhos — Byron, Lynette, Carl, Troy e eu —, saltamos para a casa.

Os pássaros agora moravam em nossa residência da infância. Quando nos aproximamos dela, com suas janelas quebradas, eles voaram todos juntos.

O aspecto da casa era como se uma força, furiosa e potente, tivesse se agachado, a erguido de seus alicerces e a jogado ligeiramente para a esquerda; e, uma vez tendo feito isso, tivesse entrado, dirigindo-se ao quarto lavanda que fora meu e de Lynette, e estendido os braços para fazer pressão até as paredes se expandirem, empenarem e então dobrarem sobre si mesmas. A porta da frente estava totalmente arreganhada; uma árvore magricela invadia o espaço.

E os cedros: outrora majestosos, com pelo menos sete metros de altura e cheios de folhas que me escondiam quando eu era pequena. Uma impossibilidade agora, pois o único sobrevivente estava franzino e já a caminho da morte.

Enfiamos nossas cabeças pelas janelas quebradas da casa — examinamos a sala de estar pelas soleiras sem porta. Caminhamos pela lateral e paramos em frente à nova entrada, uma quarta porta construída pela Enchente. A casa estava partida em dois, como Herman dissera, a estrutura original separada do anexo que Simon Broom, meu pai, construíra. Na seção original da casa, o revestimento amarelo estava pendurado como pingentes de gelo, revelando a madeira verde por baixo. Essa era a casa dos meus irmãos, uma casa de madeira verde, não a Casa Amarela que eu conhecia.

Não entramos, embora a casa que conhecíamos acenasse para que o fizéssemos. Permanecemos do lado de fora, olhando por uma enorme fenda.

De algum modo, a situação em que estávamos — separados — me fez pensar num momento, alguns dias antes do enterro da vovó, quando fui passear pelo cemitério Memorial Providence com Lynette e Michael. Foi uma viagem de improviso. Michael dissera saber onde nossos pais estavam. "Eu tenho dois pais em um cemitério", gabou-se ele assim que entramos no cemitério da Airline Highway.

Michael gesticulou em direção a uma das únicas árvores à vista. Webb, seu pai biológico, estava enterrado ali, aparentemente ele sabia bem disso. Isso foi um mês depois da Enchente; ainda estava tudo destruído. Não havia nenhum vigia de sepultura para perguntarmos.

Então seguimos caminhando. Até a dita árvore, e aí depois dela, até as fileiras de túmulos adiante.

"Meu pai não foi enterrado muito longe do seu pai", Michael continuava dizendo. Era estranho ele nos separar como irmãos. Não soava natural.

Quando encontramos os homens, eles estavam longe de onde Michael pensava, e sim, estavam próximos um do outro no solo. Eu nunca tinha visto o túmulo do meu pai, Simon Broom. Naquele dia fiquei sabendo pela primeira vez a data do seu aniversário — 22 de fevereiro — e vi que ele havia morrido em 14 de junho de 1980.

Nós três ficamos meio separados, sem dizer absolutamente nada. Eu não sabia o que fazer.

Naquele dia no cemitério, havia pouco para se olhar, diferentemente deste momento na Casa Amarela, onde há muitos detalhes para os olhos capturarem: o lustre de plástico art déco branco pendurado em um cordão branco no banheiro das meninas. Uma calça de Carl em uma bolsa de lavagem a seco pendurada no varão da cortina. A cômoda branca que foi pintada tantas vezes que as gavetas ficaram permanentemente coladas, a penteadeira diante da qual Lynette e eu costumávamos posar, onde eu fazia chifrinhos em sua cabeça ornada pelos cabelos Soul Glo. Senti aquela vergonha antiga e infantil novamente. Eu queria que a Casa Amarela fosse embora, mas principalmente da minha cabeça, desacorrentá-la da minha memória, mas não queria, jamais poderia, prever que seria tomada pelas águas. Eu ainda imaginava, parada ali, que um dia seria reconstruída.

• • •

A Casa bradava.

É assim que você, Sarah, queria que fosse.

Você, Casa, não é nada além de uma fenda — está totalmente aberta e exposta. Você está se expondo.

Minha mãe permaneceu no carro, recusando-se a olhar. Eu reconhecia aquele comportamento dela como decepção. Mas era dirigida a quem, eu me pergunto? A meus irmãos e a mim, que deixamos a casa enfraquecer, ou à estrutura propriamente dita, fraturada e claudicante?

Antes de sairmos, resolvi entrar pela porta da frente e dei alguns passos vacilantes, temendo que meu peso fizesse a casa desabar. O mais longe que cheguei foi na sala de estar, onde era tudo poeira, lascas de madeira, marcas de água nas paredes, mas também o interruptor junto à porta da frente: cor de creme, com arabescos dourados formando um desenho intrincado no centro. Bonito.

Depois de um tempo — curto ou longo, não sei dizer — nos juntamos a Ivory Mae no carro de onde ela jamais saíra. Ela ainda estava usando a máscara branca sobre o nariz e a boca.

Carl precisava voltar à casa de Monica, de onde escapara da enchente, para pegar seu aparador de grama, anunciou ele depois que entramos no carro. Na casa de Monica, Carl passou por uma cerca de madeira, amassada como um acordeão. Fotografei todos os seus movimentos como se quisesse salvá-lo do desaparecimento. Mamãe ficou gritando do carro: *Largue essa porcaria, Carl. Eu compro outro para você. Venha agora, garoto.* Sua voz era resignada, abafada pela máscara.

Mas Carl sempre faz o que quer. A seguir, vimos que ele estava no telhado, caminhando a passos galopantes.

Imagine um homem contra um céu azul imenso, usando um chapéu vermelho do Detroit Pistons, shorts jeans azuis abaixo do joelho e tênis azuis limpos. No primeiro quadro, ele está abaixado, entrando no buraco por onde escapou no dia da enchente, apoiando as mãos na beirada, um mapa acidentado esculpido no telhado, enfiando os pés primeiro. No segundo quadro, ele está reduzido a meio homem. No último quadro, vemos apenas sua cabeça. Então ele desaparece lá dentro.

Carl reapareceu segurando um aparador de grama em uma das mãos e uma motosserra na outra.

Agora estava apontando para o buraco no telhado.

Ele estava fazendo toda uma cena, seus movimentos rápidos, selvagens, porém controlados; estava fazendo jus ao seu apelido. Rabbit. Formamos um semicírculo, olhando para ele do chão, como se estivéssemos prontos para pegá-lo lá embaixo.

Venha garoto. Carl, venha logo, desce esse rabo daí. Deixe essa porcaria de bagunça aí, berrava minha mãe sem parar. Era raro ouvi-la xingar, mas ainda assim continuamos a observar Carl. Nenhum de nós obedeceu ao comando dela.

Estávamos ali, era evidente, como testemunhas do que Carl havia passado. Para recuperar, de algum modo, não o aparador de grama, mas as lembranças dele.

06
APAGAR

Julho de 2006
Wilson Avenue

Minha mãe, Ivory Mae, ligou-me um dia quando eu estava no Harlem e me contou a história toda em três frases:

Carl disse que vieram umas pessoas e demoliram nossa casa.

O terreno tá totalmente limpo agora.

É como se nunca tivesse existido nada lá.

A carta da cidade anunciando a pretensa demolição, a remoção planejada do número 4121 da Wilson, fora enviada para a caixa de correio que ficava na mesma casa que seria demolida, suas partes desconstruídas e levadas embora em carrinhos de mão.

A Casa Amarela foi considerada sob "perigo iminente de desabamento", uma das 1.975 casas na Lista de Risco, residências marcadas com adesivos vermelhos reluzente do tamanho de uma mão pequena.

Parte do aviso na caixa de correio em frente à nossa casa condenada dizia o seguinte: Prezada Sra. Bloom: A cidade de Nova Orleans pretende demolir e remover a casa/propriedade e/ou os destroços da casa/propriedade localizada à Wilson Avenue, 4121... único aviso. Atenciosamente, Departamento Jurídico da Força-Tarefa de Demolição.

Nenhum de nós, os doze filhos, que pertenciam à casa — nem Eddie, Michael ou Darryl; nem Simon, Valeria ou Deborah; nem Karen, Carl, Troy, Byron, Lynette ou eu — estava lá para ver quando tudo foi embora.

É como se nunca tivesse existido nada lá.

Antes de a nossa casa ser derrubada, Carl supervisionara suas ruínas, circulando por lá quase diariamente, exceto no dia em que passou mal de repente na garagem da casa da vovó, onde estava morando. Num minuto ele estava acelerando o carro para ir à NASA no New Orleans East, no minuto seguinte estava com a cabeça apoiada no volante. Um vizinho presenciou a cena, um homem ativo de cabeça abaixada, e ficou alarmado. Carl foi levado às pressas ao hospital para uma cirurgia. "Intestino torto", foi como Carl interpretou o diagnóstico do médico de obstrução intestinal. "Tiveram que arrancar um pedação de mim. Eu estava todo retorcido por dentro por causa daquela água podre em que fiquei nadando", Carl estava convencido.

Ele ficou internado por mais trinta dias após a cirurgia, depois de contrair uma infecção devido à própria hospitalização. E foi assim que ele não viu a carta na caixa de correio e a casa foi demolida sem que ficássemos sabendo com antecedência.

Todos os outros da vizinhança ainda estavam sem moradia definida. A única que viu nossa casa ir embora foi Rachelle — irmã de Herman e Alvin, neta da sra. Octavia —, a quem chamávamos de Ray. Ela era a herdeira da última casa que restava na rua. Ray tirou algumas Polaroids para registrar a morte da Casa Amarela, fotos instantâneas que ela perdeu e não conseguiu encontrar ao retornarmos, meses depois, perguntando: "Você viu? Você viu a casa cair, Ray? Você viu?"

Talvez haja algum artifício lógico que me falha à memória agora, mas entregar uma notificação desse tipo à própria estrutura condenada me soa como uma metáfora para boa parte do que Nova Orleans representa: um atraso flagrante em relação a tudo o que é importante. De que adianta uma casa abandonada receber um comunicado, a título de notificação? E se havia plena carência de serviços básicos como saneamento e água potável, por que ainda havia entrega de correspondência? Mas não fomos os únicos a passar por isso. Como resultado, foram abertas várias ações judiciais contra a cidade por causa das casas que, diferentemente da nossa, estavam em perfeito estado quando foram demolidas. Havia santuários, igrejas de fato, para as quais os diáconos se preparavam para voltar, só para descobrir que tinham sido levados ao chão. Um artigo de jornal com a manchete BOLA DE DEMOLIÇÃO DE NOVA ORLEANS DERRUBA CASAS EM BOM ESTADO fazia das perguntas mais simples às mais profundas, tais como: "Como é que você faz a demolição de um imóvel sem perguntar? Como não bate à porta primeiro?"

Durante uma viagem posterior a Nova Orleans, recuperei o arquivo da prefeitura que contava a história da demolição. Fiquei andando com ele na bolsa para lá e para cá, e na primeira página escrevi em letras garrafais: "Autópsia da Casa". A carta de apresentação continha o seguinte aviso: "A propriedade em questão não era de natureza histórica". Eis o que dizia o relatório: A casa foi deslocada de seus alicerces. O deslocamento estrutural foi moderado como em diferente de severo, o que teria exigido que a casa fosse deslocada pelo quarteirão e acomodada em nova localidade. Os superintendentes de urbanismo consideraram a casa "insegura para se entrar". Havia amianto por toda parte, nas paredes da sala, nos tetos chapiscados que tio Joe pintara, nas telhas asfálticas, nas placas de vinil do piso. Os superintendentes observaram que o enquadramento da parede esquerda estava severamente "empenado".

Liguei para uma amiga engenheira e descrevi a casa, falei para ela que eu estava tentando entender exatamente quais problemas estruturais tinham sido causados pela enchente e quais se deviam ao estado já dilapidado da casa. Um engenheiro não usaria a palavra "dilapidado" para descrever a casa em seu estado pós--Enchente, disse ela. Dilapidado é um julgamento. Do ponto de vista da engenharia, explicou minha amiga, a casa permaneceu estável após o furacão. Apenas carecia de contenções. Todas as fissuras aconteceram para que a casa pudesse resolver internamente todas as pressões e tensões que enfrentara.

A Enchente chegou ao New Orleans East antes de qualquer outro lugar. Em 29 de agosto de 2005, por volta das quatro da manhã, a água transbordou no Canal Industrial, escoou pelos portões já estruturalmente comprometidos e atingiu as cercanias em ambos os lados da High Rise. Mas isso foi insignificante em comparação ao que viria duas horas depois, quando uma onda se formou na Intracoastal Waterway, criando um funil, cuja pressão fez romper os diques ao leste, destruindo-os como se fossem montículos. A água então correu rumo à Almonaster Avenue, passando pelos trilhos do trem, pela Old Road onde aprendi a dirigir, pelo ferro-velho que costumava ser o parque de trailers de Oak Haven e pelo beco atrás da Casa Amarela, que provavelmente fez o papel de quebra-molas nesse circuito. A água então fez pressão contra as paredes que davam para o quintal entre nossa casa e a da sra. Octavia. E a água parada que se instalou dentro da casa fez com que as placas de gesso se dilatassem. Se houver tempo suficiente para tal, a água sempre vai achar um caminho de saída, até mesmo diante de uma rocha. No nosso caso, a água encontrou uma saída pela fenda no banheiro das meninas.

"A água tem uma memória perfeita", disse Toni Morrison, "e está sempre tentando voltar para onde estava."

A fundação da Casa Amarela era feita no sistema laje-viga-pilar, com as vigas mestras sustentadas por pilhas de tijolos desprovidos de qualquer outro tipo de suporte. Estrutura nada incomum na Louisiana, a fundação não resistiu aos fortes ventos e inundações. O relatório da autópsia atesta que nossa placa de soleira foi gravemente danificada, que a conexão foi "arrancada". De acordo com a minha amiga engenheira, falando mais metaforicamente do que gostaria, era como se a casa não estivesse afixada ao seu alicerce, e que a única coisa que a segurasse à sua fundação de vigas e pilares, madeira e tijolos, fosse o peso de todos nós, o peso da casa propriamente dita, o peso dos nossos pertences. Essa é a única explicação que desejo aceitar.

A única estrutura ainda estável no ato da demolição foi o puxadinho incompleto que meu pai construíra. A casa continha todas as minhas frustrações e muitas de minhas aspirações, as esperanças de que um dia voltaria a brilhar tal como no *mundo antes de mim*. O desaparecimento da casa não foi muito diferente da ausência do meu pai. O apagamento repentino dele para minha mãe e meus irmãos, uma ausência prolongada e presente para mim, uma história intrigante com um desenrolar crescente que jamais encontrava conclusão. A casa continha meu pai dentro dela, preservado; trazia seus rastros. Enquanto a casa existisse, abrigando esses vestígios, meu pai não partiria de vez. E então, de repente, ele partiu.

Eu não tinha mais casa. A minha havia desabado completamente. Ali compreendi então que o lugar que jamais desejei como meu, na verdade, continha a mim também. Nós tomamos posse daquilo que nos pertence, quer o desejemos ou não. Quando a casa foi ao chão, algo se abriu em mim. As rachaduras ajudam uma casa a resolver suas pressões e tensões, disse minha amiga engenheira. As casas fornecem uma estrutura de sustentação para nós. Sem essa estrutura física, somos a casa que se sustenta. Agora eu era a casa.

07
ESQUECER

Agosto de 2006 – Janeiro de 2008
Nova Orleans – Istambul – Berlim – Nova York –
Burundi, África Ocidental

Uma família grande e íntima é como uma ameba. Desconectar-se de sua estrutura pegajosa é rasgá-la. Certa vez, um amigo me disse que é mais fácil cortar do que rasgar. Venho aprendendo isso, porém lentamente.

No início, reaproximei-me — da cidade e da minha família — ao viajar de Nova York, onde eu morava, a Nova Orleans em sete vezes ao longo de três meses, mais vezes do que nos últimos três anos. Não foram as estruturas em ruínas que me atraíram — ou mesmo a infraestrutura precária da cidade. Aqueles de nós que nascemos em Nova Orleans já éramos plenos conhecedores de seu ponto fraco. Tempestades, de todos os tipos, eram fatos do nosso cotidiano. As imagens mostradas no noticiário de concidadãos afogados, abandonados e pedindo socorro não eram novidade para nós, e sim mais uma prova do que já sabíamos há muito tempo. Aos meus 8 anos, por exemplo, quando eu cruzava a perigosa Chef Menteur Highway com Alvin, eu já tinha noção de que vivíamos em um mundo desigual e disfarçado. Eu também tinha noção disso na Livingston Middle School, quando não aprendia porque não havia quem me ensinasse. E eu também sabia disso em 1994, quando estávamos petrificados, com medo de sermos mortos pelos homens da lei — eu sabia antes, durante e depois da Enchente. O pós-escrito do Katrina — a terra fisicamente devastada — foi apenas a manifestação de tudo o que afligia a mim e à minha família em mente e espírito. Quando falávamos ao telefone (e todos nós estávamos sempre ao telefone uns com os outros), dizíamos todas essas coisas em tantas palavras.

Ao contabilizarmos os números direta e friamente, temos uma proporção mais evidente. Antes de 29 de agosto de 2005, minha mãe, seis irmãos e dezessete sobrinhos moravam em Nova Orleans. Agora, eu tinha dois irmãos em todo o estado da Louisiana. O restante estava espalhado por sete estados. Quando eu voava a Nova Orleans, não havia ninguém para me buscar no aeroporto. Toda vez que cheguei naquelas citadas sete visitas, sozinha em meu carro alugado, eu fazia o ritual de percorrer as ruas da cidade, perdendo-me sem esforço — dirigindo lentamente por Marigny, Marais, Roman, Borgonha, St. Claude, Governador Nicholls, Mirabeau, Paris, Elysian Fields, Louisa e Florida Avenue —, com John Coltrane entoando: "A love supreme, a love supreme..." As casas desertas pelas quais passei ao longo do caminho davam seu recado do além, palavras transmitidas por tinta spray nos tijolos e na madeira. Algumas das casas faziam perguntas retóricas: "Michael, onde você está?" ou "Isto está certo para você?" Outras informavam o óbvio: "Mudamos". Algumas falavam espanhol: "Con todo mi corazón!" Havia as casas sisudas: "Por favor, retire seu carro do barco sem bater", e as desafiadoras e ofensivas: "Ei, Katrina: é só isso que você sabe fazer? Seu maricas." As instituições religiosas citavam escrituras da Bíblia; os pecadores amaldiçoados; os aflitos, os abatidos e derrotados, os lamentosos e chorosos.

Em uma dessas viagens, vi um homem e uma mulher usando máscaras e macacões azuis. Eles acenaram e retribuí o gesto. O único outro movimento naquele dia veio de uma matilha de cães desgrenhados lutando por uma embalagem de isopor com restos de comida. Quando meu carro se aproximou, eles não se deram ao trabalho de olhar para cima. Estavam famintos. Foram largados para lutar. Não tinham nada a perder neste mundo.

Fiz essas sete viagens para casa pelos motivos mais frívolos, agarrando-me a qualquer coisinha que aparecia. Por exemplo, para participar do Tales of the Cocktail, um evento anual promovido pela indústria de bebidas destiladas. Para a conferência convenientemente intitulada "Um gole pela cidade", fiquei no Monteleone Hotel na Royal Street no French Quarter. No elevador, o carregador de malas, um sujeito negro mais velho e com marcas de acne, perguntou: "Está quente assim de onde você está vindo?" Excessivamente sensível a qualquer implicação de que eu não fosse de Nova Orleans, fiquei irritada com a pergunta.

"Eu venho daqui", respondi.

Eu passava a maior parte do tempo escondida no meu quarto de hotel, que se chamava Suíte Vieux Carré. O quarto não tinha nada de especial e eu nem era mixologista. Eu não tinha nada o que fazer ali. Há muito meus irmãos me ensinaram que um drink deve ser da cor do álcool, não da pessoa que o mistura, e isso era tudo o que eu precisava saber.

O French Quarter, escolhido pelos fundadores da cidade por seu terreno elevado, tinha sido uma das únicas regiões poupadas pela Enchente. Passei meus dias vagando por suas ruas, como se fosse a primeira vez. A cidade ainda estava majoritariamente desprovida de seus nativos, mas os turistas sempre vinham. As visitas à Bourbon Street eram justificadas como um ato de benesse econômica. "Faça a sua parte pela recuperação de uma grandiosa cidade americana", sugeria um editorial. "Voe. Peça. Beba."

Eu voei. Eu pedi. Eu bebi.

Logo depois, houve a grande inauguração do Harrah's Hotel, na Poydras Street, onde participei da coletiva de imprensa. Eu sabia que a revista *o* jamais cobriria uma inauguração como a desse hotel, mas os responsáveis pela divulgação me proporcionaram boa comida e boa bebida numa enorme suíte de luxo e eu não resisti. Em algum momento durante a visita, dirigi vinte minutos para ver Carl na casa de vovó em St. Rose.

Um ano havia se passado. Nossa mãe ainda estava na Califórnia, mas tinha me contado que Carl desenvolvera uma hérnia. Assim que o encontrei, entrei no modo curiosa, perguntando sobre médicos e plano de saúde. "Simplesmente começou, Mo, essa dor irritante, que parece que estou tomando uma facada", disse ele. "Não dói, a menos que você se lembre de que está lá." Eu sabia que aquela era só metade da história, mas estava tomando cuidado para não o irritar. Eu ainda era a garotinha, e Carl, meu irmão mais velho. Sentei-me um pouco e fiquei observando-o fazer a limpeza, a tv ligada. "Mamãe pode chegar... a qualquer momento", disse Carl, num desejo.

"Não se preocupe, maninha", disse Carl após um momento de silêncio. "Vou arrancar essa desgraçada de mim."

Para o jantar, Carl fritou um peixe-vermelho pescado no lago Pontchartrain. O jantar foi encharcado de óleo, sem acompanhamento. Assistimos à televisão.

"Bem, certifique-se de que irá ao médico", falei finalmente. "Porque isso me assusta, a coisa da hérnia."

"E certifique-se de ficar feliz quando mamãe voltar", completei, como se o reaparecimento dela pudesse, como mágica, consertar Carl.

Ele se levantou para lavar os pratos. Eu me levantei para ir embora. "Ah, você já vai?", disse ele. "Quero evitar o trânsito", respondi, aí voltei para o solitário Harrah's Hotel.

Durante essas viagens de retorno, visitei apenas uma vez a Wilson Avenue, onde nossa casa costumava ficar, isso foi durante o Louis Armstrong Festival. Meu amigo David e eu ficamos encarando um buraco de quase cinquenta metros de comprimento no chão, que começava perto do meio-fio e se estendia até o final de onde ficava a Casa Amarela. David perguntou sobre a posição dos quartos, onde Ivory e Simon costumavam dormir. Tentei identificar, mas me flagrei confusa.

"Não, *ali* era a cozinha", falei.

Ele perguntou onde seria a porta lateral. Como eu, ele também tinha a nítida sensação de que era errado ficar diante de uma casa da família e incapaz de entrar para sorver sua agitação, sentar-se confortavelmente e se apresentar pelo nome: David e Sarah, aqui juntos. Ou ter a opção de se hospedar e passar a noite em um local conhecido.

Esse amigo, dominado pela impotência, pôs-se a cavar o solo e recuperou dois artefatos do terreno que antes abrigava a casa: um pedaço da parede de plástico com desenho de flor-de-lis amarela e azul que era do banheiro, e uma colher prateada e torta um tanto desgastada. No caminho para o carro alugado, ele caiu em um buraco de esgoto aberto que nenhum de nós havia notado. Puxei seu braço, esforçando-me para tirá-lo de lá. Quando ele voltou à superfície, estava coberto de lama da cintura para baixo.

Quando ele me deixou na choupana Creole no hotel Marigny, onde eu estava hospedada, saí correndo do carro, deixando os objetos no chão junto ao banco do passageiro. David buzinou para que eu voltasse.

Levei aquele pedaço de parede e a colher para o Harlem. Certo dia, a colher desapareceu de onde passara meses, no peitoril da janela do meu duplex. Eu a encontrei lavada e guardada na gaveta de talheres, daí pensei: *Não, você foi guardada no lugar errado, você não pertence a esta gaveta com todos os outros talheres, você não veio do mesmo lugar que os outros,* antes de colocá-la de volta no parapeito da janela, onde ela voltaria a acumular lodo e poeira. Quando saí daquela casa, coloquei a parede com flor-de-lis e a colher em um saco ziplock e guardei numa caixa com a identificação Miscelânea/Frágil escrita no topo. Eu pensava: *Onde mais, se não aqui, eu poderia guardar estas duas coisas?*

Minhas idas e voltas de Nova Orleans eram um movimento aflito, como um elástico grosso tensionado ao ponto da ruptura antes de voltar a se contrair.

Cada vez mais eu ansiava pelo esquecimento. Eu tentava e falhava. Aí me esforçava mais, falhando mais também, tal como dito por Samuel Beckett. Lembrar dói, mas esquecer é hercúleo.

Essa inclinação para a amnésia, minha busca por um refúgio, finalmente me levou a me afastar de Nova Orleans. Parei de fazer perguntas à minha mãe sobre a situação na família, sobre Nova Orleans. O Road Home, um programa financiado pelo governo, que tinha a pretensão de ser um atalho para que os desabrigados voltassem aos seus lares perdidos, estava congelado na burocracia em meio a debates acalorados e politização sobre em quais regiões da cidade valia a pena reconstruir.

No aniversário de um ano do Katrina, o presidente Bush incitou que os cidadãos de Nova Orleans voltassem para casa. Como se fosse tão simples e não envolvesse desigualdades históricas e estruturais arraigadas, a gigantesca questão de quem poderia pagar pelo quê. "Eu sei que vocês amam Nova Orleans, e Nova Orleans precisa de vocês", disse o presidente à época, referindo-se à cidade no feminino, um recurso normal na língua inglesa quando o lugar é sentimentalizado. "Ela precisa que as pessoas voltem para casa. Ela precisa das pessoas — ela precisa que o time do Saints volte marchando, é disso que ela precisa!" Mas seu discurso, proferido no pitoresco Garden District, errou ao não abordar a falha do dique ou a falta de água potável ou de serviços de transporte, de coleta de lixo, de serviços de saúde mental, de empregos. No ato do discurso de Bush, os resquícios do trauma estavam em todo lugar. A criminalidade e os suicídios dispararam. Ainda havia pais separados de seus filhos. "Eles estão se criando sozinhos", disse um professor sobre seus alunos. O que Bush disse: "É um lugar incrível para trazer sua família. É um lugar excelente para encontrar uma das melhores gastronomias do mundo e muita diversão." Uma coisa era nítida: para alguns, as delícias da cidade importavam mais do que o seu povo.

No Harlem, parei de acompanhar as notícias sobre Nova Orleans que ainda saíam aqui e ali e, em vez disso, comecei a me distrair planejando viagens a lugares longínquos. Em outubro do ano do aniversário do desastre, voei a Istambul, na Turquia. Encontrei-me vagando por uma pequena aldeia otomana chamada Jumalakizik. Lá, ao ar livre, bebendo suco de framboesa fresco e comendo *masa*, um prato de massa recheada, e incapaz de falar uma palavra de turco além do básico do guia de viagem, atrapalhei-me com as palavras, procurando um jeito de dizer como a apresentação perfeita e sabor da refeição me fizeram lembrar de duas mulheres, uma já falecida — vovó — e minha mãe, que ainda estava viva.

Eu tentava — em vão — concentrar minha atenção em qualquer pessoa em qualquer lugar que não fosse minha família porque... assim doía menos.

Em novembro, tirei uma folga do trabalho e viajei a Berlim, ainda em busca daquilo que eu não conseguia identificar. Lá, visitei um *hammam* turco para me lembrar de Istambul. Uma mulher turca me banhava, esfregando cada dobrinha, e isso trazia lembranças de ser banhada pela minha mãe na Casa Amarela, o lugar que eu só queria esquecer. De repente veio um jorro quando a mulher despejou água de um balde em cima de mim; tudo ficou encharcado, cada pedacinho de mim, e por um segundo abandonei meus temores da ideia de submersão, das lembranças e do sentimento, mas principalmente da Enchente. Por um instante, me rendi. Devo ter olhado para a mulher com tristeza, saudade ou medo, porque algo a levou a dizer: "Mamãe turca". Ela estava perguntando ou me contando alguma coisa? De qualquer forma, senti por ela algo semelhante a amor.

Comecei a desejar ter tempo e dinheiro para viagens a lugares como Papua Nova Guiné, África do Sul e Mali. Comecei então a juntar artigos sobre esses lugares em vez de artigos sobre as consequências da Enchente, colecionando-os numa pasta chamada Destinos, e assim passei também a sonhar com eles durante o dia. À noite, eu sonhava com a Casa Amarela. Eu estava nua dentro dela. Ou cozinhando grits[1] para um amante que jamais chegaria. Ou então havia algum tipo de comoção do lado de fora, no gramado entre a nossa casa e a da sra. Octavia, mas eu não conseguia encontrar uma porta para sair ou uma janela para olhar lá para fora. Minha irmã Lynette também sonhava com a casa, pesadelos em que era perseguida por um dragão no beco dos fundos. Para ela, também não havia escapatória. Troy e Michael igualmente sonhavam com a casa, fiquei sabendo muitos anos depois, mas, por não querer me inteirar, jamais pedi detalhes.

Dentro do meu apartamento no Harlem, pintei a cozinha de amarelo-Mardi-Gras e pendurei pinturas e fotografias dos Tuba Fats e da Doc Paulin Brass Band na sala de estar. Toda peça do meu mobiliário tinha a aparência de envelhecida. Amigos comentaram sobre meu dom de evocar Nova Orleans em pleno Harlem. Muitos deles nunca haviam estado lá, em Nova Orleans, mas todas as sugestões estavam ali, creio.

A essa altura, uma narrativa a meu respeito já havia se desenvolvido na família. Quando meus irmãos ligavam, a primeira coisa que perguntavam era: "Em que aventura você está metida agora?" Eles falavam isso e riam, mas eu sentia um tom de julgamento. Por volta dessa mesma época, um ano após a Enchente, Carl começou a me chamar de Sarah em vez de Monique. "E aí, Saaaarah?", diria. O fato de ele me chamar pelo nome reservado àqueles que não eram da família fez com que eu me sentisse à parte dela, como se de algum modo eu tivesse mudado — aos olhos dele. "Por que você está me chamando assim?" Eu sempre perguntava, mas ele jamais respondeu.

---

1 Grits: é um mingau feito de fubá cozido, como uma polenta ou angu. O grits normalmente é servido como acompanhamento de outros pratos. [NT]

Muito embora eu soubesse que nada mais seria como antes, com tudo deslocado e fragmentado tal como estava, eu tentava não deixar transparecer. Na redação da revista, quando as pessoas perguntavam como estava minha família — e sempre perguntavam, às vezes várias vezes por dia —, eu dizia que tudo bem, ou mais ou menos, ou levando. Eu não sabia direito na verdade; eles ainda estavam reagindo à Enchente. Assim como eu. Um dia, fui dar um passeio pela Quinta Avenida do Harlem em direção ao Central Park para ouvir uma palestra de Joan Didion, quando começou a chover muito forte, fazendo com que todos corressem em busca de abrigo, as pessoas trombando umas nas outras, lembrando-me de como é traiçoeiro e complicado fugir da água.

Sempre que alguém perguntava de onde eu era e eu respondia Nova Orleans, vinha o complemento: "Você estava lá?" "Não, não estava", eu sempre dizia. "Mas minha família estava." Essa ausência, o fato de eu não ter estado lá fisicamente, começou a se registrar em mim em frequências emocionais sutis, agora vejo, como uma espécie de fracasso.

Parei de usar a palavra "lar", não sentia que tinha um. Como eu poderia entender o significado disso? A casa havia explodido; eu havia explodido.

Minhas frustrações com o emprego na revista aumentaram quando comecei a enfrentar as limitações de uma vida amorosa fracassada. Sem conseguir encontrar satisfação em nada, eu me sentia encurralada. Nas noites no Harlem, eu passava horas devorando as cartas da correspondente de guerra Martha Gellhorn para identificar as datas e lugares — Tanzânia, Londres, Cidade do México. Eu só queria sair por aí, construir uma vida, ainda que temporária, em outros lugares distantes. Ainda não entendia como o movimento — rios, oceanos, um novo céu — poderia demarcar minha posição, só mais uma distração para distrair a pessoa de si mesma.

No inverno de 2006, conheci Samantha Power, que mais tarde viria a se tornar a embaixadora dos Estados Unidos na ONU, durante uma palestra na Biblioteca Pública de Nova York. Eu tinha adorado o livro dela, *A Problem from Hell*, sobre a história da não resposta dos Estados Unidos ante o genocídio em todo o mundo. Um grande amigo, o mesmo que me disse que é mais fácil cortar do que rasgar, sabia da minha admiração por Samantha e me convidou para jantar com ela depois. Havia oito de nós sentados ao redor de uma bela mesa esculpida. Samantha estava à cabeceira, à minha esquerda. Carismática, ruiva e sardenta, ela evocava intimidade instantânea. Contei a ela sobre minha necessidade de viajar para "entender mais amplamente o deslocamento da minha família de Nova Orleans". Eu repetia essa frase tantas vezes que se igualara a dizer meu nome. Eu estava genuinamente interessada em inserir os acontecimentos de Nova Orleans em um contexto mais global, para entender como a perda, o perigo e a migração forçada atuam em outras partes do mundo. Eu também estava buscando, hoje eu assumo, uma linguagem antropológica e acadêmica numa ânsia de me distanciar da sina da minha família, que, é claro, era minha também.

Era meu primeiro encontro com Samantha e eu já estava pedindo um direcionamento.

"Burundi", disse ela de repente. "Onde fica o Burundi?", eu queria saber, mas fiquei com vergonha de perguntar.

"Burundi", Samantha ficava dizendo, "Você deve ir ao Burundi". A cada iteração, o lugar soava mais entediante para mim. Ao final do jantar, Samantha e eu tínhamos selado a sensação inconfundível de que não havia tempo a perder. Eu precisava sair por aí.

Naquela noite, já em casa, digitei "Onde fica o Burundi" num site de busca e descobri que era um país do leste africano, montanhoso e não litorâneo, do tamanho de Maryland, mais famoso por sua localização em relação a outro lugar mais conhecido — Ruanda. Os cidadãos do país estão muito cientes disso, então, sempre que alguém pergunta a eles "Onde fica o Burundi", eu aprenderia depois, a resposta é sempre "Ao lado de Ruanda". Por causa disso, é um país que está sempre ofuscado pela luz do outro, uma sombra de si mesmo. Burundi é conhecido por muito pouco do restante do mundo para além de suas fronteiras, porém não pelos grãos de café cultivados localmente; e também não pelo fato de abrigar a foz do Nilo; e muito menos por ter sofrido uma guerra civil genocida com doze anos de duração, iniciada em 1994, o mesmo ano da mais famosa guerra de Ruanda, quando o avião que transportava os presidentes do Burundi e Ruanda foi abatido, matando ambos. O massacre de cem dias de Ruanda recebeu uma atenção que a guerra de doze anos do Burundi jamais teve, embora ambas fossem baseadas em um sistema de classes arbitrário imposto por colonialistas belgas. No século XIX, esses estrangeiros europeus distorceram o sistema de relações humanas pacificamente interdependente entre os hutus, voltados à agricultura, e os tutsi, voltados à pecuária, transformando-o num sistema assassino ao designar um grupo superior ao outro com base em fenótipos: largura dos narizes, extensão das testas, estatura, gradações de cor da pele.

Não consegui encontrar nenhum guia de viagem do Burundi para eu consultar, apenas PDFs de manuais um tanto desatualizados elaborados por ONGS para funcionários que há muito já haviam escapulido para missões mais empolgantes. O guia *Lonely Planet* tinha uma pequena seção sobre o Burundi no final de sua edição sobre Ruanda, que aconselhava o seguinte: Em caso de emergência médica, é melhor deixar o país. Na edição sobre a África Oriental, Burundi estava resumido em algumas páginas que cobriam a terrível situação política e a decadência dos restaurantes, a situação calamitosa da saúde e a grave situação econômica. Aquele era, ao que parecia, um local apenas para se fazer uma breve escala quando você estivesse viajando por Outro Lugar à África oriental — Tanzânia, Ruanda ou Uganda.

Burundi estava, e ainda está, na lista de "Lugares não recomendados" dos Estados Unidos, juntamente ao Afeganistão, El Salvador e Iraque. Por temer um ataque terrorista do Al-Shabaab ou outra guerra civil, o Departamento de Estado dos EUA classificava o Burundi como uma "zona de perigo" à qual "os norte-americanos viajam por conta e risco". Muito embora a longa guerra civil do Burundi tivesse terminado em 2005, quando 81% dos burundineses elegeram Pierre Nkurunziza como presidente em sua primeira eleição democrática, o país ainda era um inválido econômico à beira da guerra. O grupo rebelde Forces Nationales de Libération (FNL), eu li, ainda se escondia em algum lugar nas regiões rurais, pronto para atacar, ameaçando um golpe, perpetrando emboscadas e banditismo.

Naquela noite, no jantar, Samantha Power elogiara Alexis Sinduhije, "o Nelson Mandela da África Oriental", que ganhara uma bolsa para estudar na Harvard's Kennedy School, onde a própria Samantha lecionava, e me contou que Alexis fundara uma emissora de rádio independente no Burundi chamada Radio Publique Africaine (RPA). A maioria dos burundineses tinha poucas posses, mas todos tinham um radinho. Alexis transformara cinquenta ex-vendedores de tomate, crianças-soldados, agricultores e professores em jornalistas bem-treinados, que começaram a relatar a verdade sobre corrupção e abusos de direitos humanos no país; esse tipo de reportagem era uma raridade e um risco em uma nação de paz tão frágil. Como resultado, Alexis foi preso pelo governo do Burundi, sequestrado e cruelmente espancado antes de fugir para a Bélgica, onde continuou a liderar sua estação de rádio do exílio. Agora, Samantha me contara, ele e sua equipe na emissora precisavam de ajuda para desenvolver programas voltados aos direitos humanos, treinar jornalistas e arrecadar fundos — funções estas nas quais eu não tinha qualquer experiência. Ela achava que eu seria perfeita para o trabalho.

Três dias depois daquele jantar, sentei-me à minha baia no 36º andar da Hearst Tower para ter uma conversa ao telefone aos cochichos com Alexis Sinduhije, que me entregou uma verdadeira prédica sobre seu exílio na Bélgica, a ligação falhando o tempo todo. Ele falava comigo como se meu destino já tivesse sido decidido, minha vida no Burundi delineada no presente. Vamos pagar 600 dólares por mês, informara ele, um salário alto no Burundi. Eu seria "la directrice du développement", responsável principalmente pela arrecadação de fundos — escrevendo propostas, buscando doações e encontrando-me com embaixadores e outros diplomatas — para apoiar uma nova programação de rádio que promoveria os direitos humanos no país. O Burundi neste momento se encontra à beira do precipício, explicou Alexis, veja como sua visão e espírito se fazem necessários lá. Ele foi tão decidido, carismático e charmoso ao telefone que, após nossa ligação, caminhei, quase tonta, os cinco passos até o escritório envidraçado da minha chefe, embalando uma nova ambição, e anunciei: "Estou pedindo demissão e indo para o Burundi".

Ela olhou para as pilhas de livros que a emparedavam em sua mesa e perguntou: "Onde fica Burundi?"

Na primavera, empacotei as coisas no meu apartamento no Harlem. Eu tinha 27 anos. Deixei para trás Lynette e sua bebê recém-nascida, uma menina chamada Amelia em homenagem a nossa avó Lolo. Antes do meu voo para o Burundi, com escala em Paris e Adis Abeba, na Etiópia, fui voando a St. Rose para visitar minha mãe, que havia retornado de Vacaville e estava hospedada com Carl. Mamãe me olhou com aquele seu jeito analítico. Fingi não sentir seu olhar. Carl passava a maior parte do tempo em seu quarto, o cômodo ao lado, com a porta fechada. Dava para ouvi-lo sussurrando ao telefone. Toda vez que eu tirava do gancho para fazer uma ligação, ouvia uma voz de mulher. "Desculpe, Carl", eu dizia, aí desligava. Não era fácil para mim e Carl mantermos a comunicação. Eu não estava disposta a desempenhar o papel de caçulinha cujo dever era avaliar e aliviar o humor de todos sempre que necessário, e Carl, como irmão mais velho, também dispensava essa função. Ele parecia carregar um grande fardo silencioso e estava preocupado em voltar a ter uma casa só para ele.

Numa noite de chuva torrencial na véspera de eu ir embora, nós dois, ansiosos e insones, nos encontramos no corredor.

"Então, Mo, eu soube que você tá indo para a África, hein."

"Sim", respondi.

"Não deixe os leões pegarem você", disse ele.

"Não vou deixar, Carl", repliquei.

No dia seguinte foi o 46º aniversário de Michael. Liguei para ele, que estava no Texas, do aeroporto Louis Armstrong. Carl e Michael sempre me acompanharam em eventos importantes da minha vida — foram eles que me levaram para a faculdade no Texas e, quatro anos depois, cruzaram o país de carro comigo para eu me formar na University of California-Berkeley. Ao telefone, evitei comentar com Michael sobre o Burundi porque era difícil explicar por que estava abandonando meu emprego em uma revista de circulação nacional em Nova York para ir a um lugar quase desconhecido. Não dava para simplesmente dizer: estou indo para longe de vocês e não sei bem o motivo. Ou: estou tão abalada e destruída pelo que aconteceu à nossa família que não sei como ajudar ou o que fazer com meu corpo e minha cabeça. Eu buscava o esquecimento: o oposto do conhecimento. Tais sentimentos soavam para mim como reações impraticáveis e etéreas ante o que era real. Eu só assistira a tudo o que acontecera de longe. Que direito eu tinha de reagir tão intensamente? Eu me sentia culpada por não ter estado "lá", por não saber exatamente o que minha família havia passado, mas também por estar me mudando para o Burundi. Esse sentimento era infantil e antigo em mim, ligado à culpa original que senti ao deixar Alvin e James para ir à faculdade quando ambos abandonaram o ensino médio. Sair de casa, eu tinha aprendido, significava a perda da ilusão de controle. Quando se está longe, você nunca fica totalmente ciente de tudo o que acontece, o que, ironicamente, era o mesmo apelo que me estimulava a ir embora também. A pessoa que-saiu-de-casa não fica sabendo dos detalhes que compõem uma vida, ela toma conhecimento apenas das manchetes — como Alvin morreu ou a casa foi demolida. É como se nunca tivesse existido nada lá.

Perguntei a Michael sobre a vida no Texas, onde ele tinha conseguido o emprego de chef em um hotel popular perto de Álamo. Para dar fim ao meu interrogatório, ele disse: "Boa viagem, garotinha". Quando reclamei que nenhum dos nossos outros irmãos tinha ligado para desejar boa viagem, Michael disse: "Você se preocupa demais com as merdas que não importam".

• • •

Das coisas que carreguei naquele abril de 2007, as mais notáveis foram minhas roupas e sapatos, e o fato de as peças serem um tanto equivocadas — os sapatos macios e de solado fino, em dourado e com estampa animal —, um scarpin Miu Miu com tirinhas e sandálias peep toes de camurça verde que o solo do Burundi devorou, começando pelas tiras e depois chegando às solas; as blusinhas, saias e vestidos eram escuros demais, quase todos pretos, ou muito reveladores. Os tecidos não eram leves, nada fluía com o vento. Tudo muito travado.

O cheiro de Bujumbura, a capital do Burundi, foi o primeiro a me saudar: borracha queimada e cascas de banana, pensei; mais tarde, eu ficaria sabendo que se tratava de azeite de dendê e carvão crus, o lixo queimando nos quintais. Eu não sabia o nome dos meus colegas de trabalho ou onde ia morar, só que alguém me encontraria no aeroporto. Uma mulher que se dirigia a Ruanda saiu por engano do avião em Bujumbura, erro que ela constatou rapidamente e com muito pavor, o aeroporto do Burundi desprovido de fachada e dos apetrechos disponíveis em Ruanda — Wi-Fi, carrinhos de bagagem grátis, ar-condicionado, cafeterias pintadas de vermelho e lojas duty-free. Quando o aeroporto do Burundi fecha, e fecha mesmo, as luzes se apagam e o edifício, no formato de uma cabana de aldeia, morre num grande suspiro.

Meu olhar perdido deve ter me delatado. Um homem uniformizado me arrastou até a fila de verificação do visto, entregando-me depois a quatro homens em uma picape Toyota branca — todos funcionários da emissora de rádio. Eu levaria meses para conhecer Alexis Sinduhije, que me convencera de que faríamos uma revolução no rádio.

A estrada, vermelha como ferrugem, parecia coisa de videogame. Phil Collins tocava sem parar numa fita cassete enquanto passávamos acelerados por garotos pilotando motos e usando bonés de beisebol como capacetes, e um homem em uma bicicleta com uma porta equilibrada na cabeça. Costurávamos loucamente para evitar buracos, dirigindo em pequenos trechos de calçada onde os pedestres sabiam que não deveriam andar. Alguns motoristas estavam ao volante no lado esquerdo dos carros; outros, do lado direito. Phil Collins entoava: "One more night. Give me just one more night..." A princípio, pensei que o motorista tivesse escolhido aquela música especificamente para me deixar à vontade, para eu ouvir um idioma que eu conhecia, mas logo descobri que Phil berrava das janelas abertas dos carros em todos os lugares e que era cantado em noites de karaokê acompanhadas por bandas fazendo cover. Os homens que trabalhavam para Alexis também estavam cantando junto no carro. As pessoas ali amavam Phil Collins. No final, eu também acabaria gostando bastante dele.

A escassa literatura de viagem, e nenhuma delas escrita pelos burundineses, referia-se ao país como francófono, muito embora 90% da população, aqueles vivendo fora de Bujumbura, falassem kirundi e não francês. Na cidade, as pessoas falavam francês misturado a kirundi, às vezes misturado a suaíli — três idiomas alienígenas para mim. Quem falava francês, falava mal. Mas não tão mal quanto eu.

Eu tinha chegado ao Burundi com uma descrição de mim mesma um tanto apurada e muito treinada, que eu muitas vezes expressava em um francês mal elaborado: eu era de Nova Orleans. (Onde?, perguntavam.) Antes disso, essa informação sempre fora um manifesto da minha vida, que não requeria pausas, que evocava fantasias muito particulares. Eu havia estudado na UC–Berkeley, na Califórnia. (Onde, o quê?) Eu tinha trabalhado para a *Time Asia*, em Hong Kong e para a revista da Oprah, em Manhattan. (Quem, o quê, onde?) Eu não tinha absolutamente nada no qual me apoiar, exceto meu nome e no fato de que eu existia.

Quando eu dizia meu nome, alguém sempre perguntava o que significava o sobrenome Broom; além da questão prática, eles queriam saber *por que* era meu nome e o que ele pressagiava. Eu não tinha uma tradução filosófica para o meu sobrenome, assim como tinham os burundineses que conheci, cujos sobrenomes foram decididos no ato do nascimento: Ntahombaye, "aquele que não vive em lugar nenhum". Ou Mpozenzi, "Eu sei, mas não direi". Eu então tentava explicar a escravidão americana dizendo: "Não sei o que meu sobrenome significa. É o nome do senhor de escravizados da minha família", mas minha capacidade linguística não era sofisticada o suficiente. As pessoas perguntavam sobre meus irmãos, e esse era o único detalhe que as empolgava, o fato de eu ter vindo de uma mãe que gerara tantos filhos que ainda estavam vivos. Eles sabiam o significado de seus nomes?, as pessoas queriam saber. Não, todos nós temos o mesmo sobrenome, eu diria, assim como nossos pais, Broom e Webb. No Burundi, você não consegue identificar o parentesco de um grupo crianças por seus sobrenomes; não é possível saber quem nasceu no mesmo clã, a menos que você conheça a família pessoalmente. Para eles, eu devia parecer tão desancorada quanto eu me sentia — chamando-me por um nome cujo significado me era desconhecido. Certa noite, em um bar, alguns jornalistas da rádio resolveram que eu passaria a adotar o nome Kabiri, que significa 12º filho em kirundi, porém o nome não pegou. Anotei no meu caderno e esqueci.

Pela primeira vez na vida, eu passava boa parte do tempo em silêncio. Quando eu falava, depois uma boa dose de cálculos mentais, minha voz saía trêmula. Quando eu ouvia, meus ouvidos se aguçavam e mesmo assim não conseguiam interpretar tudo corretamente. Eu estava exausta de tanto traduzir, às vezes captando apenas algumas palavras no perímetro das frases, e que geralmente não eram as palavras-chave da conversa. Eu rezava para que ninguém me fizesse uma pergunta complexa, porque desse modo eu seria obrigada a comprovar que estava entendendo pouca coisa, o que por sua vez fazia eu me sentir burra, uma besta por não saber de nada.

No Burundi, eu era l'étranger, desprovida de linguagem; eu não tinha o som da minha voz. Isso foi levemente romântico no começo. "Desejo sonhar em outro idioma, o que me colocaria em um mundo completamente diferente. O deslocamento derradeiro", escrevi em uma carta a um amigo.

No começo, eu morava na casa cercada por portões de Alexis Sinduhije, que continha várias pistas a respeito do jeito dele, fotos na parede de um quarto cuja porta quase sempre ficava fechada. Lá fora, um lugar bravio e malcuidado, o portão caindo aos pedaços, o jardim abandonado, mas por dentro eu tinha um quarto azul-celeste arrumadinho com uma cama baixa e mosquiteiro. Naquela casa, minha vida de espera começou. Eu passava horas sentada perto da janela, olhando para fora, através das barras de ferro pintadas de vinho.

Eu tinha ajuda integralmente. Um homem abria e fechava o portão, pelo qual eu nunca entrava ou saía sem que houvesse alguém para me acompanhar e me levar ao lugar decidido por eles. De manhã, o motorista vinha me buscar para me levar à estação de rádio, mas era um compromisso sem hora marcada. Era a hora que ele viesse. Eu jamais saberia dizer quem estaria no carro com ele quando ele chegasse, ou quais paradas faríamos no caminho.

Mesmo no escritório, eu era uma andarilha sem mesa fixa.

Como estávamos bem em frente aos gabinetes do presidente, cujas acusações de corrupção, abusos dos direitos humanos e políticas egoístas estavam sendo investigadas pelos jornalistas da RPA, não era incomum que nosso serviço de eletricidade fosse misteriosamente desligado, ou que soldados armados falantes de kirundi aparecessem na redação no meio do expediente. Quando os jornalistas da RPA soltavam críticas ao presidente, esse era o nível dos acontecimentos: o porta-voz de outro partido político tinha sua casa demolida estando *dentro dela*, um guindaste arrancando seu telhado como se fosse uma casinha de brinquedo. Cinco outros políticos locais tiveram suas casas atingidas por granadas.

Havia uma única lâmpada pendurada na sala sem baias da redação, e um cabo que todos nós, sessenta pessoas, partilhávamos para nos conectar à internet, que era o principal meio que eu usava para fazer meu trabalho — pesquisar oportunidades de conseguir doações, escrever e-mails, coisas que requeriam o mundo para além do Burundi. Meu trabalho na Radio Publique Africaine jamais proporcionaria a sensação de realização à qual eu estava acostumada, mas me empenhei mesmo assim, buscando avidamente por subsídios e projetando com os jornalistas uma nova programação de rádio — um programa chamado *Connaître Vos Droits* (Conheça seus Direitos), em que repórteres liam a constituição do Burundi em kirundi, de modo que os cidadãos pudessem conhecer seus direitos básicos. Um outro programa cobria as atividades do parlamento ao vivo, algo inédito para Burundi e um passo importante para obrigar os políticos a prestarem contas aos eleitores. A RPA, cujo slogan era "A Voz do Povo", era uma espécie de feira livre para os necessitados. As mulheres costumavam vir quando seus filhos desapareciam. Os apresentadores então paravam a programação para que os pais pudessem descrever no ar a criança sumida. Certa vez, um homem assaltou um banco local e, em seguida, veio à estação de rádio, bem-vestido, de calça e camisa de botão, exigindo tempo no ar para criticar as práticas de empréstimo discriminatórias do país. Ele falou *ao vivo* até a chegada da polícia.

O calor do Burundi também dava trabalho. Todos os dias, poucas horas após chegar ao escritório, eu voltava para casa para comer e tirar uma sesta. Depois, eu era levada de volta à emissora até que alguém pudesse me dar uma carona para casa, e assim meus dias seguiam um padrão.

Na hora do jantar, o caseiro de Alexis, Robert, um sujeito de 1,60 m e um cabelo afro maior do que a cabeça, falava comigo em francês. Ele era ex-professor, alcoólatra, ouvi dizer. Eu conseguia compreendê-lo porque ele falava devagar. Mas ainda assim, eu tinha de ficar olhando para ele fixamente, não dava para desviar o olhar e compreendê-lo ao mesmo tempo, mas ele não parecia se importar.

Com o passar dos dias, Robert passara a me aconselhar à mesa de jantar, dizendo: "Os negros de pele escura são maliciosos, os de pele mais clara são os cavalheiros. Não fique com os mais escuros", disse ele. "Então você será como todo mundo." Era cedo demais na minha estada para compreender a profundidade de seus alertas. A única coisa que percebi foi que ele soava como se fosse de Nova Orleans, obcecado por gradações de cor de pele. No início, todo mundo que eu encontrava no Burundi era o espelho de alguém que eu já conhecia em Nova Orleans: o magricela do restaurante era Carl; meu chefe, Emmanuel, lembrava Manboo. Isso era terreno paranormal.

À noite, deitada na cama, sob o mosquiteiro, às vezes eu parecia incapaz de me lembrar por que diabos havia decidido vir para o Burundi. Nos meus cadernos, eu escrevia: *Je suis libre ou folle?* Livre ou louca?

Uma noite, na hora de dormir, um mês depois da minha chegada, um Robert muito bêbado bateu à porta do meu quarto. Ele usava apenas cueca samba-canção.

"*Je t'aime*, Sarah", dizia ele. "*Je t'aime.*"

Ele estava dizendo a única frase simples que eu conseguia entender. Era um sujeito apaixonado.

Eu daria conta de lidar com ele, eu sabia. Mesmo assim, tranquei a porta. No dia seguinte, mudei-me para a minha casa, ajudada por dois novos amigos que conheci no Cyrille's Bar, onde comecei a passar minhas noites depois do trabalho, regadas a Amstel Bock e Primus, a cerveja local cuja fábrica resistia mesmo durante os piores dias da guerra. Não sou muito fã de cerveja, mas era a única coisa com suprimento ilimitado, diferentemente de água potável, gasolina, munição e açúcar, cuja aquisição exigia subornos e bons contatos no governo. Certa noite no Cyrille's, conheci Gregoire, um burundinês nativo que tinha retornado ao seu país após trinta anos na Alemanha. Ele era arquiteto, pai de três meninas, calado e vigilante, e tinha vindo para reconstruir muitas das escolas e bancos do Burundi. Gregoire se tornou um irmão para mim. Por meio dele, conheci Laurent-Martin, que tinha crescido com Gregoire num vilarejo no interior do país. Laurent fugira do Burundi após a guerra e passara anos em Nairóbi, primeiro trabalhando como motorista de táxi e então fazendo cobertura esportiva para a BBC. Ele subiu na hierarquia e se tornou correspondente político da estação de rádio. Era elegante e extremamente vaidoso, com a testa sempre brilhando, a roupa amarrotada, as botas de caubói engraxadas. Juntos, formamos uma pequena família de três membros inseparáveis, como Joseph-Elaine-Ivory. Gregoire e Laurent foram meus historiadores locais, ensinando-me as coisas, ajudando a captar as nuances. Agora percebo que eu estava colecionando irmãos. Ambos os homens me lembravam Byron: calado na maior parte do tempo, dotado de forte senso de proteção.

Minha nova casa fazia parte de uma comunidade chamada Kinanira III, e ficava no terreno mais plano de Bujumbura, onde as estradas não eram asfaltadas e a poeira voava. Acima de nós, no alto das colinas, morava o presidente do Burundi e os embaixadores — dos Estados Unidos, Noruega, África do Sul, França e Bélgica. Essas casas, num total contraste às nossas, tinham terraços, paredes de pedra, geradores, torres de guarda, TV a cabo e telefone fixo, que não estavam disponíveis em outros lugares porque, de acordo com o noticiário local, "o país não tem fiação suficiente para tal".

Os burundineses chamam o local para onde me mudei de complexo. Tinha um portão branco e alto de metal que ficava fechado, exceto algumas vezes durante o dia, quando o segurança a mim designado o abria para deixar o carro da emissora entrar. Minha casa era um bloco de concreto atarracado notável por suas grades de segurança e suas muitas trancas. Custava 300 dólares por mês, metade do meu salário. Havia três quartos. Um deles era meu, e o outro era ocupado por Consuelette, a governanta incluída no contrato da casa. O terceiro ficava para meus convidados, amigos que nunca viriam, que mudariam de ideia depois de lerem que o país não era recomendado ou depois de ficarem sabendo o preço das passagens.

O chão da minha casa era de concreto cinza — sem qualquer polimento, assim como meu humor. Nas fotos tiradas logo após o dia da minha mudança, eu usava batom rosa nos lábios e o mesmo batom nas bochechas, como se para me animar, mas meus olhos grandes pareciam chocados com alguma coisa. Maçantes, como meu piso novo. O banheiro da minha suíte era enorme. Alguém tinha pintado a banheira de verde-água, e agora a tinta estava descascando; era possível arrancar tiras inteiras, como pele morta. Às vezes, por desespero, devido a uma profunda necessidade de consolo, eu enchia a banheira até a água quente acabar e me sentava nela, mesmo descascada, mas nunca durante muito tempo.

A nudez da casa era um espírito que calava tudo o que eu vinha tentando fazer para animar as coisas — a toalha de mesa de fundo amarelo brilhante e pimentões verdes desaparecia no vazio da sala, assim como as cortinas alaranjadas que pendurei. As paredes eram de um branco aguado, as portas cor de marfim, mas uma pintura bem sutil, como se tivessem sido tingidas com um kit de pintura infantil.

Em uma salinha de estar, afora a sala mais formal, onde cadeiras duras e resistentes desenhavam um quadrado, pendurei em uma parede mapas de Nova Orleans e fotos em preto e branco da Casa Amarela destruída. Na parede oposta, colei imagens de crianças-soldados, um mapa do Burundi e fotos de refugiados retiradas de um artigo de Ryszard Kapuściński. Às vezes, eu me sentava nesta sala e ficava olhando para a minha esquerda e para a minha direita, para as paredes que mostravam onde eu costumava estar e onde estava no momento, e pensava em como aquelas duas situações pareciam exatamente a mesma coisa.

Sem linguagem fluente, eu tinha pouco controle sobre a minha narrativa e, portanto, acabei me tornando o que os outros fizeram de mim. Um homem em um bar me chamou de tutsi depois de se aproximar e falar comigo em kirundi, coisa que acontecia ao menos uma vez por dia. *"Je suis américaine"*, eu sempre respondia. Em outra ocasião, um outro sujeito me chamou de "tutsi das colinas", que, explicou um amigo, eram odiados até pelos tutsi comuns. Um garotinho na rua gritou "muzungu" na minha direção, que significava pessoa branca. Em outro dia, fui considerada etíope. Uma mulher belga pensou que eu fosse tanzaniana ou ruandesa: "Tutsi definitivamente", disse ela, "mas não burundinesa. É o estilo do seu cabelo." A propósito, eu era tutsi até para a mãe idosa de Alexis Sinduhije, o qual eu ainda não tinha conhecido ainda. "Mas eu não sou tutsi", falei para ela. "Não consigo nem falar com você em seu idioma." Ela me informou por meio de um tradutor que eu era burundinesa; era só que eu havia esquecido meu idioma. "É isso", disse-me o tradutor. "Você ficou longe por muito tempo."

Eu estava sendo proclamada tutsi por causa da minha estatura, da pele cor de praliné e da angulação do meu nariz. Samantha Power não havia mencionado esse detalhe sobre sua época no Burundi, a maneira como alguém seria classificado e ganharia um título, afinal de contas, ela é branca. Ela não teria estado a par como eu estava de conversas sobre a quem recorrer se e quando a guerra voltasse a estourar. Essas discussões eram rotineiras, o equivalente a comentar sobre o clima. Quando a guerra começar, "*Vous* êtes *tutsi*, não americana", disse-me um médico local certa noite quando estávamos sentados no bar Cyrille's. "*Mas* eu sou norte-americana", respondi. Ele explicou que sob a pressão da guerra, não haveria tempo para explicar e não haveria tempo para desenterrar um passaporte. Em outras palavras, ele estava dizendo que eu precisava fortalecer minhas alianças com os tutsi. Continuei dizendo: "*Quel horrible*", "*C'est grave*", e ele concordou comigo, mas ainda assim, insistiu. Quando descrevi essa conversa para Laurent-Martin, ele falou: "Minha mãe é tutsi. Meu pai é hutu. Qual deles eu vou matar?"

Que desconfortável, pessoas se referindo a mim dessa maneira, quando eu não fazia ideia do que significava nascer no Burundi. Ninguém jamais havia declarado títulos a meu respeito tão veementemente assim, nem mesmo em minha terra natal. Em Nova Orleans, os taxistas ainda me perguntavam: "De onde você é?" Ou diziam: "Você não é daqui, é?", sem dúvida captando o comportamento que adquiri ao morar em outros lugares. Sempre bufei com a insinuação de que eu era de outro lugar. "É o retorno, e não a saída que importa", era minha vontade de dizer em todas as vezes. Esse doloroso estalo de retorno ao lugar.

À noite, sozinha em meu complexo, eu escrevia cartas de trinta páginas para amigos que raramente as respondiam, ou se estavam respondendo, as cartas não estavam chegando mais. Minhas cartas do Burundi eram um rogo antigo — por minha família, pela minha casa, por orientação: "Queria ver minha sobrinha Amelia — e conversar com as pessoas nas ruas do Harlem", escrevi em uma delas. "Quero escrever sobre o meu lar, mas quem não quer?"

Escrevi para minha mãe: "Querida mamãe, estou com vontade de falar com você". E perguntando no final: "O que aconteceu com Road Home?" Mamãe enviou uma resposta de uma página em papel timbrado com flores nas bordas que deixavam pouco espaço para as letras. Sua carta não respondia a nenhuma de minhas perguntas, terminando em vez disso com a escritura redigida em sua caligrafia enorme: "Ame o Senhor com todo o seu coração. Não se fie em seu próprio entendimento. Reconheça o Senhor em todos os seus caminhos e ele endireitará suas veredas."

"Não importa onde uma pessoa esteja no mundo", escrevi a uma amiga, "logo a vida começa a correr normalmente. Todas as cores se transformam em cinza, toda surpresa se normaliza, e então é possível enxergar com clareza. De algum modo, isso remete à solidão, aos lugares na terra onde nos encontramos e nos sentimos em casa, e aonde nos sentimos atados e onde nos sentimos perdidos. Sentir-se perdida no French Quarter de Nova Orleans é como se sentir perdida aqui. Colei nas paredes fotos da Casa Amarela desabando. Preciso voltar àquela coisa caindo aos pedaços e falar sobre o meu pai. Meu pai, a coisa caindo aos pedaços da minha imaginação."

Durante os intervalos de três horas para sestas e nos fins de semana, eu passava a maior parte do tempo sentada dentro de casa, lendo livros e escrevendo cartas. Eu tratava meus livros como pessoas, reclamando daqueles que eu trouxera comigo: "Mavis Gallant foi um erro", escrevi em uma carta. "Henry James também. Mark Twain foi uma ideia brilhante." Colecionei mais horas de leitura do que de trabalho na emissora de rádio — *Corregidora*, de Gayl Jones (pela quinta vez), *Noites insones*, de Elizabeth Hardwick e *Evidence of Things Not Seen,* de James Baldwin. Minhas cartas ficavam repletas de citações dessas obras que expressavam tudo aquilo que eu não conseguia: "Minha memória gagueja: mas minha alma é testemunha", escrevera Baldwin. E dos Cadernos de Malte Laurids Brigge, de Rilke: "Não quero escrever mais cartas. Qual é a utilidade de se dizer a alguém que estou mudando? Se estou mudando, não sou mais quem eu era; e se eu for outra pessoa, é óbvio que não tenho conhecidos. E não posso escrever a desconhecidos."

"Bem, ele está certo", escrevi a uma amiga. "Mas eu não consigo parar de falar no papel. Beijos, querida."

Meu trabalho árduo e a insistência na minha habilidade em dirigir me deram o direito a tomar emprestado um carro da RPA, e nesse câmbio manual encontrei mais fugas da minha fuga bujumburana, para os campos de refugiados do Alto Comissariado das Nações Unidas para Refugiados (ACNUR) na fronteira com o Congo e na Tanzânia, onde famílias penduravam varais entre suas tendas brancas com lonas azuis como telhado, pedras cor de ferrugem empilhadas nas pontas das lonas para segurá-las durante as chuvas. Aonde quer que eu fosse, crianças com sandálias de plástico ou galochas até o joelho chutavam bolas de futebol em sua rotina. Durante essas visitas, aprendi sobre os Princípios Orientadores relativos aos Deslocados Internos, que dizia que as pessoas forçadas a fugir de suas comunidades devido a desastres naturais — "pessoas deslocadas internamente" — tinham o direito básico de retornar. Eu já tinha lido um artigo do *New York Times* sobre Edward Blakely — diretor-executivo do New Orleans Office of Recovery Management, descrito como "o salvador que veio de longe" — denunciando o direito que os cidadãos de Nova Orleans, os quais ele rebaixava como "bufões", de retornar. "Se trouxermos algumas pessoas para cá, esses 100 milhões de novos norte-americanos, eles chegarão sem as mesmas posturas dos locais", disse Blakely. "Acho que, se criarmos os sinais certos, eles chegarão e dirão: 'Quem são esses bufões?'"

Nos fins de semana, eu fazia repetidas viagens para uma vila exuberante chamada Banga, que ficava bem no topo de uma colina com vista para as montanhas ondulantes do Burundi. Seu terreno fértil era pontilhado por seis pequenas cabanas de não mais do que vinte metros quadrados, onde freiras católicas alugavam quartos por 2 dólares a noite. As freiras — que me faziam lembrar das Irmãs da Holy Family na Chef Menteur, onde mamãe trabalhava — riam ao me ver dirigindo, pois uma mulher dirigindo, especialmente no interior, era uma visão rara. Mas lá ia eu, seguindo com a mão na buzina o tempo todo, como era de costume, para alertar os pedestres e ciclistas, rebanhos de vacas ou cabras conduzidos por crianças. Muitas das ruas de Bujumbura se assemelhavam à Times Square ou a Bourbon Street em termos de movimento. Se você não fosse um pouco ríspido ao dirigir no Burundi, ia ficar esperando no tráfego para sempre. Dentro da cabana, cercada por bananeiras, eu digitava mais cartas em uma máquina de escrever Olivetti comprada em uma loja empoeirada de Bujumbura chamada Typomeca depois que meu laptop pifou.

Em Banga, a chuva era previsível, parecia vir às 17h pontualmente todos os dias, sempre uma chuvarada, momento em que a eletricidade acabava e eu acendia as velas brancas que eram item essencial na minha vida, cravando-as na própria cera, enquanto a chuva batia no telhado de zinco. Depois, todos os sons pareciam mais nítidos. O mugido das vacas, o trinado dos calaus-trompeteiros, meus próprios pés se arrastando no chão.

De volta a Bujumbura, perguntei a Laurent se ele conhecia alguém que tinha morrido "na tempestade", quando na verdade eu queria dizer massacre. Laurent entendeu mesmo assim, os feridos sempre entendem, e não me corrigiu. "Todos no Burundi conhecem alguém que morreu", disse ele. "Se necessário, eles são capazes de fornecer relatórios detalhados sobre como morreram exatamente." Eu entendi. Uma tristeza caiu sobre nós dois.

"Um motivo importante para viajar o mundo é saber como falar sobre as coisas", escrevi em um caderno. "De modo que a mente consiga criar um sistema de comparação para que possamos perceber, finalmente, e mais importante, que é um fato: nenhuma coisa neste mundo existe para si mesma, e esse é finalmente, creio eu, o motivo pelo qual vim para cá."

Após cinco meses no Burundi, ao final do verão, as emboscadas e o banditismo se intensificaram. Houve ataques a granada. As tensões entre a FNL e o partido do presidente persistiram. De repente, começaram a acontecer batidas policiais ridículas ao longo de estradas bloqueadas apenas por um pedaço de barbante azul pelo qual um carro poderia passar facilmente. A embaixada dos Estados Unidos fez reuniões de segurança para os norte-americanos, mas não saiu nada de útil dali: as medidas de segurança a nosso respeito, disseram, ainda eram firmes como antes. Eu sabia o que estavam dizendo. Se a guerra irrompesse outra vez, uma ameaça que acontecia diariamente, nós, os norte-americanos, seríamos os primeiros a ser transportados de avião para fora do país.

Levei para o meu quarto um facão achado no quintal. Certo dia, Consuelette o encontrou embaixo do colchão enquanto arrumava a cama e o levou para fora.

Comecei a lamentar pelas pequenas coisas que de repente se tornavam importantes demais, como as cinco caixas de livros enviadas pelo correio de Nova York que nunca chegavam para mim. Tentei me lembrar de quais livros tinham sido perdidos na remessa e descobrir onde poderiam estar parados. Quando aquelas crianças perdidas finalmente chegaram, fiquei em êxtase, como se um melhor amigo tivesse vindo me visitar.

Para alguns, eu parecia triste. Um dia, no escritório, comentei *"Je suis déprimée"* — estou deprimida — a um dos jornalistas, que riu. *"Déprimée"*, falei outra vez. Ele repetiu a palavra em voz alta e disse: "Não, você não está *déprimée*. Provavelmente você disse a palavra errada." Envergonhada pelo meu sentimento, falei: "Sim, *tu as raison*, você está certo, eu falei a palavra errada."

Amigos me incentivavam a voltar para casa.

Eu respondia que o momento em que você quer ir embora é provavelmente quando deve se esforçar ainda mais para ficar. Parecia interessante, era uma boa ideia, mas eu realmente não compreendia plenamente o significado daquilo. Ainda assim, fiquei. Principalmente porque eu sentia que não tinha outro lugar para ir.

Foi declarado toque de recolher para que o exército pudesse "caçar os inimigos da paz". Certa noite, voltando para casa, fui seguida por um caminhão cheio de homens armados. Eles ficaram esperando enquanto eu aguardava para entrar pelo portão da minha casa. Meu segurança estava dormindo lá dentro; fiquei esperando um tempão, buzinando sem parar, sem saber o que aconteceria a seguir. Por fim, o portão foi aberto e entrei. Naquela noite, coloquei meu colchão no chão e dormi pensando que um ataque era iminente.

Quando Alexis Sinduhije finalmente chegou ao Burundi, seis meses depois da minha chegada, eu estava pronta para ir embora. Com a vinda dele, porém, o ritmo da cidade, e certamente do meu trabalho, pareceu acelerar, como se ele tivesse dado um gás nas coisas. Ele parecia estar sempre correndo para lá e para cá. Onde quer que ele se sentasse, um grupo se formava ao seu redor.

Eu o achei revigorante. Ele me repreendeu por agir de modo muito burundinês — dizendo sim quando eu queria dizer não, rindo em vez de protestar. "Quando eles agirem como burundineses", disse ele, "você deve agir como uma norte-americana." Alexis transformava toda reunião em parte aula escolar, parte comício político, parte sessão de estratégia. "Estou lutando por ideais, não por hutus nem por tutsis, mas porque acredito que a justiça diz respeito à humanidade", dizia.

A grande novidade era que ele havia retornado do exílio na Europa, apesar das ameaças do governo do Burundi, decidindo então se candidatar à presidência, pois descobrira que o poder do rádio não era suficiente. Ele tinha criado um partido político chamado MSD, Mouvement pour la Solidarité et la Démocratie. Emmanuel, ele me disse, agora era o chefe da RPA. Emmanuel tinha braquidactilia, era hipercontrolador e ficava encarando meus seios toda vez que eu falava qualquer coisa.

Alexis ficava em Bujumbura por períodos curtos, quando não estava fazendo campanha no interior do país. Sua casa, onde morei assim que cheguei, agora estava fortemente protegida. Um dia, um de seus camaradas na fundação do partido político foi sequestrado, mas retornou a salvo. Alexis se manteve firme, até que uma tentativa de assassinato o forçou a fugir para a Europa outra vez.

Minha solidão arrancava nacos de mim, principalmente nas tardes dos fins de semana, especialmente aos domingos, quando ninguém, nem mesmo a governanta, aparecia. "Tentei falar com Sarah d em uma carta hoje a respeito de James e Alvin, e comecei a chorar sobre a Olivetti: essa dor no peito parecia estar persistindo há eras, mas então, quando reli a carta, era só um parágrafo ou algo assim de conversa — o pouquíssimo que entreguei no momento parecia um muito terrível", escrevi em um caderno.

As cartas não eram mais companhia suficiente. Eu assistia a filmes de guerra no computador, salivando pela comida; até o arroz grudento dos filmes parecia delicioso. Eu comia para preencher o buraco da gula: mukeke, um peixe local do lago Tanyanika; e ndagala, peixinhos, ainda com os olhos, que você comia inteiros. Feijão e arroz. Espinafre com arroz. Eu procurava o abacate perfeito, nunca na minha vida provei peras-de-advogado tão deliciosas, que era como minha mãe chamava o fruto. E foi assim que ganhei onze quilos. O suficiente para estragar o caimento das minhas roupas. As mulheres do Burundi notaram isso, dizendo: "Você está mais gorda do que quando chegou", o que no caso era um elogio.

Acordei assustada muitas vezes, sonhando e pensando ter ouvido, digamos, a voz de um homem ou alguém andando junto à minha janela.

Será? Eu começava a analisar as possibilidades, só para voltar ao ponto de partida: não havia nada que eu pudesse fazer, no fim das contas, e então geralmente eu lia até pegar no sono, até acontecer tudo de novo. E assim comecei a colecionar noites insones, agitadas e nocivas à minha saúde.

Eu acordava faminta; e nunca estava satisfeita.

Perdi a fé na rádio, na ideia de que algum dia eu poderia "ajudar" o Burundi. Eu lamentava pelo país, pelo forma como seus nativos consideravam o melhor lugar do mundo, mas como quase sempre era preterido na hora do financiamento e da atenção, que geralmente eram revertidos para Ruanda.

O que me animou ao final da minha estada foi conseguir para a rádio uma pequena doação do Canadá para a nova programação. Mas o dinheiro circulava de maneiras curiosas, ao que parecia, sendo revertido para apoiar a presidência de Alexis ou de seus novos empreendimentos. Ele se importava com a emissora de rádio, mas estava usando a verba, e a nós também, que tivemos de reorganizar nossas vidas e funções para apoiar suas aspirações presidenciais. Aquilo se transformou em mais uma de nossas anedotas nos bares à noite — Alexis está concorrendo à presidência quando sequer dá conta de aparecer nas reuniões no horário marcado.

Tudo era vida e morte; se você não ria, podia morrer por dentro também.

Muitas coisas mudaram ao longo da minha vida no Burundi: passei a entender mais o francês, e me senti mais livre andando por aí falando de maneira tosca. Até aprendi um pouco de kirundi. Eu amava a sonoridade da língua, quando você dizia não, era *oya* e quando dizia sim, era *ego*, que soava como *heeeeeey-go*.

O restante dessa história soa como mais do mesmo. No Natal, eu me dei conta de que era hora de ir embora. E duas coisas estranhas aconteceram. A primeira foi que engoli um pedaço de carne de cabra depressa demais. O enorme naco com osso entalou na minha garganta quando engoli. Achei que fosse morrer no Burundi no meio de um jantar. Eu estava muito feliz por ver e comer carne depois de tanto arroz e feijão. A história da minha morte teria sido uma comédia de humor bastante ácido: ela não mastigou a carne dura; ela engasgou ao se levantar. De alguma forma, consegui fazer a carne descer. Depois, porém, eu não conseguia engolir nem a saliva sem sentir uma dor forte na garganta. Depois de dias assim, Laurent me levou a um médico particular em um hospital onde burundineses que não conseguiam pagar as despesas médicas eram acorrentados, proibidos de sair. Esse médico fez uma endoscopia em mim sem anestesia. Nas primeiras várias tentativas, resisti contra o tubo que descia pela minha garganta como se este fosse uma pessoa grandalhona deitada em cima de mim. Não achei o procedimento tão anormal até retornar aos Estados Unidos e testemunhar a expressão horrorizada de um médico ao ouvir essa história.

E então, dias depois: o anoitecer. Eu estava sentada na minha varanda, lendo. Um cachorro latiu para além dos portões. Lá dentro, no CD player, Billie Holiday cantava sobre um homem que a empolgara, quando fui picada por um potó, um inseto atraído pelas lâmpadas halógenas acima de onde eu estava sentada. Sabe-se lá como, o inseto perdeu o equilíbrio e caiu em cima mim. Só que se ele ficar atordoado — e isso inclui seu gesto para enxotá-lo da sua pele —, ele emite um ácido tóxico que deixa cicatrizes. Nos meus dias restantes no Burundi, fiquei com a marca comprida do beijo bolhoso do inseto na lateral do pescoço, como um brinco pendurado. Estava cheio de pus e bem desagradável de se olhar. Mas as pessoas olhavam mesmo assim. Todos que viam a marca estremeciam e comentavam meu azar por ter sido atingida por uma ocorrência tão rara. Encarei esses dois eventos como um sinal.

Não tive nenhuma conversa mais importante com nenhum de meus irmãos durante toda a minha vida no Burundi. Suas histórias estavam congeladas em tudo aquilo que eu soubera da última vez que nos vimos, o que me fez sentir que minha família — meu tecido conjuntivo — estava perdida para mim. Eu tinha me rasgado deles. O que buscava no Burundi era a compreensão de pessoas que, eu pensava, já deveriam saber como resolver as perdas e as migrações às quais eu estava reagindo. Mas isso jamais poderia ser verdade: as pessoas que conheciam essa sensação, *minha família*, ainda estavam no lugar onde eu as deixara. Meu período no Burundi me ajudou a inserir Nova Orleans em um contexto mais global, como parte do frequentemente negligenciado Sul global, onde direitos humanos básicos de segurança e proteção, saúde e moradia decente seguiam não atendidos. Mas a distância só fez esclarecer; não havia como induzir o esquecimento. Minha viagem ao Burundi foi minha tentativa de testar a resistência do elástico, esticando-o até o ponto de ruptura, porém ele não se rompeu. Apenas estalou de volta violentamente, e eu me flagrei nas entranhas da cidade que eu deixara fazendo uma busca. Consegui um emprego na prefeitura de Ray Nagin, em Nova Orleans, em uma rua chamada *Perdido* Street.

08
PERDIDO

Janeiro – Agosto de 2008
Burundi – Nova Orleans

Como foi que isso aconteceu? Tudo começara no Burundi, na véspera de Ano-Novo. Comemorei meu 28º aniversário no quintal do meu complexo, sentada a uma longa mesa, velas travadas na própria cera, protegidas da brisa noturna por garrafas de vinho vazias. À minha volta, a família estrangeira que eu havia formado. Uma amiga escritora de Nova York que tinha vindo me ver. Minha primeira e única visita, ela estava sentada ao meu lado, nossos rostos brilhando de umidade, lábios arroxeados pelo vinho, rindo e cantando em voz alta, usando garrafas como microfones. Bêbadas.

Depois, na boate Archipel, adentramos 2008 suando, dançando como se nossas vidas dependessem disso, requebrando até o chão, movimentando os braços como asas gigantescas e felizes, nossos corpos inteiros envolvidos no clima, quando de repente, no meio de uma música congolesa, o DJ gritou: "FELIZ ANO-NOVO."

FELIZ ANO-NOVO!

Ninguém parou de dançar; 2007 virou 2008. Eu me perguntava como estaria minha mãe em St. Rose, para quem o novo ano só seria dali a sete horas. Fazia dias que eu não conseguia ligar para ela porque Bujumbura estava havia dias sem energia elétrica. Naquela noite, eu soube que não passaria mais uma virada de ano sob as luzes estroboscópicas da Archipel, que voltaria aos Estados Unidos, de onde eu tinha me desalojado, e possivelmente a Nova Orleans, que é o mesmo que dizer que retomaria minha função e voltaria a ser o alicerce da minha família.

Pouco antes do Natal, dei início a uma série de conversas telefônicas com Ceeon Quiett, a diretora de comunicações do prefeito Ray Nagin em Nova Orleans. "Venha trabalhar conosco", implorou ela, "para reconstruir esta cidade maravilhosa." Da mesa do escritório do meu complexo onde eu conversava com ela ao telefone, eu observava Gortien, meu último segurança (o último dos quatro), varrendo o mesmo lugar repetidamente na calçada lá fora. Soprava uma brisa, mas a cortina com estampa de cravos amarelos na janela estava pesada demais; nem se mexia. Tenho muito a oferecer, falei a Ceeon, mas não tenho experiência política. "Sua experiência no Burundi é importante", insistiu ela. Falei sobre o "contexto exaustivo" que era o Burundi, era assim que os funcionários das ONGS descreviam. Eu me preocupava que, se ficasse no Burundi por muito tempo, jamais seria capaz de retornar a outro lugar. Meus amigos norte-americanos que estavam no Burundi eram expatriados de carreira, coisa que eu não queria ser. Gregoire parecia ter sido varrido para dentro do vórtice do país, prolongando sua estada até seu retorno para sua família na Alemanha começar a parecer um sonho distante. A estrangeirice, eu descobri, poderia se tornar uma geografia e um emprego, assim como a busca perpétua por um refúgio. Eu não acreditava mais em refúgios. Além disso, eu tinha viajado até o Burundi em busca de pessoas e de um lugar que eu jamais viria a conhecer de fato. Por que diabos eu não deveria voltar para casa? "Resolvi voltar porque estava com medo de fazê-lo", escrevera James Baldwin em 1961. Esse mantra ficava colado no espelho do meu banheiro, na altura dos olhos.

Ceeon explicou que também era natural de Nova Orleans e que havia ido embora em busca de melhores oportunidades de trabalho, só para acabar retornando ao emprego na prefeitura. Este momento, ela estava me dizendo, era "uma oportunidade de fazer alguma coisa". Ela explicou como tinha construído um departamento de comunicações bem-administrado e progressista. Iríamos, ela me garantiu, deixar tudo nos trinques. Os fundos de restabelecimento da cidade, até então bloqueados pela burocracia do estado da Louisiana, finalmente estavam disponíveis e prontos para uso. Como redatora sênior, eu contaria a história da improvável recuperação da cidade, "começaria a captar e a moldar o tom do prefeito", segundo as palavras dela.

E aí, eu ia voltar para casa?, ela quis saber.

Eu poderia coletar *evidências* internamente sobre a administração da cidade, raciocinou meu lado jornalístico. À época isso parecia promissor, mas assim são todas as ideias jamais colocadas em prática.

Essa crença na evidência assumiu grande importância para mim durante meu período no Burundi. Se eu não conseguia encontrar a papelada, o pano de fundo por escrito para apoiar uma ideia, era difícil para mim acreditar nisso. Isso era, agora eu vejo, uma resposta fácil para tudo o que havia sido apagado. Eu ainda estava com mania de anotar tudo, conforme havia aprendido a fazer na minha época de estudante e quando morava na Casa Amarela, especialmente os detalhes rotineiros, como se ao fazê-lo eu conseguisse tornar as coisas mais palpáveis, encontráveis, resistindo contra o desaparecimento.

Quando finalmente consegui entrar em contato com minha mãe pelo Skype para contar que eu tinha aceitado uma entrevista com Ray Nagin, sua voz passou da alegria à descrença.

Mesmo? Ela não ficou feliz.

Quando voltei do Burundi para Nova Orleans, minha intenção era morar em minha cidade natal por um bom tempo. Seria a primeira vez que eu moraria e trabalharia na cidade por um período contínuo da minha idade adulta. Então naquele janeiro de 2008, fiz uma entrevista para ser redatora de discursos no gabinete do prefeito, na Perdido Street. Eu conhecia vagamente o trajeto até a prefeitura, tendo entrado nela uma vez até então, no início dos anos 1990, quando mamãe e eu visitamos o escritório do assessor fiscal. Lembro-me de que não conseguíamos achar a entrada. E de como, uma vez lá dentro, o ar estava bem frio, lembro-me do piso de mármore azul-celeste, do elevador esquisito. Eu tinha a bexiga fraca por causa da mania de segurar o xixi por muito tempo, e foi complicado achar um banheiro. Assim que encontramos, constatamos que seria preciso uma chave para abri-lo. Acabei me mijando toda. Por esse motivo, e durante muito tempo, sempre associei a prefeitura a portas trancadas que deveriam estar abertas — a essência da burocracia. O desconforto da umidade que carreguei o dia todo ficou gravado na lembrança. E também o fato de o assessor fiscal sequer estar presente para nos atender, depois de termos passado por tudo aquilo. Mamãe e eu então demos meia-volta, retornamos ao estacionamento e dirigimos onze quilômetros pela interestadual até a Casa Amarela, sentindo que a viagem e minha humilhação pública haviam sido em vão.

Mais de uma década depois, lá estava eu indo para a entrevista com o prefeito. Hospedei-me no Hotel Le Pavillon, na Poydras Street, no centro da cidade, um edifício branco e majestoso com arcanjos do tamanho de pilares romanos antigos na frente. Nas garrafas de água de cortesia no quarto, havia a frase de Napoleão Bonaparte: "A imaginação governa o mundo". Um profissional de marketing acrescentou: "Com sua história que remonta à Idade do Ouro e decoração francesa impecável, o Le Pavillon Hotel de Nova Orleans desperta a imaginação de tal modo que até o imperador em pessoa aplaudiria".

Certa noite, durante minha estada de três dias no Le Pavillon — construído em 1907 e descrito em seu website como um local onde os hóspedes evocam instantaneamente "a época do luxo cavalheiresco, anoiteceres românticos e madrugadas festivas", ouvi o que pareciam ser quatro tiros diante da minha porta enquanto estava sentada na cama assistindo à HBO. Por um instante, fiquei confusa, perguntando-me onde estava, tendo acabado de retornar do Burundi. Mas eu não estava mais lá. Não, agora era o quinto andar de um hotel de luxo em Nova Orleans. Deitei no chão e tentei me espremer embaixo da cama. Ali, estendi a mão para pegar o telefone na mesinha de cabeceira e disquei 0 para a recepção, que respondeu: "Estamos cuidando de tudo, está tudo sob controle, senhora", e desligou. Fiquei no chão encarando a fresta debaixo da porta quando o som do caos estourou. Primeiro, alguém começou a xingar, depois muitos ruídos dos radinhos de comunicação dos policiais. Quando abri a porta muitos minutos depois, um homem e sua filha corriam em direção à saída, uma mala de plástico verde-musgo na mão do pai. Fui dormir.

De manhã, notei que o vidro ao lado dos elevadores tinha sido estilhaçado, mas, tirando isso, não havia mais nenhum sinal de violência nas instalações. Também não vi notícias do que poderia ter acontecido nos jornais locais nem na televisão. Quando mencionei a comoção para a gerente na recepção, ela tentou me calar e, em seguida, ofereceu um "café da manhã continental por conta da casa" — que recusei.

• • •

Fui me encontrar com Nagin no segundo andar da prefeitura. Era luxuoso, com carpete vermelho novinho e móveis de madeira escura. Na parede da sala de espera havia fotos em preto e branco: fanfarras, músicos locais da Second Line; a Catedral de St. Louis envolta em neblina. Quando chegou a hora, entrei por uma meia-porta, como se estivesse me preparando para testemunhar num tribunal. Era a entrada para o gabinete do prefeito.

Quando nasci, Nova Orleans tinha um prefeito negro, Sidney Barthelemy, o segundo de uma longa sequência que terminaria com Ray Nagin. Ernest "Dutch" Morial, o favorito de minha mãe, e por sua vez homônimo da minha escola primária, veio primeiro, antes de Barthelemy e de Marc Morial, filho de Dutch. Cada um desses homens cumprira dois mandatos ao longo de 24 anos. Eu tinha essa mesma idade quando Nagin foi eleito pela primeira vez, e já havia me formado na University of North Texas. Homens negros governando a cidade eram o padrão para mim. Esses prefeitos eram de pele menos retinta, com sobrenomes reconhecíveis ligados à herança negra Creole. Era tradição para todos em nossa casa — e na cidade — acompanhar as eleições desses prefeitos de perto e com entusiasmo, referir-nos a eles intimamente, como se estivessem se candidatando a membros da nossa família. Minha mãe, que votava na pessoa em vez de focar nas propostas do partido, sempre gostara do fato de Nagin ser um empresário de sucesso que dirigia a Cox Cable, uma emissora televisiva. *Ele deve saber como fazer as coisas*, julgava ela a partir da qualidade da nossa programação de notícias na tv a cabo, delatando sua pouca fé na política da cidade.

E ali estava ele, de pé diante de mim, C. Ray Nagin usando terno e uma gravata vermelha reluzente. Sua marca registrada era a cabeça raspada. Eu já o tinha visto na televisão, mas ainda não estava preparada para testemunhar o brilho daquela careca. Ele era um político nato; olhava-me como se já me conhecesse. Era um homem bonito, pensei, com um jeito sociável.

Nagin fora reeleito para um segundo mandato em maio de 2006, quando dois terços dos cidadãos de Nova Orleans ainda estavam desalojados de suas casas e havia cabines de votação itinerantes por todo o estado. Alguns daqueles que se encontravam fora de sua zona eleitoral justificaram a ausência, outros foram levados de ônibus para votar, e nos mesmos ônibus retornaram ao exílio. Foi uma eleição histórica — o vencedor determinaria o curso da cidade em recuperação — com um feito inédito de 22 candidatos iniciais. Nagin, sem recursos para a campanha e politicamente arruinado — muitas das bases de seus negócios e organizações se voltaram contra ele depois que Nagin chamou Nova Orleans de "Cidade Chocolate" —, era o azarão numa cidade cuja narrativa básica é essencialmente uma história de regresso. Quando eu era novinha, as pessoas usavam sacos de papel na cabeça durante as partidas de futebol americano do Saints (o time do Saints era ruim assim), mas a multidão ainda comparecia. Nagin havia sobrevivido à Enchente. Ele podia dizer: eu fiquei. Eu estava aqui. O fato de ele não ter ido embora significava: eu sou um de vocês. Aquilo era uma distinção rara em uma cidade onde a estrangeirice nunca é totalmente confiável. Antes da tempestade, Nova Orleans tinha a maior proporção de residentes nativos entre as cidades norte-americanas — 77% em 2000, o que significava que apenas uma fração dos cidadãos havia ido embora para outro lugar. É por isso que o deslocamento em massa era um assunto tão relevante por aqui. E por que aqueles, como eu, que partiram e voltaram, tinham de provar sua naturalidade outra vez.

Foi mais uma conversa do que uma entrevista de emprego. Houve pouco do interrogatório para o qual eu havia me preparado.

"Tem certeza de que está pronta para retornar ao Deep South?", perguntou Nagin.

Como eu não tinha captado completamente as nuances da pergunta — estávamos só começando juntos naquela estrada — e como eu ainda não tinha aprendido que todas as frases na política tinham um significado implícito, respondi muito literalmente. Eu queria agradar o sujeito.

"Sim!", falei.

"Por que vir trabalhar para uma administração vilipendiada e odiada?", perguntava ele agora. Atrás da gente, uma televisão imensa, com o som no mudo, exibia as notícias mundiais.

Nagin sabia ser prefeito, atuar localmente, eu tinha especulado, observando sua atuação de longe, mas ele não tinha experiência em caráter nacional. Quando o Katrina o colocou sob os holofotes mundiais, raciocinei, ele começou a fazer seu show para a imprensa. "Eles sabem que de vez em quando vou falar algo polêmico", dissera ele certa vez. Era o que os jornalistas locais chamavam de *O Discurso do Ray*. Ele também era, assim como quase todo mundo que trabalhava na prefeitura, uma das pessoas que estavam morando em trailers com formaldeído em sua composição, tendo sido pessoalmente afetado e tentando se recuperar da Enchente.

Mas o discurso que o inseriu na categoria de "vilipendiado" foi proferido no dia de Martin Luther King Jr., em fevereiro de 2006, quando Nagin prometeu que Nova Orleans permaneceria uma cidade negra. Em uma cidade que valoriza o indireto em vez do direto, Nagin disse que esse era um traço distinto. "É hora de reconstruirmos uma Nova Orleans, aquela que deveria ser uma Nova Orleans chocolate", disse. "E não me importo com o que as pessoas estão dizendo em Uptown ou onde seja. Esta cidade será uma cidade chocolate no final das contas." Uptown era um código para brancos. E "brancos" é um código para poder.

Nagin ainda venceu a reeleição um mês depois, não porque a base branca que ele encantara quatro anos antes tivesse votado nele, mas por causa daqueles negros desabrigados que foram trazidos de ônibus para votar. A ideia de uma cidade chocolate é, para mim, a parte menos interessante do discurso daquele dia de MLK, em que Nagin postulou como uma conversa entre ele e o dr. King, com Nagin descrevendo a King toda a falta de resposta à Nova Orleans pós-Katrina. No discurso, King responderia a Nagin usando alguma variação da frase "Eu não gostaria disso". O discurso se transforma em uma repreensão aos negros de Nova Orleans, que Nagin culpa pelos índices de criminalidade descontrolados: "Nós, como povo, precisamos nos consertar primeiro", dissera King a Nagin nessa conversa imaginária. "A falta de amor está nos matando", Nagin também imagina King dizendo. Nagin evocou então um dedo em riste, com uma versão de King entoando então-faça-você-algo-melhor.

Eu estava chegando à prefeitura na metade do último mandato de Nagin, no momento da revelação: o quanto da "recuperação" de fato seria feito agora que o dinheiro outrora atrelado ao que Nagin intitulara "constipação governamental" finalmente fora disponibilizado para nós?

Nagin estava preocupado com seu legado, dizia que precisava que eu fizesse "uma narrativa semelhante a um ligue-os-pontos, compreendendo o que estava por trás de todas as decisões anteriores". Ele falava sobre a demolição dos conjuntos habitacionais como algo que "mudaria o mapa de Nova Orleans". O ano de 2008, pronunciara ele alguns meses antes, seria o "Momento da Virada". "Nova Orleans está prestes a explodir", jurara ele ao conselho municipal. Eu ia ser responsável por documentar esse florescimento, explicou ele.

Ele havia se candidatado a prefeito, disse-me, porque queria criar uma cidade onde os jovens não precisassem sair de sua cidade natal para ter uma vida promissora, tal como eu havia feito. Ele alegara estar pensando no futuro de seus dois filhos e dos amigos deles no ensino médio. "Que tipo de Nova Orleans eles vão herdar?", ele queria saber. Era uma pergunta retórica, mas busquei uma resposta na minha cabeça mesmo assim. O som da voz de Nagin me arrancou do meu devaneio.

"Bem-vinda ao lar", saudou. "Divirta-se e seja bem-vinda à equipe, se estiver disposta a aceitar o trabalho."

Após a reunião, fiquei por ali me familiarizando extraoficialmente por alguns dias, pois haveria a reabertura da sede do departamento de polícia. Desde a tempestade, a polícia passara dois anos e meio trabalhando em trailers, mas agora era o momento de cortar a fita de inauguração e de fazer o discurso.

Entrei em cena e fiquei sem saber o que fazer direito. Ceeon estava muito ocupada correndo para lá e para cá; eu me flagrei comendo arroz com feijão vermelho embaixo de uma tenda com o administrador da cidade e o chefe de polícia, Warren Riley, que se virou para mim e disse: "Você tem um visual diferente, um estilo diferente. De onde você é?"

"Eu sou daqui", respondi.

"Você não tem sotaque de Nova Orleans", retrucou ele. Eu já tinha ouvido aquilo muitas vezes. Normalmente eu diria: "Dê-me umas doses e logo eu ganho um sotaque" ou "Bote-me no meio dos meus irmãos e logo eu ganho um sotaque". Mas não vou reacender o sotaque, não importa quem você bote perto de mim. Em vez disso, eu repliquei: "Cresci no New Orleans East".

Ele fez então a pergunta que a maioria das pessoas ali fazia logo de cara para identificar alguém: "Em que escola você estudou?"

"Na Word of Faith", falei, "perto da I-Ten Service Road." Eu já tinha dado essa resposta um milhão de vezes. E era sempre o ponto no qual a conversa vacilava. Frequentemente, quando digo a outros nativos que sou do New Orleans East, eles dizem: "Ah, linda, não diga isso a ninguém". E eu rio com eles diante da minha intrusão.

Em Nova Orleans, o colégio em que você estudou é um atestado de seu bairro de origem. E o bairro de onde você vem é capaz de lhe emprestar ou retirar status social. Ser de um colégio como o St. Aug ou o Warren Easton, com suas famosas bandas marciais, é um privilégio, um distintivo cultural, que te insere na narrativa da cidade sobre si. O Word of Faith não tinha banda marcial, não tinha banda nenhuma.

Futuramente, já estabelecida na prefeitura, eu seria incumbida de editar biografias de vereadores para viagens legislativas a Washington, DC, todas elas fornecendo imediatamente o nome do colégio em que o vereador se formou, como se alguém de fora de Nova Orleans fosse saber ou se importar com isso, como se o ensino médio fosse a realização mais importante de todos os tempos.

Riley, ainda tentando identificar minha posição no mundo, perguntou sobre a minha família. "Qual é o seu sobrenome?", quis saber. Para ele, Broom não indicava nada sobre minhas origens. O nome da minha mãe, Soule, era muito mais atraente no sentido narrativo. Percebi isso instintivamente durante a infância, quando falei a mamãe que usaria seu nome de solteira, ia me chamar de Sarah M. Soule. Eu gostava como soava (veja como fica escrito), adorava o que aquele nome dizia a meu respeito. Ser chamada de Sarah Monique Soule. Minha mãe me arrancou do meu devaneio e disse: *Garota, você não pode usar o nome de solteira de uma pessoa. Esse é o meu nome!*

Aceitei o emprego. Agora eu era a redatora sênior, contratada para "contar criativamente a história da recuperação da cidade após o furacão Katrina", de acordo com a carta-proposta. Como funcionária sem vínculo empregatício, eu poderia ser dispensada de minhas funções a qualquer momento, sem maiores explicações. Eu seria a "autora e editora de todas as comunicações e materiais de marketing". O State of the City Address[1] de 2008 seria

---

1 State of the City Address: também chamado de State of the City Speech, é um grande discurso normalmente realizado uma vez por ano pelos prefeitos ou administradores de muitas cidades nos Estados Unidos e Canadá. [NT]

em maio, quatro meses depois da minha data de início. Eu ia liderar a redação do discurso, trabalhando em estreita colaboração com o prefeito, a quem deveria chamar de sr. Prefeito o tempo todo. O State of the City Address era uma trave à espera do gol; nos meses que o antecediam, eu ficaria responsável por coletar "provas" do progresso feito para o relatório anual do sr. Prefeito.

Mas primeiro, voei de volta a Nova York e peguei minhas coisas no depósito onde as havia deixado, fazendo a viagem de volta de 23 horas até Nova Orleans em um caminhão U-Haul. Nós — Manboo, Carl, Eddie e eu — descarregamos tudo em uma casa *camelback* cor-de-rosa perto da Carrollton Avenue, em Hollygrove, o mesmo bairro do rapper Lil Wayne. Era fevereiro. Essa casa foi a mais barata que consegui encontrar em um mercado onde a maioria dos aluguéis custava entre 1.300 e 1.400 dólares por mês, quatro vezes o valor anterior à Enchente, não muito menos do que o aluguel que eu pagava em Manhattan. Cinquenta e cinco por cento dos habitantes de Nova Orleans costumavam morar de aluguel antes da Enchente. Minha irmã Karen era um deles, alugando uma casa de três quartos por 350 dólares mensais. Era impossível para as mesmas pessoas pagarem pelo aluguel de um imóvel agora. Em parte, foi por isso que minha família desalojada permaneceu fora da cidade — três anos depois, Valeria, Karen, Troy e Michael estavam estabelecidos no Alabama, Texas e Califórnia, sem intenção de retornar.

A região de Carrollton abrigava muitas das contradições da cidade. Na Oak Street, que dava para ver da varanda da minha casa alugada, tinha a barraca de raspadinhas mais chique que já vi, que aceitava cartões de crédito com uma compra mínima de 5 dólares. Ao lado, havia um sapateiro cujo dono ficava na cidade duas semanas sim, duas não, pois viajava ao Texas onde morava sua família ainda desalojada. À noite, no meu bairro, era difícil encontrar estacionamento por causa de todos que vinham à Oak Street para jantar no Jacques-Imo's, que servia carne de jacaré e cheesecake de linguiça andouille como aperitivo. Michael trabalhara como chef no Jacques-Imo's por seis anos antes da Enchente. Ele ajudara a montar o cardápio, tornara-se parte do apelo e da expansão do lugar, e queria voltar para ajudar na reabertura, mas o proprietário não o auxiliou (financeiramente) para retornar à cidade que Michael, mais do que todos nós, sempre amou.

Depois de me acostumar ao ritmo de trabalho na prefeitura, eu voltava para casa exausta na maioria das noites e dirigia por uns quinze minutos (pelo menos) para conseguir estacionar, e aí comecei a pensar em como teria sido mais fácil no mundo antes de agora jantar no salão com temática de pântano de Jacques-Imo, numa mesinha nos fundos. E eu sei que Michael apareceria usando sua calça baggy xadrez preto e branco e tamancos de plástico, e me chamaria de garota, dando um beijo molhado caprichado na minha bochecha e um abraço de ladinho. E eu também não precisaria fazer meu pedido, pois Michael mandaria prato após prato com minhas coisas favoritas. Todas as noites, após o "contexto exaustivo" do meu emprego na prefeitura, quando passo pelo Jacques-Imo's a caminho da minha casa cor-de-rosa alugada, sempre tenho esse mesmo desejo (que Michael estivesse logo ali) e em todas as noites ele não vai se tornar realidade.

De cada lado da minha residência havia casas em ruínas e inalteradas desde a tempestade, mas onde ainda havia gente morando. Minha vizinhança do outro lado da rua era composta por três gerações em uma casa de três quartos com cinco ou seis filhos e mais um a caminho.

Depois que me mudei, mamãe e tia Elaine vieram com suas máquinas de costura para enfeitar as janelas com tecidos do Burundi. Carl e Eddie também vieram e ficaram lá fora sentados na varanda intimidando os transeuntes com o olhar. "Tem que ficar claro pra esses caras que você tem família", disse Carl. "Mostre a eles que você não mora aqui sozinha." Muito embora eu morasse.

Pintei a cozinha do mesmo amarelo-Mardi-Gras que pintara minha cozinha do Harlem, e me ocupei em decorar minha casinha. Uma casa sempre insiste para que haja manutenção. O principal era encontrar prateleiras onde meus livros pudessem morar.

Durante aqueles dias de adaptação, fiquei observando Nagin o máximo que pude.

Eu estava ali para ser a porta-voz dele, eu ficava dizendo a mim mesma. Eu precisava conhecer seu ritmo de fala. Esse era o meu trabalho. Em momentos de desespero, eu reformulava o raciocínio: eu deveria habitar a voz de Nagin e excluir a minha. Eu não diria palavra — assim como eu calara minha voz no Burundi. Todas essas coisas eram legítimas.

Eu ficava atenta aos passos dele: lá estava Nagin na primeira página do *Times-Picayune* em uma mostra de armas no Superdome, sorrindo e apontando um rifle M-16 diretamente para o chefe de polícia Riley num momento em que o índice de criminalidade em Nova Orleans estava descontrolado. Minha mãe olhou a foto e disse: *Como pode ser burro assim e ainda respirar!* No dia seguinte, o jornal publicou um pedido de desculpas, assumindo que a fotografia foi golpe baixo, tendo capturado uma "fração de segundo enquanto a arma estava sendo abaixada", mas o estrago já estava feito.

Depois fui assistir à aparição semanal de Ray Nagin no programa matinal do WWL Channel 4, com os apresentadores Sally Ann Roberts e Eric Paulsen, um segmento que lhe rendera o título de "Sugar Ray" Nagin, segundo um articulista local.

Eis o que aconteceu: os três estavam sentados diante de uma paisagem urbana falsa, com uma fileira de casas *shotgun*. O prefeito começou bem, falando das pragas e do programa do bom vizinho, que estava sendo criticado por não estar funcionando. Mas então a conversa se voltou para os recentes pedidos públicos por informações sobre sua agenda. "Minha decepção é com a maneira como alguns na imprensa estão me tratando pessoalmente", disse ele. "Estou chateado com esta emissora... foi além do limite da razoabilidade."

"Por que alguém estaria promovendo uma perseguição pessoal?", perguntou um dos apresentadores.

"Se você apoiou outro candidato, supere isso", disse Nagin. "Eu afastei algumas pessoas que detêm grande influência nesta comunidade, e elas estão tentando me destruir implacavelmente."

Sally Ann então assumiu uma postura maternal, e o que era público tornou-se pessoal ao vivo. O rosto dela foi ficando tomado de aflição. "As pessoas que se importam com você podem estar preocupadas por causa do seu estado emocional. Eu nunca vi você tão emotivo."

As reclamações são ossos do ofício, diziam os dois anfitriões. "Você sempre riu disso, manteve a compostura. Como planeja lidar com sua posição de poder?"

Mas o prefeito estava agarrado à possibilidade de que alguém pudesse ferir sua família. "Se alguém me abordar do jeito errado. Vou nocautear essa pessoa", disse. Paulsen perguntou se ele pegaria numa arma mais uma vez. "Em uma competência diferente, talvez", disse Nagin.

"Você consegue agir com sensatez no estado emocional que se encontra agora?"

Eles não falavam diretamente um com o outro mais.

"O quão mais acessível posso ser?", perguntou o prefeito à câmera.

"Fique bem", disse Sally Ann para Nagin, que depois desse episódio não iria mais aparecer para suas atualizações semanais sobre a recuperação da cidade na WWL, optando por migrar para a emissora concorrente, a WDSU. Assisti à essa cena de pernas cruzadas da minha cama art déco no segundo andar da casa cor-de-rosa.

Na Nova Orleans para onde eu voltara em janeiro de 2008, as seguintes coisas eram um fato: a população de sem-teto da cidade tinha dobrado, indo de 6 mil antes da Enchente para 12 mil depois. Apenas um mês antes de eu chegar, em dezembro, a cidade varrera um campo de desabrigados com mais de 250 pessoas que montaram acampamento no Duncan Plaza, um parque visível das janelas da prefeitura. Todos os dias havia protestos, as vozes de manifestantes ecoando dentro do meu escritório: "Ei, Ray, o que você me diz? Queremos um lar para ser feliz."

Ainda restava um acampamento de sem-teto, impossível não notar, com barracas sob a ponte interestadual da Claiborne Avenue. O sr. Prefeito reclamou publicamente que um dos sem-teto residentes ali lhe mostrara o dedo médio quando ele passara um dia em seu carro preto. A cidade sob a ponte não era uma boa visão, ou seja, era ruim para o turismo, reclamara ele. O fato de existir — e até certo ponto sempre existiu — um campo de sem-teto sob a ponte não era de se surpreender. A ponte interestadual, erguida em 1968 para fornecer acesso ao New Orleans East e além, estava instalada acima do que costumava ser uma comunidade negra próspera, acima do que um dia já fora um complexo com mais de 150 casas, sobre o que costumava ser o distrito comercial negro, com alfaiates e lojas de roupas, lojas de badulaques de cinco e dez centavos, restaurantes. Joseph, Elaine e Ivory faziam compras lá quando crianças. Minha mãe fazia compras lá quando seus filhos eram pequenos. O terreno neutro onde os sem-teto moravam em 2008 costumava abrigar uma fileira de mais duzentos carvalhos imensos — a maior fila contínua de carvalhos dos Estados Unidos —, todos eles derrubados para abrir caminho para a ponte de concreto. SAIAM, ÁRVORES, dizia a manchete do *Vieux Carré Courier*, que podia se dar ao luxo de ser irreverente. O French Quarter evitou uma via expressa semelhante que teria varrido o bairro, mas a elite política e empresarial da cidade lutou até a vitória; para construir a ponte da Claiborne, também houve uma batalha, mas os negros — com recursos insuficientes e já um tanto sobrecarregados — tinham guerras maiores a vencer, como a conquista por direitos civis básicos. A ponte venceu.

A passagem elevada na Claiborne Avenue é onde meu irmão Carl abre uma lojinha em todos os Lundi Gras, isolando sempre o mesmo trecho triangular de grama com aquela fita amarela da polícia e fazendo vigília durante a noite. Assim, no dia de Mardi Gras, toda a família — que inclui a mim e meus irmãos, mas também todos os amigos de Carl, que são nossa família por extensão — pode aparecer para comer lagostins cozidos e ver o desfile dos Zulu passar, localização que também permite a aproximação dos Black Indians, onde podemos posar para fotos ladeados por suas plumas e dizer: "Vocês estão muito bonitos hoje".

Na cidade para onde voltei em 2008, mais de 100 mil pessoas — um terço da população — ainda estavam desalojadas. Uma mulher cuja casa foi destruída durante o Katrina descreveu seu retorno a Nova Orleans dois anos depois como "igual a... adentrar num país desconhecido. Está totalmente diferente. Parece que você está no espaço sideral."

Em Nova Orleans, 109 corpos ainda não tinham sido identificados. Falou-se em erguer um monumento de pedra para aqueles que morreram na Enchente, mas ainda não foi feito.

Para os que haviam retornado, serviços básicos como coleta de lixo e drenagem de água ainda eram escassos. Montes de destroços permaneciam ao léu. E 38 mil pessoas, incluindo Manboo, ainda moravam em trailers cheios de formaldeído tóxico.

No New Orleans East, os pântanos queimavam. E a fumaça que vinha deles tornava a visibilidade na ponte quase zero. Carros se acidentavam. Refiro-me a enormes engavetamentos, com dez, onze carros. A cidade emitia alertas chamados "água fervente". O hospital onde nasci, Methodist, permaneceu fechado; não havia mais hospital no East. Setenta e cinco por cento das estações de drenagem de água estavam operando abaixo da capacidade; ruas inundavam com até a mais branda das chuvas.

Mas o ativismo dos cidadãos em toda a cidade estava em alta. Os residentes não podiam pagar pelo laissez-faire[2]. Eles ficaram sabendo disso na marra. Era uma cidade repleta de autodidatas, versados no mercado imobiliário, construção, seguros e política municipal. Os protestos eclodiram em todos os lugares, pessoas se arriscando na linha de frente — protestando contra o distrito escolar, contra a falta de moradias populares, contra o Programa Road Home da FEMA. Na minha vida em Nova Orleans antes da Enchente, eu não conseguia me lembrar de um único protesto, nunca.

• • •

Antes de eu começar a trabalhar na prefeitura, houve necessidade de preencher uma papelada de aparência um tanto antiquada. Sobre a questão da raça, minhas opções eram: "índio americano (vermelho), caucasiano (branco), malaio (marrom), mongol (amarelo) ou negroide (negro)".

Recebi um telefone BlackBerry e as chaves de um SUV preto com o emblema branco da cidade de Nova Orleans pintado na porta do motorista que logo assumiria a função de letra escarlate. Quando eu parava no sinal vermelho, motoristas aleatórios lançavam olhares venenosos. Comecei a dirigir na faixa da extrema esquerda o tempo todo, de modo que a insígnia ficasse voltada para o terreno neutro. Sempre que eu ia com o carro da prefeitura para a casa de Manboo, na Franklin Avenue, ele gritava da varanda quando eu estava estacionando: "Veja o que nossos impostos estão bancando".

No meu primeiro dia de trabalho, Ceeon me apresentou como "nossa escritora", e isso significava principalmente que eu redigia os diários do prefeito — discursos feitos para grupos de visitantes que vinham à cidade para conferências, na inauguração

---

2   Laissez-faire é uma expressão em francês que significa "deixe fazer". É utilizada para identificar um modelo político-econômico livre de intervenção estatal. Seus defensores, em geral, acreditam que o mercado é capaz de se autorregular. [NT]

de um outlet da Nike ou para receber Vossa Alteza, o Emir do Qatar. Esses discursos, eu logo aprendi, sempre começavam com a declaração de grandeza e criatividade da cidade. "Bem-vindo a Nova Orleans", eles começariam. "Cidade natal de Louis Armstrong, Mahalia Jackson e Lil Wayne, para aqueles que gostam de hip-hop." Tínhamos uma constelação rotativa de nativos musicalmente talentosos (Wynton Marsalis, Sidney Bechet e Aaron Neville eram os favoritos) para inserir na lista, a depender da multidão e de seu humor. O sr. Prefeito falava em frases curtas, com muito entusiasmo. Gostava de descrever as coisas como "incríveis". Frequentemente, nos pontos-chave do texto, eu escrevia frases com pontos de exclamação implícitos, frases como: "Isso sim é comprometimento!" Eu estava quebrando a regra que aprendi na escola de jornalismo que mandava usar apenas três pontos de exclamação ao longo da vida. Os discursos sempre lembravam que, em virtude da ainda existência de Nova Orleans, muito havia sido conquistado.

Nos discursos por mim redigidos, nos referíamos à cidade como "Uma *Nova* Nova Orleans"; o trabalho pós-Katrina era chamado de "Tijolos e Argamassa do Restabelecimento", e a história do progresso, "O Arco da Recuperação"; e o sr. Prefeito estava "Reinventando a Cidade Crescente". Esses foram nossos motes.

Quando o prefeito não lia os pontos-chave e improvisava, coisa que aconteceu praticamente em todo o período em que trabalhei lá, exceto duas vezes, eu tinha de ser sagaz nas réplicas para a imprensa, dando-lhes um pito por criticar os improvisos dele.

Na primeira vez que fui convocada a fazê-lo, foi na comemoração do Dia v de Eve Ensler, que homenageava as mulheres desalojadas, trazendo-as de volta ao estádio Superdome, infame por ter sido um abrigo de último recurso e cujo telhado explodiu no meio do furacão. Ensler estava apresentando a montagem de sua *peça Swimming Upstream*, uma homenagem às mulheres sobreviventes do Katrina. Na coletiva de imprensa anterior ao evento, Nagin ficou emocionado, dizendo que sabia o quanto as mulheres de Nova Orleans tinham sofrido após a tempestade. Elas precisavam de tempo para se curar, dissera ele. Ele estava feliz por Eve Ensler ter escolhido voltar à cidade, pois ele era, em suas palavras, um "prefeito amigo da vagina".

No momento em que soltou isso, pus-me a fazer anotações para formular uma explicação aos jornalistas.

O colunista local Chris Rose escreveu: "Imprevisível mesmo seria se nosso prefeito dissesse algo inspirador, que fornecesse ao menos uma pitada de seriedade esperada do homem eleito para liderar a reconstrução desta grandiosa cidade. O problema aqui não são as vaginas", continuou. "Vaginas são coisas boas."

Meu ápice da ousadia ao escrever a resposta se limitava às minhas anotações: "O foco do colunista está equivocado, o texto é baixo e tosco. É totalmente adequado que o prefeito mencione que somos amigáveis à vagina. Observe os modos como isso se legitima." Mas antes mesmo que eu pudesse responder, outra crise surgiu. Os conjuntos habitacionais St. Bernard estavam sendo demolidos. Os membros da comunidade estavam furiosos porque esses edifícios arquitetonicamente sólidos foram levados ao chão antes que houvesse alternativas de habitação a preços acessíveis. No pretenso dia da demolição, manifestantes com placas dizendo MORADIA É UM DIREITO HUMANO estavam quebrando portões de metal e se jogando na frente dos tratores. Esses eram os problemas de verdade, mas que eu os via apenas de maneira periférica. Eu estava quase sempre acorrentada à minha mesa, respondendo a solicitações da imprensa ou a notícias que pintavam o sr. Prefeito sob uma luz negativa.

Desde o meu primeiro dia, o departamento de comunicações era sitiado por pedidos de jornalistas locais. Eu passava muito tempo não planejando o discurso oficial do State of the City ou descobrindo como me comunicar sobre a recuperação da cidade, na prática eu estava fazendo as vezes de elo entre o jurídico e o departamento de comunicações. A imprensa queria os registros dos gastos corporativos no cartão de crédito, dos carros funcionais e das despesas com gasolina, das contas de telefone celular de cada funcionário e a agenda do sr. Prefeito.

Em minha primeira reunião de equipe com o sr. Prefeito, ele expressou descontentamento diante do trabalho que eu vinha fazendo, porém de forma indireta, nunca olhando para mim ou em minha direção, dizendo apenas que iria pegar leve com a novata.

O departamento de comunicações estava em constante modo reativo. Aqueles de nós designados por Nagin para servir à sua administração eram coletivamente referidos como "Prefeitura de Nagin" nas notícias. O prefeito sofria com xingamentos quase diariamente. E quase sempre ele mesmo alimentava isso. Em uma coletiva de imprensa antes de uma viagem à China, alguém perguntou a Nagin se ele havia sido informado sobre os costumes chineses para que pudesse evitar suas típicas gafes. Ainda assim ele fez uma piada carregada de estereótipos sobre os riquixás. Ele vivia dentro da imagem que criaram ao seu redor. Era mais fácil, creio. A sós com ele, nas reuniões, eu elogiava a postura que ele escondia do público. Nagin era um leitor voraz, um intelectual, como vivenciei. Sugeri que ele escrevesse um livro que apresentasse esse lado mais refletido.

Nas reuniões comunitárias, o prefeito equilibrava charme e distanciamento simultâneos, às vezes mascando chiclete ruidosamente, o que o fazia parecer indiferente diante de membros da comunidade que surgiam com problemas legítimos. Em certa ocasião, um sujeito reclamou da ausência de esgoto em sua rua, que a água "não tinha para onde escoar. Temos medo da próxima chuva", queixou-se. Agora havia também os jovens desenraizados que estavam morando com os avós e ignorando as normas da comunidade ao fazer festas com DJs nos quintais da frente. "Por que eles não podem fazer isso nos fundos da casa?", questionou uma pessoa. Algumas residências, queixaram-se as pessoas, foram abandonadas e ficaram sem vigilância depois que os proprietários as venderam "para a Road Home". Nagin às vezes eram capaz de se mostrar insolente para com aqueles que discordavam de sua versão da recuperação da cidade: "Cara, você tem problemas", dissera ele a um homem. Ou: "Meu besteirômetro chegou ao limite. Sem tolerância para isso."

A essa altura, o programa Road Home, em geral, era considerado um enorme fracasso. Os proprietários das residências tinham três opções: permanecer no endereço danificado e reconstruir a casa (mais lucrativo), vender a casa para a Louisiana e comprar uma nova dentro do estado, ou vender a propriedade para o estado por fundos desbloqueados que poderiam ser gastos ao seu bel-prazer e ir embora para onde quisesse (menos lucrativo). Minha mãe estava inclinada à primeira opção, o que significaria mais subsídio federal, mas também exigiria que ela morasse em uma rua fantasma. A maioria de nós, filhos, com exceção de Carl, tentamos dissuadi-la de reconstruir na Wilson. "Quem quer viver em uma rua morta?", perguntei. Finalmente, mamãe escolheu a segunda opção, o que significava que ela buscaria outra casa em Nova Orleans. O problema é que o Road Home desvalorizava as casas em seus cálculos, especialmente em bairros menos cotados como o New Orleans East, fazendo estimativas de subsídios com base no valor dos imóveis pré-tempestade em vez de calcular quando custaria para reconstruir do zero agora. Em regiões de todo o Ninth Ward, incluindo o New Orleans East, isso significava que os custos de reconstrução quase sempre excederiam as doações numa quantia que tornaria a obra inviável e, portanto, impossibilitaria a volta para casa. Esse foi o caso de muitas famílias negras que estavam tentando retornar à cidade.

Agora que era funcionária na prefeitura, eu tentava agilizar a inscrição da mamãe no Road Home, passando meus intervalos de almoço à mesa de uma mulher no gabinete do assessor fiscal, tentando juntar todas as informações necessárias para os advogados da Road Home designados para o caso de Ivory Mae. Descobri que os impostos vinham se acumulando na Casa Amarela desde os anos 1980 e início dos anos 1990 — começando um ano depois da morte do meu pai, Simon Broom, e continuando ao longo dos anos subsequentes, quando mamãe estava pagando minha escola particular.

Mamãe sempre dizia à tia Elaine, com quem ela estava morando em um pequeno cômodo na casa da vovó, que ela logo se mudaria para sua nova casa. O caso na Road Home, ela dizia sem parar, iria se resolver em breve. Isso incomodava minha tia porque a fazia sentir que minha mãe estava impaciente com sua sina no mundo, e estava mesmo. Mamãe falava das pessoas em St. Rose como se fossem diferentes e alheias. *Nunca fui do campo. Não vai demorar muito. Vou sair daqui já, já. Não quero deixar este mundo sem uma casa em meu nome.* "Mãe, pare de ser dramática", eu dizia. Eu não entendia. Não naquela época.

Minha mãe ia frequentemente à Cambronne Street, depois de dirigir pela estreita River Road os quase 25 quilômetros da casa da vovó até minha casinha cor-de-rosa. Quando ela vinha, falávamos principalmente sobre sua vida sem graça em St. Rose, e eu lhe dava todas as pequenas atualizações sobre o andamento de seu processo no Road Home. *Não quero deixar este mundo sem uma casa com meu nome*, ela voltaria a repetir.

Mas os advogados designados para seu caso continuavam a perder a papelada. Algumas vezes, o escritório de advocacia contratado para cuidar do nosso pleito era substituído repentinamente e sem explicação. Quando meu pai faleceu, foi descoberto que a casa havia sido colocada no nome dele, o que significava que todos nós, filhos, teríamos de transferir nossa participação na Casa Amarela para minha mãe antes que ela pudesse vendê-la legalmente à Road Home em troca do dinheiro do subsídio. Depois de todo o trabalho necessário para concluir esses Atos de Doação, os advogados nos fizeram o favor de perder os arquivos. Por causa disso, cada irmão teve de reenviar o formulário, só que aí logo os advogados identificavam um novo problema. Foi um ciclo complicado. Em vez de Road Home, "caminho de casa", comecei a chamar o programa de *Road to Nowhere*, ou seja, "caminho para lugar nenhum".

Sempre era isso, algum papel perdido. Minha mãe nunca se referia aos documentos legais por seus nomes complicados; eram impossíveis de lembrar. Quando ela e eu conversávamos, eram diálogos repletos de elisões e imprecisões. *Eles mandaram aquele papel que aquele povo disse que precisava para aquele negócio?*

Que papel? Eu estava sempre perguntando. Que negócio?

A linguagem dela, percebi, vinha se tornando mais imprecisa. *O povo no noticiário disse que aquela coisa atingiu o comoéquechama.*

Que povo? O quê?

Um dia, na cozinha amarelo-Mardi-Gras na Cambronne Street, eu queria falar sobre a Casa Amarela e perguntei à minha mãe como ela se sentia agora que não morava nela mais.

Deixe essa casa morrer como a tempestade, dissera ela da forma mais clara possível.

•••

Por volta de abril, comecei a escrever o discurso do State of the City. Havia também a produção do evento que acompanharia o pronunciamento. Escolhemos o Port of New Orleans Cruise Terminal por motivos simbólicos. O porto já tinha sido o motor econômico da cidade, antes mesmo do turismo. O alvoroço da imprensa — não em relação ao discurso, mas ao acesso à agenda do prefeito, que era um registro público — estava ficando cada vez maior. Por volta dessa época, um dia fui filmada no escritório sem me dar conta disso quando o repórter Lee Zurik da WWL Channel 4 apareceu procurando o prefeito. O gabinete estava vazio. Todo mundo estava em outro lugar, exceto eu. O que hoje soa suspeito. Eu ouvi uma batida à porta e a mantive parcialmente aberta com meu pé. "Ele não está aqui", falei sem emoção alguma. Zurik listou algumas pessoas com quem gostaria de falar, sendo que nenhuma delas estava presente naquela hora. "Ela não está aqui", falei. "Ele não está aqui."

Quando foi ao ar, no noticiário noturno, essa interação inofensiva foi colocada como parte de uma cortina de fumaça que o repórter alegara ter descoberto. Foi meio engraçado porque a câmera escondida estava no repórter que olhava para mim. "Cortina de fumaça", anunciava o gerador de caracteres em fonte escura e enorme. Meu irmão Eddie ligou, disse que ficou feliz por meu cabelo não estar cheio de frizz na TV. A aparição na notícia me elevou ao status de celebridade local por alguns dias. As pessoas me reconheciam no elevador da prefeitura. "Ei, você é a mulher do noticiário", diziam desconhecidos. E num domingo na Second Line: "Ei você, sra. Cortina de Fumaça", dissera um dançarino. Eu estava lá com Eddie, cujos pés já estavam doendo antes mesmo de chegarmos ao desfile. Eddie estava desgostoso com a cidade — eu sabia disso — e embora muito do que ele dissesse fosse verdade, eu estava com vontade de dançar, e nem um pouco a fim de ouvi-lo analisar toda a disfunção que nos acometia. "Nova Orleans é uma mentalidade", começou ele. "Estamos presos nela", continuou. Eddie estava só esquentando. Era meio-dia, um calor do cão. O desfile foi da South Rocheblave para a Toledano Street, virou à esquerda na South Claiborne, onde costumavam ficar os imensos carvalhos, depois virou à direita na Louisiana Avenue. Eu estava dançando, requebrando os quadris.

"Desde o dia em que você nasceu", continuou Eddie, "é a mesma merda de sempre. As pessoas se arrumam todas as sextas-feiras para sair, mas elas têm empregos de merda e estagnados. Mas de sexta a domingo a farra está bombando." Um homem saltou ao nosso lado e fez três espacates. Eu dei um gritinho de alegria.

Viramos à esquerda na LaSalle, aí de novo à esquerda na Washington, e aí entramos na South Saratoga Street.

Eu estava contagiada pela música, dançando bem atrás do tocador de tuba, meu lugar favorito no desfile. Um homem disse: "Vá lá para frente, você de vestido roxo", e eu fui. Requebrando. Eddie estava se arrastando em seu mau humor. "As pessoas gastando todo esse dinheiro, tingindo os sapatos para desfilar. Aí na segunda-feira você vai limpar quartos de hotel. Qual é a lógica disso?"

O desfile parou no Purple Rain Bar para todos comprarem bebidas, e eu comecei a encher a cara de Jack Daniel's para abafar as reclamações de Eddie, que agora estava narrando nosso histórico familiar enquanto caminhávamos. Continuamos até a Oretha Castle Haley, que se chamava Dryades quando minha avó morava lá, depois seguimos até a Philip Street, onde Sarah McCutcheon morava, e depois de volta à Dryades e à Jackson Avenue, onde tia TeTe morava. Enquanto acompanhávamos o desfile, eu não sentia meus pés.

Os discursos do State of the City não são assinados por ninguém em especial. Todo mundo na equipe política precisa acreditar que deixou sua opinião ali, mas várias coisas naquele discurso foram minhas. Para início de conversa, o New Orleans East foi um coeficiente de grande influência. E nas frases de abertura, quando o sr. Prefeito cumprimentou os cidadãos ainda desabrigados, fez uma saudação especial "àqueles que ainda estão no Texas, Alabama, Califórnia e em outros lugares", que era exatamente onde meus irmãos estavam.

Para redigir o State of the City era necessário que eu saísse do escritório para verificar a recuperação da cidade pessoalmente, coisa que eu adorava fazer. O New Orleans East foi o primeiro lugar onde visitei, mas não a Casa Amarela, na verdade, não cheguei nem perto da Wilson Avenue. Um colega e eu dirigimos mais para leste, para além da minha escola secundária agora abandonada, Word of Faith, em direção a Michoud, onde Carl trabalhava. Eu estava procurando por alguém que tivesse voltado para o Leste e conseguido se reerguer mesmo contra todas as probabilidades. Durante o caminho, notei a quantidade de lixo. "As medidas sanitárias precisam chegar aqui", escrevi no meu bloquinho. Os complexos de apartamentos para todos os lados ainda estavam em ruínas. Parecia que havia se passado só um dia depois do aguaceiro, sem a parte da enchente. Um prédio de apartamentos estava destruído por um incêndio; a fachada estava queimada e arreganhada para a rua, uma bizarra casa de bonecas em tamanho real, com marcas de água cor de pêssego. Encontramos Adam Summerall diante de uma casa salmão com um trailer na garagem. Quando nos aproximamos, notei um Bluetooth no ouvido dele. "Ah, eu estava ligando para vocês", disse ele. "Vocês" significava "a Cidade". Sua rua tinha inundado, relatava ele, após cinco minutos de chuva. "Um bairro com drenagem, cara, isso é um sonho", disse.

Adam foi a primeira pessoa a voltar para sua rua, que ainda estava deserta. Ele nos contou como, na semana anterior, um corpo fora queimado dentro de um carro próximo à sua casa, um local ideal para um crime porque não havia patrulhamento policial ali. Éramos da "Cidade", tínhamos o emblema na porta do motorista, mas eu sabia que pouco poderia fazer para melhorar a vida de Adam Summerall.

Relatei a história de Adam Summerall no discurso do sr. Prefeito, mas Adam Summerall desapareceu. Naquele dia ele me dera seu número de celular, mas quando liguei, não funcionou. Cheguei a voltar sozinha à casa dele e deixei bilhetes para ele no trailer estacionado na garagem da rua fantasma, convidando-o para o discurso, onde ele seria reconhecido, mas ficou nítido que ele não queria participar da versão da história de recuperação que estávamos tentando contar.

Estávamos medindo o restabelecimento da cidade em doses home-opáticas, ao que parecia, contando cada prédio novo, por menor que fosse o reparo. O Mahalia Jackson Theatre estava em refor-ma, e era um dos maiores projetos. Também estávamos instalando outdoors gigantescos pela cidade, às vezes na frente de peque-nos consertos de rua. "Plantamos quase 6 mil árvores; fechamos 113.117 buracos; substituímos 14.646 placas de rua ", vangloriáva-mo-nos no folheto de divulgação do State of the City.

A noite do discurso do State of the City propriamente dito es-tava carregada. O rio Mississippi era visível através de uma pare-de envidraçada. A vista correta. Celebridades locais como o ator Wendell Pierce estavam lá para apoiar o sr. Prefeito, a quem fiquei observando enquanto me postava de pé no fundo do salão, onde me preparava para qualquer improvisação que ele viesse a fazer.

"Obrigado por me encontrarem perto do rio," começou o sr. Prefeito, sua cabeça brilhante como sua gravata dourada. Ele leu cada palavra sem uma única mudança, usando as mãos para en-tregá-las apaixonadamente. O discurso foi sobre a história da ori-gem da cidade, a alegoria do regresso: "Desde a fundação desta cidade, havia muito a se superar: mosquitos, febre amarela, fura-cões, tornados e inundações. E apesar de contar com um excesso de pântanos e de ter sido construída abaixo do nível do mar, te-mos vencido as disparidades de forma consistente, tal como es-tamos fazendo hoje."

O rio era a metáfora: "Ele continua a fluir... nem sempre per-manece o mesmo. Com o tempo, muda seu curso." No trecho sobre bairros e habitação, o sr. Prefeito se gabou da demolição de mais de 8 mil casas. Pensei na minha Casa Amarela, nas ca-sas perdidas de outras pessoas, nas histórias que elas continham.

Na única vez em que pensei em ir ao local onde a casa cos-tumava ficar, eu queria aproveitar e levar uma colega de traba-lho comigo para visitar Carl, cujo amor por mim parecia inflar toda vez que eu lhe apresentava uma bela mulher. Durante toda a minha vida sempre busquei apresentar mulheres atraentes para meus irmãos. Quando descrevi para essa colega o finalzinho curto da Wilson, onde a Casa Amarela costumava ficar, ela disse: "Ah, sim, eu conheço aquela ruazinha assustadora". Então mudei de ideia. Nós não fomos.

Era estranho estar em Nova Orleans e não visitar a rua onde cresci. Mais estranho ainda era que, por insistência de uma amiga, eu tivesse começado a escrever cartas para a casa, que ficava a apenas quinze minutos da minha casa rosa alugada. "Casa Amarela", escrevi. "Sarah Dohrmann sugeriu que eu escrevesse a você. Você que eu não conheço mas consigo imaginar, mais do que isso, consigo sentir. Não tenho certeza de como voltar para casa. Esse exercício parece bobo, mas é uma desculpa esfarrapada; há muito a se dizer. Até recentemente, falávamos muito de você, chamávamos você de velha casa e Carl ainda vai lá para beber cerveja com os amigos dele, como se você ainda estivesse lá. É óbvio que você se foi, e ao mesmo tempo, não se foi. Nossa psique mantém você aqui. Você é voraz e esfomeada."

O discurso de Nagin foi finalizado com um floreio — uma visão esboçada de forma bem generalizada da Nova Orleans dali a dez anos. Uma cidade com ótimos bairros, boas escolas, empregos bem-remunerados, onde o rio era o destino, com um anfiteatro de última geração com vista para a água e uma Canal Street movimentada e bem-iluminada.

O final do discurso foi a parte que mais gostei de escrever. Repousava no mito do excepcionalismo de Nova Orleans, e também foi o ápice do texto: "Lembrem-se de que da região pantanosa mais improvável se ergueu a mais provável das cidades... Drenamos os pântanos e construímos uma cidade com arquitetura diferenciada... e quando a cidade inundou, voltamos a erguê-la, baseando-nos em nosso passado, mas sempre concentrados no futuro."

"Depois do Katrina", disse Nagin, a voz estrondosa, "quando alguns disseram que não deveríamos reconstruir abaixo do nível do mar e se referiam a nós como refugiados e PAKS [pessoas afetadas pelo Katrina] em vez de usar nossos nomes verdadeiros, eles desconheciam nossas origens. Eles não sabiam o que nós sabíamos. Eles nunca viveram ou brincaram aqui. Eles não tinham nossa casca. Eles não tinham nossos genes."

"Esta é a nossa cidade, do Mississippi ao lago Pontchartrain, do New Orleans East a Algiers. Não podemos nos distrair agora. Não podemos parar agora."

O dia seguinte ao discurso do State of the City marcou o início da temporada de furacões. Era 1º de junho. Estávamos todos nos regozijando. O discurso tinha corrido muito bem; o sr. Prefeito dissera todas as palavras, sem tirar nem pôr; até a imprensa nos deu uma folga. Agora que o grande discurso tinha acabado, qual seria nossa nova trave para fazermos o gol? Cada vez mais eu começava a sentir que estava do lado errado da cerca, vendendo uma recuperação que não estava acontecendo exatamente para pessoas de verdade, nem para minha mãe ou para Michael, Karen, Valeria ou Adam Summerall.

Depois do grande discurso, meus diários passaram a incluir uma frase de alerta sobre os preparativos para a tempestade — só para garantir. Lançamos o programa de TV *One New Orleans* com o sr. Prefeito para capitalizar a boa vontade gerada pelo discurso do State of the City. De alguma forma, e ainda não sei como isso aconteceu, acabei me tornando a apresentadora, o que me tirou do escritório e me permitiu focar nos nativos que estavam atuando dentro das comunidades onde moravam. Eu estava de volta ao modo de jornalista, entrevistando pessoas que eu considerava pessoalmente interessantes: Carol BeBelle, que dirigia um centro comunitário no Oretha Castle Haley; o sr. Syl, que administrava o Backstreet Indian Museum, no Seventh Ward. Ao final de cada uma dessas entrevistas, geralmente eu me esquecia de recitar o bordão de encerramento do programa: "Não se esqueça de repensar, renovar e reviver a *sua nova* Nova Orleans." Era tão brega quanto parece.

Quando eu não estava fazendo o programa de televisão, brigava com Ceeon por causa do meu salário, que era bem abaixo do que ela propusera quando eu estava no Burundi. Essa questão salarial foi apenas uma das coisas que me levou a procurar outro emprego. Obviamente, jamais encontrei resposta alguma na prefeitura. Seu foco era apenas se proteger; essa é a natureza da política. A história que mais nos concentrávamos em contar era a de Ray Nagin. A recuperação da cidade em si não estava acontecendo por muitos motivos: Nagin não tinha relacionamentos para fazer pressão na emaranhada teia política entre Louisiana e Washington, DC; as salvaguardas anticorrupção da cidade na verdade só faziam acrescentar camadas aos processos e, assim, retardar o restabelecimento; além disso, Nagin — sua inépcia visível — conseguiu virar o cerne da história de um modo que os residentes da cidade jamais foram capazes de fazer.

O trabalho era tão desgastante emocionalmente, que alguns dias eu me sentava à minha mesa e sentia todo o lado direito do meu rosto dormente. Eu pensava: "Será que acabei de ter um derrame?", mas não tomava nenhuma atitude. O que eu sentia nesses momentos era a ausência de sentimento. Enquanto isso, placas altas eram erguidas sobre estacas de madeira em frente aos prédios: NOSSA RECUPERAÇÃO ESTÁ EM ANDAMENTO.

Meus dias se passavam assim, sem significado real, sem conquistas genuínas. Continuei a escrever os diários do prefeito e, às vezes, eu lia os jornais para ver se alguma das minhas palavras havia aparecido ali. Raramente isso acontecia.

Em agosto, meros seis meses após minha chegada, abandonei o cargo e fui embora de Nova Orleans. Senti vergonha por ter ficado apenas meio ano na prefeitura, mas fiquei feliz por sair. Ao abrir mão daquele emprego, recuperei minha voz. O círculo parecia concluído, de alguma forma, embora pouco tivesse mudado. Carl ainda estava desalojado. Minha mãe também. Outros dos meus irmãos estavam com raiva, não conseguiam se imaginar voltando para uma cidade destruída. Quando saí, muito embora eu tivesse acesso direto à prefeitura e fosse descrita por meus colegas de trabalho como incansável, eu não tinha conseguido avançar nem um centímetro na inscrição da casa da mamãe no programa Road Home. E isso não aconteceria por mais sete anos.

MOVIMENTO IV

Você sabe o que significa? Investigações

a coisa que vim buscar:
o naufrágio, e não a história do naufrágio
a coisa em si, e não o mito
Adrienne Rich

Um lugar é de posse eterna daquele que o reivindica com mais vigor, que lembra-se dele mais obsessivamente, que o arranca de si mesmo, que o molda, que o representa, que o ama tão radicalmente que o refaz à própria imagem.
Joan Didion

A jornada dele é uma peregrinação; é uma jornada ao interior de si tanto quanto um diário de viagem, uma busca visual que se dá num insight. Mas não há conclusão. A jornada em si é o lar.
Sam Hamill

01
HÓSPEDE

Quando voltei para casa em Nova Orleans para uma segunda tentativa de construir ali uma vida em período integral, era inverno de 2011, ou seja, seis anos após a Enchente. Nos dias que se seguiram à Perdido, mudei-me para o mesmíssimo apartamento do Harlem na 119th Street onde eu morara, a três portas de Lynette, como se fosse uma base de operações, o terreno neutro da minha vida adulta. Depois da prefeitura, passei a nutrir interesse pelo universo sem fins lucrativos, como salvar vidas humanas ou torná-las menos sofridas, por mais débeis que fossem. Pensando bem, eu estava me submetendo a uma espécie de penitência devido à minha passagem infrutífera do-lado-errado-da-cerca na prefeitura. Nesse ínterim, apaixonei-me por um homem com quem sonhei constituir casamento. No entanto, eu ainda não conseguia me imaginar como dona de uma casa própria. Eu acreditava então, e até certo ponto ainda acredito, que mesmo em seus melhores momentos, as casas sempre estão em estado perpétuo de entropia. É meramente a gravidade cumprindo sua função. Mas juntos, esse homem e eu, fantasiamos e planejamos ter nossa família e a casinha que costuma acompanhar esse tipo de sonho (construída de acordo com nossas especificações, do zero), onde poderíamos viver lado a lado.

Mas esse relacionamento implodiu de forma brutal e sem aviso; até hoje não consigo identificar o que causou tal desfecho. Apesar de toda a violência que senti, foi o mais silencioso dos finais, um escapulir súbito. Um quê de agora-você-vê-e-agora-você-não-vê de uma casa desaparecendo repentinamente da paisagem, de um pai que um dia estava ali, no outro não estava mais.

Só que o homem com quem eu um dia tivera intenções de me casar ainda estava vivo. Ele não tinha morrido; a circunstância de sua saída só fez com que assim parecesse. Fiquei enlutada ante a perda assim tal como faria com os mortos, cheguei a ir ao pronto-socorro pensando estar enfartando, quando na verdade estava tendo um ataque de pânico. Perdi o apetite pela primeira vez na vida. Ficava vagando pelas ruas do Harlem como se fosse uma andarilha. Sem mapa. Sem bússola. Sem vontade. Certa vez, uma amiga me encontrou nesse estado em plena Lenox Avenue e disse: "Vou levar você para comer um hambúrguer duplo". Eu chorava no meio de frases que tentavam explicar minha dor — nos restaurantes, no teatro, no banco de trás dos táxis, nas festas, nas reuniões de trabalho. Toda vez que eu sentia, ficava triste.

Tapei o buraco aberto (aquele terreno nu de terra fétida) do meu mundinho emocional com um belo cargo de diretora-executiva, o qual assumi em 2009. Eu era responsável por administrar uma organização global sem fins lucrativos com mais de trezentos funcionários, uma clínica de saúde gratuita nas montanhas do Burundi, mas com escritórios em Nova York. Era o tipo de emprego que oferecia situações desse tipo: no meu quinto dia no cargo, um de nossos motoristas, Claude, sofreu uma emboscada enquanto levava pessoal e suprimentos médicos até a clínica. Claude, uma pessoa que eu conhecia e de quem gostava, levou um tiro na cabeça e morreu. As outras cinco pessoas no veículo se fingiram de mortas e deste modo se salvaram. Quando cheguei a Bujumbura, dias depois da tragédia, foram me buscar no aeroporto na mesma van que Claude dirigia ao ser assassinado, o buraco da bala ainda no para-brisa dianteiro. Tinham limpado o sangue.

Agora, ao recontar essa história, é impossível especificar como foi que resolvi me mudar de volta para Nova Orleans naquele inverno. À época, minha tristeza estava imensa. Também é complicado falar sobre o retorno a um lugar que você jamais abandonou psiquicamente. Sem dúvida, teve a ver com a intensidade do meu trabalho no Burundi e com a dissolução daqueles sonhos pessoais, e essa combinação me fez ansiar regressar ao lugar onde minha mãe morava. Embora eu desconfie haver uma razão mais antiga para tal regresso, pois voltar a Nova Orleans e ser bem-sucedida lá sempre fora um objetivo desde que parti.

"Preste atenção a estar vivo" foi como o poeta Jack Gilbert descreveu o que eu desejava fazer ao longo daquele ano em Nova Orleans. Onde antes, refleti, eu encarava minha vida familiar mecanicamente, sob a carapaça do clã, agora eu estaria presente, fisicamente ao menos, mais do que jamais estive desde a minha primeira partida rumo ao Texas, em 1997, catorze anos antes, quando eu nem tinha completado dezoito anos ainda e estava indo para a faculdade na caminhonete de Eddie, espremida entre Carl e Michael.

Mas não era só isso. Eu queria trabalhar em período integral para ser o que nunca me permiti ser por completo: uma escritora. Eu ia observar minha família e minha cidade, passar um bom tempo examinando os arquivos municipais e a papelada antiga da minha mãe, coletando as histórias da minha família tal como um bom jornalista faria. Com um gravador sempre a postos, eu documentaria quase todas as palavras, e essas histórias viriam a se tornar o livro que você está lendo agora.

Naquele outono de 2011 em Nova York, eu estava cercada por caixas no meu apartamento do Harlem, como espectadores de papelão, todas com etiquetas subscritadas e destino predeterminado: Sarah Broom, aos cuidados de Ivory Mae Broom, St. Rose, Louisiana. Larguei meu emprego de diretora, eu tinha uma boa reserva financeira e um pequeno adiantamento para um livro. Mas não foi um momento de desapego absoluto, pois eu não compreendia mais nada além desta constatação solitária: eu estava indo embora.

Os livros viajaram primeiro; por isso chegaram antes de mim. Percorri o longo caminho de volta como se buscasse uma base literal nas pessoas que confirmavam e compunham partes cruciais da minha identidade, e aí voei de Nova York a Vacaville, Califórnia, onde Karen e sua família ainda moravam. Troy e Herman ainda estavam lá também.

Minha mãe aplaudiu essa minha jornada, como se com as escalas para ver meus irmãos eu fosse reparar as arestas desgastadas da família, e então me aconselhou ao telefone sobre a melhor maneira de realizar esse sonho persistente: *Quando conversamos e se algo não for como tem que ser, vocês todos vão querer parar. A paciência de vocês todos vai se esgotar. Como se vocês já tivessem planejado na* cabeça como a história vai ser. Todo mundo conta histórias, mas nós já ouvimos as histórias de Troy? Temos que ficar quietos e convidar a falar aquele que não é tão expansivo. Todo mundo precisa ser ouvido. O mais importante, para mim, é o legado. Depois que eu não estiver mais aqui, quero que todos se amem e se entendam.

A coisa mais marcante para mim nessas conversas era como minha mãe estava começando a usar a frase "depois que eu não estiver mais aqui". Tipo em: *Talvez a casa do programa Road Home só surja depois que eu não estiver mais aqui*.

Melvin e Brittany, filhos de Karen, agora adultos, foram me buscar no aeroporto de Sacramento. O fato de Melvin agora ser um homem feito dirigindo o próprio carro me deixou bem surpresa. Do banco do carona, espiei o velocímetro, ciente de que isso ia me fazer perder pontos no cargo de tia legal. Como eles pareciam encaminhados: Brittany estudava biologia na University of California–Merced. Melvin, ainda circunspecto e tímido, estava casado e na Força Aérea. Karen era funcionária estatal, no ramo de serviço social. Troy ainda estava descarregando caixas no Walmart. Herman encontrara sua vocação como vendedor de carros usados, função sob medida para ele, com toda sua bazófia. Diferentemente de mim, nenhum dos meus irmãos desalojados pretendia retomar à vida em Nova Orleans.

Durante o dia, Byron e eu saímos para comprar um carro usado para eu poder visitar meus outros irmãos no Arizona (Darryl) e em San Antonio (Michael). No início, quando a viagem ainda carregava aquele romance inerente a todos os começos, pensei em visitar também o contingente sul da minha família dispersa — Deborah em Atlanta; Simon Jr. na Carolina do Norte; e Valeria em Ozark, Alabama —, mas não ia dar.

Em Vacaville, usei meu vestido soltinho vermelho nos primeiros quatro dias. Byron me incentivou a dormir sem programar o despertador. Assim que acordava, eu me sentava em uma cadeira de rodinhas na garagem de Byron e ficava deslizando pelo piso de concreto enquanto ele trabalhava debaixo de um carro. Contei a ele sobre minha desilusão amorosa, a mesma história repetida com diferentes pontos de ênfase. Nos momentos perfeitos, Byron discursava em minha defesa, o que fazia o mundo soar mais gentil do que me parecia. Muitas vezes, quando Byron e eu estávamos juntos assim, telefonávamos para nossa mãe e a colocávamos no viva voz. *Byron é meu bebê*, ela sempre dizia a ele ao final da nossa ligação. *E você é minha bebê.*

Fiquei duas semanas lá.

Na manhã da minha partida de Vacaville, acordei para flagrar Byron já colocando minhas coisas no carro. Ao sair, fiquei observando-o pelo retrovisor, com a mesma pose de sua foto dos fuzileiros navais, as mãos nos bolsos. Meus olhos se encheram d'água e soltei um suspiro audível; eu não queria ir embora, mas sabia que não podia ficar.

Tomei a rodovia. Dirigindo sozinha, lembrei-me das lições dos meus irmãos. Como seguir o fluxo do tráfego em alta velocidade, verificando o retrovisor o tempo todo, pegando as deixas dos motoristas dos caminhões de dezoito rodas que têm visão de trechos longos. À noite, eu estava estacionando na bela casa de dois andares de Darryl. Quatro de seus cinco filhos irromperam pela porta de tela e me cercaram no carro. Antes mesmo que eu pudesse sair, eles estavam pegando as malas e levando-as para dentro. Darryl estava com seu grupo de estudos da bíblia, eles me contaram, mas tinha deixado pronto feijão-vermelho e arroz, os quais comi obedientemente. Eu não via meu irmão há seis anos, desde o funeral da vovó Lolo. Não conseguia me recordar de como tinha sido nossa última conversa. Encontrei seus filhos apenas uma vez, quando ainda eram bebês. Depois do jantar, procurei por vestígios de Darryl na casa, *na casa dele*, localizando um moletom velho pendurado na área de serviço, "Construtora do Darryl" bordado na frente. Os meninos me seguiram e ficaram me olhando, tentando concluir qual era o meu vínculo com eles. Darryl tinha uma filha mais nova, Sara Monique, minha homônima. Quando minha mãe me contou que Darryl havia batizado uma filha em minha homenagem, isso reorganizou todas as minhas conjeturas sobre meu relacionamento com ele, que estavam, percebi, suspensas desde o dia que ele se escondera debaixo da minha cama na Casa Amarela.

Eu estava dormindo quando Sara e Darryl chegaram, mas Sara irrompeu no quarto e me acordou. Ela usava tranças na altura dos ombros e óculos com uma armação de plástico preto larga demais para o rosto de uma criança de 8 anos, principalmente quando escorregavam pelo nariz e ela não os ajeitava, espiando acima das lentes. Darryl apareceu à porta. Mascava chiclete. Dei uma boa olhada no rosto dele. Estava mais cheinho do que eu me lembrava, o que considerei um indício de que ele não devia estar se drogando mais, sinal de boa saúde geral. Observei sua cicatriz, o raspão de bala sob o olho esquerdo. Parecia uma estrela agora. Era ele. Agarrei e abracei meu irmão duas ou três vezes, de um jeito que eu nunca tinha feito. Fiquei feliz em vê-lo, e muito tensa também. A seguir, ele saiu do quarto e voltou com uma foto constrangedora da minha época de escola. Olhou para a foto e depois, para mim. "Você ainda está igualzinha, garota", disse. Baixei o olhar, fixando nos tênis dele. Para sair daquele clima emotivo, eu o atualizei da forma mais humorística possível sobre nossos irmãos na Califórnia.

Em algum lugar da casa, as crianças brigavam por causa do controle remoto da tv. E ali no quarto, Darryl dizia o quanto estava orgulhoso de mim. Eu tinha saído de casa e passado um tempo fora, ainda que, brincou ele, agora eu estivesse voltando "por algum motivo maluco". Fiquei buscando por mensagens escondidas em seu rosto, que por sinal era bem parecido com o de Michael. Ele tinha as mãos grossas de Michael, Eddie e Carl, e os olhos de mamãe. Minhas maçãs do rosto são iguaizinhas às dele. Eu estava percebendo todas aquelas coisas, aparentemente, pela primeira vez.

Depois que Darryl me deu um beijo de boa-noite, escondi minha bolsa e as chaves do carro. Um velho hábito. No corredor, ouvi a voz dele dizendo: "Ok, galera, vamos desligar". A casa ficou em silêncio, como se alguém tivesse apertado o botão de um interruptor.

A casa com os cinco filhos de Darryl me fez pensar na Casa Amarela. Durante a noite, sonhei com ela pela primeira vez em cinco anos. Eu estava diante da porta da frente, que estava trancada, e tentava derrubá-la. Bam-bam-bam era o som que fazia, mas ela não cedia. No sonho, o peso da porta machucou demais minha mão e não dei conta de continuar. Na manhã seguinte, acordei exausta e escrevi o seguinte no meu caderno: Como ressuscitar uma casa com palavras?

Quando cheguei à casa de Michael em San Antonio, já havia se passado três semanas desde minha partida de Nova York, e eu já estava desesperada para terminar a viagem, embora de certa forma ela só estivesse começando. Minha mãe me aconselhou a não ter pressa, mas não lhe dei ouvidos, abandonando os planos de visitar Deborah, Valeria e Simon, que ficaram decepcionados e deixaram isso bem claro. Minha visita a Michael foi a mais curta de todas, principalmente depois que ele resolveu que me acompanharia a Nova Orleans. Assim como na época da escola, à tarde deixei Michael em seu trabalho no restaurante do hotel Hilton Palacio del Rio. À meia-noite, voltei para buscá-lo, o carro apinhado com as nossas coisas. Durante as três primeiras das oito horas de viagem até Louisiana, Michael ficou papeando para passar o tempo. Então dormiu. Eu dirigi pelo restante da viagem, minha fúria por Michael estar dormindo aumentando a cada quilômetro, embalada pela trilha sonora de seu ronco, lutando contra a exaustão, baixando os vidros completamente e fingindo ser a backing vocal do Bob Marley.

Entramos na Louisiana ao nascer do sol, o carro silencioso, acelerando rumo à St. Rose e à nossa mãe de 71 anos, para a casa da vovó.

02

SAINT ROSE

Casa da vovó. Não tem outro jeito de me referir a ela. Mamãe ainda morava lá com sua única irmã, a única pessoa que já chamei de tia, em um quartinho de não mais do que uns 25 metros quadrados, com uma fileira de janelas voltadas para o quintal onde ela e a tia Elaine passavam a maior parte do tempo, sentadas entre azaleias, jasmins e gardênias que a mãe delas plantara, as flores e a casa tendo vivido mais do que a própria Lolo. E é no quintal que Michael e eu, quando finalmente chegamos, encontramos mamãe, acomodada em uma cadeira, lendo.

Essa subdivisão, Preston Hollow, tem duas ruas: Mockingbird Lane, a rua que eu conheço, e Turtle Creek. Depois da Enchente, os veteranos e os novatos, assim chamados pelos locais, passaram a viver juntos aqui. Os recém-chegados são principalmente os desalojados cujo estado psicológico, casas, meios de subsistência ou famílias — às vezes os quatro de uma vez só — foram destruídos pela Enchente. Eles moram com avós ou primos, tias ou tios que estão nesta vizinhança desde sempre.

Os veteranos se reúnem nos fundos de suas casas para festas, os novatos, nos jardins da frente. Os veteranos cumprimentam quando passam por você — seja a pé ou de carro. E toleram todo tipo de comportamento excêntrico. Eis um bom exemplo: um dia, Eddie e eu estávamos sentados na frente da casa da vovó quando uma vizinha entrou em seu Jaguar dourado, aí dirigiu diretamente para a casa de outro vizinho, saiu do veículo e ativou o alarme, coisa que percebemos porque ele fez um "bip" quando ela se aproximou da porta do vizinho, carregando uma sacolinha. Depois que ela entregou a sacola a ele, voltou a entrar no Jaguar dourado e deu ré pelos três metros até sua própria garagem. "Essa não é a coisa mais idiota que você já viu?", disse Eddie. Quando a mulher saiu do carro e se dirigiu à porta da frente, nós acenamos, como é o costume em Preston Hollow — pelo menos para alguns.

Já novatos não toleram idiossincrasias de personalidade; eles não têm código de conduta, queixam-se os veteranos. O casal que aluga a casa vizinha à da minha avó é do ramo de sucata. Seu comércio tomado de lixo é um contraste às flores da minha avó. É um lixo desinteressante — cadeiras de escritório de couro sintético, portas de geladeira amareladas, máquinas de lavar, às vezes um carro que não funciona. Esses vizinhos negociantes de tralhas resistem às advertências da polícia, aos apelos da comunidade, às ameaças de homens como meus irmãos, aos olhares furiosos e às fofocas.

Agora, em Preston Hollow, os idosos estão justificadamente apavorados com a autoimposição de prisão domiciliar devido aos assaltos frequentes a residências e veículos, por medo de balas perdidas.

Mas é aqui que minha mãe mora agora, a primeira casa onde adentrei dias depois de nascer.

No quintal, mamãe me cutuca como se eu fosse seu filhotinho chimpanzé. Estou magrinha, mais do que nunca, pesando setenta quilos, mas que parecem cinquenta por estarem distribuídos ao longo de 1,80 m. Fiquei desse tamanho lançando meu corpo no espaço, em corridas. E teve o luto da separação também. Mamãe não quer nem saber. Ela me vira, apontando os lugares onde eu deveria engordar. *Estes braços estão magrinhos demais.* Ela envolve meu pulso com o indicador e o polegar. *Você precisa de uma carninha. Até os cães gostam de um pouco de carne nos ossos.*

Você foi mignon até recentemente, retruco.

Eu nunca fui magricela. Eu era proporcional. Eu não era ossuda e cheia de saliências pontudas.

Só muito depois, percebo que meu estado a faz se lembrar do meu pai pouco antes de ele morrer. *Ele parecia estar definhando,* dissera ela certa vez, muito embora, assim como eu, ele continuasse a alegar que estava bem. Ela acha que eu também estou definhando.

Você vai emagrecer até sumir, diz ela sobre meu hábito de fazer exercícios. E então: *Como você acha que eu estou?* Digo que ela está linda, como sempre. Ela acha que perdeu peso. Eu digo que não concordo exatamente com isso. Sentamos juntas no quintal, de costas para a cerca corrugada feia erguida para bloquear a visão dos residentes de Preston Hollow da subdivisão mais sofisticada construída sobre o parque onde brincávamos quando crianças. Examino o quintal: o nome MINDY está pintado com tinta spray preta na lateral do galpão de ferramentas. Tiger, um dos cães de Carl, tinha morrido no ano anterior, e agora Mindy também se fora, depois de ser atacada por um pit bull de um recém-chegado, que invadira o quintal. Carl, que agora estava morando no New Orleans East, chegara a abrir um processo na justiça por causa disso. "Não quero dinheiro nenhum", dissera ele ao juiz. "Só quero minha cachorra de volta. Ela conseguiu passar por tudo aquilo depois do Katrina. Só para morrer desse jeito?"

Depois de um tempo sentadas, conversando e colocando as novidades em dia, mamãe e eu seguimos para o quarto dela, onde estão guardados os restos da Casa Amarela — coisas que Carl salvou para ela depois da Enchente, antes da demolição. Atrás da cômoda alta onde a vovó montava seu altar de orações está o quadro de natureza morta de vasos e flores que Michael pintou em veludo e que sempre ficava pendurado na porta da nossa sala, perto do palquinho. Debaixo do colchão de mamãe estão as mulheres desenhadas por Lynette. Sob o estrado da cama, no piso de linóleo cuja padronagem é uma imitação de mármore, há um acúmulo de fragmentos de objetos com valor sentimental: o tampo de mármore da mesa que ficava em nossa sala de estar; as pernas das mesinhas de canto que eram um inferno de polir. *Estava pensando que talvez seu tio pudesse colá-las de volta.*

Sento-me na cama, de pernas cruzadas. O cômodo é muito apertado, e mamãe está remexendo nas coisa para lá e para cá. Todos os móveis do quarto estão nesta casa desde sempre. A cabeceira da cama, as duas cômodas, o espelho. São os objetos bonitos e duradouros de vovó.

Mamãe e eu nos aproximamos de modo que ficamos confortáveis ao sentarmos juntas em espaços pequenos, simplesmente passando o tempo. Em parte, isso se deve a tudo o que temos em comum. Mamãe é a filha caçula, e eu também. Ela nasceu de um pai-fantasma que nunca conheceu, e eu também. Ficamos igualmente desassossegadas quando não temos tempo suficiente a sós, e quando fico assim mamãe diz que sou eu sendo *feia* ou que é meu *jeitinho Monique*. Mas neste momento, estamos à vontade. Mamãe está abaixada e remexendo no armário, que é pequeno demais para acomodar seu corpo inteiro. Ela saca uma caixinha de metal prateada cheia de papéis. Fechamos a porta do quarto, como se a caixa fosse um segredo. Mamãe se acomoda na cama, desdobra papéis amarelados, alguns protegidos por sacos ziplock, o ventilador de teto baixo zumbindo como uma pá de helicóptero mal-encaixada.

Desligue o ventilador, por favor.

Vou correndo desligar.

Ivory Mae pega nossos boletins escolares e a borla que usei na formatura do ensino médio na Word of Faith Academy. A faixa de honra ao mérito feita em cetim azul-marinho, ainda guardada no plástico, foi roída pelos ratos quando morávamos na Casa Amarela. Há uma pilha de certidões de óbito dobradas em três e já bem desgastadas, são de Lionel Soule; Edward Webb Sr.; Simon Broom Sr.; e de sua mãe, Lolo. Também há montes de recibos, um de uma correntinha de ouro comprada por Byron em 1988 e que mamãe ainda tem; certidões de nascimento; folhetos com a programação de eventos escolares; e velhas cartas que mandei para mamãe quando estava fazendo faculdade no Texas. Ela lê uma delas em voz alta: "Você precisa me ensinar a cozinhar porque todo mundo aqui quer saber se eu sei fazer *gumbo*, e acho péssimo quando tenho de responder que não". Rimos dessa minha versão antiga.

Ela encontra a papelada de dispensa militar de papai. Passo o polegar sobre a digital do indicador direito dele. "Ai, meu Deus", digo. "Ele tem a caligrafia igualzinha à de Carl."

Como uma professora, mamãe examina cada item antes de entregá-lo para mim. Analiso tudo, tentando localizar o detalhe especial, fotografando alguns com o celular. Quando me demoro demais em algum papel, mamãe joga mais um documento no meu colo. *Aqui, aqui, aqui, aqui, garota. Tome este.* Como se o papel fosse uma prova de crime queimando suas mãos. *Os documentos contam tantas histórias*, diz ela, observando-me enquanto admiro a papelada.

03
SAINT PETER

Na manhã seguinte, mamãe e eu fazemos a viagem de carro de meia hora de St. Rose até o French Quarter. Meu apartamento alugado, onde eu iria morar por aquele ano inteiro, ficava na esquina mais movimentada, mais fotografada, mais citada nos textos e mais *usada* de toda Nova Orleans, onde todas as ideias da cidade sobre si mesma convergiam e às vezes se chocavam. E de onde, da minha sacada estreita, três andares acima, eu assistia a tudo isso acontecer.

A sacada fica de frente para a St. Peter Street, mas a entrada do apartamento fica na esquina, atrás de uma enorme porta de metal verde na Royal Street, que segundo o diretório da cidade publicado em 1941, ano em que minha mãe nasceu, é uma rua que "uma vez vista, jamais pode ser esquecida, pois não há outra como esta nos Estados Unidos, repleta como é de personagens pitorescos, reais e imaginários, e edifícios antigos com uma aura de romance ainda arraigada". Em 1941 e nos muitos anos subsequentes, os negros — pitorescos ou não — não seriam totalmente bem-vindos nessa rua ou em qualquer de suas famosas lojas de antiguidades e raridades, a menos que estivessem de passagem a caminho para o trabalho.

Esse meu apartamento no edifício LaBranche, em homenagem ao magnata açucareiro Jean Baptiste LaBranche, é famoso não pelo proprietário ou pela estrutura em si, mas pelo "gradeado impressionante das varandas", como descreve um livro dos anos 1970, com "suas lindamente simétricas folhagens de carvalhos e bolotas" provavelmente instalado por pessoas escravizadas. Construída em 1835, essa "sentinela vigorosa" em forma de edifício era ladeada por todos os lados por ícones históricos da cidade, lugares que, quando tomados em conjunto, formam o que o historiador J. Mark Souther intitula "uma colagem de imagens familiares".

Tais imagens, ele escreve, emprestam ao visitante sentimentos de "exotismo e atemporalidade". Esses símbolos aparecem em propagandas, cartões postais e canecas de café, junto a slogans como: "É Nova Orleans. Você é diferente aqui." Ou meu predileto: "Somos uma cidade europeia com precinho de Po-Boy".[1]

Ao final do meu quarteirão, onde as ruas St. Peter e Chartres se fundem, fica o Cabildo, construído por Andrés Almonaster y Roxas, em 1795. Sede da prefeitura durante o domínio espanhol e local das cerimônias de aquisição da Louisiana em 1803, o Cabildo agora é um museu. A Catedral de St. Louis, ao lado, é a igreja que a sacerdotisa vodu Marie Laveau frequentava e onde estão enterrados mais de uma dezena de bispos e líderes clericais. Ali perto fica a Jackson Square, com a estátua de Andrew Jackson tirando o chapéu sobre um cavalo empinado, que eu via todos os dias quando adolescente e trabalhava na cafeteria CC's. A Jackson Square antes era chamada Place d'Armes, um antigo assentamento de quartéis militares sob o domínio de franceses e espanhóis. E o primeiro presídio da cidade.

Essas ruas — treze paralelas, sete perpendiculares, 78 quarteirões, menos de dois quilômetros de caminhada da Canal Street até a Esplanade, três minutos dirigindo lentamente — carregam a narrativa mais poderosa de qualquer história, o conto de origem da cidade. Esses 2,5 quilômetros quadrados são o principal propulsor econômico da cidade; seu maior ativo e investimento; sua tentativa altamente fundamentada de apresentar ao mundo uma mitologia que apregoa a extravagância, a distinção, a diversidade, a progressividade da cidade e, ironicamente, sua abordagem indolente ante às dificuldades. Quando você vem de um lugar mitificado, como eu, quem é você nessa história?

Da minha varanda, eu via o Moon Walk, o calçadão ao longo do rio Mississippi. Em alguns dias eu corria às suas margens, passando por pessoas em situação de rua enroladas em sacos de dormir. Do outro lado da varanda há um apartamento que superfatura o aluguel só porque Tennessee Williams morou lá por

---

1   Po-boy (de "poor boy", menino pobre) é um sanduíche tradicional da Louisiana. Quase sempre é composto por carne, geralmente rosbife, ou frutos do mar fritos (camarão, lagosta, peixe, ostras ou caranguejo). [NT]

um breve período e, dizem alguns, escreveu metade de *Um bonde chamado desejo* sob seus beirais. Todos os dias, quando os guias turísticos passavam por aquele apartamento com seus clientes pagantes em carruagens puxadas por mulas, eles contavam a história de como, em 2006, durante o concurso de gritos do Tennessee Williams Festival, quando os Stanley competiram para ver quem berrava "Stella" melhor e mais alto, o vencedor daquele ano gritou "FEMA!". Nunca me canso de ouvir essa história.

Atrás do meu apartamento, em Pirates Alley, fica a casa onde William Faulkner morou brevemente, que hoje é uma livraria chamada Faulkner House. Nada nesse distrito segue desprovido de uma história, e o que mais tem são evidências para respaldá--las — anedóticas ou não. Muito desse material está na Historic New Orleans Collection, a poucos quarteirões do meu apartamento, onde é possível encontrar a história de qualquer propriedade francesa desde a fundação da cidade mais ou menos no mesmo tempo que levo para digitar esta frase.

Todo esse volume de história foi, suponho, o motivo pelo qual escolhi viver no bairro. Eu sempre quis saber como seria morar no French Quarter. Eu queria ficar naquele que eu imaginava ser o bairro mais animado da cidade, onde poderia sentar na minha varanda para me distrair com a rua, ir a pé até a academia e ao supermercado, correr ao longo do dique. Raramente uso o carro.

Essas eram as razões fáceis de se explicar. Durante toda a minha vida, o French Quarter foi o lugar onde eu e muitos de meus irmãos trabalhamos, um lugar onde só passávamos com pressa, e certamente não um local onde poderíamos morar e dormir. Na década de 1920, quando minha avó era jovem e estava morando na cidade, a área era descrita como "a região de Nova Orleans onde espectros de homens valorosos e belas mulheres ainda pairam". Mas o que essa mística de fato abordava? E como é que pouco mais de dois quilômetros quadrados passaram a representar uma cidade inteira? Na década de 1960, quando Joseph, Elaine e Ivory eram jovens adultos, Elaine Armour escrevera para o *Times-Picayune* depois de o jornal publicar um artigo com o título "Se você mora EM Nova Orleans, você é um guia turístico". Elaine Armour não conseguia entender como levar seus convidados para os "OBRIGATÓRIOS" , ou seja, os lugares no French Quarter que, o artigo insistia, todos os visitantes deveriam conhecer. "Talvez vocês não saibam", Armour lembrar os leitores, "que 1. Os negros não se hospedam nos hotéis da Vieux Carré. 2. Os negros não são servidos nos restaurantes ou cafeterias da Vieux Carré. 3. Os negros não são servidos nas casas noturnas do Vieux Carré." Ela continuou: "Os negros (que por acaso são cidadãos de Nova Orleans) RECEBEM visitas de vez em quando... Devo lembrá-los de que eles comem, dormem, fazem compras, votam e pagam impostos como qualquer outro cidadão em Nova Orleans."

Quando eu era mais nova, aqueles de nós que faziam o longo trajeto desde o East, aquele experimento suburbano abandonado, para vir a estas ruas em busca de emprego, éramos os coadjuvantes, a mão de obra, o combustível da fornalha, o motor que fazia a roda girar, a chave que abria a porta. Tenho uma conexão profunda com o solo desta cidade. Foi ele que me fez florescer. Adoro seu ritmo, seu ritual tal como é vivido pelos cidadãos que formam este lugar. Este também é o meu lugar, mas muito do que é grandioso e elogiado nesta cidade vem à custa de seus negros nativos que são, muito frequentemente, subempregados, mal remunerados e às vezes sufocados pela mitologia que esconde a disfunção e desesperança local. Se Nova Orleans fosse círculos concêntricos, quanto mais longe do French Quarter você estivesse — da cidade original, poder-se-ia argumentar — menos bem-cuidado você estaria. Aqueles de nós que moramos no New Orleans East quase sempre sentimos estar no círculo externo.

Assim, pode-se dizer que minha busca pela compreensão do French Quarter era um anseio por centralidade, um papel de liderança, por assim dizer, na história de Nova Orleans, ou seja, na história dos Estados Unidos.

No dia da mudança, mamãe e eu entramos no meu novo prédio pela porta de metal verde na Royal Street depois de passar por uma multidão de transeuntes sorridentes, batendo palmas e segurando copos de bebida, todos reunidos em torno de uma clarinetista com longas tranças que eu tinha a sensação de conhecer desde que me entendo por gente. O nome da mulher, eu viria a descobrir depois, era Doreen.

A maçaneta da porta verde era como uma alavanca das memórias. Eu me lembrei da caminhada para casa quando era barista na cafeteria cc's, usando o uniforme manchado, lembrei-me de como eu passava em frente a esta mesma porta ao tomar o pitoresco caminho para casa ao longo dos fundos da Catedral de St. Louis, em direção à Canal Street, onde ficava aguardando sob o ponto de ônibus que deixava todos nós que não tínhamos carro expostos à chuva. Mesmo assim, a porta verde sempre tinha uma placa escrito ALUGA-SE com informações de contato ilegíveis escritas em pincel atômico preto. Em todas as minhas passagens por ali jamais imaginei que algum dia teria acesso ao que estava detrás de seu portão.

Eu me lembrei de uma época muito anterior a isso, quando eu era criança, em uma excursão da Escola Primária Jefferson Davis até o French Quarter para visitar a "história". O ônibus amarelo desceu pela Gentilly Boulevard, evitando a High Rise Bridge, e acelerou pela Esplanade Avenue, o mesmo caminho que eu faria, anos mais tarde, para levar Michael ao trabalho. Lembrei-me de como naquela viagem da escola estacionamos na ponta do Quarter, junto às rochas perto dos trilhos do trem e do antigo cais, adentrando então no quilômetro quadrado da história pelo French Market, onde Lynette mais tarde trabalharia como garçonete, e na Royal Street onde eu estou vindo morar. O French Quarter, nos disseram naquela época, quando eu estava na quarta série, continha nossa história de origem. Era o local onde nossos ancestrais — africanos, alemães, franceses, haitianos, canadenses — convergiram para este ponto em formato de tigela emborcada, abaixo do nível do mar e ao longo do rio. Era, dissera nossa professora, o ponto impossível e imperscrutável de onde todos saímos — da Canal Street até o bairro de Garden District em Uptown, de Rampart até as partes mais distantes da cidade, mais longe do rio e mais perto do lago Pontchartrain. Em um passado mais recente, ficamos sabendo, fomos nos espalhando para além das pontes feitas pelo homem e pelo Canal Industrial, descendo a Chef Menteur Highway, e foi assim que terminamos na Jefferson Davis, sentados às carteiras escolares quebradas, assistindo às aulas em trailers, calorentos e irritados.

• • •

Por trás da porta verde, mamãe e eu demos de cara com um longo e estreito beco de tijolos. Mal-iluminado, levava a quatro portas diferentes. A nossos pés, a água escorria por sarjetas em ambos os lados. A porta do meu apartamento era a primeira à direita, uma porta preta. Depois de passarmos por ela, chegamos a um pátio ensolarado. Acima de nós, vários andares acima, havia sacadas pertencentes à antiga senzala. Foi o que dissera o corretor de imóveis. Esses aposentos, eu logo descobriria, eram minúsculos quartos separados pelos quais turistas pagavam uma bela grana para passar a noite, só para sentir como era a experiência.

Mamãe e eu largamos minha bagagem ao pé da escadaria de madeira e subimos os três lances. Lá no alto, fomos novamente confrontadas por escolhas. Havia duas portas: uma para o meu apartamento, um pied-à-terre de dois cômodos e 45 metros quadrados; e outra para a senzala. Ambos os espaços estavam disponíveis — ao menos temporariamente — para o meu uso pessoal.

No apartamento, os sons externos adentravam livremente, e essa seria a minha vida. Do quarto, eu ouvia cada palavra que Doreen, a clarinetista, entoava: "Baby, won't you please come home. I'll do your cooking. I'll pay your bills. I know I done you wrong." Dava para ouvir a multidão aplaudindo. Pensei em como minha vida seria a partir dali, tão barulhenta todos os dias, durante um bom tempo. Mamãe abriu as cortinas de renda que iam do chão ao teto e que estavam puídas pelo sol, revelando janelas muito altas, e assim que as abrimos entramos direto na varanda livre de sombras que dava para o antigo apartamento de Tennessee Williams.

Como era o costume da família, Michael, Carl e Eddie foram convocados para ajudar a carregar minhas malas e caixas pelos três lances de escada. Michael e Eddie chegaram primeiro; Carl demorou bastante. Sabíamos que não devíamos telefonar e perturbá-lo, ou perguntar onde ele estava. A insistência com Carl podia fazer com que ele desligasse na sua cara. Quando Carl finalmente telefonou, disse que estava na Esplanade Avenue, estacionando. "Pegue a Royal direto", falei. Liguei de volta para descrever a porta verde, mas quando consegui descer as escadas e passar pelas inúmeras portas até lá fora, ele já havia passado direto. Segui então em direção à Canal Street, para onde Carl havia se dirigido, procurando sua cabeça acima da multidão. Eu o vi então, usando camisa xadrez azul e branca, dando meia-volta para me encontrar. Ele estava desorientado, seus olhos vidrados. Por um curto período, vi Carl completamente perdido, e ele não me via. Ele parecia hesitante, olhando para todos os lados, como alguém em território estrangeiro. Ser observado sem saber disso é uma grande vulnerabilidade. Depois de um tempo, gritei: "Carl! Estou aqui!"

Conduzi meu irmão mais velho, agora com 48 anos, pela porta verde e depois pela porta preta do pátio. Tranquei os portões, nós dois ali juntos. Carl disse que o labirinto de portas era um risco à segurança. "São muitas manobras", observou. "Muitos pontos cegos e cantinhos." De todos os lugares para se morar na cidade, ele considerava o French Quarter o menos confiável, não achava a localização interessante ou intrigante, nem achava que era a chave para nada — um pensamento divergente do meu naquela época.

Subimos as escadas de madeira; nossos pés martelando juntos. No andar de cima, mostrei o apartamentinho onde eu moraria e o quartinho separado. "Você sempre pode vir dormir aqui", convidei. "Uhum", retrucou ele.

Corri para comprar um frango assado na loja do outro lado da rua. Mamãe serviu a refeição na porcelana que tirou de uma de minhas caixas. Eddie não fez muita coisa, na verdade ficou mais tempo sentado na varanda, de costas para a Royal Street, olhando para o Mississippi. Não estava nem um pouco impressionado com o dito arranha-céu, o primeiro prédio de quatro andares do French Quarter, erguido em 1811. "Parece uma coisa de terceiro mundo", disse ele sobre a fachada verde e rosa descascada, que eu achava um tanto romântica. "Aqui tem muita diversão", disse Eddie. "Quero dizer, você não despenca de lá de Idaho para cá e fica sem ver o French Quarter. Seria um total desperdício de viagem." Fico grata que Eddie não esteja ameaçando "ir bem fundo" nas suas análises. Ele está cansado demais para isso, pois veio depois do trabalho na refinaria. "Se eu fosse você", disse Eddie, "eu providenciaria uma arma discreta. Quase todos os seus irmãos tinham armas quando você era menor. Se você era de Nova Orleans, você tinha uma arma. Era como colocar um cinto." Mas isso foi há muito tempo, quando a visão de uma arma levava a uma briga de socos em vez de tiroteios. Já Carl teve uma ideia mais engenhosa. Sugeriu que de vez em quando eu vestisse a máscara de Michael Myers que ele usava na noite de Halloween, de modo que os criminosos pensassem que eu era maluca e me deixassem em paz. Ele se gabava de como o cabelo da máscara era "100% genuíno". E parecia de fato; quando ele colocava a máscara para demonstrar, ficava assustador. Carl raciocinou que se eu vagasse pela varanda algumas vezes usando a máscara, quem quer que tivesse pensado em me ferir ficaria com muito medo de tentar. Todos nós rimos, mas Carl estava falando sério.

A criminalidade em Nova Orleans já não estava tão descontrolada em relação ao que sempre estivera. O que tinha mudado era a ousadia dos crimes cometidos no outrora sacrossanto bairro francês. "O French Quarter costumava estar fora da lista; era uma regra tácita. Você não ia fazer merda lá", disse Eddie. Mas a cidade não era tão grande assim. Era só uma questão de tempo para que os criminosos chegassem ao French Quarter. Eles sabiam, também, que as pessoas com mais dinheiro geralmente eram de fora da cidade. Rapazes seguiam de bicicleta pelas ruas furtando bolsas ao longo do trajeto. Dias antes de eu me mudar, um homem tinha entrado à força em uma casa na Dumaine Street à uma da tarde; o proprietário conseguiu golpear o invasor na cabeça com uma estátua, e assim o ladrão fugira, mas muitas outras vítimas não tiveram tanta sorte. Na Dauphine Street, um médico foi encontrado morto sobre uma poça de sangue. A reportagem no jornal descreveu a vítima como um "forasteiro" no French Quarter. Na noite de Halloween, foi noticiado um tiroteio na Bourbon Street — 32 balas, centenas de policiais a poucos metros dali. Agora havia placas de alerta aos turistas penduradas nas varandas repletas de samambaias: CUIDADO. ANDE EM GRUPO.

Michael se inclinou na varanda, fumando e falando sem parar sobre sua tentativa de voltar ao New Orleans East para morar mais perto de sua filha, que estava grávida. Seus ombros estavam visivelmente mais tortos, a escoliose avançando. A barra de metal enxertada em suas costas durante a adolescência ainda estava lá: "Sinta isso, Mo, sinta só isso", ele me disse um dia. Quando não consegui entender, ele ficou irritado: "Garota, você não consegue sentir isso?" Eu parecia incapaz de distinguir entre o metal e a pele. "Ah, saquei, estou sentindo", menti por fim.

No dia seguinte, Michael disse que começaria a procurar emprego em restaurantes no bairro. Carl participou da conversa, opinando: "Sim, Mike, sim, isso" de lá de dentro do apartamento. De vez em quando, ele aparecia e colocava a cabeça pela porta da varanda. E foi com essa recusa em trazer o corpo totalmente para fora que descobri que Carl tinha medo de altura. Eu fiz troça disso, brinquei e destaquei o fato, daquele jeito que só as irmãs caçulas podem fazer. Como é que pode, pensei, um homem que sobreviveu dias em cima de um telhado, um homem que vira e mexe subia a dez metros de altura para trocar uma lâmpada no trabalho, como é que ele podia ter medo de altura!

Essa visita à St. Peter Street seria a primeira e última de Carl e Eddie. "Nem todo mundo foi feito para o French Quarter", dizia Carl todas as vezes que eu implorava que ele me visitasse.

Quando Doreen cessou a música, às oito da noite, todos tinham ido embora, exceto mamãe e Michael, que iam dormir comigo. Mamãe montou sua máquina de costura e fez uma cortina de box de tecido amarelo do Burundi. Muito embora eu fosse morar ali por apenas um ano, ajeitei o lugar como se fosse para sempre. O apartamento estava mobiliado, mas eu havia trazido minhas roupas de cama, livros e objetos de decoração para enfeitar os arredores ou pendurar nas paredes de tijolos. Esfreguei todas as superfícies com Qboa. Por cima dos óculos de leitura, mamãe me observava limpando, limpando, limpando, limpando.

Já passava da meia-noite quando mamãe finalmente dormiu no meu quarto, e Michael — atrás de uma fortaleza de caixas (com sua faca afiada bem pertinho) — na poltrona da sala de estar em vez de na cama da senzala porque, segundo ele, a fechadura do meu apartamento não estava boa e havia muita gente estranha no prédio mais cedo — basicamente a administradora da propriedade e seu irmão, um sujeito de cabelos brancos e jeito tenso, com um balde e um esfregão. Na primeira vez, fui ver o apartamento sozinha. Os dois quartos e a pequena varanda do apartamento principal não podiam ser considerados grandes. Mas o cômodo extra que dava para o pátio interno mais privativo conferia peso ao lugar. Aquela saleta havia sido refeita para que parte das paredes fosse de estuque amarelo com manchas de tijolos expostos.

A cama de tamanho normal engolia o espaço, forçando-me a navegar de lado em torno dela para chegar ao minúsculo banheiro com chuveiro embutido. Esses acessos no cômodo — pequenos recortes — ofereciam a ilusão de que havia lugares para onde ir. Só depois que você entrava e fechava a porta, como eu faria centenas de vezes ao longo do ano ao receber os hóspedes do Airbnb, era que dava para ver todo o quarto — o sofá verde-limão contra a parede e o armarinho com produtos de limpeza, mas também um buraco negro misterioso que levava a lugar nenhum, talvez uma antiga chaminé? Muitas vezes, durante a limpeza, eu abria o armário e virava a cabeça para cima para espiar aquele vasto lugar nenhum. Qual seria a distância até lá no alto?, eu me perguntava.

Para sinalizar que eu estava acomodada ali, compus um jardim de vasos na varanda de frente para a St. Peter. Pendurei buganvílias com flores alaranjadas e rosa neon no gradeado ornamentado. Minha mãe doou um hibisco do quintal da vovó, e Michael, uma trepadeira de jasmim que se enrolava em ferro forjado. Comprei um limoeiro Meyer que jamais viria a dar frutos.

Eu seguia meus rituais, acordando bem cedo, quando ainda estava escuro, intervalo entre a última festa e o turno dos trabalhadores matinais, que parecia o único momento de sossego na rua, e aí meu apartamento ecoava a movimentação. Então eu me sentava na varanda com café e a edição do dia do *Times-Picayune*, aproveitando qualquer brisa oriunda do Mississippi. Com o alvorecer, eu assistia às dançarinas de pole dance com roupinhas roxas de coelhinhas, saindo de seus turnos na Bourbon Street, entrando em seus carros, e a mulher baixinha e corcunda toda de branco que conheci certa manhã na calçada e que há trinta anos trabalhava no toalete feminino do restaurante Brennan's, onde ela dizia ganhar "boas gorjetas dos turistas". As portas de metal dos caminhões de entrega eram abertas e batiam com um estrondo. A água escorria das plantas da varanda, atingindo as ruas e as cabeças dos pedestres lá embaixo, que sempre soltavam um palavrão.

De dentro do apartamento, eu marcava e planejava meus dias. Eu queria me lembrar, revisitar os lugares que eu só vira de relance. Queria coletar a minha história e a de meu pai,

Simon; pesquisar a história do sobrenome da minha mãe; descobrir o que acontecera com meus amigos de infância e conhecer a história mais remota dos terrenos que um dia abrigaram a Casa Amarela. Eu queria, escrevi no meu caderninho, jamais desviar o olhar das coisas.

Depois que Michael reinstalou a tranca na porta do apartamento, ele passou uma semana hospedado na senzala enquanto procurava emprego em restaurantes. Para o almoço, ele preparava pratos improvisados com o que quer que houvesse na minha geladeira minúscula — um dia um delicioso frango com crosta de granola e iogurte; no outro, batata-doce tostada. Quando ele saía em busca de emprego, eu aproveitava minha solidão. Uma vez, ele bateu à porta logo depois de sair e, embora eu o tivesse ouvido do quarto onde estava sentada lendo sozinha, não movi um músculo para deixá-lo entrar.

Quando me vi realmente sozinha, depois que Michael retornou ao Texas sem conseguir um trabalho aceitável, desejei que ele retornasse.

Conheci meu vizinho Joseph — o único vizinho imediato que eu conheceria no decorrer daquele ano — no dia em que ele começou a borrifar minhas plantas sedentas de sua varanda, no prédio vizinho ao meu. O apartamento de Joseph era onde costumava morar a furiosa viúva e amante de LaBranche. Aprendi isso com as excursões do Haunted New Orleans que aconteciam todas as noites e começavam ao cair da tarde; multidões se juntavam embaixo da minha varanda, onde guias com trajes góticos contavam e recontavam a história de como o prédio de Joseph era assombrado pela viúva de LaBranche e pela ex-amante dele, que estava furiosa por ter sido acorrentada a uma parede pela viúva LaBranche e morrera de inanição. Os guias diziam que os fantasmas delas deixavam os residentes tensos e sobressaltados — não jogando coisas neles, mas deixando-os tão malucos que eles mesmos faziam isso.

Joseph e eu conversávamos pelas grades da varanda.

"Irmão Joseph", disse ele, apresentando-se. Usava chapéu fedora marrom.

"Sarah."

"Você vai ficar aqui por seis meses?"

"Um ano", respondi.

"Muito tempo."

Meu apartamento era para hóspedes passageiros, dissera ele, que não tinham o hábito de plantar flores. As pessoas que tinham morado ali antes de mim dançavam nos clubes da Bourbon Street; a varanda era para se bronzear. Presumi que Joseph fosse de Nova Orleans, a julgar pelo seu visual —provavelmente na casa dos sessenta anos, pele clara com uma faixa de cabelo encaracolado começando no meio da cabeça e descendo pelas costas como uma passarela — mas Joseph também era um enxerto, morava em Nova Orleans havia três anos. Seu lar anterior era uma mansão de tijolos em Crown Heights, Brooklyn, onde hoje viviam suas duas filhas adultas. Ele administrava uma galeria de arte a algumas portas dali de onde morávamos, que promovia artistas locais de um jeito que outras galerias da Royal Street não eram capazes de fazer. Essa galeria tinha outro pátio, exuberante, com fontes e folhagens gigantescas, e Budas sentados entre as palmeiras.

Joseph era o tipo de pessoa que profetizava as partidas do Saints, sempre tentando acertar o placar. Frequentemente, ele acertava mesmo. Quando chovia, ele descia a rua com o que chamava de guarda-sol, mas na verdade era um guarda-chuva enorme, com um cabo de madeira grosso. Quando Joseph desfilava pela rua pisando duro em suas botas de cowboy e segurando o guarda-sol verde e branco, todos abriam espaço.

No dia em que nos conhecemos, ele me contou sobre sua provável saída de seu apartamento, iminente, pois seu senhorio queria vender o prédio, embora tivesse inquilinos com aluguel. "Ele não sabe que eu não sou um Negro do sul", disse Joseph. "Se ele quiser me botar na justiça, vou vencê-lo pelo cansaço. Ah, você não vai querer mexer com um Negro do norte."

"Sim, senhor, não, senhor", zombou ele, alterando a voz para um tom feminino e amedrontado.

Joseph falava como se estivesse sempre no palco. Seus lábios superiores se projetavam para formar um dossel sobre o inferior quando ele defendia um argumento importante. Passei boa parte de nossas conversas na varanda hipnotizada pelo jeito como sua boca se articulava. Quando suas histórias serpenteavam — ele era especialista em tangentes —, eu o apressava para chegar logo ao ponto. Ele odiava essa minha tendência.

"Jesus Cristo, querida", dizia. "Dá para ter um tiquinho de paciência?"

Além do Irmão Joseph, a única outra pessoa que eu conhecia no bairro era o irmão de Manboo, Henry, que passava pelas ruas para trabalhar na manutenção do Bourbon Orleans Hotel, que nos anos 1800 era o convento das Sisters of the Holy Family e a St. Mary's Academy, a primeira escola secundária da cidade para meninas negras. Em 1965, a instituição se mudou para sua localização atual na Chef Menteur Highway no East, e foi assim que Michael e Eddie frequentaram a escola para meninos do grupo, a St. Paul's Academy, e como minha mãe se aposentou da casa de repouso Lafon, onde as irmãs da St. Mary's iam morar quando estavam em idade avançada. Eu via Henry, cuja função também envolvia lavar a calçada do hotel, só quando eu estava indo para o meu carro. "Monique", chamava ele. Quando eu ouvia, corria para abraçá-lo. Se não, ele vinha atrás de mim, e reclamava por isso, pois "sujava seu uniforme preto".

"Chamei seu nome, menina, não me ouviu berrar, Monique, Monique, Monique?" Eu não estava acostumada a ser chamada pelo meu nome familiar naquelas ruas.

Se eu gritasse do meu apartamento no terceiro andar, minha voz jamais seria capaz de competir contra Doreen, a clarinetista, e sua banda, que tocavam na rua em frente ao mercadinho Rouse's, lá embaixo. Nas bibliotecas onde fiz muitas de minhas investigações, encontrei fotos de Doreen brincando exatamente na mesma esquina no início dos anos 1980, quando eu ainda estava no jardim de infância. Em alguns dias, a filha caçula de Doreen aparecia para tocar bateria, sempre usando tênis All Star. Joseph, que conta histórias sobre todo mundo, disse-me que com o dinheiro dos shows nas calçadas Doreen pôde colocar todos os seus filhos na faculdade.

A música de Doreen se tornou a trilha sonora dos meus dias. Aos domingos, sua apresentação começava às 11h. "Lord, Lord, Lord, Lord, sho been good to me" sempre vinha primeiro, seguida por "Wade in the Water". "Over in the Gloryland" precedia "Just a Closer Walk with You", favoritinha do público. Se Joseph ficasse inspirado o suficiente enquanto estivéssemos ali sentados em nossas varandas, conversando pelas grades, ele começaria a fingir falar em línguas e daí desceria os três andares para botar uma gorjeta no balde branco de Doreen.

Tirando eu, o prédio de cinco apartamentos passava a maior parte do tempo vazio. Os proprietários dos imóveis só visitavam de vez em quando — digamos, para partidas importantes de futebol americano, quando de repente eu ouvia portas batendo e flagrava as evidências na manhã seguinte, vômito e latas de cerveja ao lado dos latões de lixo no pátio.

04

McCOY

Quase diariamente, eu saía do meu apartamento no French Quarter para encontrar Carl no New Orleans East, onde era certo que eu conseguiria achá-lo. Eu tomaria a Orleans Street até a Rampart Street, e então tomaria a interestadual. Dez minutos depois, chegaria ao cume da High Rise Bridge, e de lá cruzaria a Chef Menteur, até onde Carl montava vigília.

Se Carl não estivesse na Casa Amarela, eu sabia que o encontraria na McCoy Street. A McCoy é aquele tipo de rua onde os assassinos costumam cogitar desovar os cadáveres. Para onde Lien Nguyen, um lojista vietnamita de quarenta anos e pai de três filhos, foi levado, amarrado e baleado no rosto. De acordo com o noticiário, o corpo de Nguyen foi descoberto numa "área gramada ao longo da estrada", a qual foi descrita como "remota", uma "terra de ninguém" no leste de Nova Orleans, onde coisas e pessoas vão para desaparecer. Mas era a rua onde Carl morava agora. Na foto da polícia que saiu no jornal, havia uma cerca de metal e, atrás dela, a casinha de Carl.

Nenhum dos locais do Leste é iminentemente encontrável, a menos que você conheça a geografia do lugar. Ninguém aparece para uma visitinha por acaso na ponta curta da Wilson ou na Old Gentilly Road, nem simplesmente se flagra na McCoy Street.

Se o French Quarter é mitificado como a sofisticação do novo mundo, o New Orleans East é selva usurpadora. O East é menos arrumado; é onde as disfunções da cidade são desnudadas. E coisas bem loucas acontecem lá: cascavéis, uma das mais venenosas da América do Norte, são rotineiramente descobertas rastejando pela vizinhança ou no Jazzland, o parque temático abandonado, às vezes medindo mais de um metro e meio de comprimento, o que lhes confere o apelido de "monstro".

O East, em geral, especialmente pós-Enchente, era um bom esconderijo para cobras e para pessoas. A maioria de seus postes de luz ainda não tinha sido restaurada, e é por isso que os homens e policiais se embrenham em perseguições selvagens pelos pântanos dali, e também por isso que um prisioneiro fugitivo da Orleans Parish Prison conseguiu se esconder entre as vigas do Versailles Arms, o complexo de apartamentos abandonado. Em parte, é por isso que Carl adora morar lá — porque as únicas pessoas capazes de encontrá-lo são aquelas que ele já conhece. Viver onde Carl está requer níveis de autossuficiência e independência semelhantes aos dos quilombolas. Existem, é claro, áreas mais populosas no East, bairros dotados de associações com reuniões mensais, bairros onde os serviços municipais são prestados regularmente, como aqueles loteamentos mais próximos do novíssimo Walmart em Bullard, cuja inauguração foi a grande novidade do East em anos — mas o lugar onde Carl mora não é um deles.

O minúsculo orçamento para a iluminação pública do East levou o representante do conselho municipal, Jon Johnson, mais conhecido como o administrador das franquias abaixo da média do Burger King, a reclamar em uma reunião que os bairros do leste eram tão escuros à noite que coiotes estavam habitando o local. Tentei, no decorrer de minhas investigações, perguntar a Jon Johnson sobre os tais coiotes, discutir o passado, o presente e o futuro do East, telefonei para seu escritório na prefeitura, mas por meses ele me repeliu. Acontece que era difícil encontrar alguém disposto a falar oficialmente sobre a região onde cresci.

Depois de cinco meses de telefonemas para o escritório de Jon Johnson, li no jornal que ele se assumiu culpado de acusações federais de conspiração por faturas falsificadas na reconstrução de sua casa no New Orleans East.

Se Carl não estivesse na Wilson Avenue, cuidando das ruínas, eu fazia o trajeto pela Chef Menteur, rumo à Read Road, e então pela Old Gentilly Road, a mesma rua onde Carl me ensinara a dirigir. Só que hoje o que você mais vê ao dirigir pela Old Road são caminhões de dezoito rodas em alta velocidade ou carros com sirene ligada, carros pifando ou pifados, carros cujos motoristas acenam com a mão esquerda na janela para que você passe logo — vai, vai, vai —, mas sempre com cuidado, pois a estrada é esburacada e assimétrica, e é uma via compartilhada. Sempre que eu pegava essa estrada de carro, ficava aflita com um pneu que inevitavelmente acabaria furado.

O comércio na Old Road incluía a borracharia Colt Scrap Tire Center, a empresa de saneamento Metro Disposal e a empresa de paisagismo Topiary Sculptures by Ulness. Também o centro de reciclagem Gentilly Landfill, a empresa de fretes JMA Trucking, o fornecedor de materiais de construção Acme Brick, outra empresa de fretes, a Southwest Freight, e mais outra companhia de saneamento, a Richard's Disposal. A esquina da Old Gentilly Road com a Michoud Avenue, mais perto da NASA, é onde você tentava a sorte no Palace Casino.

Os mortos também são relegados na Old Road. Alvin, meu melhor amigo de infância na Wilson, está enterrado nela, no cemitério de Resthaven. Um dia, quando eu estava dirigindo para falar com Carl, parei por impulso para visitar Alvin. Estava nublado quando cruzei a passagem abobadada branca do cemitério. Ver aquele cemitério foi como relembrar um sonho antigo. Eu não pisava lá desde que Alvin fora enterrado doze anos antes. Não havia nenhum zelador presente no dia da minha visita improvisada, ou em qualquer outro dia, descobri mais tarde; foram seis anos assim, sem ninguém cuidando de lá desde a Enchente. A casinha branca onde deveria haver um funcionário estava deserta. Lá dentro, livros encharcados contendo os nomes escritos à mão dos mortos estavam revirados e jogados para tudo que é canto. Alguns estavam abertos e pareciam recém-manipulados. Outras pessoas também haviam estado ali tentando encontrar os seus entes queridos. Fiquei vagando a pé pelo cemitério, lendo lápides em busca do túmulo de Alvin. Eu mal conseguia me lembrar dos caminhos por onde tínhamos passado naquele dia chuvoso, mas fiquei com a impressão de reconhecer alguma coisa atrás e à esquerda de um mausoléu de pedra. Fazer aquela busca sozinha no cemitério enorme me deixou um pouco trêmula. Um pouco paranoica. Eu ouvia cada bater de asas de cada pássaro. Um carro preto parou à entrada. Fiquei olhando. Um homem saiu e se ajoelhou ao lado de um túmulo.

Liguei para Rachelle, irmã de Alvin, para perguntar sobre o paradeiro dele. "Ele não tem lápide, Mo", disse ela. Eu tinha certeza de que havia uma lápide para ele, mas como saberia de fato, já que não ficamos para ver nossos mortos depositados no solo? Nem ficamos quando as lápides são erguidas. As máquinas fazem isso.

Rachelle sugeriu que eu perguntasse ao zelador. Não contei a ela que não havia ninguém, que o posto havia sido abandonado. O sujeito no carro preto veio até mim e disse que estava visitando a mãe. Aí me deu um número para eu ligar e obter informações. Anotei. Durante meses eu telefonaria para aquele número, o escritório principal do Resthaven, deixando a mesma mensagem de voz que jamais era retornada. "Gostaria de localizar Alvin Javis, J-A-V-I-S", eu falava. "No cemitério de Resthaven. Por favor, me liga de volta. Obrigada."

Aos meus pés, animais empalhados que alguém depositara na lápide de uma criança. O vento começou a aumentar, e agora as flores que jamais se decomporiam, independentemente de quanto tempo se passasse, sopravam de túmulo em túmulo.

• • •

Fui embora para encontrar Carl na McCoy Street, a menos de um minuto de distância do cemitério. A McCoy, uma das duas ruas curtas saindo da Old Road, a rara seção residencial em meio à indústria, tem formato de ferradura, seus paralelos dando nos trilhos da companhia Louisville and Nashville — o mesmo trem que passava atrás da Casa Amarela — e ligando-se à Darby Street, onde, quinze anos antes de eu nascer, minha mãe morara brevemente com seu primeiro marido, Webb, e a mãe dele.

Carl chamava esse lugar onde morava de "quartinho" ou às vezes "galinheiro" ou de "meu apartamento-estúdio" quando estava tentando ser engraçado. Não era sua residência em tempo integral, estava mais para uma fuga. Na maioria das noites ele dormia no complexo de apartamentos de nome bem enganoso, o Chateau d'Orleans, ou Castelo de Orleans, na Chef Menteur Highway, junto a sua namorada, Lisa, com quem ele tinha um filho. Nós chamávamos o menino, que mal tinha um ano de idade quando me mudei para o French Quarter, de sr. Carl, pois ele já tinha uma postura muito madura. Os pertences de Carl viviam entre estes três lugares: a casa de vovó, o quartinho e o Chateau d'Orleans.

Na McCoy Street, além da casinha de Carl havia mais duas casas em estilo *shotgun*. Quando as vizinhas saíam da garagem, seguiam aceleradas pela ruazinha curta. Carl acenava enquanto elas voavam. Do outro lado da rua, havia uma outra casa com janelas fechadas com tábuas e sem a porta da frente, suspensa em um pântano esverdeado, como uma casa-barco.

À noite, o único poste iluminava uma caixa de metal envolta por uma cerca de arame, pertencente à companhia elétrica. Tirando aquela luzinha, a McCoy Street noturna ficava sob o mais completo breu, tomada pelo coaxar dos sapos vindos da direção da casa-barco.

A casa de Carl era uma construção de madeira branca, uma casa minúscula muito antes de isso ser moda. Ao lado da porta da frente, uma única lâmpada azul sem lustre balançava. O único cômodo continha uma cozinha e um banheiro com chuveiro. As persianas da janela da frente estavam irreparavelmente danificadas porque Carl as dobrara em formato de olho mágico.

Carl parecia mudar a posição da mobília semanalmente, uma cama king size com dossel cor de creme e uma namoradeira em formato de rim. Durante minhas visitas, eu bebia vodca aromatizada (embora gostasse mais de Bourbon) em uma caneca azul de Las Vegas que alguém dera a Carl, e que ele repassara para mim, com luzes piscantes que se acendiam toda vez que eu bebia um gole.

Também havia um buraco de bala na parede de Carl, um pequeno círculo acima da cama, à direita da janela que segurava o ar-condicionado, logo abaixo de uma bandeira do Raiders. Um sujeito na Darby Street tentara atirar em outro homem, mas errara. Flagrei a manchete no jornal certa manhã enquanto estava sentada na varanda do meu apartamento no French Quarter: POLÍCIA DE NOVA ORLEANS INVESTIGA... HOMEM BALEADO NO OMBRO... TERRENO 4200 DA DARBY.

Quando minha mãe tentou perguntar a Carl sobre o vietnamita morto que fora desovado em sua rua, ele ficou exaltado e furioso. "Não sei sobre porcaria de morte nenhuma", berrou, e desligou na cara dela.

Isso estimulou minha mãe a visitar Carl. Eu a levei lá um dia. De dentro do carro, mamãe bateu o dedo no vidro, apontando o local onde morava a sra. Mildred, mãe de Webb. Os homens que circulavam lá fora não sabiam que ela estava tentando se recordar do mundo antes deles.

Isto aqui é pior do que a Wilson, disse mamãe sobre a McCoy. Sua voz baixou a um murmúrio, seu tom desgostoso e pensativo. Paramos no quartinho de Carl, que ficava atrás de onde era a casa da sra. Mildred.

Esta porta impede alguém de entrar aqui?, perguntou mamãe a Carl uma vez que estávamos todos acomodados na namoradeira-rim.

"Ahã", disse Carl.

Tem iluminação aqui à noite?

"Tem. Eles acabaram de botar algumas luzes naquele poste", mentiu Carl.

Carl, você não tem uma geladeira grande e um micro-ondas?

"Hum. Não, porque eu não moro aqui de fato."

É melhor você arranjar ao menos um micro-ondas pequeno.

"Eu não preciso disso."

É isto que você chama de um quarto, hein?

"Galinheiro sem galinha", disse Carl.

Pelo menos até que é limpo.

"Ah sim, é limpo."

Tem tranca no banheiro?

Perguntei à mamãe se ela precisava usar o banheiro, tentando mudar de assunto.

Não, eu ia limpar um pouco.

"Ah não, está limpo lá", protestou Carl, vendo para onde ela se dirigia.

"Podem ir embora", ordenou ele. "Vão cuidar da vida de vocês. Eu não quero que vocês peguem essa chuva que tá vindo, vai ser uma tempestade. Vão, levem essa chuva daqui."

Não tem ninguém escondido no seu banheiro, né?

"Estou dizendo que vai cair um aguaceiro."

Você não tem lugar para tomar um banho, se lavar?

"Tem um chuveiro aí", disse ele enquanto saíamos.

De volta ao carro, mamãe não atribuiu a ansiedade de Carl para que fôssemos embora logo como uma vontade de se livrar do interrogatório. *Ele provavelmente vai receber alguma garota.*

No trajeto de volta, ela ficou redecorando a casa de Carl sem mexer um dedo.

Ele pode arranjar uma mesinha e colocar ali... Ele age como se não soubesse fazer as coisas em casa. Colocar uma cortininha na janela.

Resolvemos parar na ponta curta da Wilson Street, aí demos uma volta pelo terreno baldio onde ficava a Casa Amarela. Mamãe ficou buscando algo que estivesse crescendo no mato e encontrou flores meio mortas que Carl havia trazido e abandonado. Pegamos as plantas. Foi bom sair com algo do nosso terreno. Mamãe as plantou no quintal de vovó, onde elas jamais floresceram.

05
FOTÓGRAFO

"Seja um turista em sua própria cidade!", diz o cartaz na porta azul de uma loja na Royal Street que vende lençóis franceses caros. O anúncio é uma mistura visual de encantos cartunescos e iconografia local: bonde, carvalhos ondulantes, embarcação fluvial, poste de ferro, casa urbana do bairro francês com samambaias penduradas na varanda superior, a Catedral de St. Louis, pessoas pulando e correndo soltas, girando os braços. A placa informa: Visite touristathome.com.

Mas eu já fiz isso, pensei, já fui turista na minha terra natal. Seria entediante listar todas as vezes que visitamos este quilômetro quadrado em ocasiões especiais: Karen e eu paradas em frente à placa do Café du Monde, usando nossos melhores suéteres e jeans, os cabelos recentemente alisados. Mamãe e eu com Lynette e Michael posando em um banco com a St. Louis Cathedral ao fundo. Nessa ocasião, Lynette e seu namorado vieram de Nova York, e ele comprou uma cabeça de crocodilo em uma loja de bugigangas na Royal Street, a menos de dez passos de onde eu estava morando agora. As fotos confirmavam que tínhamos vindo de um lugar interessante e, portanto, éramos pessoas naturalmente interessantes. Agora eu alugava essas mesmas experiências para desconhecidos por 99 dólares a noite pelo Airbnb, anunciando um "quarto super charmoso... histórico... no La-Branche... prédio famoso... umas das melhores esquinas... para locação", eu escrevia na descrição do apartamento, "é ESTONTE-ANTE". E também tive o cuidado de incluir: "super seguro", muito embora não fosse.

Eu deixava uma pilha de brochuras ao lado da cama. Frequentemente, os convidados pediam conselhos sobre lugares onde comer e ouvir música. Jamais perguntaram sobre o New Orleans

East, onde cresci. "É por isso que sempre digo que Nova Orleans vai sobreviver sem o East", disse Eddie quando lhe contei isso. "Eles nem sabem que existe. O que tem de atrativo no New Orleans East?" Argumentação que alguns residentes do New Orleans East viriam a adotar nos anos vindouros, quando os líderes das associações de bairro ameaçaram uma separação com um novo nome: East New Orleans.

No início, minha mãe me visitava com frequência. Ela gostava do detergente de limão pela manhã, usado na limpeza das ruas. *Tenho 71 anos,* anunciou ela da varanda um dia depois de eu me mudar. *E esta é a primeira vez que durmo no French Quarter.* Ela se virou para mim. *O que morar aqui faz por você?* Falei que morar ali tinha me ajudado a avaliar minhas ideias intrincadas e contraditórias sobre a cidade. Então complementei: ainda não sei; estou tentando descobrir a resposta.

As visitas de mamãe me faziam lembrar de como era minha vida no apartamento no início, percebendo cada som. Da cama onde dormíamos, mamãe levantava a cabeça e olhava ao redor do quarto escuro, dizendo: *Eles estão fazendo farra mesmo. Está acontecendo um desfile?* Sim. Quando me mudei, eu costumava sair correndo de onde quer que estivesse para assistir aos desfiles que passavam lá embaixo, mas com o tempo aprendi a conhecer e a distinguir os sons mesmo com as janelas fechadas, sabendo dizer se era uma banda de casamento contratada ou uma Second Line de verdade com músicos de Nova Orleans genuínos.

O deleite de minha mãe era reconhecível. Eu compreendia isso. Era a mesma alegria que senti na minha primeira viagem a Paris, mas cá estava ela em sua cidade natal.

De manhã, mamãe se sentava em uma ponta da varanda estreita, de frente para a Royal Street, e eu na outra, de frente para o Mississippi. Ela lixava as unhas e bebericava café ao mesmo tempo, escondendo o corpo atrás do limoeiro, espiando em volta de seus galhos para me olhar. Às vezes, quando estávamos fazendo nosso ritual matinal juntas, ela mostrava a língua para mim e ria, deleitando-se em cada pequeno prazer. *Veja como eles limpam as ruas todos os dias. Parece que é tão diferente, um conjunto de regras totalmente diferente. Nos outros bairros eles não ligam para as ruas, mas aqui você tem um monte de galerias e coisas diferentes, tudo na vizinhança.*

Juntas, mamãe e eu exploramos bastante. Fomos a casas travestidas em museus e fizemos os passeios guiados com serviço de áudio, e também fomos ao New Orleans Museum of Art, onde mamãe leu absolutamente todas as placas; passávamos dias inteiros em festivais de música — Satchmo, French Quarter e Jazz — e caminhávamos até a exaustão. Nessas explorações eu conseguia, pelo menos durante o tempo de uma aventura, fazer mamãe se esquecer de seu desenraizamento, que ela comparava ao meu. *Nunca pensei que você fosse se tornar nômade*, disse ela para mim um dia. E isso doeu. Como é que uma pessoa com um contrato de apartamento de doze meses poderia, sob a ótica dela, ser considerava uma nômade? Olhando em retrospecto, acho que ela queria dizer que eu parecia livre, que não existia um lugar onde minha presença era obrigatória.

Os telefonemas de Carl sempre nos arrancavam de nossas aventuras. "Já tiveram notícias daquele Road Home?", começaria Carl. "Mamãe precisa sair da casa da vovó, voltar para a casa dela, voltar para o East. Mo, por que você não ajuda a mamãe a ligar para aquele povo?" Mas eu estava ligando. Os advogados designados para o caso de mamãe sempre mudavam. E mais uma vez eles tinham perdido parte da nossa papelada, e aí nós entrávamos em processo de reunir tudo de novo, só que agora com os irmãos espalhados por toda parte, novas cópias, novas idas ao cartório notarial, novos envios prioritários pelos correios, tudo de novo feito por onze pessoas diferentes.

Mesmo sete anos após seu lançamento, o programa Road Home era, para a maioria dos candidatos, um beco sem saída, um looping jurídico desajeitado e exaustivo, feito para extenuar e fazer você desistir. Nada avançava, não importava o que fizéssemos. Nenhum esforço parecia suficiente para tirar a vida de mamãe daquele hiato. No verão de 2011, foi selado um acordo em um processo aberto contra o estado, acusado de discriminação devido a práticas racistas. Constatou-se que os negros eram mais propensos do que os brancos a receber subsídios do Road Home baseados em valores pré-mercado, valores estes às vezes muito mais baixos do que o custo real para consertar suas casas. Uma pessoa recebeu um subsídio de 1.400 dólares, sendo que o custo de reconstrução foi de 150 mil.

Aqueles afortunados o suficiente para escapar da injustiça do Road Home muitas vezes se deparavam com empreiteiros desonestos que estavam com fartura de trabalhos na construção. Foi isso o que aconteceu com minha prima Pam. Filha do irmão do meu pai, Pam ficou anos travada em litígios de um patrimônio que lhe cabia, uma casinha na parte alta da cidade. Sua mãe, a sra. Lavinia, pretendia que Pam herdasse a casa onde ela crescera, que estava na família havia cinquenta anos. Quando os empreiteiros começaram a reformar a casa após a Enchente, a sra. Lavinia estava com 91 anos. Quando ela faleceu, sete anos depois, aos 98 anos, a casa ainda estava inabitável.

Em seu leito de morte, no quarto de hóspedes de sua filha, a sra. Lavinia queria saber se sua casa estava pronta.

"Ainda não. Eles ainda estão ajeitando", disse Pam a ela.

"Ok. Contanto que façam direito", respondeu Lavinia. Na verdade, a casa já estava pronta, mas aquilo que os empreiteiros reconstruíram no lugar do lar destruído da sra. Lavinia não serviria nem para set de filmagem. Não dava nem para fingir que era uma casa. Dava para perceber só de olhar a fachada, onde apenas um lado de cada uma das janelas tinha uma veneziana afixada, pois as medidas estavam erradas. O engenheiro estrutural deu uma olhada na fundação e declarou o local inabitável, sugerindo que Pam "devolvesse este lixo para quem o fez e pegasse o dinheiro de volta". Esse conselho simples era inviável, uma batalha perdida que Pam até hoje lamenta.

"Entendo o que Carl sente", disse ela. "Porque a gente ficaria passando em frente à casa, mesmo odiando ver aquela estrutura monstruosa ali, a gente ia passar só para ficar na esperança de experimentar algum tipo de senso de justiça, para aí perceber: 'Mas que diabos, não existe justiça, mamãe se foi.'" Seria esse o destino da minha mãe também?

• • •

Muito embora não tivesse chegado nem o Dia de Ação de Graças, Doreen já estava cantando canções natalinas. "Come on, it's lovely weather for a sleigh ride together with you." E ainda estava abrasador lá fora. Como se tivesse lido meus pensamentos, alguém na rua berrou: "Uma música de Natal nunca fez mal a ninguém".

A essa época do ano, personagens do História Viva, pessoas vestidas de figuras históricas, com trajes antigos, vagavam pelas ruas do French Quarter interpretando pessoas negras livres, como Marie Laveau e o general de guerra Andrew Jackson. Neste ano também havia o pirata Jean Lafitte e Madame Josie Arlington, que comandara um bordel em Storyville. Esses personagens paravam e discutiam com pessoas aleatórias na rua, que demonstravam um interesse vago pela cena, os costumes passados dos personagens se chocando com o presente: "Onde está a barra do seu vestido?", perguntava a Madame, por quem eu passara inúmeras vezes a caminho da academia. Eu estava usando legging preta e um suéter que chegava à cintura. A alguns metros de distância, eu me depararia com um ator interpretando um homem negro livre, usando terno marrom de três peças e saltitando para uma multidão crescente. Um turista de short, chinelos e uma camiseta havaiana o interrompeu para dizer que não acreditava que houvesse pessoas negras livres que não tivessem sido escravizadas antes da Guerra Civil. "ACRE-DITEEEEE", implorou o homem que representava o homem livre do século XVIII. Eu queria ficar enrolando ali, ouvir o que mais o homem negro livre acrescentaria à história, mas estava com pressa para chegar à St. Rose.

Normalmente, essa era a época do ano em que mamãe começava a decorar a casa de vovó para as festas de fim de ano, mas desta vez ela não estava no clima. Sentada à mesa em St. Rose com o tio Joe e a tia Elaine, ela desabara à menção do nome de vovó. *Desculpem por estragar o clima. É só que eu não me sinto eu mesma. Onde está a Ivory?*, quis saber.

Puxei uma cadeira para ficar ao lado dela e esfreguei suas costas, um feito inédito. Ela pousou a cabeça no meu ombro por um instante, mas logo se levantou e agarrou a lateral da minha cabeça, como se para corrigir a ordem natural das coisas. O momento me fez lembrar de como boa parte da vida dela ainda estava uma confusão só.

Nós, os filhos, recentemente tínhamos juntado dinheiro para reformar a casa de Lolo, para trocar os pisos e derrubar uma parede da sala de estar a fim de abrir espaço, mas mamãe acabou interpretando nosso gesto como um sinal de que ela moraria na casa da mãe pelo restante de sua vida. E agora, em vez de uma bela decoração de Natal, havia apenas poeira voando por toda parte enquanto os empreiteiros trabalhavam. Tudo estava fora do lugar, até mesmo a árvore de Natal natural que havia sido levada para a garagem para dar espaço à reforma. A pressão arterial de mamãe foi aos céus. Acompanhei-a ao médico para um teste de esforço e um eletrocardiograma. O médico cogitou que mamãe pudesse estar com problemas em uma válvula cardíaca, mas na verdade era uma ansiedade latente. Quando o médico perguntou sobre o histórico familiar, mamãe disse a ele que seu pai havia morrido de coração partido.

Durante o mais longo dos períodos, mamãe ficou sem a audição de um ouvido, mas nenhum de nós ficou sabendo de pronto. Só descobrimos depois da Enchente, quando em vários momentos percebemos como ela ficava nos olhando fixamente enquanto falávamos. Ela estava fazendo leitura labial. Compramos um aparelho auditivo para ela em 2011, e mamãe ainda estava se acostumando a ouvir bem. *Quando ganhei meu aparelho auditivo, ouvi minha própria voz direito pela primeira vez em muito tempo. Minha voz não é uma voz distinta. E o mundo soa barulhento demais.*

Passei a véspera de Ano-Novo, meu aniversário de 32 anos, sozinha. No ano anterior, eu comemorara cavalgando um camelo no Cairo, mas agora não estava almejando esse tipo de distanciamento nem qualquer tipo de aventura. Eu ansiava por intimidade familiar. Meus irmãos diziam que não gostavam de vir para onde eu morava porque era difícil achar lugar para estacionar. Diziam que não vinham porque não gostavam de multidões, ou porque não queriam que seus carros fossem guinchados, tal como aconteceu com minha prima Pam quando ela veio me ajudar com meu jardim. Um dia, quando fui à Franklin Avenue visitar Manboo, o melhor amigo de Carl e irmão de Henry, ao reclamar que Carl não me visitava, ele me contou a verdade: "Carl não gosta do French Quarter. Mas que inferno, a gente mora aqui!" Quando convidei Manboo para dar uma passadinha lá em casa, ele apontou para seu bairro, cheio de casas abandonadas. "Está tranquilo por aqui", disse ele. "O French Quarter não é seguro."

Minha mãe, tendo recentemente resolvido que não dirigiria mais depois do crepúsculo, em rodovias, na chuva ou sob nevoeiro, recusou-se a me encontrar no meu aniversário por causa de uma névoa densa. Então eu dirigi até o Parque Histórico Nacional Jean Lafitte sozinha e passei o dia lá, a única pessoa em um passeio liderado por um guarda florestal obcecado por piratas, seu butim, e um crocodilo chamado Lata de Lixo por causa dos locais que ele costumava frequentar.

Após essa jornada solo, tentei falar com Carl, mas chamou e ninguém atendeu. De volta ao apartamento, dormi pelo restante do dia enquanto a rua fazia sua barulhada. Só depois que 2011 virou 2012 é que sentei meio grogue na varanda e vi o balão escrito FELIZ ANIVERSÁRIO que Joseph havia deixado ali. Isso me animou. Eu não estava sozinha. Ao me flagrar atordoada na varanda, o Irmão Joseph começou a reclamar dos "fogos de artifício do Mickey Mouse" espocando acima do rio. Fiquei feliz ao ouvir a voz dele. Ele me convenceu a encontrá-lo na calçada. Desci então para a Royal Street usando macacão preto com ombreiras pontudas. Joseph, com mais do que o dobro da minha nova idade e um verdadeiro cavalheiro, usava fraque sob um blazer curto. Vestir algo comprido com um penduricalho no dia de Ano-Novo fazia parte de sua espiritualidade, dissera ele. Ele tinha explicação para tudo.

Andando pelas ruas, o Irmão Joseph e eu encontramos Goldie, o Caubói da Bourbon Street, que nos disse que era sua primeira noite de volta ao trabalho. Ele estava inteirinho coberto de tinta spray dourada, incluindo as costeletas, que tinham a textura de grama sintética. Ele usava um colar de miçangas em volta do pescoço e um chapéu de caubói. Nos pés, sapatos ortopédicos pintados de dourado. Ele e o Irmão Joseph louvaram a Deus por Goldie ter se recuperado de uma cirurgia para remover quatro ossos da perna. Mesmo com a ausência de ossos, uma dor persistente e um leve coxear, Goldie relatou estar feliz que a véspera de Ano-Novo rendeu um "bom dinheirinho". "Não foi uma noite de 300 dólares", disse ele. "Mas foi legal." Eu perguntei o que ele fazia, se ele era um dos homens que ficavam congelados como estátuas aguardando as gorjetas dos turistas.

"Nem", disse Goldie. "Eu fico andando por aí. Sou um bom clique."

Naquela noite, na galeria de arte de Joseph na Royal Street, havia vários homens curvados diante de sua fonte de água, como se estivessem venerando algo extraterrestre. "Vieram lá da Europa para tirar fotos de bolhas", contou Joseph. A mágica? Detergente para lavar louças Joy, 99 centavos, na promoção. Às vezes, Joseph, com seu jeitinho destrambelhado, colocava sabão demais, e as bolhas transbordavam na fonte, formando anéis de espuma concêntricos cada vez maiores que estouravam sua viscosidade frágil sobre as sandálias de alguém. As bolhas atraíam clientes de um jeito que a arte local pendurada em todos os lugares era incapaz de fazer. "Alguém me disse que eu encontraria as bolhas aqui", sempre perguntava uma pessoa com uma câmera, algo que começara a acontecer com tanta frequência que levou Joseph — precisando ganhar dinheiro — a cobrar das pessoas pelo privilégio de fotografar as tais bolhas. No verão em que morei lá, as bolhas soprando nas ruas do French Quarter eram famosas. Toda vez que havia um evento no bairro, e sempre havia um evento — inventado ou genuíno, a simples passagem do tempo era um evento por si só —, a vizinha do prédio em frente ao meu ligava sua máquina de bolhas de sabão, apontando-a em direção ao rio. Lá embaixo, as pessoas que perambulavam pelas ruas tiravam fotos das bolinhas frágeis e iridescentes. "Hoje é uma ocasião especial?", perguntou um homem na calçada. Algumas bolhas pousavam nos galhos espinhosos da minha buganvília moribunda e estouravam. Certa vez, uma bolha flutuou para dentro do apartamento, onde eu estava sentada à mesa planejando minhas investigações jornalísticas, a bolha transparente mirando bem no ponto entre meus olhos. Eu me levantei e desviei.

Às vezes, quando eu estava regando minhas plantas na varanda, alguém lá embaixo tirava uma foto minha usando a lente com zoom. Eu então fazia uma pose bem para o foco da câmera, calhando para quem quer que fosse. Acreditando, mesmo contra a minha vontade, que ser fotografada era estar presente, viva, ser confirmada. "Você nunca sabe como está até tirarem sua foto", meu pai, Simon Broom, sempre dizia, segundo os relatos da minha mãe.

Imagino as histórias que podem ser contadas sobre aquela foto minha na varanda: eis aqui uma mulher Creole regando suas flores. Ou eis aqui a descendente de uma antiga família de Nova Orleans, pessoas negras livres. Ou ainda: eis aqui uma varanda de ferro forjado típica de Nova Orleans, a lente destinada a captar somente o objeto, não tendo absolutamente nada a ver comigo.

O passado histórico está em todos os lugares pelos quais perambulo nos meus rituais diários — como ir ao mercado ou à academia na Rampart Street, ou pegar meu carro para visitar Carl. Os marcos históricos estão em todos os locais para os quais você olha — nas calçadas e nos edifícios. Em 1921, foi sancionada pela cidade a Comissão da Vieux Carré, com o intuito de "proteger, preservar e manter a arquitetura distinta, o caráter histórico e a integridade do zoneamento" do French Quarter. É quase impossível demolir legalmente um edifício do bairro. As cores oficias e pré-aprovadas dos prédios, cores com nomes como Verde Paris, Azul Centúria, Ouro Velho e Verde Água, fazem parte de um código de leis. As casas mais importantes do bairro, de acordo com as Diretrizes para Pintura de Fachada da comissão, apresentam tons de roxo e azul; as menos importantes, laranja e marrom. Aquelas intermediárias são rosa, verde e amarelo. Essa atenção aos detalhes, mantendo o French Quarter preso a um passado calcificado, requer dinheiro e recursos, claro, coisa que outras partes da cidade, decadentes e definhando, não têm.

Enquanto isso, o presente faz o diabo que estiver a fim de fazer. Quase tudo aqui, em termos de apropriação cultural e bem-estar, pode ser comprado ou vendido pela quantia conveniente. Os desfiles genuínos foram banidos do French Quarter em 1973, mas um desfile da Second Line com ares de improvisado custa entre 500 e 1.500 dólares, isso sem incluir os custos com segurança policial e a licença urbana. O site de turismo do French Quarter deixa bem claro: "Você não precisa estar morto e/ou ser famoso para ser homenageado em um desfile da Second Line. Você sequer precisa morar aqui. Organizar um evento da Second Line não é difícil, embora exija algumas centenas de dólares e um pouco de planejamento." Pela quantia certa, a Jazzman Entertainment oferece um desfile da Second Line para sua despedida de solteira. Quer comprar um desfile de Mardi Gras no seu dia de folga daquela conferência pedagógica? O valor certo permite a você ter um carro alegórico puxado por uma caminhonete ao longo das ruas do French Quarter, onde bêbados jogarão colares de contas e acertarão a cabeça de transeuntes aleatórios. Ver esses carnavais fabricados me faz querer xingar à beça.

O presente, misturado a esse passado embelezado, às vezes pode parecer feio, até mesmo grosseiro. O sujeito posando para fotos no meu quarteirão caracterizado como um Black Indian, vestindo um terno roxo sujo e com um balde de gorjetas da Home Depot escondido atrás das plumas do traje, soa como uma transgressão. Os Black Indians geralmente são vistos apenas duas vezes ao ano — no dia de St. Joseph, em março, e na manhã do Mardi Gras, quando aparecem para exibir os trajes feitos à mão, os quais costuraram e enfeitaram com miçangas por 365 dias seguidos. Mas agora você pode ser fotografado com um homem fantasiado de Black Indian por um dólar, ao seu dispor.

. . .

A mitologia de Nova Orleans — de que é sempre um lugar para se divertir; de que seus cidadãos são as pessoas mais felizes do mundo, dispostas a sorrir, dançar, cozinhar e criar entretenimento para você; de que é uma cidade progressista aberta a extravagâncias e mudanças — às vezes pode sufocar aqueles que moram e sofrem sob o fardo local, enterrando-os em camadas e camadas de significantes, impossibilitando a percepção do que é disfuncional na cidade. Ou, então, essas camadas sempre acabam simplificadas ao exagero, como em *Treme*, a série da HBO, que jamais atingiu a profundidade de *The Wire*, precisamente porque o amor do roteirista-produtor David Simon por Nova Orleans mutilou sua capacidade de desmembrar a disfunção que a cidade sofre. A história que ele contou foi, em geral, romantizada, e mais preocupada em exibir todos os tropos urbanos (as Hubig Pies, a rádio WWOZ, os músicos de rua, os Black Indians!) do que de fato analisar a corrupção em curso, uma justiça criminal e um sistema de saúde falidos, a pobreza, a educação e a carência de possibilidades econômicas que criam para o habitante local médio a natureza de vida-ou-morte vivenciada no dia a dia. Uma cidade onde você ser rendido quando sai do seu carro é a norma, onde muitas crianças se formam na escola sem saber soletrar, onde comunidades negligenciadas existem em todos os cantos, às vezes a poucos metros da superabundância.

É também por isso que quando a organização sem fins lucrativos New Orleans Data Center publicou um censo informando que 92.348 negros — um terço da população total da cidade — ainda não haviam retornado após a Enchente, a imagem que acompanhava o texto era a de um Black Indian em toda a sua realeza, mais uma romantização dos desalojados, que mesmo não sendo Black Indians, deveriam poder voltar para casa. Mesmo os grandes escritores sucumbem a essa "magicalização" da cidade, como é o caso da outrora marcante Joan Didion (ao falar de Sacramento), que no livro *South and West* tem frases como "Em Nova Orleans, eles aprenderam a dominar a arte da inércia", o que pouco explica por que é tão demorado para se resolver as coisas aqui — Road Home, por exemplo.

Em conversas com amigos, já descrevi Nova Orleans como uma cidade de sentimento. Levei muito tempo para entender o que eu mesma quis dizer. Às vezes, a reação das pessoas ao saber que sou de Nova Orleans é apenas um som — gemidos, suspiros de rememoração — que costuma preceder a própria história delas sobre a cidade (geralmente caracterizada como maravilhosa, peculiar, às vezes mágica). Nesses casos, elas imaginam o charme do Garden District, do Marigny e do French Quarter, enquanto eu imagino New Orleans East. Na maioria das vezes, quando você pergunta às pessoas o que elas amam em Nova Orleans, elas descrevem o jeito como a cidade as faz sentir — excluindo tudo o mais. Os sentimentos são difíceis de se situar, intelectualizar e, portanto, criticar. O relacionamento de uma pessoa para com a cidade do sentimento é pessoal e particular, e ambos os estados devem ser protegidos a todo custo, o que torna difícil julgar Nova Orleans.

Por que às vezes sinto que não tenho direito à história da cidade de onde venho? Por que quando quero ir direto ao assunto, apenas desembuchar, os pensamentos pululam num looping em minha cabeça na forma de um coro infantil entoando "Oh, oh, oh, não revele de onde você é"? Revelar. Tipo entregar tudo. Entregar tudo *o quê*?

Amiúde, o foco da crítica passa a ser não a disfunção em si, e sim a pessoa que fala contra a cidade do sentimento, contra Nova Orleans. Criticar Nova Orleans é colocar em jogo a autenticidade de alguém. Mas eu resisto à ideia de que se você deixou a cidade por coisas melhores, se a cidade não está testando você, se sua vida não está em perigo, então você deve calar a boca.

Quem detém os direitos à história de um lugar? Esses direitos são conquistados, adquiridos, disputados e dignos de sacrifício? Ou são dados? Eles são automáticos, como uma presunção? São autorrenováveis? Esses direitos são um símbolo de cidadania de quem permanece no local ou de quem sai e volta para ele? O ato de partir anula os direitos de um indivíduo sobre a história de um local? E de quem não volta? E de quem pode pagar para voltar?

06
INVESTIGAÇÕES

Quando eu quis conhecer a história do apartamento do French Quarter onde estava morando, fui verificar os dados do Williams Research Center da Historic New Orleans Collection, na Chartres Street, onde toda a linhagem de todos os endereços do French Quarter é organizada digitalmente.

No tempo que levei para digitar meu endereço, descobri que sua história remonta a 1795. "Um terreno com profundidade irregular composto pela esquina da Royal e da St. Peter Street." Fiquei sabendo que originalmente fora propriedade de uma mulher negra livre, Marianne Brion — "(m.n.l.)", a documentação de acordo com a lei — e uma parte foi transferida para outra mulher negra livre, Adelayda Pitri. Marianne Dubreuil (às vezes também chamada Brion) era filha de Nanette, ex-escravizada vendida junto a seus quatro filhos para uma francesa e seu marido. Nanette foi alforriada "devido à lealdade e constância com que serviu a mim e a meu marido", mostram os registros. Sob o domínio espanhol, pessoas livres podiam receber propriedades dos brancos. Provavelmente foi assim que Marianne herdou o imóvel.

Descobri que Cecile Dubreuil, filha de Marianne, começou a acumular propriedades logo depois de ser libertada, em 1769, comprando vários prédios na Royal Street. Em 1795, sete negras livres em Nova Orleans possuíam mais de cinco escravizados. Todas mulheres, e uma delas era Marianne Dubreuil, dona do apartamento que aluguei e também senhora de sete escravizados.

Naquela mesma tarde que fiquei sabendo desses fatos, visitei uma livraria de usados na Orleans Street em busca de livros sobre o New Orleans East. O proprietário me disse que não havia nenhum. O East, disse ele, era jovem demais para a história. Mas essa era uma lógica falha. Todos nós nascemos em meio à história, mundos existentes antes de nós. O mesmo vale para lugares. Nenhum lugar é isento de história.

O fato é que pouco foi escrito sobre o East, exceto por frases soltas — ou às vezes uns poucos parágrafos — em livros sobre Nova Orleans que descrevem a região como "libertina" ou "árida", ou "afastada, desprovida de charme". No momento em que pesquisei, não havia uma única linha sobre a vida das pessoas que moravam lá. O East não era jovem demais para a história; só que na história oficial de Nova Orleans, suas histórias e pessoas eram relegadas a segundo plano, consideradas pouco importantes, o lugar jamais tendo merecido — fosse por meio da demografia ou do sucesso econômico — um lugar no mapa míope do cartógrafo: situação não muito dessemelhante da exclusão dos primeiros territórios tribais dos nativos americanos dos primeiros mapas das Américas.

Para encontrar a história da Casa Amarela, tive de pesquisar escrituras originais, cadeias sucessórias de títulos. Fucei tudo na Secretaria de Transportes, no Cartório de Registros Civis, no Cartório de Registro de Imóveis da prefeitura, nos Arquivos Notariais e nas bibliotecas. A pesquisa estava cheia de referências cruzadas e confusão.

Em muitas manhãs fui à matriz da Biblioteca Pública de Nova Orleans no distrito comercial, bem em frente à prefeitura, e fiquei aguardando na fila até que as portas se abrissem. Se você não conhecesse os bastidores, pensaria que a cidade estava repleta de gente ávida para ler, mas na verdade a fila estava cheia de pessoas em situação de rua que tinham dormido ao ar livre e estavam aguardando para ir ao banheiro. Certa vez, essa paisagem incitara uma carta no jornal local: "O ambiente na frente da biblioteca é tão desagradável... pessoas desleixadas sentadas ou deitadas nos degraus ou vagando sem rumo. Dentro do prédio, igualmente perturbador... um grande número de indivíduos com a cabeça repousando na mesa... Talvez se faça necessário presença policial a fim de garantir a segurança dos visitantes da biblioteca e melhorar a paisagem para os turistas." Então era a isso que se resumia a questão dos sem-teto e da saúde para o distinto cidadão: se esforçar para ser sempre um bom clique.

Uma vez dentro da biblioteca, tomei o elevador lotado para a Seção sobre a Louisiana no terceiro andar e li cuidadosamente a placa que ditava as regras. Os comportamentos não permitidos no local, informava, incluíam: "Stalkers; uso ou comércio de drogas; banhos; barbear-se ou lavar roupas nas pias do banheiro."

"Controle os odores desagradáveis", dizia. "Favor não realizar transmissão de germes ou tosse excessiva. Não se lavar na pia do banheiro. Não pregar ou forçar suas ideias a terceiros. Proibido carrinhos de compras e armas." A maioria dessas coisas ainda acontecia assim mesmo. Essas condições eram, como dizia o slogan da biblioteca, "Uma cultura gritante".

No terceiro andar, eu dividia as mesas com indivíduos mentalmente instáveis que às vezes conversavam em voz alta e às vezes liam silenciosamente tal como eu. Os funcionários da biblioteca passavam boa parte do tempo policiando, o que dificultava para se conseguir assistência para minha pesquisa.

Passei um dia na Secretaria de Planejamento e Urbanismo da Prefeitura. Se não fosse por meu período trabalhando no gabinete do prefeito, eu sequer teria sabido da existência dessa subdivisão. Mas esse era o escritório responsável por criar a política de zoneamentos, que por sua vez era responsável pela aparência dos bairros e pela qualidade de vida das pessoas que neles residiam. A política leniente fazia com que a McCoy Street e o saneamento feito pela Metro Disposal Garbage Collection Service ficassem um pertinho do outro, e que a Casa Amarela estivesse virando depósito de sucata.

Deparei-me com um homem gentil e tímido, tão novato no planejamento urbano que ainda acreditava nas teorias dos livros didáticos. Sua dicção era acadêmica, bem nítida, ao me explicar sobre as classificações de zoneamento: "Após seis meses de inatividade, eles recorrem à linha de base do distrito de zoneamento". Fiquei assentindo enquanto ouvia, mas durante a maior parte da nossa conversa eu não entendia nada do que ele queria dizer. É óbvio que ele detinha o conhecimento, mas não a habilidade de abordagem. Então eu quis saber como é que as casas terminaram adjacentes a estacionamentos de trailers, e então a ferros--velhos e depósitos de reboques depois que os estacionamentos de trailers foram extintos. Perguntei-lhe, mas creio que foi uma pergunta de cunho mais existencial, como foi que a rua, como foi que *nós*, minha família, chegamos àquela situação. Ele não soube dizer. Durante nossa conversa de meia hora, sua incapacidade de responder às minhas perguntas o chateou tanto que ele mesmo ficou se repreendendo: "Acabei de ser reprovado no curso de planejamento, pelo visto", dissera mais de uma vez. Ele ainda não tinha aprendido a dizer: "Eu não sei". Não era culpa dele, na verdade. Minhas perguntas não tinham lugar na Secretaria de Planejamento e Urbanismo, pois no fundo eram todas irrespondíveis.

Em 1981, quando eu tinha 2 anos de idade, durante uma apresentação ao poder legislativo da Louisiana, Barton D. Higgs, presidente da New Orleans East Inc., abordou alguns aspectos dessas questões que eu agora tentava solucionar. "Com um planejamento cuidadoso, você maximiza o valor ambiental evitando conflitos. Você não pode, por exemplo, instalar uma fábrica ao lado de uma escola, ou no meio de um bairro elegante, sem esperar queda no valor de mercado das propriedades adjacentes", dissera ele.

Na seção "Planejando para Viver" de uma brochura, os ideais de um bom planejamento urbano estavam bem nítidos: "A casa... é a base da formação da unidade familiar, e se ramifica em vários campos de atuação... O objetivo do planejamento é provisionar essas funções e promover maior comodidade, segurança e bem--estar geral em um ambiente agradável e atraente."

Mas aqui no escritório de planejamento urbano, eis o que o homem gentil dizia sobre a questão dos trailers: "Todos os estacionamentos de trailers que vi ficavam em regiões remotas". Ele estava tentando entender nosso caso. "Os estacionamentos de trailers são diferentes porque são transitórios. Hum. A maioria deles está alocada em regiões industriais."

Então tentei ilustrar para ele o que eu queria dizer, o que havia me trazido de fato àquele escritório. Continuei a falar dos estacionamentos de trailers, e casas, e lotes cheios de lixo, e trilhos de trem e zoneamento. "Estou tentando descobrir como um bairro residencial se tornou industrial", falei.

"Estou tentando enxergar o contexto exato", disse o homem. Falei: "New Orleans East, perto da Chef Menteur".

"Na verdade, era exatamente isso o que eu tinha em mente!", gritou ele, parecendo satisfeito, como se tivesse passado em um teste surpresa.

A seguir, ele pareceu mais ciente do que deveria fazer. Juntos, analisamos o mapa da cidade. Perguntei especificamente sobre nosso endereço. Ele me forneceu abreviaturas cujo significado pesquisei sozinha mais tarde: DZP (distrito de zoneamento provisório), IP (indústria pesada), IL (indústria leve), DZA (decreto de zoneamento abrangente), DR2 (família única), DR3 (desenvolvimento rural), dados de *crowdsourcing* móvel, mapas básicos, quadrantes. Doido para se livrar de mim, ele me instruiu sobre o que eu poderia fazer por minha conta, ensinando-me sobre a natureza dos documentos que eu poderia encontrar e então solicitá-los em outro departamento, a secretaria do conselho, "por uma taxa simbólica".

Quando estávamos chegando ao fim da nossa conversa, que consistira basicamente em mim aguardando enquanto ele examinava o quadrante onde ficava a casa e então bradar dados que eu poderia investigar mais, uma mulher apareceu no escritório e impôs sua autoridade sem alterar a voz. Era uma voz imponente. Ao passo que o homem hesitava, ela falava com segurança. Ao passo que ele reagia ao teor emocional de minhas perguntas, ela falava como alguém que seguia o procedimento padrão. Eu refiz a ela muitas das mesmas perguntas que eu já tinha apresentado ali.

Ela me explicou, então, que as casas vazias nas regiões industriais leves tinham voltado à classificação de "zoneamento industrial leve", porém os usuários, como ela chamava os residentes, poderiam lutar para que a classificação de zoneamento voltasse a ser residencial, ou então grupos de vizinhos que morassem em casas adjacentes poderiam se unir e tentar recuperar o status residencial do lugar. Ela falou em lutar, advogar e formar grupos. Perguntei qual era a definição de área residencial.

Ela ficou em silêncio, esperando que eu reformulasse a pergunta.

Se você tem três casas, pode argumentar que o quarteirão é residencial?

"Isso pode ser um pouco mais complicado", disse ela.

De repente, senti-me desorientada de um jeito que eu não me sentia havia muito tempo, como uma pessoa enlutada incapaz de reconciliar a perda. Eu não havia mostrado fotos da ponta curta da Wilson, mas ambos conheciam a região. Esses funcionários, eu pressentia, tinham peixes maiores para encarar do que aqueles que eu estava levando ao gabinete deles.

A casa da sra. Octavia, no distrito industrial leve na Wilson, é o que os planejadores urbanos chamariam de uso do espaço em não conformidade legal. Era, jurídica e literalmente falando, uma exceção.

Eu finalmente disse: "Mas e se apenas uma pessoa morar na rua?"

A mulher não aventou a possibilidade, deixando claro que nossa conversa chegava ao fim. "Nesse caso é diferente. Você está tentando proteger os usuários de todo o desenvolvimento circundante."

Nós, as casas, éramos a exceção, ficou nítido. Não os estacionamentos de trailers. Repeti para mim mesma: morávamos em uma rua de zona industrial onde as casas eram a exceção.

A mulher saiu dizendo: "Não temos liberdade para analisar as coisas do jeito que achamos lógico".

07
FANTASMAS

Três semanas depois da entrada do novo ano, Carl ligou do New Orleans East para me dizer que os pântanos estavam incendiando. Disse que no céu havia fumaça em vez de sol. "Deixaram a gente com medo de respirar aqui", disse ele. Enquanto ele falava, eu observava Doreen e sua banda montando as coisas abaixo da minha sacada. Era como se ele estivesse telefonando de outra cidade.

Algumas manhãs antes, eu tinha lido no jornal sobre um homem assassinado no restaurante Mondo, no bairro de Lakeview. Em plena luz do dia, levou sete tiros do avô de sua única filha, à porta do estabelecimento, onde tinha ido buscar seu salário. A mãe da vítima estava com ele na hora do crime; presenciara seu assassinato. Recortei a foto no jornal do homem deitado de bruços, seus dreads espalhados na calçada como uma estrela, e coloquei em uma pasta. Não pensei mais no assunto até que Carl ligou para falar sobre a fumaça e disse: "Você sabe que nosso primo foi morto aqui".

Nosso primo, Antonio "Tony" Miller, era o sujeito no jornal. Filho único da sobrinha do meu pai. Certa manhã, fui buscar Carl no East e dirigimos por uma hora até Phoenix, Louisiana, onde conheci Tony, que estava no caixão. Foi um jeito terrível de se encontrar alguém pela primeira vez. Tony era bonito, com ombros largos. Seus dreadlocks agora estavam reunidos num montinho no topo da cabeça. Suas mãos cruzadas, pequenas e delicadas. Seus lábios pareciam pintados com tinta spray prata. Ele tinha uma tatuagem em formato de coração, um desenho delicado, perto do pulso. Tony tinha 21 anos e era a 16ª pessoa assassinada nas primeiras três semanas de 2012.

Meses antes, uma criança de um ano fora morta por uma bala perdida. No verão, uma criança de cinco anos também fora baleada durante uma festa de aniversário. Mais ou menos na mesma época, mamãe telefonara e contara que um rapaz tinha levado cinco tiros enquanto estava sentado em seu carro na Mockingbird Lane. As manchetes dos jornais berravam: CIDADE ABALADA POR ONDA DE VIOLÊNCIA ARMADA, e as placas NÃO MATARÁS, tão divulgadas na minha adolescência nos anos 1990, ainda brotavam pelo terreno neutro, embora menores agora.

O prefeito Mitch Landrieu, que sempre ameaçava homicidas nas coletivas de imprensa, declarou que Nova Orleans há muito vinha sendo "uma cidade violenta" e que era seu plano erradicar a "cultura da morte" da cidade. Grande parte do problema, disse Landrieu, era a ausência de habilidades na resolução de conflitos entre os jovens. Mas, para mim, isso parecia o menos importante de todo o cenário. E quanto às desproporções debilitantes do sistema educacional e do mercado de trabalho torpe? E quanto à economia baseada na venda de tantos elementos quanto possíveis da cultura de Nova Orleans por meio do turismo, em contraste ao investimento na indústria sólida? O desemprego estava em torno de 7%, e 26% dos formalmente empregados estavam na indústria hoteleira e alimentícia, as profissões com as menores remunerações. Os serviços de saúde ainda estavam paralisados, e os serviços voltados à saúde mental daqueles com transtorno de estresse pós-traumático, que minha prima Pam chamava de "loucura do Katrina", eram praticamente inexistentes.

A fim de conter o aumento da taxa de homicídios, o prefeito Landrieu lançou jogos de basquete à meia-noite e instituiu toques de recolher no French Quarter e no Marigny, bairros apinhados de turistas, impedindo que menores de dezoito anos ficassem nessas vizinhanças ou em seus arredores após as oito da noite. "Salve um turista e enterre um nativo", escrevera um colunista local em resposta ao decreto.

Quando nenhuma dessas manobras funcionou, os membros da comunidade passaram a recorrer a Deus. CRESCE MOVIMENTO DE ORAÇÃO PARA CURAR NOVA ORLEANS, dizia uma manchete. O texto descrevia duas mulheres dirigindo por aí e colocando as mãos nas ruas, ao mesmo tempo que imploravam ao "sangue de Jesus" por proteção.

O funeral de Tony me fez lembrar do enterro de Alvin, mais de uma década antes. Os rapazes ali presentes ostentavam as mesmas expressão duras que logo desabrochavam em caretas de dor ao ver o cadáver, assim como acontecera conosco em nosso luto por Alvin. Só que em vez de usar camisetas brancas com fotos do falecido, eles usavam macacões Dickies vermelhos com fotos de um Tony sorridente nas mangas e nas costas.

No enterro, depois que a maioria da multidão se foi, o encarregado da sepultura, de macacão verde, chegou com um trator, carregando a tampa do túmulo suspensa por duas correntes de metal. Ela oscilava no ar como um jato voando baixo. Durante uns bons minutos, o único som foi daquelas correntes rangendo enquanto a tampa era baixada sobre a tumba. Eu fiquei observando a cena junto a vários dos companheiros que carregaram o caixão de Tony, todos jovens usando macacões vermelhos, cada um deles usando uma única luva branca. Depois que a tampa foi encaixada no lugar, um dos rapazes jogou a luva branca no chão e saiu correndo, levantando os óculos escuros, enxugando os olhos, fungando. O encarregado da sepultura trabalhava como alguém atrasado para seu próximo compromisso, removendo a grama sintética que havia sido colocada ao redor do caixão para deixar a apresentação decente, dobrando cada faixa como um belo carpete e, por fim, selando a tumba permanentemente com cimento. A essa altura, as outras testemunhas do enterro de Tony já haviam deixado a cena, e eu permanecia lá sozinha. Eu estava pensando em como isso era raro, o gesto de ficar para assistir ao caixão ser baixado, e também me dei conta de como todos os meus amigos de infância ou estavam mortos (Alvin) ou na cadeia (James) ou, de modo geral, sumidos, ao menos para mim (Chocolate T, Red). O momento foi mais inexprimível do que agora.

A caminho de casa, depois de deixar Carl na casa dele, pensei em James, filho da minha irmã Valeria, que agora completava treze anos na cadeia; e em Alvin, que estava enterrado há tanto tempo quanto James estava preso, e que nem mesmo tinha uma lápide. Como eu estava acostumada a agir em vez de sentir, telefonei mais uma vez para o escritório principal do cemitério de Resthaven, embora fosse tarde da noite, e deixei mais um recado, dizendo que eu queria encontrar o local onde Alvin fora sepultado. Quando entrei pela porta verde que levava ao beco do meu apartamento no French Quarter, bati com força, embora houvesse uma plaquinha dizendo NÃO BATA A PORTA, e apoiei todo o peso do meu corpo nela, como se tivesse acabado de escapar de alguma coisa.

De volta ao apartamento, peguei a carta mais recente do meu sobrinho James.

Para: Minha Tete — Princesa P
   De: Seu sobrinho — Blacky Boo J
   Motivo: acabei de receber sua carta e fico feliz em saber que você recebeu a minha [carinha sorridente]
   Pedido: Nunca desista de mim

James nunca colocava data nas cartas, nunca mencionava datas festivas ou aniversários ou o tempo de modo geral, exceto a duração de sua pena, o único tempo que importava.

Eu havia tentado profissionalizar uma coisa pessoal, destacando com marca-texto amarelo neon as frases em negrito de James, organizando suas cartas em uma pasta chamada "James Jenkins", que continha também um artigo de jornal falando sobre o possível fechamento do Centro Correcional de Avoyelles, em Cottonport, Louisiana, onde James cumprira os primeiros anos de sua sentença de vinte anos.

Agora eu enxergo que nessa minha compartimentalização grosseira da vida de James — nascido um mês antes de mim, nós dois às vezes dividindo o bercinho no palquinho da sala de estar, e que, portanto, não era apenas minha família, mas também mais velho do que eu; esse homem com quem convivi na infância, na época da mamadeira, depois na meninice e na adolescência — só estava faltando eu organizar sua vida e nosso relacionamento pregando uma etiqueta com sua matrícula de prisioneiro na capa da pasta em vez de botar seu nome.

Já estamos com 32 anos, James e eu. As seis cartas que recebi dele representam para nós a totalidade de uma conversa adulta, cabisbaixa e fragmentada, sem qualquer resplendor, iniciada quando tínhamos vinte anos. Sua correspondência era toda examinada e carimbada com o aviso burocrático em vermelho desbotado: "Correspondência sem censura. Não nos responsabilizamos pelo conteúdo."

Nossa correspondência começa e para. Sempre sou eu quem a interrompe e sempre sou eu quem a reinicia. James jamais perturba o silêncio entre nós. Esses trancos e barrancos se devem principalmente ao fato de as cartas de James não conterem mais do que uma ou duas linhas — pedidos, declarações, perguntas cujas respostas parecem impossíveis de se responder. Acho doloroso, por exemplo, tentar descrever a vista da minha janela para um homem adulto que está privado de sua liberdade. Esse tormento específico do encarceramento, o ato de cegar a curiosidade e a visão, uma tentativa de sepultamento em massa dos vivos — James chama a prisão de "caminho da morte" —, faz eu me sentir como se eu tivesse sobrevivido ilegalmente.

A caligrafia de James mudou ao longo de treze anos. Seis anos atrás, era uma letra cursiva apertadinha, quase caligráfica, cauterizada no papel, mas agora é só letra de forma, letras sérias e inanimadas. A maneira como ele se dirige a mim no envelope também muda. No início, era Sarah Broom, e depois todos os meus três nomes e, ultimamente, apenas Monique Broom, o que implica uma familiaridade que não consigo sustentar. Eu não sei mais como James é. Monto um rosto para ele baseado nas fotos que encontrei e que cá estão diante de mim. Fotografias de James, enfiadas no meio de livros aleatórios, às vezes caem em momentos inesperados. Do exemplar de *A Estrada*, de Cormac McCarthy, caiu uma Polaroid que a mãe de James, minha irmã Valeria, me deu, ele posando diante de uma paisagem falsa com nuvens acima de arranha-céus e montanhas ao fundo. Na fotografia, há tatuagens finas na pele de James, como veiazinhas estourando. Ele está ajoelhado diante da cidade/paisagem montanhosa confusa que lhe serve de cenário, e que será cenário para outro prisioneiro a seguir — por uma módica taxa por fotografia. Fico analisando a imagem. "Caro James", estou comovida por estar escrevendo uma nova carta, "que eu amo". Avalio a frase. Demoro muito para saber o que dizer a seguir.

Ao longo dos meus seis meses em casa, vim a conhecer Carl de um jeito que eu não conhecia meus outros irmãos. Não que conversássemos num nível que eu não conversasse com os outros. Na verdade, era exatamente o oposto. Sempre que eu começava a revelar muitos detalhes pessoais, Carl dizia: "Muito bem, baby, eu não preciso dessa informação toda". Carl era um sentinela silencioso, mas às vezes, quando eu fazia uma pergunta, ele me contava uma história do mundo antes de mim. Muitas de suas frases começavam com "Mo, você se lembra de quando". Não, eu diria. Não me lembro, pois eu ainda não tinha nascido.

Certa vez, tentei perguntar ao Carl por que ele visitava a Casa Amarela, esperando uma abordagem filosófica relacionada à importância da nossa terra. "Para cortar a grama", respondeu ele.

Boa parte do meu relacionamento com Carl se desenrolava enquanto andávamos juntos no carro, seja com Carl guiando ou comigo dirigindo para ele, às vezes com um sr. Carl cochilando no banco de trás. Carl sempre dirige meu carro automático usando os dois pés, do mesmo jeito que faria num carro manual — um pé pairando sobre o freio, o outro no acelerador. Fizemos incontáveis viagens a St. Rose para visitar minha mãe, nossa roupa suja no porta-malas para lavar.

Mas de todas as nossas viagens, a mais memorável foi nosso passeio de bicicleta pelo New Orleans East. Na salinha onde nos encontramos, a bicicleta de Carl estava toda arrumada, com uma enorme cesta na frente forrada com fita verde que brilhava à noite. As rodas também estavam acesas; havia lâmpadas entre os raios que piscavam quando você apertava um botão. "Este é o meu bebê", disse Carl sobre sua bicicleta robusta com rodas cromadas. Bem na parte de trás, presa à roda traseira, havia uma bandeira vermelha rígida no topo de um mastro estreito vermelho e branco, com quase um metro e meio.

Na NASA, Carl conseguira para mim uma antiga bicicleta azul modelo Cruiser, e disse que era minha pelo resto da vida. Antes de sairmos, Carl colocou saquinhos de areia nos bolsos do colete como forma de melhorar seu condicionamento físico enquanto pedalávamos. Começamos a descer pela Old Gentilly Road, em direção à Casa Amarela, seguindo o caminho que meu pai fazia quando trabalhava na NASA, mas quanto mais perto chegávamos da Casa Amarela, mais árvores caídas e lixo bloqueavam nosso caminho.

Carl e eu descemos em nossas bicicletas pelos trilhos da Louisville and Nashville. Era o trajeto de volta para o lugar que conhecíamos.

Finalmente, cruzamos os trilhos e pedalamos até a ponta curta da Wilson, passando pela Casa Amarela como se fosse nossa primeira vez lá, correndo à velocidade da luz, cruzando a Chef Menteur Highway rumo à ponta longa da Wilson. Diminuímos a velocidade para pedalar pela região onde costumavam ficar os apartamentos Ratville, perto de onde ficava o Ebony Barn, longe de onde costumava ser o Grove. Na direção de onde era a escola Jefferson Davis. O passeio silencioso nos levou até a Livingston Middle School, que, para minha surpresa, também não existia mais. A nova escola agora era em trailers, os edifícios arquitetonicamente sólidos nos quais eu passara meus dias do ensino fundamental tendo sido demolidos antes que tivessem a chance de envelhecer.

Depois de parar para olhar a região, Carl e eu pedalamos até o complexo de apartamentos onde Michael morara na juventude. Carl raramente se virava para olhar para mim, mas algumas vezes eu acelerava para ficar ao lado dele. Carl queria ir mais longe, pelo lago Forest, onde ficava o Plaza, e a Bullard, onde ficava a Word of Faith, onde estudei, e onde agora tinha um novo Walmart, mas eu vetei. Todos os lugares por onde passávamos "costumavam ser" outra coisa. O que, naquela paisagem marcada pela Enchente e pelo abandono, recuperara-se, afinal de contas?

Já fazendo o trajeto de volta, Carl tomou um caminho diferente daquele da vinda, o que exigiu que cruzássemos a Chef Menteur Highway outra vez, mas em vez de voltar pela Old Road, seguimos para o leste na própria Chef Menteur Highway. Durante um longo trecho não havia calçada e certamente nenhuma ciclovia. Pensei nas bicicletas fantasmas apoiadas em postes de luz ao longo de toda a cidade para homenagear os ciclistas mortos pelos carros. Carl e eu estávamos na faixa da extrema direita da Chef Menteur, sem ter muito onde nos proteger do tráfego. Ele estava à minha frente e em nenhum momento se virava para trás para me olhar. Imaginei Karen tentando cruzar a Chef Menteur com

Carl quando ela estava na terceira série, atingida e arrastada ali naquele mesmo asfalto. Aí cheguei à conclusão de que seria melhor não pensar demais, e que eu deveria tomar muito cuidado para não cair. Um ônibus da RTA vinha atrás de mim agora; parecia estar ganhando velocidade. Ergui o quadril para pedalar mais rápido, e a Cruiser oscilou de um lado a outro quando acelerei. "Faça o que fizer, Mo, jamais entre em pânico", dissera Carl naquela vez em que contara sua história sobre o Katrina. Mas Carl agora estava fora do meu campo de visão; tinha virado à direita. O ônibus trocou de faixa e passou por mim. Quando finalmente alcancei Carl, eu estava xingando baixinho e furiosa comigo mesma. Carl parou para me aguardar, sem externar qualquer tipo de preocupação. Depois seguimos rodando em silêncio pela Old Road. Quando chegamos à McCoy Street e o passeio acabou, eu ainda estava abalada pela tensão na Chef Menteur, pedalando a toda na estrada bicho-papão da minha infância. Passei todo o trajeto de volta para casa intrigada com aquilo, fixando-me na mesma pergunta: por que, eu me indagava, Carl jamais olhava para trás para verificar como eu estava?

• • •

No dia seguinte, levei minha mãe para visitar seu meio-irmão, Joseph Soule. Eu tinha acabado de ouvir o nome de Joe Soule pela primeira vez na vida, depois de este surgir numa conversa recente com mamãe. Ela me contou o seguinte: Joe Soule era o primogênito de Lionel Soule. A mãe dele era uma mulher chamada Cora Jones, que tinha vindo de Raceland, Louisiana. Fiquei sabendo que o tio Joe, que também conhecera meu pai (eles tinham nascido no mesmo dia e serviram juntos na Marinha), morava na parte alta da cidade, a minutos da casa rosa onde morei durante meu emprego na prefeitura, num imóvel que ele herdara de Lionel Soule em 1977, por acaso o mesmo ano em que Joe Soule botara seus três meios-irmãos — Joseph, Elaine e Ivory — na justiça a fim de deter a posse exclusiva da casa de seu pai. Joe Soule tinha os "advogados caros", tia Elaine se lembra das palavras dele à época. Eles não precisariam se preocupar com nada, prometera ele. Ele ia cuidar do legado do pai e eles iam dividir a posse da propriedade. Elaine e Ivory então assinaram uma procuração para ele. "Fomos enganados", diz agora o tio Joe Gant. Quando viram, estavam sendo citados judicialmente, sendo que nem minha tia nem minha mãe se lembravam de terem sido intimadas, mas a documentação existia para comprovar que sim. Como elas não responderam ao pedido de comparecimento aos tribunais — minha mãe tinha onze filhos à época —, foi concedida a Joe Soule a posse exclusiva do imóvel da Willow Street no caso *Joseph Soule versus Joseph Gant et al.*

Estávamos dirigindo pela Carrollton Avenue, a caminho do Audubon Park para uma caminhada, quando mamãe disse, do nada: *Eu estava tentando ver. Acho que estamos perto da casa de Joe.* Mamãe não queria ficar pensando muito na pessoa que ele era, mas na pessoa que ele poderia ser agora. Entrecruzamos a rua para refrescar a memória visual de mamãe. Ela estava no banco do passageiro me dizendo para que lado ir, o problema era que ela só havia ido ao endereço de seu pai uma vez, algum tempo depois do funeral dele, em 1977, e mesmo assim nem chegara a entrar na casa, permanecendo na calçada.

Parei o carro no meio da rua. *Com licença,* falou mamãe para dois homens sentados em uma varanda. *Sabem onde mora Joe Soule?*

Nenhum dos dois tinha ouvido falar dele. Depois de perambularmos mais um pouco, um sujeito apareceu na janela do lado do passageiro e apontou para uma choupana azul e branca perto da calçada. *Vou descer,* disse ela.

Estacionei o carro do outro lado da rua e fiquei observando quando mamãe bateu à porta. Dava para ouvir sua voz, mas ela não fez nenhum sinal para que eu me juntasse a eles, ainda não. *Você sabe quem eu sou, hein?,* ouvi quando ela falou.

"Bem, você me parece familiar", respondeu a voz masculina. "Estou tentando me lembrar de você."

É a Ivory. Eu sou Ivory. Sua irmã.

Mamãe finalmente acenou para que eu saísse do carro. O sujeito alto estava atrás da porta de tela usando robe vermelho e calça de pijama de flanela. Calçava meias e chinelos. *Este é Joseph Soule, meu irmão.* Ele estava com 89 anos agora, e um tanto frágil.

Joseph, esta é minha caçula, Monique.

"Como vai", disse meu tio Joe Soule.

●●●

Nós entramos. A primeira vez de mamãe dentro da casa de seu pai, Lionel, o homem de quem ela se escondera, e que nunca mais voltara para tentar encontrá-la, o homem que ela jamais conhecera de fato. Dei uma olhada na sala, notei o suporte da lata de lixo com uma cruz talhada na madeira, o espelho com moldura dourada pendurado no teto por uma grossa corrente de ouro.

Eram pessoas sem a menor familiaridade se encontrando — mamãe não via Joe Soule há mais de vinte anos —, até que nos sentamos à mesa da cozinha, onde Joe Soule me perguntou: "Qual é o seu nome mesmo?"

Eis um momento impulsivo do Joe, nada planejado.

"Sarah", respondi.

Joe Soule era um estranho que eu acabara de conhecer, e Lionel (meu avô, pai da minha mãe) era outro estranho que eu nunca conheci. Isso fazia de mim uma intrusa. Joe Soule acendeu o fogão. Ele me pediu para preparar café numa cafeteira para duas xícaras. O telefone tocou no quarto, e Joe Soule saiu para atendê-lo.

Se forem os filhos dele ao telefone, podem achar que estamos aqui por um motivo obscuro. Eu me concentro no café. *Certifique-se de que tem xícaras aí e de que está tudo lavado.* Faço que sim com a cabeça.

Joe Soule volta, parece revigorado.

"Onde você está morando agora?", pergunta ele a mamãe.

St. Rose. A casa da minha mãe.

Imediatamente, tive vontade de contar a ele toda a história da Casa Amarela, de discutir como suas atitudes do passado trouxeram dor à mamãe no presente, mas fiquei calada, continuei a preparar o café.

Mamãe deu uma boa olhada na cozinha. O teto tinha uma inclinação, dando uma sensação de encaixotamento. Era uma casa escura, sem muita luz natural. *Este é o lugar onde ele e a sra. Bessie, é aqui que eles viveram juntos? Ela não foi morta aqui?*

No verão de 1977, a esposa de Lionel Soule, Bessie Soule, foi assassinada num suposto roubo. Ela foi encontrada deitada na cama, mãos e pés amarrados, a boca amordaçada com um par de meias. Tinha setenta anos. Quando Lionel Soule soube da morte da esposa, disse aos membros da família: "Ontem foi o pior dia da minha vida. Não suporto nem pensar nisso", então enfartou ali mesmo e morreu, exatamente um dia depois de Bessie. *Dizem que ele morreu de coração partido*, diz minha mãe.

A citação acima, supostamente dita por Lionel, que apareceu numa reportagem do jornal, são as únicas palavras que minha mãe pôde atribuir a seu pai. Claro, é possível que não tenha sido exatamente assim, que suas palavras e o momento no qual foram proferidas tenham sido reformulados pelo repórter para causar efeito dramático.

Seu obituário contava a história vivenciada em seus arredores, não a realidade: "Lionel Soule", dizia, "amado marido de Bessie... muitos sobrinhos... Pai em Cristo de Irmã Mary Jacinta... deixou vinte sobrinhas e sobrinhos, e muitos parentes e amigos." De acordo com o obituário, ele e Bessie não tinham filhos.

Ainda. Lolo achou adequado que os três filhos que ela tivera com Lionel comparecessem ao funeral do pai. Minha mãe estava com 36 anos quando seu pai falecera. Ela já tinha dado à luz oito filhos e era mãe de onze quando vira o pai pela primeira vez, no velório duplo, Lionel morto ao lado de Bessie, sua esposa. *Eu nem mesmo me lembro do caixão da mulher. Acho que devo ter me concentrado só no dele.*

Ele era um sujeito importante na Igreja Católica, eleito homem do ano em 1962 por suas "qualidades notáveis", anunciara o jornal. Mas quando os filhos de Lionel Soule foram conversar com o pastor antes do funeral, explicando que carregavam seu sobrenome e, portanto, eram filhos dele, o pastor dissera que como Lionel não os reconhecera em vida, não poderia assumir a responsabilidade de reconhecê-los depois de morto.

"Eu fiquei na fila", conta o tio Joe Gant, "como se fosse um dos amigos da família. Eu estava lá. Mas não de forma oficial."

O relato da minha mãe sobre esse caso levou Joe Soule a revisitar, por iniciativa própria, a dolorosa saga que minha mãe e seus irmãos, embora quisessem muito, jamais foram capazes de esquecer totalmente. "Esses dois advogados", Joe Soule tentou explicar, "depois que meu pai morreu, disseram que descobriram que eu era o parente mais próximo ainda vivo do meu pai."

À época, explicou ele a mamãe, ele já tinha uma casa do outro lado do rio e nem se lembrava de Lionel Soule, que também nunca fora presente em sua vida.

"O advogado disse, vamos continuar a pesquisa, mas parece que o imóvel irá para você. Enfim, foi isso o que ele me disse ", justificou Joe Soule, falando apenas para mamãe. "Ele disse que meu pai tinha esses filhos com sua esposa, quando ele era casado, disse que quando eu nasci, filho de Cora Jones, em Raceland, quando nasci..."

Ele não era casado com Lolo, interrompeu mamãe.

"Isso. Eles me disseram que ele é seu pai legalmente por causa disso. Agora estamos pesquisando os filhos ilegítimos sobre os quais esses advogados me falaram. Eles não podem ser classificados como legítimos."

Fiquei olhando para mamãe. Ela estava usando sua roupa de ginástica toda preta, com batom vermelho intenso e tênis Nike. Seu cabelo estava preso em um rabo de cavalo. As mãos cruzadas sobre a mesa. Ela olhava atentamente para o rosto do irmão. Joe Soule, comovido, acho, por seu silêncio, disse que achava que vovó tinha trocado seus sobrenomes para que não fossem Soule mais.

Minha mãe finalmente falou.

Todos nós fomos criados como Soule. Até Joseph.

Nunca deixamos de ser Soule, disse mamãe, com o registro de voz mais profundo.

Ela me disse para pegar sua bolsa no carro. Quando retornei, ela abriu sua carteira organizada e sacou uma cópia de sua certidão de nascimento. Foi assim que fiquei sabendo que ela, desde a Enchente, carregava sua "papelada" para todo lado. Se ela tivesse de evacuar outra vez, não perderia as evidências sobre quem ela era.

Monique, você está com seus óculos? Leia.

Minha voz saiu trêmula. Mantive a cabeça abaixada. "Criança do sexo feminino, Ivory Mae Soule, negra, filha não registrada por Lionel Soule, natural de Louisiana, de 39 anos..." "Não registrada", repeti, e parei.

"Quem tinha 39 anos?", Joe Soule queria saber.

Nosso pai, quando nasci.

Continuo a ler.

"Profissão: operário, e Amelia Gant, natural de Louisiana, 26 anos."

Mamãe queria que Joe Soule averiguasse a prova com seus próprios olhos, mas ele disse que não era necessário. Mamãe não forçou. Depois de algum tempo, eles passaram a falar sobre a saúde debilitada de Joe Soule, e de seus filhos bem-sucedidos. Quando estava quase chegando a hora de ir embora, eles conversaram sobre meu pai, Simon Broom. Minha mãe me inseriu na história para contextualizar para Joe Soule: *Ela não conheceu o pai dela, só sabe coisas dele pelo que falamos.*

Depois da visita, mamãe e eu voltamos para St. Rose em silêncio no carro, e chegando lá mamãe conversou com seus irmãos, Joseph e Elaine, à mesa da cozinha. *Ele disse que não éramos filhos legítimos do nosso pai.* "Sim, você era filha biológica dele", disse Joe Gant. Tia Elaine, sempre a mais briguenta dos três, defendia a posse igualitária do imóvel, dizendo: "Esta casa em que estamos agora é para a família. Nós somos os proprietários dela, nós três, e tem que ser a mesma coisa com a casa onde Joe mora." Mas minha mãe era alérgica à ideia. *Vocês podem ficar com ela. Eu não vou passar por isso. Deixem como está. Isso deveria ter sido feito anos atrás. Eu não tenho uma casa. Quero dizer, vou dividir esta casa. E um dia eu quero...*

"Ora, você tem uma casa, como está dizendo que não tem uma casa?", berrou tia Elaine num acesso de raiva.

Minha casa, quero dizer, de minha posse, a casa de Ivory, rebateu minha mãe à beira das lágrimas. *Um dia ainda espero ter minha própria casa, uma casa de Ivory.*

"Também espero pra caramba por você", disse tio Joe da maneira mais afável, automática e fraternal de um irmão mais velho.

Um mês depois daquela visita a Joe Soule, todos os filhos de Lionel Soule se reuniram na casa da vovó. Joseph Soule e Joseph Gant posaram para fotos nas quais fica nítido o quanto eles são consanguíneos — os mesmos rostos, narizes e coloração. Joe Soule e Joe Gant usam o nome do meio do pai como sobrenome; as mesmas mãos imensas, que são as últimas mãos na face da terra que você gostaria de ver esmurrando sua cara. Dirigem o mesmo modelo Ford Explorer. Ambos com 1,92 m. A única diferença é a idade — os dez anos que os separam. A situação da casa da Willow Street não voltou à tona, mas continuo a pensar nisso como uma estranha ironia para mamãe, que, de todas as coisas que sempre desejara, sempre quis construir um novo mundo com as regras de Ivory Mae. Para ela, era o significado de ter uma casa.

E o que, eu me pergunto, ter uma casa significaria para mim?

Meu pai está em seis fotos. Lá está meu pai tocando banjo com Lynette, no porta-retratos; meu pai em um baile social com vovó Lolo; minha mãe sentada no colo do meu pai; meu pai conduzindo Deborah pela nave da igreja; meu pai com um casaco de couro e um chapéu fedora preto, sentado em um bar com o tio Joe, levantando a cerveja num brinde, a boca aberta, dizendo alguma coisa para o fotógrafo; e meu pai bem jovem, parado diante de um Ford antigo, apontando o dedo para a câmera. Alguém escreveu "Meu" em tinta vermelha no capô do carro, e abaixo da foto: "Ele sabe das coisas..." Será que meu pai, Simon Broom, escreveu isto?, eu me pergunto.

Essas fotos podem ser embaralhadas, fixadas na minha parede em configurações diversas, seguradas no alto para melhor apreciação e depois jogadas no chão, e ainda assim ainda serão apenas seis fotos. Marquei uma conversa com o clarinetista Michael White, que tocava com meu pai na Doc Paulin Brass Band. Ele me contou que, em vez de usar chapéus estruturados e mais caros, como o restante dos membros, Simon usava um boné de marinheiro. E disse também que muitos desfiles da banda foram filmados, e que de fato achava possível encontrar meu pai nos filmes nos arquivos do Historic New Orleans Collection, que ficava a poucos quarteirões do meu apartamento.

O dia em que fui lá pesquisar os arquivos em busca de evidências visuais do meu pai foi bastante memorável. Por acaso o músico local Lionel Batiste, que chamávamos de tio Lionel, tinha morrido. Seu velório foi histórico porque tio Lionel e sua música foram muito importantes para a história de Nova Orleans, mas também pelo acontecimento pitoresco quando os enlutados chegavam à funerária Charbonnet: algumas pessoas entravam e viam o tio Lionel encostado em um poste de rua do French Quarter, usando seus guarda-sóis habituais, e aí saíam correndo, achando que ele tinha ressuscitado e estava andando por aí. Acontece que os agentes funerários fizeram história no embalsamamento, colocando o cadáver de pé, a novidade saiu até no noticiário local, uma ação bem-sucedida para a casa funerária, porque os concorrentes ficaram alvoroçados para descobrir exatamente como tinha sido feito.

Mas eu não compareci ao velório propriamente dito — fui direto para os arquivos. Ver meu pai, Simon Broom, em movimento mudaria tudo, eu ficava dizendo a mim mesma (embora eu nem soubesse especificar direito como as coisas mudariam). Essa noção incessante despertou sentimentos de ansiedade em mim. Eu estava à beira da descoberta, meu local favorito, e também tinha a sensação de estar guardando um segredo. Registrei minha presença no andar de baixo e guardei meus pertences nos armários de madeira. Depois de subir a escadaria de mármore e já dentro da ornamentada sala de leitura, procurei os filmes que queria em armários de metal e aí me acomodei, curvada, na frente do monitor de TV, assistindo com atenção.

Michael White, o clarinetista, me disse que, como papai tocava trombone e as bandas marchavam em formação, ele sempre seria o primeiro da fila.

Como eu conseguiria reconhecê-lo? Pensei em voltar para o apartamento, recuperar as fotos dele, refrescar minha memória. Mas em vez disso, revisei mentalmente as seis imagens que eu conhecia. Parte de mim estava com medo de vê-lo vivo. Vê-lo se movimentando confirmaria que ele nem sempre estivera morto, tal como acontecia na minha história particular. No mundo dos pais mortos, a lógica é falha. É tudo puro sentimento. Quando se tratava de meu pai, eu não sabia as coisas mais básicas. Recentemente, eu tinha perguntado a Byron, para quem eu podia fazer qualquer pergunta: "Qual é a diferença entre um pai e um irmão?" Ele tentou explicar, mas suas palavras ficaram aquém do necessário. "Um pai é mais rígido, mais responsável por orientar a criança..." Ele se calou. Dava para ver que na verdade não sabia como responder, mas também não fora capaz de admitir isso. Achei a descrição de pai dele semelhante à minha definição de irmão.

Eu estava assistindo aos filmes.

Lá estava uma mulher negra de turbante branco e vestido, usando mocassins brancos, dançando na frente de uma fileira de casas *shotgun*. Ela tirara os sapatos para dançar melhor. Outras mulheres, usando blusas douradas, juntaram-se em torno dela, como uma proteção.

E então lá estava ele. Em praticamente segundos eu me flagrei pronta para vê-lo. Aquele era o meu pai? Um homem tocando trompa, não trombone, mas com mesmas as mãos ásperas de crocodilo de Carl, uma flor amarela amarrada no instrumento. A câmera se fixou naquelas mãos; meus olhos se fixaram nelas.

O sujeito com cabelos grisalhos, os nós dos dedos escuros e surrados, virou-se para os outros músicos. Ele estava se exibindo. Meu pai, concluí, provavelmente faria esse tipo de coisa. O chapéu dele era diferente dos outros, um casquete de marinheiro, ligeiramente amarelado em vez de branco puríssimo, assim como Michael White descrevera. Ele era diferente, destacava-se.

Encontrei o mesmo sujeito em outro rolo de filme, o homem que era meu pai. Saindo da prefeitura pelos degraus da frente, tocando no desfile do dia de Martin Luther King Jr., vestindo sobretudo de lã, a mão imensa tocando trompa. Meu pai era mais robusto do que parecia naquelas seis fotos. Mais legal.

Lá estava papai de novo, com a flor na trompa.

Meninos dançavam na frente da câmera. Um belo espetáculo. Uma mulher desfilava com bobes de espuma rosa no cabelo; um deles estava se soltando, livre como o desfile, o cabelo se desenrolando sozinho. Rostos solenes para todos os lados combinavam com as posturas eretas, lábios sugando como peixes em busca de ar.

Depois de assistir a todos os filmes, sentei-me a uma mesa e comecei a vasculhar pastas com frames da mesma coleção de vídeos, e aí encontrei dez fotos do homem com a flor na trompa. Empolgada, procurei o pessoal de auxílio à pesquisa detrás das suntuosas escrivaninhas de madeira. Quero cópias disto!, pedi. Achei ele! O sujeito que trabalhava na recepção não demonstrou emoção e fez exatamente o que solicitei. Paguei 10 dólares por dez fotografias e saí do prédio, exultante, meu pai andando comigo dentro de uma pasta de papel pardo. Eu procurei — pensei — e encontrei. Era uma sensação espiritual, como se uma luz importante tivesse sido restaurada dentro de mim. Meu ano inteiro de investigações — a razão para o meu retorno — tinha sido só para chegar a este momento, refleti.

Cruzei a cidade com as fotocópias em preto e branco na minha bolsa, com a intenção de mostrá-las aos meus irmãos, com a intenção de mostrá-las à minha mãe, que disse estar louca para ver. Mas muitas semanas se passaram antes que alguém pudesse vê-las. Quando eu estava na Casa Amarela ou na McCoy Street com Carl, eu sempre me esquecia de mostrar a ele, ou achava que não era o momento adequado, mas então eis que um dia minha mãe veio me visitar. Ela estava sentada na sala de estar do meu apartamento lendo o livro *Shadow and Act*, de Ralph Ellison, quando entreguei a ela a pasta e fui preparar uma salada para o almoço. Dava para ouvi-la folheando rapidamente as fotocópias.

Seu silêncio foi ensurdecedor.

Ela foi delicada comigo.

Não, filha, você não o encontrou. Ainda não. Mas continue procurando.

Ela olhou novamente.

Agora, veja, este aqui se parece mais com ele, ela apontou a sombra de um homem no fundo do desfile, atrás do homem com a flor na trompa. *Vê o recuo no couro cabeludo dele? O cabelo do seu pai era mais assim. Pode ser ele aqui.* Mas mal dava para ver o rosto daquele homem.

Seu pai tinha feições muito marcantes, disse minha mãe.

Ele tocava principalmente trombone de vara. Não a trompa como o homem nas fotos.

Seu pai tinha um nariz bem afilado. Ele usava o cabelo rente à cabeça, assim como Carl. E não usava cinza porque sempre tingia tudo de preto. Ele era incrivelmente alto, disse minha mãe outra vez.

Eu me senti mal por fazê-la evocar tudo o que ela amava no meu pai. Os detalhes às vezes intensificavam demais os sentimentos.

Mamãe continuou com o *ele era isso e ele era aquilo*, mas eu não ouvi mais uma palavra do que ela disse.

08
NOITE ESCURA

A rua muda principalmente nas pequenas e cumulativas formas de decadência. São coisas que não chamam a atenção facilmente. Se um cano estourar sob o concreto, criando uma poça, ele assume a aparência de todos os canos que já estouraram e de todas as poças que já se formaram. Sempre há carros estacionados ao longo da rua, principalmente quebrados, que não saem mais do lugar, e quando saem, logo a seguir um pedaço enorme de metal enferrujado é colocado em seu lugar. O que se percebe agora é como a concessionária que antes era a lavanderia da esquina desapareceu repentinamente. Restou apenas a fundação de concreto e uma placa de VENDE-SE. A lavanderia foi o lugar onde as famílias se refugiaram após o furacão Betsy em 1965. Quando meus irmãos dizem: "Aprendi a nadar", na verdade querem dizer que aprenderam a nadar até a lavanderia que um dia abrigou os escritórios do estacionamento de trailers Oak Haven. Depois que a lavanderia foi fechada, nos anos 1980, ela virou uma loja de pneus usados onde os homens ficavam à toa, a placa da loja pintada com tinta spray numa tábua de madeira pregada em um grande carvalho.

Michael acabou de chegar de San Antonio em um ônibus da Greyhound para uma entrevista de emprego em um restaurante de hotel. Chegou em meio à massa de sonâmbulos morosos, usando tênis branco limpinho e roupa preta, os vincos bem passados, pois ele considera o ato de passar roupa uma espécie de meditação, executada com verdade. O rigor de Michael para passar as roupas é o mesmo da minha mãe e da minha avó.

Juntos, aguardamos por Carl, que insistiu para que o encontrássemos aqui, na Wilson Avenue. Estamos onde costumava ficar a frente da Casa Amarela. Examino a mesa à qual Carl costuma se sentar com os amigos. Além de toda remendada, a madeira desfigurou-se por causa da chuva. Há garrafas espalhadas no gramado da frente, e mais algumas outras organizadas na traseira de uma caminhonete.

Um homem do outro lado da rua nos cumprimenta como se conhecesse o lugar.

"Qual é o nome daquele cara?", pergunta Michael. "Huggy ou algo assim?"

"Dizem que ele incendiou a lavanderia", digo a Michael, repetindo o que Carl me contou. Referir-se aos lugares pelo que eles eram originalmente, principalmente quando a paisagem está tão desfigurada, é uma forma de lutar contra o apagamento.

O homem vem até nós.

"Como você está, meu amor? Minhas mãos estão meio sujas, desculpe", diz ele, pegando minha mão para beijá-la. Ele então desaparece dentro da casa do outro lado da rua.

"Ei, Rabbit está chegando", diz Michael depois de termos aguardado pelo menos uma hora.

Carl estaciona bem em frente ao único cedro que permanece de pé, onde ele sempre estacionava quando havia dois cedros emoldurando a passarela.

"E aí, garotão?", diz Michael para Carl.

"E aí, Mo?", Carl me cumprimenta.

Digo: "O que você tem aí para mim, Carl?"

"Veja só", diz ele, erguendo uma garrafa. "Um Long island iced tea.[1] Tem uma caneca aí? Agite bem. É 'chá gelado' dos bons."

O negócio é potente. Mantenha longe da luz solar direta, alerta o rótulo. Já estamos no finzinho da tarde agora, o sol já se pôs.

Carl berra o nome do sujeito do outro lado da rua de modo que jamais voltaremos a esquecê-lo: "Ah, é Poochie. O Poochie bêbado e doidão."

---

1   Long Island iced tea: drink alcoólico feito com licor de laranja, vodca, gin, rum, suco de limão e refrigerante de cola. Servido num copo alto, com muito gelo e rodelas de limão. É chamado de "iced tea" porque quando pronto fica com a aparência de chá gelado. [NT]

Poochie mora na casa de tijolos com os arcos que o sr. Will do Mississippi construiu, a casa que ele finalizou poucos dias antes de morrer de um infarto fulminante. Poochie se aboletou na propriedade do sr. Will. Antes da Enchente, Poochie morava em um ônibus quebrado na Old Gentilly Road, isso antes de se mudar para "a casa na colina", como Carl chama. Ele guardou seus pertences, um monte de coisas enferrujadas, ao longo da lateral da casa, que é de madeira pintada de rosa, e não de tijolos como a fachada. Será que a casa era rosa na lateral e de tijolos na frente desde sempre, quando eu a elogiava e me sentia intimidada pela fachada, o mistério sombrio criado por aqueles arcos ocultos que sempre me fizeram imaginar um sr. Will do Mississippi satisfeito, observando tudo de sua varanda sem ser visto? Essa foi e ainda é, até certo ponto, minha definição de poder.

Poochie cravou uma bandeira dos Estados Unidos na frente da casa, onde ficava a calçada. Agora resta apenas concreto quebrado. A casa ainda é triunfante, de certa forma, por ainda existir e pela pose de seus arcos na fachada. Poochie tem orgulho da estrutura, é nítido. Desde que fixou residência ali, a casa ganhou vários mitos. A história favorita de Carl é a da sucuri. "Dizem que tem uma cobra mais grossa do que a câmara do seu pneu", conta ele. "Ainda não consegui pegá-la." Eu sei que é uma história de Carl, que ele inventou isso, porque sei o quanto ele ama o filme *Anaconda* (o primeiro, o segundo e o terceiro). Ele é fascinado por cobras, como a sucuri na casa de Poochie que, diz Carl, um dia vai matá-lo. Isso ou o Pé Grande que também mora lá — a pata do Pé Grande é a culpada pelo imenso buraco no telhado jamais remendado, desde a tempestade, quando algo desabou ali. De acordo com Carl, tanto a sucuri quanto o Pé Grande ou a própria boca de Poochie vão dar cabo a ele. Poochie é outra presença esta noite. Ele é intrometido de um jeito que perturba Carl, pois contradiz sua crença quase religiosa de que cada um deve cuidar da própria vida.

Ao longo da noite, muitas coisas acontecem. O carteiro passa às 18h, entregando a correspondência na única casa legitimamente habitada no quarteirão, onde Rachelle mora com suas duas filhas, e também no único estabelecimento comercial, o serviço de reboques Crescent City Towing. Mas a entrega de correspondência não é tão simples assim. Carl e Michael, e qualquer outro morador do antigo 4121 da Wilson, ainda podem receber correspondência, embora não haja caixa de correio e nem casa mais. Carl recebe suas cartas na caixa de correio da sra. Octavia. Ele e Michael se gabam porque o número 4121 ainda é endereço oficial na carteira de habilitação e nos registros eleitorais deles.

Em meus desenhos infantis da casa (aparentemente eu só sabia desenhar casas), eu sempre fazia uma caixa de correio com nosso endereço, Wilson 4121, escrito nela. Depois da tempestade, quando a casa já estava demolida mas a caixa de correio ainda permanecia de pé, quando o espaço onde crescemos parecia ter sido engolido pelo solo, mesmo depois que a rua se voltara contra si mesma, transformando-se de vez no ferro-velho para o qual sempre tendera, o carteiro ainda entregava circulares em caixas de correio sem casas. Sei disso porque eu estive ali para testemunhar esse fato.

Ao ver o caminhão do correio seguir em direção à Chef Menteur, Michael lamenta a ausência de uma caixa de correio pertencente ao 4121. "Como costumava ser", diz ele.

"Vamos cavar um buraco e instalar uma", promete Carl.

Michael levanta a ideia de comprar a rua inteira, "para transformar num museu ou algo assim", o que estimula nossa imaginação. Carl se imagina refazendo a casa azul mais perto da Chef, que já pertenceu à sra. Schmidt: "Seria bom fazer as portas de frente para a rodovia", sugere ele. "Algumas portas francesas." Assim, a casa ficaria voltada para a Chef Menteur, em vez de ficar paralela a ela. Eu acho a ideia ruim, mas não digo nada. "Estou pensando em muitas árvores grandes", diz Michael. "O tio Joe poderia supervisionar, para garantir a qualidade do serviço."

Isso é importante, digo.

"Precisamos cuidar bem da grana", diz Michael. "Mas nós somos espertos, somos espertos. A gente podia colocar todas as antiguidades lá." Sobre os Davis, que eram nossos vizinhos de porta, e donos de muitos dos terrenos desocupados da rua, ele disse: "Não estamos tentando expulsá-los. Não estamos tentando tirar a herança deles. Podemos dizer a eles que moramos neste lugar também. Nós morávamos aqui."

E então um gato estranho passa por nós.

"Aquele é o Amarelo", comenta Carl sobre o gato cinza com um olho ruim, membranoso e sem cor. "Aquele gato estava aqui durante o Katrina. Estava preso numa árvore. Conte a história da bunda dele", diz ele. Nós rimos. Amarelo ganhou esse nome por ter morado na Casa Amarela depois da tempestade, antes da demolição. Agora está na rua como o restante de nós.

Rua completamente escura, exceto por uma única lâmpada fria na porta da frente de Rachelle. De vez em quando vemos a brasinha alaranjada do cigarro de Carl. Os semáforos piscando na Chef Menteur Highway, tons amarelos, vermelhos e esverdeados refletindo em cima da gente, trocando de *atenção* a *pare*, depois *ande*, depois atenção de novo. Nós três estamos parados ao redor do carro estacionado de Carl em um lado da rua.

Carl está ao meu lado. "Tá com frio, Mo?" Ele está usando óculos escuros estreitos feitos de plástico rígido que formam uma fenda no seu rosto. Óculos de sol na noite escura feito breu, uma forma de cegueira intencional. Quem e o que Carl não quer ver?

Um menino de 10 anos usando pijama aparece, vindo da direção da Chef Menteur. Alguém chama o menino de Notorious.

Notorious mora em uma casa branca perto da Chef Highway.

"Onde você estuda, Notorious?", pergunto.

"Na Nelson", responde ele.

"Onde fica isso?

"Na Bernard." Significa St. Bernard Avenue, a dez minutos daqui, a oeste a partir da interestadual.

"Ele vai no ônibus escolar", diz Carl.

Notorious estava procurando alguém para brincar às oito da noite, mas Rachelle mantinha as duas filhas ou praticando esportes ou dentro de casa, uma forma de proteção.

Como será que as crianças que moram aqui hoje descreverão um dia a rua onde cresceram? O que terão a dizer, essas crianças que vivem em um quarteirão com duas casas remanescentes, em um trecho abandonado e menosprezado de Nova Orleans, onde um vereador afirma que os coiotes reinam após o anoitecer? O que vão dizer sobre o mundo de onde vieram, e o mundo antes delas? "O East", escreveu W.G. Sebald, "representa as causas perdidas", mas não aceito essa visão terrível e sombria, exatamente porque ainda existem as crianças.

Ao longo da noite, Poochie vai vir até nós e depois voltar para onde veio. Ele vai ficar ganhando e perdendo prestígio com Carl. Desconhecidos surgirão na rua escura alegando serem primos distantes. Um outro sujeito surge a pé, apresentando-se como "Um tico disso, um teco daquilo". Ele e Michael trabalharam juntos no Sheraton Hotel na Canal Street há muitos anos. Michael o apelidou assim depois de perguntar como ele chegara a determinada receita; ele respondeu: "Um tico disso, um teco daquilo". Agora ele mesmo se intitula assim.

Nós quatro estamos diante do que costumava ser a Casa Amarela. Nunca estive aqui com Carl tão tarde da noite. Estamos nos estapeando para cacete tentando matar mosquitos glutões.

À medida que a noite avança, o mesmo acontece com os sons. Um trem passa. Então mais um. Ou é o mesmo que está saindo de novo? Uma voz feminina flutua no ar. É Rachelle chamando por uma de suas meninas que escapuliu de casa? Jamais descobriremos. Grilos e motores de automóveis, o rádio de alguém. Mas mais alto do que tudo isso é o som que Poochie faz ao berrar do outro lado da rua. Está tão escuro que somos apenas vozes, mas sabemos que é Poochie porque suas frases começam e terminam com "Rabbit". Como em "Rabbit, aquele homem disse que... Rabbit!"

Carl às vezes se dirige à voz: "Não venha botar todo esse lixo aqui", diz ele a Poochie sobre as garrafas largadas no terreno onde costumava ficar a Casa Amarela. "O pessoal do programa Road Home ainda está vindo fazer inspeções. Nós nunca concordamos com o Road Home." Outras vezes, a voz grita YEAHHHHHH ou então resmunga. Na maioria das vezes não a reconhecemos. Vai se calar por um tempo, então de repente vamos ouvir "Rabbit", como se fosse um tique-nervoso de Poochie, gritando o apelido de Carl. Michael e eu nos entreolhamos e damos risada.

Tico diz que acabou de voltar de Indianola, Mississippi, que ele chama de roça.

Eu digo: "Parece que estamos na roça agora".

"Sim," diz Michael. "Mosquitos picando a porra da cabeça de todos vocês."

"Não tanto quando em Nova Orleans", disse Carl.

"Indianola, Mississippi, topo do delta, chegamos lá em três carros, ficamos lá por cinco anos", diz Tico antes de começar a contar toda a sua história de deslocamento, que inclui uma esposa malvada, empregos degradantes em lojas de quinquilharias e um tempo na cadeia.

"Foi isso que enfrentei desde o Katrina", diz Tico, numa espécie de conclusão. "Por onde você andou, Rabbit?"

"Eu tava em todo lugar", responde Carl.

Tico fala com Michael, mas Carl está preso ao passado.

"Eles mandaram isolar a Casa Amarela", Carl começa a contar. "Faixas escrito PERIGO. NÃO ENTRE. Incisivo pra cacete. Eu tinha um monte de panelas lá dentro que ainda estavam boas. Minha maior panela, cheia d'água. Era água salgada, percebam. Não estragou as panelas nem nada, deixou todas bem limpinhas." Carl entrara na casa mesmo assim, colocando tábuas para fazer uma ponte até a escada temporária que nosso pai construíra e que não tinha firmeza até o puxadinho do quarto lá em cima onde Carl crescera. "Eu aguentei o Katrina. Não estava preocupado se aquela porra ia desabar."

Ele pegou camisetas e bonés, e coisas ainda penduradas no armário no andar de cima. Juntou as caixinhas prateadas com a papelada da mamãe. Um dia depois da Enchente, viu Poochie na rua vestindo uma de suas blusas. "Porra, você deve ter entrado na casa. Você mexeu no armário?"

"Você tem que entender", diz ele para mim de repente, como se estivesse envergonhado, "que eu e ele usamos mais ou menos o mesmo tamanho."

Permanecemos inertes contra a noite. As cadeiras pertencentes à mesa onde Carl recebe os amigos estão apoiadas na mesa, como em um restaurante no encerrar dos turnos, as pernas dianteiras cravadas no solo macio. Nós nos amontoamos em torno do Toyota surrado de Carl. Tiro fotos da minha família na escuridão, focando às cegas, sem enxergar nada no visor. O que aparece depois é iluminado pelo flash: Carl em tonalidades escuras emoldurado contra o cedro. O cigarrinho ao lado. O casaco fechado até em cima. A barba crescendo no rosto oval, fazendo um contorno. Em outra foto, Carl olha para a rodovia, sem os óculos de sol, a boca ligeiramente aberta, totalmente ausente. O cedro imenso atrás dele, as folhas granuladas, a única árvore sobrevivente, plantada quando ele era só um bebê, transformando Carl em miniatura.

09
APARANDO A GRAMA

Quando Carl finalmente me convidou para cortar a grama com ele, o verão estava intenso, temporada de furacões. Enigmáticos alertas de emergência da prefeitura chegavam regularmente aos nossos celulares: "Vire-se. Não se afogue." Era a época do ano que, como dizia Carl, "a grama até salta". Pelo visto saltava tão alto, que Carl chegou à Wilson muito bem paramentado, ainda usando o uniforme de trabalho: calça azul-marinho, camiseta branca, uma toalha branca enrolada no pescoço como uma gravata e botas com biqueira de aço para se proteger de cobras.

"Tem cobras aqui?", perguntei.

"Provavelmente", disse ele, em seguida, começou a abastecer o cortador de grama na traseira da caminhonete.

Aparentemente, a gente ia cortar grama, deixar uma manchinha de beleza em um mundo de feiura. Do alto, onde as fotos aéreas são tiradas, isto não apareceria. Mas aqui, em terra, *a gente* sabia que ia aparecer. E além do mais, o terreno poderia ser arrancado de nós por qualquer motivo que fosse ou por motivo nenhum — História Norte-americana básica —, então queríamos evitar aparecer na longa lista indecifrável de propriedades destruídas publicada no jornal, uma página inteira cheia de pontinhos que na verdade eram nomes e endereços, tão minúsculos que se você estivesse a meio metro de distância e atirado um dardo na listagem, a ponta não daria conta de acertar num único nome. Também em letras miúdas, bem no topo da lista, o blá-blá-blá ininteligível: "Se a propriedade for declarada destruída, estará elegível para desapropriação, e se a propriedade for declarada um incômodo público, estará elegível para demolição".

Juntamente a Michael, que estava de volta à cidade para mais uma rodada de busca por emprego, estávamos todos arrumados como se estivéssemos a caminho de um lugar especial. Lisa, a namorada de Carl, a mãe do sr. Carl, usava um boné com viseira rosa neon que combinava com a fita rosa usada por Lia, sua filha de nove anos. Lisa mudava o penteado diariamente, e hoje estava frisado e caindo nos olhos. O cabelo e os óculos escuros imensos cobriam a maior parte de seu rosto. Ela parecia uma foragida.

Sentamos ao redor da mesa gasta de Carl, bebendo e passando o sr. Carl de mão em mão quando na verdade tudo o que ele queria era estar correndo na terra, ou sendo aparado por Carl, os braços longos do pai em volta da suas perninhas, de modo que as mãos de Carl tocassem a própria cintura, dando a impressão de que Carl segurava a si *e* o bebê ao mesmo tempo. O sr. Carl, que estava com quase dois anos, já agia de um jeito maduro demais para usar chupeta, mas ainda tinha uma, e também bebericava latas de cerveja quando ninguém estava olhando. Depois que ele tomou alguns goles e todos nós gritamos em alvoroço, Michael disse: "Agora ele vai ficar doidão". Um bebê bêbado. Cambaleante e saciado. Pele clara e um topetinho recém-cortado, sapatos Buster Brown pretos e calça xadrez nos joelhos, sendo ninado sobre o joelho de sua mãe.

"Você nunca tinha vindo à nossa casa, hein?", perguntei a Lisa.

Ela balançou a cabeça negativamente.

Michael disse: "Tem uma árvore bem aqui, uma árvore bem ali. Ali é a porta da frente. Nossa sala de estar era bem ali."

Lisa estava se esforçando para ver.

O sol brilhava. Carl estava cansado hoje, por causa do trabalho, dissera, mas não fora muito mais específico do que isso. Ele estava meio impaciente, dava para perceber. Nada na rua tinha sido deslocado ou parecia diferente desde a semana anterior, exceto o acréscimo de um cone neon no meio da rua, onde estourara um cano principal do fornecimento de água.

Depois de um tempo, Carl subiu no cortador de grama, que de repente parecia minúsculo, principalmente se comparado aos que eu o vira pilotando no trabalho, aqueles "monstrões antigos", que era como Carl chamava. De uma época em que quando eu ia buscar alguma coisa com ele na NASA, geralmente dinheiro para dar à mamãe, a gente fazia nosso escambo sobre a cerca alta de arame farpado com a placa PROPRIEDADE DOS EUA. não ultrapasse.

Carl, usando um colete de segurança de neon, me entregava o que quer que fosse com seus braços longos, dizendo apenas: "Ei, Mo, aqui está, dirija com cuidado."

Carl cortou um pouco do gramado e então perguntou se eu estava interessada em cortar também. Não era tão simples quanto eu imaginava. Havia carros abandonados nos arredores e o barco verde de Carl no lote. Carl sentou-se à mesa perto do meio-fio e começou a berrar as instruções. "Empurre a embreagem", dizia. O cortador engasgou e morreu.

"Carl, acho que não está cortando nada."

"Você empurrou a embreagem totalmente?"

"Sim."

"Tem certeza? Empurre a embreagem. Engate as lâminas."

O cortador religou.

Lisa gritou: "Corte logo essa grama, Monique."

Mas então, quando eu estava fora do alcance da voz, meu gravador vermelho, sempre ligado, capturou a frase dela: "Ai meu Deus".

E então Carl: "Vá lá segurá-la quando ela se aproximar da casa com aquele filho da puta."

Michael disse: "Essa garota não sabe cortar a porra da grama". Lisa achava que meu problema era o fato de eu não estar usando um chapéu. Carl disse: "Ela precisa de mais do que um chapéu". Aí me chamou: "Monique! Essa coisa dá ré, sim. Corte para o lado de cá." Ele apontou na direção da casa da sra. Octavia.

Agora eu tinha perdido Carl e Lisa de vista na minha dianteira, mas Michael estava vindo até mim, por trás, usando sua calça cáqui bem passada e uma camiseta branca, para catar pedaços de pedras e gravetos que poderiam ter cegado meus olhos desprotegidos, coisa que felizmente não ocorrera até então. Eu estava empolgada com a nova experiência. Eu me sentia criança de novo, fazendo algo pela primeira vez, com meus tutores por perto caso eu precisasse, mas sem ficar muito em cima. Eu usava shorts jeans com barra desfiada e sapatilhas com estampa de leopardo com tachinhas douradas. Uma camisa de bolinhas e brincos de argola de ouro para cortar a grama.

À minha traseira, a paisagem tinha mudado: a vista se abrira de um jeito inédito para mim. Dali, atrás da casa da sra. Octavia, todos os lotes se juntavam para formar um quintalzão sem fim, levando-me a imaginar a época antes das casas, quando isto era um terreno pantanoso e densos charcos de ciprestes. Pensei nas histórias que contávamos quando crianças, de como chamávamos o solo de areia movediça, a natureza do nosso mundo evidente. Não precisávamos de dados científicos. Estávamos num terreno que afundava, sabíamos disso desde a infância, e ainda assim brincávamos com essa constatação. Isso me fez pensar em Alvin, de como pouco antes de eu chegar para cortar a grama, o cemitério de Resthaven me telefonou, depois de muitos meses de silêncio, para me informar sua localização. "Você pode encontrá-lo no hc3-2", disse a mulher no recado. Foi uma mensagem fria, intrigante para meus ouvidos. Alvin: hc3-2.

Enquanto pensava nessas coisas, eu não estava prestando atenção à grama. E muita coisa aconteceu enquanto eu estava devaneando. Michael foi até onde Carl estava, na frente. Percebi que eu havia deixado de passar em cima de grandes trechos do gramado e dei meia-volta, tentando refazer o trajeto, quando então Michael correu de volta para mim. De onde eu estava, notei as latas de lixo viradas de Rachelle no meio da rua. Eu ainda não tinha visto Poochie caído ao lado delas.

"Volte lá para a frente", falou Michael, assumindo o controle do volante do cortador. "Não tem ninguém armado aqui."

Fiquei confusa com a frase dele. Aí corri para a frente da casa e vi Carl sentado carrancudo à mesa. Ele bebericava cerveja na lata e falava em voz infantil com o sr. Carl. Michael me contou a história que eu perdi: Poochie estava tagarelando o tempo todo enquanto eu cortava a grama. Dizendo que me daria dinheiro se eu cortasse sua grama também, que era bem rala.

"Não estamos preocupados em cortar lá, vamos cortar aqui," dissera Carl a ele.

Contanto que Poochie ficasse do seu lado da rua, em frente à casa de tijolos, Carl não daria muita trela para sua conversa. Foi quando Poochie atravessou a rua para vir até o nosso lado que o negócio esquentou.

A animosidade entre eles já vinha crescendo há meses. Poochie parecia querer controlar a rua, dando uma de vigia. Quando eu aparecia para procurar Carl, Poochie vinha até o carro para me cumprimentar primeiro. Se eu tocasse a campainha de Rachelle, ele me informava onde ela estava. O fato de Poochie ter ficado berrando para eu cortar seu gramado irritou Carl, que disse: "Estamos cortando aqui, seu filho da puta, cuide aí do seu lado. Não se preocupe com o nosso. É por isso que você não tem nenhum amigo. É por isso que você está aí sozinho."

Carl se aproximou de Poochie, que entrou no quintal de Rachelle e estava vindo em minha direção. "Cara, não se meta com nada aqui. Por que você está se metendo aqui? Sua propriedade não é ali?", provocou Carl, apontando para a casa de tijolos onde Poochie se aboletara.

Poochie disse algo inaudível.

"O que foi?", perguntou Carl. Foi uma pergunta retórica.

Poochie resmungou.

"Cara, por que diabos você tá se preocupando com minha irmã?", dissera Carl. "Você devia cuidar da sua vida. Essa é a porra do seu problema."

"Eu não tenho problema nenhum", retrucou Poochie.

"Qual é o seu problema, mano?"

"O que estou fazendo, Rabbit?"

Lisa gritou: "Ei, ei, ei", mas então Carl já havia socado Poochie, que saiu rolando pelo chão, estacionando ao lado dos latões de lixo revirados de Rachelle.

Foi nessa hora que Michael desapareceu de vista e voltou correndo para mim. "Volte lá para a frente", disse ele. "Não tem ninguém armado aqui."

De volta à mesa, Carl continuou a falar, explicando a história do seu jeito. "Toda vez que minha irmã vem aqui, ele tem uma gracinha para dizer." Michael era nosso irmão mais velho. Ele tentava acalmar Carl, tentava reorientá-lo e apaziguá-lo ao mesmo tempo. "Queremos viver nossa vida como estamos vivendo agora. Nós *permitimos* que ele more aqui", disse ele.

"Estou nervoso", disse Carl.

"Estou muito nervoso", disse Michael. "Agora ele fodeu o nosso lance de cortar grama."

"Nós não mexemos com ninguém, e ninguém mexe com a gente. Não estou mexendo com nenhum filho da puta aqui", disse Carl. "Filho da puta, você não tem nada que se meter naquela casa. De qualquer forma, você é uma desgraça, é um sem-teto filho da puta."

"Ele vai ficar pouco tempo aqui, é isso", Michael tentou corrigir.

"Não", disse Carl. "Ele é uma desgraça. É um vagabundo."

Eis o resumo da coisa toda: Carl estava se agarrando a um terreno coberto de vegetação que necessitava de cuidados, e Poochie era o novato na rua, porém finalmente dono de alguma coisa, por mais precária e frágil que fosse. Dava para perceber que a coisa se desenrolava para o lance do veterano e do novato. A incapacidade de uma pessoa de deixar para lá, de ver a coisa mudar. Cortar a grama era um ritual; era um sinal de organização. Eu, Michael e Carl estávamos todos no terreno pelo mesmo motivo, atados ao lugar que melhor conhecíamos. A casa era a única coisa que pertencia a todos nós. Parecíamos os únicos que ainda conseguiam *enxergar* isso.

Cortar a grama pode parecer algo tão banal, tão leve, que uma vez o amigo de Carl, Black Reg, chegou a fazer chacota disso. "Eu nunca vou cortar porcaria de grana nenhuma, nunquinha, não, sinhôôô", dissera, mas havia certa distinção no ato. Carl sabia disso. Você tinha de gostar de estar sozinho, pilotando, sabendo que embaixo de você as lâminas estariam fazendo seu trabalho. Era o que Carl fazia dia após dia na NASA, um homem solitário em um campo de 832 acres. Todos nós havíamos herdado de nossa mãe a tendência, e até mesmo a *necessidade*, de tornar nossos bens apresentáveis, mas nem mesmo Carl conseguira reconstruir a casa. Em vez disso, ele então escolhera ficar de guarda, um sentinela, permitindo que o espaço se transformasse e se tornasse o lugar que sempre fora. Ele era o guardião da lembrança, como o velho que conheci certa vez no Camboja, nos campos de extermínio, um homem que há 25 anos polia um barco esculpido com os nomes dos mortos, desde o dia seguinte à expulsão dos membros do Khmer Vermelho. E agora Carl, traçando os limites ao redor do que nos pertence, do que era nosso. Protegendo-o da desonra e da desmemória. Contanto que tivéssemos o terreno, levei ao pé da letra, não seríamos sem-teto, que era a definição de desgraça para Carl. Era isso que buscávamos quando vínhamos lhe fazer companhia.

Desci do cortador.

Tudo quieto agora.

Olhei para Carl.

"Eu fiz direitinho?", eu queria saber.

"Para a primeira vez, sim", disse ele, "você se saiu muito bem."

LAR DE LEMBRANÇAS

Onze anos depois da Enchente, o programa Road Home finalmente resolveu nosso caso. Muito tempo se passara para podermos chamar aquilo de vitória.

Mamãe estava com 74 anos, e sua única irmã, tia Elaine, morrera certa manhã no antigo quarto da vovó em St. Rose. Eu tinha vindo para casa uns dias antes, com uma pneumonia grave, e estava sentada na cama da mamãe, comendo pipoca, quando ela entrou e me chamou fazendo um movimento com o indicador. *Venha agora.*

Corri para o quarto a tempo de pegar o exaustivo suspiro derradeiro da tia Elaine. Minha mãe, irmã caçula de Joseph e Elaine, deitou a cabeça no braço direito da titia, ergueu a mão esquerda frouxa dela, a colocou sobre o próprio cabelo e chorou. A mão ali, imóvel; tia Elaine tinha partido.

Certo dia, não muito depois da morte da tia Elaine, mamãe cedeu a Casa Amarela e seu terreno, que foram de sua propriedade por mais de meio século, num pequeno escritório da prefeitura — o mesmo que tínhamos visitado tantas vezes antes. Para acalmar minha mente, tirei fotos com o celular da imensa rubrica da mamãe, do ato da assinatura, das pilhas de papel. Conversamos um pouco com o careca atrás da mesa, que empurrou a papelada para nós. Não lemos as letras miúdas.

Depois, almoçamos no restaurante Antoine's no French Quarter, na St. Louis Street. Bebemos martínis de 25 centavos, duas doses permitidas por pessoa. Tirei uma foto da mamãe segurando o cardápio. Ela sorriu vistosamente, disse que levaria o cardápio de papel, como uma lembrança.

Agora tinha um pequeno auxílio financeiro e estava livre para seguir em frente, mas continuaria a morar na casa da vovó, com a porta do antigo quarto da tia Elaine sempre fechada. Ela estava com medo de tocar no dinheiro. Como se um preço alto demais tivesse sido pago.

O terreno que antes abrigava a Casa Amarela será leiloado para se tornar outra coisa. No almoço naquele dia, perguntei-me o que aconteceria quando Carl descobrisse que o terreno não era mais nosso. Será que ele ainda cuidaria de tudo, agora que não nos pertencia mais? Eu precisava que ele cuidasse? Para onde ele iria agora, para se recordar e contar suas histórias? Para onde eu iria? Eu sempre soube: há mais perguntas do que respostas. Eu queria fazer aquelas perguntas específicas à mamãe, mas em vez disso, ficamos rindo. De pequenas coisas: do garçom que estava flertando com ela, da maneira como seu cabelo formava uns nozinhos com a umidade, da apresentação desleixada do prato de ostras à Bienville. Rimos e tornamos o momento leve porque, o que mais nos resta? A história da nossa casa foi a única coisa que restou.

Álbum de família

1: Ivory e Simon Broom em uma formatura, final dos anos 1970. • 2: Elaine Soule (esquerda), Rainha da McDonogh 36, com um colega de turma em 1946. • 3: Joseph Gant na formatura da escola secundária, Magnolia Studio. • 4: Em frente ao número 4121 da Wilson, a partir do alto, da esquerda para a direita: Karen, Simon Sr., Byron, Troy e Lynette Broom, 1977. • 5: Ivory Mae Soule, aos catorze anos, em 1956, na formatura da oitava série, Magnolia Studio. • 6: Edward Webb e Ivory Mae após o casamento, setembro de 1958. • 7: Eddie, Michael e Darryl Webb, ainda meninos, na Dryades Street. • 8: Mulheres desfilando. • 9: Ivory Mae na Roman Street. • 10: Carl Broom, 1971. • 11: Um jovem Simon Broom. • 12: Sarah M. Broom no espelho da sala. • 13: Lynette Broom e Simon Broom em frente à casa da Wilson, 1976. • 14: Ivory Mae e Deborah Broom, antes de seu casamento em 1975. • 15: A família na Beecher Memorial Church, a partir do alto, da esquerda para a direita: Byron, Troy, Karen, Ivory Mae com Sarah M. Broom no colo; e Lynette Broom. • 16: Cemitério de Resthaven, New Orleans East. • 17: A Casa Amarela com o forro verde à mostra, 2005. • 18: As irmãs da Holy Family, por volta de 1899. Domínio Público. • 19: Sarah e Carl Broom na Wilson Avenue à noite. • 20: Carl Broom caminhando pelos trilhos da ferrovia, verão de 2012.

4

100

5.

den 21. Mai 1910.

Sulzbach.

DUE

6

7

8

9

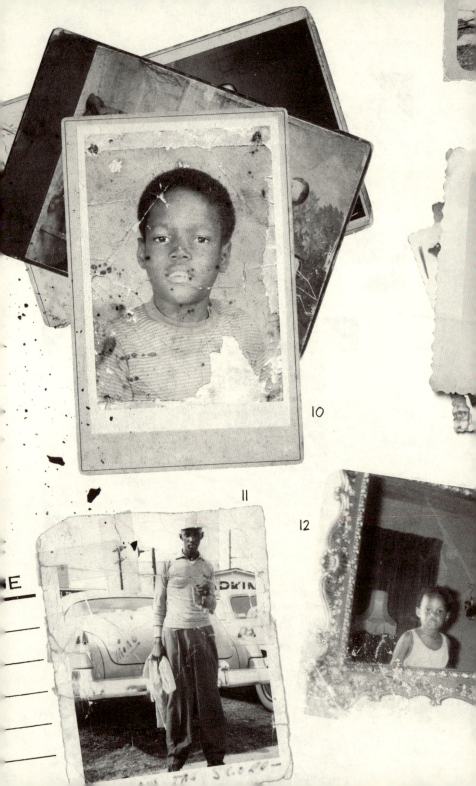

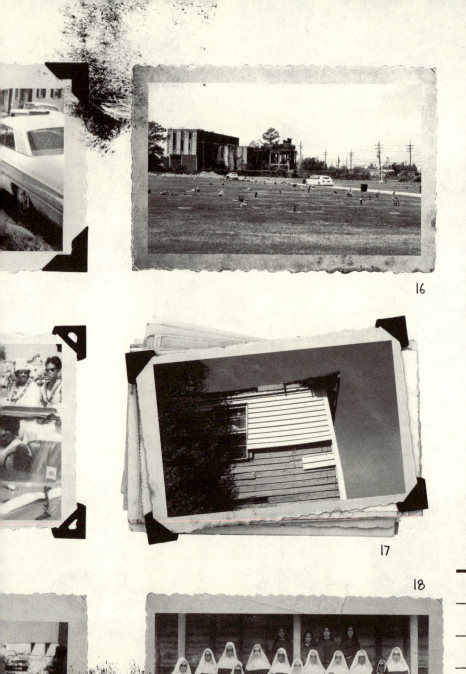

16

17

18

AGRADECIMENTOS

Primeiro, quero agradecer à minha mãe, Ivory Mae, cujo nome adoro pronunciar. Por seu coração grato, gentil e amoroso. Por suas mãos macias. Por me contar sua história e por confiá-la a mim. Você, poetisa, criou doze seres humanos que sabem ser eles mesmos. Que eu tenha a sorte de fazer isso ao menos uma vez. Você me ensinou a ser. E você sempre me diz quando eu erro. Obrigada por sempre me apoiar.

Este livro foi escrito em e entre muitas comunidades — herdadas e construídas:

Aos meus irmãos e irmãs, que me ajudaram a ser quem sou e sem os quais esta história não poderia existir:

Simon Jr., Deborah, Valeria, Lynette, Karen, Byron, Eddie, Michael, Darryl, Carl, Troy — onze (intrigantes!) exemplos de quem eu poderia me tornar no mundo. Obrigada por me autorizarem a dizer seus nomes verdadeiros em voz alta e em público; por contar suas histórias e por me perdoarem por contar a minha versão.

Quando comecei a escrever este livro, havia Joseph, Elaine e Ivory. Agora há apenas Ivory. Tio Joe: o homem do bolo e do sorvete, o melhor contador de histórias. Como me dói por ter perdido você de repente. Tia Elaine: gostaria de ter lido este livro para você quando você pediu. Desculpe-me, eu estava com medo.

Aos meus irmãos e irmãs iguais-aos-de-verdade: Manboo, Judy, Muffy, BeBe, Goldy, Pickle, Black Reg, Arsenio, Randy, Rachelle e Herman Williams, todos da família Davis. Alvin Javis: descanse, caro amigo.

Minhas maiores amigas e confidentes mais íntimas: Liz Welch, que me conhece desde a primeira frase e me inspira a ser um ser humano melhor; Jaynee L. Mitchell, que nunca me deixa esquecer ou me perder; Rachel Uranga, a melhor perguntadora e consertadora de corações que conheço; Daffodil J. Altan, minha maninha; e Walton M. Muyumba, que sempre atende o telefone e transmite sabedoria e humor profundos.

Agradeço a Marie Brown, que cuidou, estimulou, conservou e me ensinou que o amadurecimento é uma função de período integral. Seus incentivos e choques de realidade são em grande parte o motivo pelo qual este livro existe hoje. A Deb Shriver, que aparecia (sempre muito elegante e chique) em momentos cruciais e fazia tudo o que prometia. Ao aliado e amigo Dale Djerassi, cujos cuidados me inspiram a sonhar além. Gratidão à minha família na *Oprah Magazine*, meu primeiro e verdadeiro lar para exercer a escrita. Agradecimentos a J.J. Miller, Nick Leiber e Tari Ayala, que iluminaram o caminho. A Pat Towers, que me ensinou sobre prudência e alimentou meu amor pela leitura em voz alta durante nossas incontáveis sessões de leitura na cozinha à meia-noite. Obrigada por me ensinar a escrever frases mais marcantes. A Amy Gross, que me deu a chance e o conselho de que eu precisava para continuar a criar mais frases marcantes. Agradeço a Gayle King por seu apoio e investimento de tempo.

Aos meus professores de redação ao longo dos anos: Karen Braziller e seu incrível círculo de escritoras, como Daphne Beale e Catherine McKinley. A Hettie Jones, cuja oficina da 92nd Street Y me permitiu começar a escrever formalmente sobre meu melhor amigo de infância, Alvin; e a Joyce Johnson, que me acolheu sob cuidadosa tutela. A Cynthia Gorney, Michael Pollan e Mark Danner, meus professores de redação na UC – Berkeley, juntamente ao falecido Clay Felker, que enfiou na minha cabeça três palavrinhas que jamais esquecerei: ponto de vista. Meu trabalho com Gail Sheehy me ensinou a organizar e a montar um livro. Amy Hertz me deu meu primeiro (e único) emprego em edição de livros, o que me manteve do lado certo do muro. A Abigail Thomas, uma de nossas grandes autoras, que me convidou para sua casa e para um dos mais calorosos círculos de autores que conheci.

A Jin Auh, da Wylie, minha agente incrível e pé no chão, que me contratou em 2005 para escrever este livro, depois esperou seis anos pela proposta oficial. Mais do que uma agente, ela é uma editora incrível, uma força necessária e uma amiga. À equipe da Grove, que acreditou: Amy Hundley, Elisabeth Schmitz, Morgan Entrekin, Deb Seager, Justina Batchelor, Sal Destro, Julia Berner-Tobin e Gretchen Mergenthaler. À designer Alison Forner, que fez uma capa icônica. A Scott Ellison-Smith, fotógrafo, amigo, humanista, que editou as fotos. A Michael Taeckens, grande ser humano e publicitário, que acolheu a mim e ao meu trabalho.

Agradeço também a Judy Stone, que revisou cada palavra do manuscrito (às vezes com apenas um olho funcionando!) e cutucou — com clareza e brilho — até eu encontrar a direção certa. A David

Remnick, que atendeu meu telefonema inesperado e aceitou minha proposta de escrever algo para a edição da *The New Yorker* sobre o aniversário do Katrina, o que me deu um impulso psicológico incrível e redirecionou meu trabalho. À revista *Oxford American*, que é praticamente um lar para mim e publicou trechos iniciais desta obra quando eu ainda estava direcionando a história.

À assistente de pesquisa Lisa Brown, à época estudante em Tulane, que transcreveu horas e horas de entrevistas com a família Broom por uma ninharia, confiando que um dia isso se tornaria algo grande. Ao meu geógrafo favorito, Richard Campanella, que literalmente dirigiu ao meu lado, narrando longos percursos sinuosos em direção ao leste. Ele me ajudou a ver e a juntar as peças díspares de maneiras que eu jamais teria conseguido. Este livro certamente precisava de todos os livros que ele já escreveu.

Muitos me viram crescer enquanto eu escrevia este livro. A Sarah Dohrmann, que me encontrou no Burundi exatamente como disse que faria. Adam Shemper, meu irmão do sul, que me acompanhou com uma investigação compassiva e rigorosa da mente e do coração. A Bilen Mesfin, que me incentivou a me candidatar a um emprego em Hong Kong e sempre foi minha luz constante e calorosa. Poppy Garance Burke, Chee Gates, Randa Chahine, Shea Owens, Christina e Paul Graff, Kim Roth, Maggie Cammer, Louise Braverman e Steven Glickel: obrigada por manter a fé. Agradeço também a outros amigos artistas, na batalha e na luta: Jamey Hatley, Robin Beth Schaer, Kiese Laymon que me leram, Jana Martin, Evo Love e Romaine Gateau, Heidi Julavits, Leo Treitler, Marco Villalobos, Linda Villarosa, Jami Attenberg e Maurice Carlos Ruffin.

• • •

Meus primos: Bryant Wesco, Michelle Wesco, Lisa Trask, Edward Wesco, Pamela Broom e todos os outros. Meus mais de cinquenta sobrinhas e sobrinhos que sempre sabem qual nome chamar. Melvin e Brittany Broom, que também cresceram na Casa Amarela, e Alexus Broom, que passou a infância na ponta curta da rua — amo vocês profundamente.

Para o futuro: minha sobrinha Amelia Miriam Gueye. Você sempre vai ser o bebê empoleirado no meu quadril nas festas. Eu te amo. Bella Grace D'Arcangelo, em quem vejo tanto de mim: você me comove e me inspira.

Comecei a fazer rascunhos e rabiscos deste livro logo depois de ir embora de Nova Orleans para a faculdade, mais de duas décadas atrás. Este livro começou formalmente em um dos meus lugares favoritos na terra, o Djerassi Residents Artist Program, em Woodside, Califórnia; continuou na Colônia Mac-Dowell, em New Hampshire; em UCROSS e Jentel, no Wyoming; e no I-Park, em East Haddam, Connecticut. Um ano dele foi escrito quando ganhei uma bolsa de estudos na William Steeples Davis House, em Orient, Nova York. Partes dele foram escritas em Nova Orleans; em Paris (mais de oito visitas); em Cambridge, Massachusetts; em Raceland, Louisiana; em Roma; em Milão; em Los Angeles; em Nova York; nas montanhas Catskill; em Londres; no Quênia; em Uganda; em Israel; em Dominica; em Washington DC; no Laos; no Camboja; no Vietnã; no Egito; em Berlim; em Istambul; no Burundi; e em lugares que agora esqueci ou quis esquecer.

Agradeço imensamente a Courtney Hodell e à Whiting Foundation por me concederem a bolsa inaugural de não ficção criativa, que me impulsionou e me estimulou durante a redação final deste livro.

Aos artistas visuais e amigos Mary Frank, Joan Snyder e Myrna Burks, que me convidaram aos seus estúdios repetidas vezes. Agradeço pelas muitas conversas espirituais (e espirituosas!) sobre processos, arte, família e luto — regadas pelo melhor uísque.

E finalmente,

Meu amor: Diandrea Earnesta Rees, pela companhia mais incrível na minha vida. Sem você, eu jamais teria concluído este livro. Você, artista, me faz saber. Você é tudo o que eu desejo e que eu jamais soube que desejava. Eu te amo. Eu te vejo. Eu admiro você, companheira artista-negra-livre. Continue explodindo o céu. Não existe lar sem você.

*Para três mulheres, com amor e afeto
Amelia "Lolo", Tia Elaine e Ivory Mae*

SARAH M. BROOM

Nasceu em Nova Orleans, em 1979, e trabalhou em publicações como a The New York Times Magazine, a revista New Yorker e a revista O, do grupo Oprah Winfrey. A Casa Amarela é seu romance de estreia e venceu o National Book Award. Foi recomendado por Barack Obama na edição de 2019 de sua lista de leituras favoritas, considerado o melhor livro da década pelo site LitHub, além de ter figurado em listas de veículos renomados como The Washington Post, The New York Times e The Guardian.

IAIN MACARTHUR (1986) é ilustrador e apaixonado por literatura. Seu trabalho é diverso e abrange vários elementos, de surrealismo, cultura oriental, natureza e padrões monocromáticos. Já fez projetos para a Nike, MTV Playground, Pepsi, Prêmios BAFTA, entre outros. Atualmente trabalha e vive em Londres. Sua arte poderosa está presente na capa de A Casa Amarela. Saiba mais em iainmacarthur.com

PAUL KLEE (1879-1940), nascido na Suíça e naturalizado alemão, foi um pintor, desenhista, poeta e professor. Foi um dos pioneiros do abstracionismo e um dos principais mestres ativos na Bauhaus, a escola de arte vanguardista na Alemanha. Deixou cerca de 10 mil obras e é considerado um dos artistas mais relevantes do Modernismo. Sua visão tão própria de casa inspirou a guarda de A Casa Amarela.

"É o amor da família
que me mantém."
Maya Angelou